Mara Andeck
Die Ballkönigin – Walzernächte in Wien

Mara Andeck

Die Ballkönigin
Walzernächte in Wien

Roman

GOLDMANN

Der Verlag behält sich die Verwertung der urheberrechtlich
geschützten Inhalte dieses Werkes für Zwecke des Text-
und Dataminings nach § 44 b UrhG ausdrücklich vor.
Jegliche unbefugte Nutzung ist hiermit ausgeschlossen.

Penguin Random House Verlagsgruppe FSC® N001967

1. Auflage
Originalausgabe November 2023
Copyright © 2023 by Mara Andeck
Copyright © dieser Ausgabe 2023
by Wilhelm Goldmann Verlag, München,
in der Penguin Random House Verlagsgruppe GmbH,
Neumarkter Str. 28, 81673 München
Umschlaggestaltung: UNO Werbeagentur, München
Umschlagmotive: Richard Jenkins Photography; gettyimages/Grant Faint
LS · Herstellung: ik
Satz: KCFG – Medienagentur, Neuss
Druck und Bindung: GGP Media GmbH, Pößneck
Printed in Germany
ISBN: 978-3-442-20656-8

www.goldmann-verlag.de

Für meine Mutter

*Niemand kann dir je nehmen,
was du getanzt hast.*

(Spanisches Sprichwort)

Die Figuren der Handlung

Familie de Conteville

Komtess Clea de Conteville, 18
Komtess Sophie de Conteville, 18,
ihre Zwillingsschwester
Graf Theodore de Conteville, Vater der beiden
Gräfin Isabella de Conteville, Mutter der beiden
Gräfin Helena von Kaunitz, Schwester der Mutter
Anna, Cleas Zofe
Emmy, Sophies Zofe
Dora, Zofe der Mutter
Gravett, Portier
Alma, Köchin

Familie von Glinsky

Fürst Nikolaj von Glinsky, 24, letzter lebender Glinsky
Fürst Radomir von Glinsky †, sein Vater
Fürstin Serafina von Glinsky †, seine Mutter
Alexej von Glinsky †, sein älterer Bruder
Gräfin Eleonore von Rossnitz, Schwester der Mutter,
Nikolajs Patin
Katharina Baroness von Rittegg, Nikolajs Briefpartnerin
Waldmann, sein Diener

Die Wiener Gesellschaft

Kaiserin Elisabeth von Österreich (1837–1898)
Kaiser Franz Joseph I. von Österreich (1830–1916)
Kronprinz Rudolf (1858–1889)
Erzherzogin Gisela (1856–1932)
Erzherzogin Maria Theresia (1845–1927)
Kronprinz Ernst August von Hannover (1845–1923)
Prinz Konstantin zu Hohenlohe-Schillingsfürst (1828–1896),
Obersthofmeister
Graf Gyula Andrássy (1823–1890)
Klemens Wenzel Lothar Fürst von Metternich † (1773–1859)
Pauline Fürstin von Metternich (1836–1921)
Móric Graf Sándor von Szlavnicza (1805–1878), ihr Vater
Richard Fürst von Metternich, ihr Ehemann (1829–1895)
Hans Makart, Maler (1840–1884)
Johann Strauss, Komponist (1825–1899)
Eduard Strauss, dessen Bruder, Komponist (1835–1916)
Anton Bruckner, Komponist (1824–1896)
Amalie Materna, Operndiva (1844–1918)
Adele Perlmutter, Fotografin (1845–1941)
Caroline Wiedmann, ihre Assistentin
Peter Ardeliano, Friseur (ca. 1844–1916)
Josef Gabesam, Kaffeehausbesitzer (1805–1883)
Siegfried Marcus, Mechaniker und Erfinder (1831–1898)
Aglaia von Enderes, Schriftstellerin (1834–1883)
Rudolf von Enderes, ihr ältester Sohn (1866–1917)
Bruno von Enderes, ihr zweiter Sohn (1871–1934)
Mathilde von Enderes, ihre Tochter (1874–1932)
Prinzessin Rixa von Hardeck, Debütantin
Komtess Mathilde von Hardeck, Rixas Cousine

Graf Basil von Monteregg, Witwer
Marek Radu, Tierpfleger in der kaiserlichen Menagerie
Jockel, dessen tauber Gehilfe
Anton, Tierpfleger
Prinz Carl von Weinigen, Épouseur
Graf Rudi von Waltershausen, Épouseur
Graf Friedrich von Clegen, Épouseur

Wien

Winter 1877/78

Kapitel 1

É wie Épouseur

So nennt man in hochadeligen Kreisen den erstgeborenen Sohn eines erstgeborenen Sohnes. Und jede Komtess von Rang und Verstand sollte förmlich danach lechzen, solch einen Épouseur zu heiraten. Er erbt nämlich Titel und Schlösser seiner Vorfahren und kann sich dann voll und ganz seiner wahren Bestimmung widmen: dem Schießen von Hasen und dem Hervorbringen männlicher Nachkommen. Wie überaus erfüllend! Welche Frau wäre nicht gern an seiner Seite?

»Clea, was schreibst du da?« Die Stimme meiner Mutter klingt scharf wie ein Husarensäbel, als sie mir ohne Vorwarnung das Schreibheft unter der Feder wegzieht.

Maman und ich sitzen an einem kleinen Tisch im Fotoatelier Adèle und überbrücken die Wartezeit, bis meine Schwester Sophie von allen Seiten vorteilhaft abgelichtet ist. Maman hat bis eben an einer Tasse Tee genippt und den Vorbereitungen zugesehen, ich habe mir Notizen gemacht.

Mein leises Kichern hat die Aufmerksamkeit meiner Mutter allerdings auf mich gelenkt. Jetzt überfliegt sie meine Zeilen, und ihre Augen weiten sich. »Was ist das?«, will sie wissen.

»Eine Art Nachschlagewerk, nur für mich«, antworte ich wahrheitsgemäß. »Ein Lexikon für meine erste Ballsaison. Damit ich auch ja nichts falsch mache.«

Mich trifft ein skeptischer Blick aus eisblauen Augen. »Lechzen? Hasen schießen? Überaus erfüllend? Soll das Ironie sein?« Maman hebt eine ihrer makellosen Augenbrauen, die auf der schneeweißen Haut an Rabenschwingen vor einem Winterhimmel erinnern. »Ironie? Aber nein! Natürlich nicht«, sage ich mit betont unschuldiger Miene. »Ich war nur ein wenig ... übermütig.«

Was diesmal *nicht* der Wahrheit entspricht. Natürlich waren diese Zeilen ironisch gemeint, doch es wäre äußerst unklug, das jetzt zuzugeben. Ich muss Mamans Verdacht sogar sofort im Keim ersticken.

Schnell füge ich hinzu: »Ich habe bisher ja fast nur auf dem Lande gelebt. In Wien fühle ich mich naiv wie ein Schäfchen. Deshalb notiere ich in diesem Heft alles, was du uns für diese erste Ballsaison rätst. Und dann lerne ich es auswendig. Das nimmt mir die Unsicherheit und hilft mir, meine Ziele zu erreichen.«

Nun befinde ich mich zum Glück wieder auf dem sicheren Boden der Wahrheit. Allerdings ist es nicht die ganze. Ich verschweige, dass meine Ziele in keiner Weise mit Mamans übereinstimmen. Sie will nämlich, dass ich heirate. Und ich will genau das nicht. Ich kann mir nichts Langweiligeres vorstellen als eine Ehe mit einem Épouseur.

Ich werde Mamans goldene Regeln zwar wirklich aufschreiben und auswendig lernen. Aber statt sie zu befolgen, werde ich jedes Mal genau das Gegenteil von dem tun, was sie mir geraten hat, und damit hoffentlich auch das Gegenteil erreichen. Vielleicht kann ich meine erste Wiener Ballsaison mit dieser Strategie ohne Ehemann überstehen. So könnte ich Zeit für die Umsetzung eines besseren Plans gewinnen, den ich zwar noch nicht habe, aber bald fassen werde. Das ist meine einzige Rettung.

Meine Mutter mustert mich aufmerksam. Sie kennt mich gut genug, um mir zu misstrauen. Aber vor der Fotografin und deren

Gehilfin, die gerade den Rock meiner Schwester malerisch drapieren, wird sie sich keinen Unmut anmerken lassen. Die Contenance der Gräfin Conteville ist nicht ohne Grund legendär. »Wir reden später darüber« ist alles, was sie sagt. Dann gibt sie mir mein Heft zurück und wendet sich wieder dem Geschehen im Atelier zu.

Wohlgefällig ruht ihr Blick auf Sophie. Meine Zwillingsschwester trägt ein geradezu märchenhaftes Ballkleid in zartem Rosé. Es ist an den Schultern weit ausgeschnitten, in der Taille schmal, dann folgt ein üppig bauschender Rock, unter dem zierliche Schuhspitzen hervorschauen. Die schimmernde rosa Seide verleiht Sophies Teint einen ebenso rosigen Schimmer. Ihre goldblonden Haare sind zu einem kunstvollen Gebilde aufgetürmt und mit Perlenschnüren verziert. Kerzengerade und regungslos steht sie neben einem zierlichen Tisch und lächelt.

Wie schafft sie das nur? Sie steckt, von vorne unsichtbar, in einer Art Schraubstock, der ihren Kopf und ihre Schultern ruhig hält, damit sie sich bei der Aufnahme auch ja nicht bewegt. Und trotzdem lächelt sie so zauberhaft, als stünde sie gerade auf einer taufrischen Wiese und sähe einem Fohlen beim Spielen zu.

Zischend flammt Licht auf. Das Bild ist im Kasten. Madame Adèle taucht unter dem Kameratuch auf und reicht ihrer Gehilfin die Platte, auf die Sophies Bild gebannt wurde, mit der Bitte, sie in die Dunkelkammer zu bringen. Dann verändert sie den Standort der Kamera geringfügig und dreht am Objektiv. »Wir machen noch eine Fotografie im Profil, das wird sehr hübsch«, murmelt sie dabei.

Maman stimmt zu, was selten ist. Aber Madame Adèle, die eigentlich Adele Perlmutter heißt und so wienerisch ist wie ein Kaiserschmarrn, ist die beste Fotografin der Stadt. Sie hat ihrem Namen aus Geschäftsgründen eine französische Aussprache verpasst und ist eine wahre Künstlerin. Wie keine Zweite schafft sie es, durch das geschickte Platzieren von Lichtquellen die Gesichtszüge ihrer Kundinnen so plastisch zu modellieren, dass sie beinahe dreidimensional und zugleich wunderschön wirken. Niemand würde ihren Vorschlägen je widersprechen, nicht einmal Maman. Sonst wären in Madame Adèles Atelier bei der nächsten Anfrage plötzlich keine Termine mehr frei.

Mein Blick ruht ebenfalls wohlwollend auf Sophie. Aber es ist weniger ihre Schönheit, die mich in diesem Moment berührt, als vielmehr ihre unerschütterliche Fröhlichkeit. Egal, was Sophie tut, sie erfüllt jede Aufgabe mit einer unbekümmerten Leichtigkeit, die mir fremd ist.

Obwohl wir Zwillinge sind, ähneln wir uns weder äußerlich noch innerlich. Sophie ist blond, ich bin dunkelhaarig. Sie ist klein, ich bin hochgewachsen. Sie ist stets freundlich und mild, ich bin oft aufbrausend und viel zu direkt. Anders als mir ist es Sophie außerdem fremd, lange über etwas nachzugrübeln. Wenn sie sich eine Meinung über etwas bilden will, probiert sie es einfach aus. Und sollte sie dabei in Situationen geraten, die ihr nicht behagen, verändert sie diese mit so unnachahmlichem Charme, dass man ihr unauffälliges Eingreifen fast nicht bemerkt.

Mich allerdings verändert Sophie nie. Mich liebt sie, wie ich bin. Und sie unterstützt mich stets bei meinen Plänen. So auch heute.

Sophie und ich sollen auf Mamans Wunsch von Madame Adèle in den drei Ballkleidern abgelichtet werden, die wir bei den bedeutendsten gesellschaftlichen Ereignissen dieser Saison tragen werden. Das sind unser eigener Ball, der Hofball und ein weiteres Großereignis, das Maman erst auswählen wird, wenn sie sieht, wie gut oder schlecht wir uns auf dem gesellschaftlichen Parkett schlagen. Sollte sich bei einem dieser Bälle ein vielversprechender

Épouseur in unseren Anblick verlieben, wovon Maman fest überzeugt ist, können wir ihm bei der nächsten Gelegenheit errötend ein Bild überreichen, das uns in genau der Aufmachung zeigt, in der wir sein Herz erobert haben. Woraufhin seine Gefühle natürlich noch heftiger brodeln und er innerhalb kürzester Zeit zum Heiratsantrag auf die Knie sinkt. Den nehmen wir dann flugs an und leben glücklich bis ans Lebensende.

So zumindest stellt Maman sich das vor. Und Sophie ist gern bereit, wenigstens testweise mitzuspielen.

»Wie kann ich wissen, was ich will, wenn ich es nicht ausprobiere?«, hat sie heute Morgen wieder einmal zu mir gesagt.

Mir ist zwar völlig unklar, wie man die Heirat mit einem Épouseur *ausprobieren* kann. Aber wenn eine das schafft, dann Sophie. Außerdem kann sie bestimmt sogar einen hochadeligen Schlosserben dazu bringen, Hasen zu züchten, statt sie zu jagen, und sich über eine siebenköpfige Töchterschar mehr zu freuen als über eine ganze Wagenladung voller Stammhalter. Meiner Schwester traue ich das zu. Mir nicht.

»Einen Ball habe ich bereits ausprobiert«, habe ich deswegen zu bedenken gegeben. »Und du weißt, wie das endete.«

Ich war damals zwölf. Es war mein erstes richtiges Tanzfest, und das gesellschaftliche Parkett, auf dem ich mich an diesem Abend bewegte, war das glänzendste im ganzen Land. Viele Mädchen in meinem Alter hätten ihre Seele verkauft, um am Adoleszentenball der Kaisertochter Gisela teilzunehmen. Ich allerdings hätte schon damals alles gegeben, um zu Hause bleiben zu dürfen. Natürlich war ich chancenlos, meine Mutter hätte mich auch an den Ohren in die Hofburg geschleift, wenn es notwendig gewesen wäre.

Als wir im Palast ankamen, lief Sophie mit leuchtenden Augen durch die Räume und fand alles geradezu märchenhaft schön. Ich nicht. Mein Kleid war zu eng, meine Frisur saß zu straff, meine

Schuhe waren zu rutschig und der Ballsaal zu kalt. Um vier fing das Spektakel an, um neun waren wir immer noch dort. Sophie drehte Walzerrunde um Walzerrunde, sogar der Kaiser höchstpersönlich forderte sie auf und schwenkte sie lustig im Kreis herum, so wie jeder normale Hausherr und Vater das bei einem solchen Ball mit den Freundinnen seiner Töchter macht.

Ich allerdings tanzte schon lange nicht mehr, denn meine Zehen schmerzten. Mein letzter Tanzpartner hatte sie beim Walzer schwer malträtiert, dabei war er deutlich älter als ich gewesen. Danach saß ich verzweifelt und schläfrig am Rande der Tanzfläche auf einem Sessel und versuchte, die Augen offen zu halten. In diesem Moment trat ausgerechnet die unvergleichlich schöne Kaiserin Elisabeth auf mich zu.

Maman hatte mir vorher strengstens eingeschärft, mich gut zu benehmen, und so gab ich mir alle Mühe. Ich erhob mich, ganz wie es die Etikette vorschreibt, und sank in einen tiefen Knicks.

Aber mein blasses, müdes Gesicht verriet mich offenbar, denn die Kaiserin fragte sanft: »Clea, geht es dir nicht gut? Willst du etwas essen?«

Die Überraschung darüber, dass sie sich meinen Namen gemerkt hatte, verschlug mir fast die Sprache. »Ich danke Eurer Majestät tausendmal, aber nein, ich möchte nichts essen«, brachte ich mühsam hervor. »Mir geht es sehr gut.«

»Willst du Gefrorenes, Kompott, Tee, Limonade oder Backwerk, Liebes?«, fuhr die Kaiserin fort.

Wieder dankte ich mit größter Höflichkeit.

»Verrate mir, Clea, was willst du dann?«, hakte Ihre Majestät nach.

Und da brach es plötzlich aus mir hervor. »Ruhe möchte ich haben«, piepste ich kläglich. »Und schlafen möchte ich gehen.«

Um uns herum wurde es sehr still. Die Hofdamen der Kaiserin

blickten sich erschrocken an. Doch sie selbst lachte hell auf. »Du bist eine gescheite kleine Person«, sagte sie freundlich. »Genau das möchte ich auch oft.«

Dann verfügte sie, dass ich nach Hause gebracht werden sollte. Und zwar sofort.

Mein Vater lachte über diese Episode, solche Geschichten waren ganz nach seinem Geschmack. Doch meine Mutter tadelte mich streng und verstärkte fortan ihre Bemühungen, mich zu einer Dame zu formen.

Zum Glück hatte ich Sophie an meiner Seite, die mir immer half, ich selbst zu bleiben.

Sophie und ich wissen beide, dass mindestens eine von uns heiraten *muss*. Wenn Papa einmal nicht mehr lebt, geht fast unser ganzer Besitz an den nächsten männlichen Erben über, und das ist ein entfernter Cousin, den wir noch nie gesehen haben. Für Maman ist dann immer noch gesorgt, für uns nicht mehr. Kein schönes Thema, wir vermeiden es, darüber zu sprechen. Aber unausgesprochen steht seit dem Adoleszentenball fest, dass sich Sophie für diesen Part besser eignet als ich.

»Frau Gräfin?« Madame Adèle kommt auf uns zu. »Komtess Sophie ist jetzt fertig. Wir könnten mit den Fotografien von Komtess Clea beginnen. Allerdings scheint Komtess Sophie sich nicht ganz wohlzufühlen. Sollen wir lieber einen neuen Termin vereinbaren?«

»Sie fühlt sich nicht wohl?« Maman erhebt sich, ihr Blick sucht Sophie. »Was bedeutet das?«

Jetzt tritt Sophie näher. Sie steckt noch immer in dem roséfarbenen Kleid. Anders als noch vor wenigen Minuten sieht sie allerdings plötzlich blass aus. Erstaunlich, was feiner Reispuder auf den Wangen bewirken kann. Unauffällig zwinkert sie mir zu.

»Mir ist nur ein wenig übel, vielleicht von dem grellen Licht«, sagt sie. »Aber macht euch keine Sorgen!« Sie lächelt tapfer. »Verlegen können wir den Termin nicht mehr. Dafür ist keine Zeit. Ich werde einfach vorausfahren. Bleib du ruhig bei Clea, Maman, sie soll doch auch schöne Bilder haben. Ich werde schon nicht ohnmächtig werden. Und wenn doch, ist der Kutscher ja bei mir, er wird sich bestimmt gut um mich kümmern.«

Der Pfeil ist abgeschossen und trifft genau ins Schwarze. Natürlich kann Maman Sophie in diesem Zustand nicht dem Kutscher überlassen, das ist undenkbar. Für eine Terminverlegung ist es aber wirklich zu spät. Also muss Maman Sophie begleiten und mich später abholen lassen.

Kurz darauf bin ich die einzige Kundin im Atelier Adèle. Eine hochzufriedene schon jetzt, noch bevor eine Fotografie im Kasten ist. Denn nun bin ich sicher, dass alles nach meinem Willen verlaufen wird, Stichwort Gegenteil.

Gräfin Isabella de Conteville, Wien
an Gräfin Helena von Kaunitz, Prag

3. Dezember 1877

Geliebtes Schwesterherz,

der Saisonauftakt lässt mir kaum Luft zum Atmen, aber ich will mir dennoch die Zeit nehmen, dir wenigstens kurz zu antworten. Heute Nachmittag reitet unser alter Freund Bersdorff nämlich nach Prag, und er hat mir versprochen, dir den Brief gleich zu bringen, wenn er in der Stadt ankommt. Diese Gelegenheit will ich nicht ungenutzt lassen.

Deine Schilderung des Prager Saisonauftaktes habe ich mit großer Freude gelesen. Du beschreibst alles so lebhaft, dass es mir fast vorkommt, als wäre ich dabei gewesen. Und wenn es mir gelingt, beide Töchter in diesem Jahr gut zu verheiraten, werde ich nächstes Jahr um diese Zeit auch tatsächlich bei euch sein. Mir ist die feine, kleine, in sich geschlossene Gesellschaft Prags sehr viel lieber als die sich nach außen weltoffen gebende Aristokratie Wiens, die ihre Fähnchen in Wahrheit stets wankelmütig in den jeweils vorherrschenden Wind hängt. Doch dies nur unter uns. Laut äußern darf man es nicht.

Theodore und die beiden Mädchen sind wohlauf. Sophie entwickelt sich täglich mehr zu einer ebenso zauberhaften wie leicht lenkbaren Schönheit, und auch Clea ist in den vergangenen Monaten zu einer entzückenden jungen Dame herangereift, wenngleich sie mir – anders als ihre Schwester – zunehmend Kopfzerbrechen bereitet. In ihrem Wesen fällt mir schon immer ein rebellischer Charakterzug auf, der ihr in ihrem späteren Leben noch viel Kummer bereiten wird, wenn es nicht gelingt, ihn in die richtige Richtung zu kanalisieren. Doch ich bin zuversichtlich, dass mir das glückt. Sie wäre nicht die erste Komtess, die nach einer anfänglich trotzigen Phase durch Heirat und Geburten zu einer bis dahin unbekannten Sanftheit und Fügsamkeit findet.

Verzeih, dass ich nicht ins Detail gehen kann, die Zeit drängt, ich muss nun leider enden. Doch nicht, ohne rasch ein Thema anzusprechen, das mir aus naheliegenden Gründen auf den Nägeln brennt. Offenbar ist Nikolaj Glinsky derzeit in Wien. Ich hörte vom Tod seines Vaters und gehe davon aus, dass er nun dessen Erbe ist. Weißt du mehr über die Umstände? Und über Nikolaj? Ist er gesund? Von klarem Verstand? Von gutem Charakter? Und in welchem Zustand sind Losnitz und die anderen Besitztümer der Familie?

Ich erwarte mit Spannung deine Antworten!

Bersdorff reitet am Freitag zurück, bitte gib ihm ein Schreiben mit, wenn du es irgend einrichten kannst.

Auf baldige Nachricht freut sich
Lilly

Kapitel 2

W wie menschlicher Wille

Maman sagt: Eigener Wille brennt in der Hölle.
Goethe sagt: Des Menschen Wille ist sein Himmelreich.
Sophie sagt: Wie kann ich wissen, was ich will, wenn ich es nicht ausprobiere?
Ich sage: Wo ein Wille ist, ist auch ein Umweg.

»Komtess Clea, darf ich Sie bitten, einen Moment zu warten?«, fragt Madame Adèle.

»Natürlich.« Ich setze mich noch einmal an den kleinen Tisch und nehme die bezaubernde Umgebung erst jetzt richtig wahr.

Das Atelier Adèle verfügt über ein Glasdach, deswegen ist es hier auch an einem trüben Dezembertag wie diesem ungewöhnlich hell. Der große Hauptraum ist wie ein prächtiger Salon eingerichtet. Es gibt schwere dunkle Möbel, alle Sessel und Stühle haben einen Bezug aus geblümtem Samt. In einer Ecke steht ein reich verzierter Spiegel, auf dem Boden liegen Orientteppiche. Vor den Fenstern sehe ich tropische Pflanzen in gewaltigen Kübeln, Farne, Palmen und sogar Blütensträucher.

All dies dient wohl als Hintergrund für die Fotografien. Wer ein orientalisches oder italienisches Ambiente wünscht, kann auch um ein entsprechendes Wandgemälde als Hintergrund bitten, das dann auf Schienen hereingezogen wird. Aber das ist Maman zufolge eher etwas für Schauspielerinnen oder Damen mit schlechtem Geschmack. In unseren Kreisen gilt es als vulgär. Und genau deswegen will ich es haben.

»Wie besprochen machen wir alles ganz anders als bei meiner Schwester«, ordne ich an, als die Fotografin bereit ist.

»Wie besprochen?« Madame Adèle wirkt irritiert.

»Genau.« Ich lächele verbindlich. »Meine Mutter hat diese Idee ja eben ausgeführt, und Sie haben ihr zugestimmt.«

Madame Adèles Augen weiten sich erstaunt. »Sie hat …«, beginnt sie, hält dann aber inne.

»Sie hat betont, wie schwierig es für eine Mutter ist, zwei Töchter in ein und derselben Saison in die Gesellschaft einführen zu müssen, was bei Zwillingen ja nun leider notwendig ist«, vervollständige ich den Satz.

Die Fotografin nickt, denn das hat Maman zu Beginn der Fotositzung tatsächlich erwähnt.

»Meine Mutter hat ebenfalls erzählt, dass ihre Töchter sich glücklicherweise in Aussehen und Naturell stark unterscheiden, sodass sie auf Bällen wohl kaum in Konkurrenz geraten werden.«

Wieder nickt Madame Adèle, denn auch das hat Maman tatsächlich gesagt.

»Folglich müssen die Fotografien so komponiert werden, dass sie die Unterschiede zwischen mir und meiner Schwester betonen«, fahre ich selbstsicher fort, noch immer Mamans Worte wiederholend. Doch nun gilt es, klug zu sein, denn jetzt verlasse ich dieses sichere Terrain. »Daher werde ich auf meinen Bildern nicht als Märchenprinzessin im Ballkleid in Erscheinung treten wie Sophie. Ich werde genau so fotografiert, wie ich bin. Also nicht in großer Robe.« Ich weise mit der Hand auf den Kleiderständer, an dem meine drei pastellfarbenen Seidenkleider hängen. »Bitte fotografieren Sie mich in meinem Alltagskleid. Und in einer natürlichen Haltung, ohne Schraubstock. Eine einzige Fotografie ist außerdem völlig ausreichend. Und als Hintergrund möchte ich einen Wald. Geht das?«

Madame Adèle erbleicht. »Einen Wald haben wir nicht unter den Gemälden«, sagt sie steif. »Nur einen knorrigen Baum.«

»Dann nehme ich den.«

Sie schluckt hart. »Sind Sie sicher?«

»Ich war mir nie sicherer als jetzt.«

»Und Ihre Mutter ...« Madame Adèle stockt mitten im Satz, nervös knetet sie ihre Hände.

»... hat dies selbst vorgeschlagen«, ergänze ich leichthin. »Sie waren ganz in die Arbeit vertieft. Vielleicht sind Ihnen deshalb einige Details des Gesprächs entgangen.«

Die Fotografin wirft ihrer Assistentin einen hilfesuchenden Blick zu.

Doch das junge Mädchen mit dem dunklen Haarknoten und den feinen Sommersprossen auf der Nase zuckt mit den Schultern. »Ich war auch ganz vertieft«, sagt sie.

Madame Adèle atmet laut hörbar ein. Sie stößt die Luft zischend wieder aus, dann fasst sie einen Entschluss. »Caroline, bitte bereite das Bild mit dem Baum vor. Ganz, wie die Gräfin es wünscht. Eine hervorragende Idee übrigens. Wenn man zwei Töchter in derselben Ballsaison debütieren lassen muss, ist es gut, sie stilistisch unterschiedlich zu präsentieren.«

Trotz ihrer zustimmenden Worte wirkt Madame Adèle nur halb überzeugt. Nachdenklich ruht ihr Blick auf meinen Ballkleidern, und ich kann die Gedanken in ihrem Kopf förmlich hören: Warum hat die Gräfin diese Roben mitgenommen, wenn sie für die Fotografien nicht brauche?

»Wir haben die Kleider zur Sicherheit dabei«, sage ich rasch. »Es hätte ja sein können, dass Sie als Fachfrau uns aus guten Gründen von unserer Idee abraten. Aber das haben Sie nicht getan, als meine Mutter Ihnen die Pläne erläutert hat. Sie haben vielmehr zugestimmt.«

»Ich habe vielmehr zugestimmt«, wiederholt Madame meine Worte wie ein Echo. Erneut irrt ihr Blick zu ihrer Assistentin. Aber die zuckt auch dieses Mal bedauernd mit den Schultern. Plötzlich erhellt sich Madame Adèles Miene. »Caroline, diese Bilder machst du«, ordnet sie an. »Du beherrschst ... naturalistische Aufnahmen ja ohnehin besser als ich. Ich muss leider ... nach meiner kranken Mutter sehen. Nicht dass ihre letzte Stunde naht, ohne dass sie zuvor mit mir sprechen konnte.« Sie wendet sich mit einem verbindlichen Lächeln an mich. »Mademoiselle Caroline Wiedmann wird das ganz wunderbar machen!« Sie spricht auch den Vornamen ihrer Assistentin französisch aus.

Danach verabschiedet Madame Adèle sich hastig und verlässt mit raschen Schritten den Salon.

»Naturalistische Bilder?«, murmelt Caroline fast unhörbar. »Ich habe keine Ahnung, was das ist.«

»Es bedeutet, dass Sie mich genau so fotografieren, wie ich bin«, erläutere ich das Fremdwort.

»Äußerlich oder innerlich?«, hakt Caroline nach.

Ich ziehe eine Augenbraue hoch. »Ist das ein Unterschied?«

Sie nickt. »Natürlich.«

»Wie wollen Sie denn mein *Inneres* fotografieren?«, will ich wissen. »Die Kamera kann doch nicht hellsehen.«

Doch Caroline lässt sich von mir nicht aus der Ruhe bringen. »Wenn Sie zustimmen, nehme ich zwei Fotografien auf. Bei der ersten bilde ich die äußerlich sichtbare Wirklichkeit ab. Und bei der zweiten die innere.«

Ich betrachte Caroline genauer. Sie ist kleiner als ich, sehr zierlich und auffallend hübsch, mit einem schmalen, feinen Gesicht, lebendigen grünen Augen, zarten Sommersprossen auf der Nase und einem Mund, der sogar zu lächeln scheint, wenn sie ernst ist. Aber ihr Aussehen scheint ihr völlig gleichgültig zu sein. Sie hat ein schlichtes schwarzes Kleid an, ihre Haare sind streng zurückgebunden, und sie trägt keinen Schmuck, nicht einmal eine Haarspange. So sieht kein Mensch aus, der mehr darstellen will, als er ist. Dennoch spricht sie von ihrer Arbeit, als könne sie damit Wunder vollbringen.

»Wenn Sie meine Seele auf ein Bild bannen könnten, wären Sie eine Magierin«, sage ich leichthin. »Das wäre faszinierend. Und ich weiß, dass es derzeit sehr en vogue ist, an Zauberei zu glauben. Aber ich tue es nicht.«

»Mit Zauberei hat das nichts zu tun.« Die grünen Augen der jungen Frau blitzen mutwillig auf. »Wenn Sie mir nicht glauben, wagen Sie doch einen Versuch.«

Fordert sie mich gerade heraus? Interessant! Solche Duelle liebe ich.

»Einverstanden!« Ich klatsche in die Hände. »Was muss ich tun?«

»Einen Augenblick bitte.« Caroline durchschreitet den Salon, öffnet eine Seitentür und zieht aus dem Nebenraum ein riesiges Gemälde auf Rollen hervor. Es zeigt einen dicken Eichenstamm und darüber einen ausladenden Ast mit sattgrünen Blättern. »Stellen Sie sich bitte vor das Bild, und zwar seitlich neben den Stamm, damit der Ast einen schönen Bogen über Ihrem Kopf bildet.«

Wortlos nehme ich den mir zugewiesenen Standort ein.

»Sie möchten den Kopf wirklich frei tragen? Oder darf ich Ihnen doch eine Stütze anbieten?«, fragt Caroline.

»Sie wollen die Wahrheit zeigen. Und in Wahrheit benötigt mein Kopf keine Stütze«, gebe ich zurück.

Caroline lächelt. »Dann wählen Sie bitte eine Pose, in der Sie einige Sekunden regungslos ausharren können.«

Ich stelle mich stabil auf beide Beine, nehme die Schultern zurück und blicke geradeaus.

Caroline betrachtet mich durch die Linse der Kamera. »Sehr gut«, murmelt sie.

Mit unbewegter Miene verkünde ich: »Ich bin bereit.« Und verwandele mich gedanklich in eine Steinstatue.

»Einen Moment bitte, ich muss noch das Licht optimieren. Dieses erste Bild soll Sie ja genau so zeigen, wie Sie wirklich aussehen. Da darf kein Gesichtszug im Schatten liegen.«

Mit drei Schritten ist Caroline am Fenster und zieht alle Vorhänge ganz beiseite. Anschließend stellt sie den Standspiegel so geschickt auf, dass er das Tageslicht auf mein Gesicht reflektiert. »So, ich hole jetzt die Platte, dann bin ich bereit.«

Ich nicke fast unmerklich.

Kurz darauf kehrt Caroline zurück, legt die Platte ein, und ich versteinere erneut.

»Achtung, Licht!«, sagt sie, genau wie eben bei Sophies Aufnahmen.

Ein gleißender Blitz erhellt den Raum.

»Sehr gut. Und das war's auch schon mit dem Bild, das die äußere Wahrheit zeigt.« Caroline entnimmt die Platte und eilt damit Richtung Nebenraum. »Ich muss es rasch entwickeln«, ruft sie mir über die Schulter zu. »Bitte ziehen Sie für die zweite Aufnahme eins Ihrer Ballkleider an. Am besten das weiße mit den Rosen.«

»Ein Ballkleid?«, frage ich fassungslos. »In diesen Stoffungetümen bin ich niemals ich selbst.«

Caroline mustert den edlen Stoff geradezu ehrfürchtig. »Vertrauen Sie mir. Das Bild wird Ihnen ganz sicher gerecht werden, auch wenn ein Kleid das gewiss nicht vermag.«

Kopfschüttelnd betrachte ich das Rosenkleid, das ich beim Hofball tragen soll. In diesem Monstrum aus weißer Seide und

Tüll, das über und über mit Rosenblüten bestickt ist, werde ich mein inneres Wesen niemals offenbaren. Wer mich kennt, weiß das. Aber Caroline hat mich erneut herausgefordert, und ich nehme auch diesen Fehdehandschuh an. Mit einem tiefen Seufzer angele ich das Kleid vom Bügel und trete damit hinter den Paravent, der den Ankleidebereich abschirmt.

Mein weinrotes Samtkleid habe ich schnell abgestreift. Ich werfe es über die Trennwand, steige in das Ballkleid, ziehe es vorsichtig hoch, damit nichts reißt, und tauche mit den Armen in die Stoffwogen. Jetzt wird es kompliziert. Ich schaffe es nach einigem Hin und Her, das Ungetüm ohne fremde Hilfe über dem seltsamen Unterrock zurechtzuzupfen, den ich trage, seit wir in der Stadt sind. In sein Gestänge ist direkt über dem Gesäß ein dickes Kissen eingearbeitet. Das sogenannte Pariser Popöchen, das den Damen der feinen Gesellschaft durch eine übertriebene Ausbuchtung die Silhouette einer schreitenden Henne verleiht. Aber als der Rock endlich richtig sitzt, scheitere ich am Oberteil. Anders als mein Tageskleid wird die Ballrobe mit winzigen Haken am Rücken geschlossen, und das schaffe ich nicht allein. Mir bleibt nichts anderes übrig, als den weiten Ausschnitt mit den Händen festzuhalten, während ich hinter dem Paravent auf Carolines Hilfe warte. Wo bleibt sie nur? Wie lange dauert es eigentlich, eine Fotografie zu entwickeln?

Offenbar sehr lang.

Endlich höre ich eine Tür klappern. Dann Schritte auf dem Parkett. Und zuletzt ein schabendes Geräusch.

»Mademoiselle Caroline?«, frage ich.

»Die suche ich auch«, antwortet eine Männerstimme.

Vor Schreck setzt mein Herz einen Schlag aus. Und dann rotieren meine Gedanken, ohne dass ich einen einzigen davon richtig fassen kann. Ich bin halb nackt. In einem öffentlich zugänglichen

Raum. Ganz allein. Mit einem Mann. O Gott, was da alles passieren kann!

Selbst wenn nichts weiter geschieht, ist mein Ruf ruiniert, sollte sich das herumsprechen. Diese Situation kann nur in einer Katastrophe enden. Meine einzige Chance besteht darin, sie schnellstmöglich zu beenden, ohne dass jemand davon erfährt. Und diese Chance ist mehr als gering.

»Caroline holt gerade die Polizei«, sage ich mit fester Stimme. »Sie müssten gleich hier sein.«

»Oh!«, sagt der Mann überrascht. »Warum?« Seine Stimme klingt angestrengt, fast ein wenig atemlos.

Ich spähe durch den Spalt zwischen den Elementen des Paravents. Der Eindringling ist groß und kräftig. Noch recht jung. Gut gekleidet. Ich kann sein Gesicht kaum sehen, denn er trägt einen riesigen Blumentopf, in dem eine üppige Palme bedenklich schwankt. Das ist nicht die übliche Aufmachung eines Bösewichts, stelle ich erleichtert fest, und lange wird er die Pflanze nicht mehr halten können. Hoffentlich stellt er sie gleich ab und geht weg.

Ich habe einmal gehört, Angriff sei die beste Verteidigung. Also presche ich vor. »Was die Polizei hier will, geht Sie gar nichts an!«, sage ich scharf. »Aber ich rate Ihnen ganz dringend, sich umgehend von diesem Ort zu entfernen.«

»Einverstanden.« Der Mann keucht beim Sprechen.

Wie ich durch den Spalt sehen kann, macht er allerdings keine Anstalten, sich zurückzuziehen. Im Gegenteil, die Palme bewegt sich jetzt schaukelnd auf mich zu. Ich kralle meine Finger fest in den Stoff des Kleides, weiche zurück und überlege, ob es helfen würde zu schreien.

Auf einmal höre ich den Mann ganz nah. Er ächzt. Dann rumst etwas auf den Boden. Der Schrei bleibt mir im Hals stecken.

Voller Panik spähe ich durch den Spalt, doch da sehe ich nur noch lange grüne Blätter. Der Mann hat die Palme direkt vor dem Paravent abgestellt.

»Warum verstecken Sie sich?«, will er wissen.

»Auch das geht Sie nichts an.« Meine Stimme bebt. Das ist nicht gut. Man sollte in Gefahrensituationen nie Angst zeigen. Ich atme tief durch.

»Könnten Sie mir den Empfang der Pflanze vielleicht quittieren?«, fragt der Fremde freundlich.

»Nein!« Zum Glück ist meine Stimme wieder fest. »Ich bin hier Kundin. Und ich bin inkognito. Daher befehle ich Ihnen, das Atelier jetzt zu verlassen.«

»Oh, Verzeihung! Ich wollte Sie nicht stören. Sagen Sie Caroline einfach, dass die Pflanze viel Wasser benötigt. Ich hole sie übermorgen wieder ab.«

Himmel, er benimmt sich, als hätte ich nichts gesagt.

»Gehen Sie!«, sage ich heftig. »Sonst ...«

»Sonst was?«, hakt er nach.

Ich werde so wütend, dass ich ihn am liebsten in der Luft zerreißen würde. Und es vor lauter Zorn sogar könnte. Aber dafür müsste ich meine Deckung verlassen, und das geht nicht.

»Sonst werde ich Sie melden!«

»Das klingt schrecklich.«

Die Ironie in seiner Stimme ist nicht zu überhören, was meinem Ärger neue Nahrung gibt. Immerhin verraten mir seine Schritte, dass er sich zurückzieht.

»Auf Wiedersehen«, höre ich ihn noch sagen. Dann öffnet er die Tür. Aber er ist noch nicht hindurch. »Übrigens«, fährt er fort, »durch einen Spalt kann man in beide Richtungen sehen. Hinein und hinaus. Sie haben schöne Augen.«

Jetzt kann ich meine Wut nicht länger beherrschen. »Sie sind unverschämt!«, fauche ich.

»Und Sie unfreundlich!«, entgegnet er. Was ich nicht leugnen kann.

Die Tür fällt ins Schloss.

Ist er wirklich weg? Oder ist das eine Falle?

Ich wage es nicht, den Schutz des Paravents zu verlassen, um es herauszufinden.

Gräfin Isabella de Conteville, Wien
an Fürstin Pauline von Metternich, Wien

3. Dezember 1877

Liebe Pauline,

vielen Dank für deine überaus herzlichen Zeilen.

Wir sind wie geplant am vergangenen Samstag in unserem Stadtpalais eingetroffen und haben es in einem furchtbaren Zustand angetroffen. Den Staub auf den Kandelabern kannst du dir in deinen schlimmsten Träumen nicht vorstellen! Und der Park wirkt ungepflegt. Man bekommt ja so schwer gutes Personal.

Dennoch bin ich glücklich, endlich wieder in meinem geliebten Wien zu sein. Die Prager Gesellschaft ist in ihrem Denken und Handeln ja doch sehr kleinstädtisch und engstirnig. Hier dagegen weht ein frischer, inspirierender Wind.

Theodore und unseren Töchtern geht es sehr gut, vielen Dank für die freundliche Nachfrage. Theodore ist derzeit geschäftlich leider stark eingebunden, und ich sehe ihn kaum. Aber wem erzähle ich das? Bei Richard wird es nicht anders sein, man hört nichts Gutes von den Aktienmärkten.

Für die Mädchen ist dies die erste Ballsaison, und sie sind naturgemäß sehr aufgeregt. Ich freue mich schon darauf, dir meine beiden Juwelen bald vorstellen zu können. Sie benötigen noch ein wenig Zeit, um sich einzuleben, denn sie haben die vergangenen Jahre fast ausschließlich auf dem Lande verbracht und müssen sich an die Gepflogenheiten des Stadtlebens erst gewöhnen. Aber Anfang Januar werden sie sich gewiss akklimatisiert haben, und dann wird es für die beiden eine große Freude und eine noch viel größere Ehre sein, mich in deinen Salon begleiten zu dürfen.

Ich selbst fiebere den Nachmittagen in dem von dir geschaffenen bezaubernden Kreise bereits in großer Vorfreude entgegen und nehme selbstverständlich ab sofort an jedem Jour fixe teil, denn ich möchte mir keinen einzigen davon entgehen lassen.

*In tief empfundener Freundschaft
Isabella*

Kapitel 3

F wie Fotografie

Unsere Köchin Alma lässt sich nie fotografieren. Sie glaubt steif und fest, jede Aufnahme würde ein Stück ihrer Seele stehlen. Ich habe bisher darüber gelächelt. Jetzt nicht mehr.

Zwei Stunden später bin ich wieder zu Hause. Ich sitze in meinem Zimmer am Frisiertisch und versuche, meine Gedanken zu ordnen, indem ich sie aufschreibe. Doch nach wenigen Zeilen halte ich inne. Maman kann mein Schreibheft jederzeit anfordern, um es zu lesen. Und was ich heute erlebt habe, darf sie auf gar keinen Fall wissen.

Rasch klappe ich das Heft zu, lehne mich zurück und betrachte mein Gesicht im Spiegel.

In dem Oval aus Rosenholz wirke ich im ersten Moment nicht anders als heute Morgen. Vielleicht sehen meine dunklen Augen ein bisschen müder aus. Und die Frisur ist unordentlicher.

Doch auf einmal entdecke ich an mir fast unmerkliche Züge, die mir nie zuvor aufgefallen sind. Haben Carolines Bilder meinen Blick dafür sensibilisiert? Oder haben sie mich verändert? Beide Gedanken sind mir unangenehm, denn was ich sehe, gefällt mir gar nicht.

Um das alles besser zu verstehen, lasse ich die Erlebnisse des Vormittags noch einmal Revue passieren.

Als der Palmenlieferant das Atelier endlich verlassen hatte, war es mehrere Minuten ganz still im Atelier Adèle. Ich hörte nur noch das leise Ticken einer Uhr. Nicht einmal aus der Dunkelkammer drang ein Geräusch zu mir herüber. Dennoch blieb ich sicherheitshalber hinter dem Paravent stehen. Nach dem Schreck pochte mein Herz noch immer schneller als das eines Kaninchens.

Eine Tür fiel zu, und ich zuckte zusammen. Doch diesmal kam das Geräusch eindeutig nicht vom Eingang, sondern von der anderen Seite des Raumes.

»Komtess Clea?«, hörte ich Caroline fragen. »Sind Sie bereit für das nächste Bild?«

Vor Erleichterung schloss ich kurz die Augen.

»Würden Sie mir bitte bei den Haken meines Kleides helfen?«, fragte ich, als ich mich wieder gefasst hatte. »Es wird hinten geschlossen, und ich komme nicht dran.«

»Selbstverständlich«, antwortete Caroline. »Oh! Woher kommt diese Palme?«

»Die wurde eben gebracht. Kurz nachdem Sie nach nebenan gegangen waren«, antwortete ich bewusst beiläufig. Ich musste ja so klingen, als wäre ich voll bekleidet und absolut Herrin der Lage gewesen. »Ein Herr hat sie abgestellt und gesagt, er würde sie übermorgen wieder abholen. Ach ja, und sie benötigt offenbar viel Wasser.«

»Wie alle Palmen«, murmelte Caroline vor sich hin. »Aber er liebt diese Pflanzen wie Kinder. Ohne Pflegeanleitung überlässt er sie mir nicht.« Sie schob die Pflanze ein bisschen zur Seite. »Moment, ich muss kurz die Kamera richtig positionieren, dann helfe ich Ihnen.«

Es klapperte und rumpelte hinter dem Sichtschutz.

»So«, sagte Caroline irgendwann zufrieden. »Jetzt ist es gut. Vielleicht treten Sie besser hinter dem Paravent hervor. Dahinter ist es zu eng für zwei.«

»Ja, gern.« Ich folgte ihrer Aufforderung und wäre dabei fast über die Schleppe meines Kleides gestolpert. Oh, wie ich es in diesem Moment hasste! »Könnte ich nicht doch mein anderes ...«, begann ich, sah auf und blickte direkt in die Linse der Kamera. »Was zum ...«

»Nicht bewegen!«, befahl Caroline.

Wie durch einen Reflex wurde ich zu Stein.

Licht zischte auf.

»Sehr gut. Danke!« Caroline nickte zufrieden.

»Was zum Teufel machen Sie da?«, schimpfte ich los. »Das ist ja ... Das ist wirklich ...« Vor lauter Empörung fehlten mir die Worte.

Völlig ungerührt nahm Caroline die Platte aus der Kamera. »Ich bin gleich wieder da.«

»Sie können doch nicht einfach ...«, rief ich ihr nach.

Aber sie konnte. Das Bild war bereits im Kasten, und sie war weg.

Nach Carolines Überfall mit der Kamera war ich wütend. Das grelle Licht hatte mir einen Höllenschreck eingejagt, und so spärlich bekleidet, wie ich war, fühlte ich mich im wahrsten Sinne des Wortes bloßgestellt. Doch es gab niemanden, den mein Ärger auch nur im Entferntesten interessiert hätte.

Daher zog ich mich hinter den Paravent zurück, ließ das Ballkleid einfach fallen und schlüpfte wieder in mein Tageskleid aus burgunderrotem Samt. Als ich gerade die letzten Knöpfe geschlossen hatte, hörte ich Schritte auf der anderen Seite des Sichtschutzes.

»Sind Sie mir noch böse?«, fragte Caroline.

»Noch?«, fuhr ich empört auf. »Ich fange gerade erst richtig damit an. Der Zenit meiner Wut ist noch längst nicht überschritten.« Ich trat hinter der Trennwand hervor. »Sie können mich doch nicht einfach unerlaubt fotografieren! Was fällt Ihnen ein?«

»Das habe ich nicht getan«, widersprach Caroline ruhig. Dieses Mädchen hatte wirklich ein überwältigendes Selbstvertrauen. Nichts brachte sie aus der Ruhe. Und irgendwie mochte ich das, sogar in dieser Situation. »Sie hatten meinem Projekt grundsätzlich zugestimmt«, fuhr sie fort. »Und dazu musste ich Sie überraschen. Das gehörte dazu.«

»Ich wollte aber nicht überrascht werden«, gab ich scharf zurück. »Ich hasse das.«

»Aber Sie wollten wissen, ob ich Ihr Inneres ablichten kann. Und das geht nur, wenn Sie der Kamera keine Fassade zeigen. Sie mussten sich unbeobachtet fühlen.«

Noch immer verärgert verschränkte ich die Arme vor der Brust. »Ich war nicht ordnungsgemäß bekleidet!«

Caroline zuckte mit den Schultern. »Das wird man auf dem Bild nicht sehen.«

Wir maßen uns mit Blicken. In ihrem erkannte ich Abwehr und Trotz, und vermutlich sah sie in meinem etwas Ähnliches. Wir waren in diesem Moment nur scheinbar eine Fotografin und ihre Auftraggeberin. In Wahrheit waren wir zwei Dickköpfe, die beide recht behalten wollten.

Irgendwann wurde mir das klar, und ich musste gegen meinen Willen lächeln. »Nun gut, zeigen Sie mir die Aufnahme, dann kann ich mich selbst überzeugen«, lenkte ich ein.

Jetzt lächelte Caroline auch mit den Augen und nicht nur mit dem bezaubernden Mund. »Sehr gern. Bitte folgen Sie mir.«

Wir betraten eine kleine Kammer, die nur spärlich beleuchtet war, da ein roter Schirm das Licht der Petroleumlampe dämpfte. In dem Kabuff roch es beißend nach Lack, Alkohol und anderen Chemikalien. Ich mochte diese Mischung, genau wie das rötliche Licht. In einem Regal standen Glasflaschen und Phiolen mit bunten Flüssigkeiten. Der Raum wirkte geheimnisvoll.

»Hier entwickle ich die Platten. Und danach bringe ich sie nach nebenan, wo sie trocknen können.«

Caroline öffnete eine weitere Tür, jetzt blendete mich helles Tageslicht.

»Das ist das Archiv«, erklärte sie. »Hier heben wir gelungene Fotoplatten auf, um jederzeit Abzüge herstellen zu können.«

Dieser Raum war deutlich größer als die Dunkelkammer. An den Wänden sah ich hohe Schränke mit zahlreichen flachen Schubladen. In der Mitte stand ein langer Eichentisch voller Metallplatten. Er war so groß, dass man ihn gerade noch umrunden konnte.

»Dort liegen die Aufnahmen dieser Woche«, erklärte Caroline. »Vor der Ballsaison sind es immer sehr viele. Manche trocknen, einige sollen retuschiert werden, von allen machen wir noch Papierabzüge. Da kommt einiges auf uns zu.« Ihre Augen leuchteten vor Begeisterung. Es war nicht zu übersehen, wie sehr sie ihren Beruf liebte.

»Sie retuschieren die Bilder?«, hakte ich nach. »Das heißt, Sie können sie verändern? Fotografien bilden also nicht die Wahrheit ab?«

Caroline zuckte mit den Schultern. »Zunächst schon. Jede Aufnahme, mag sie auch noch so schlecht komponiert sein, ist sehr viel ehrlicher als jedes gemalte Porträt. Aber man kann mit einfachen Kniffen viel verändern. Die Fotografie ist also nicht grundsätzlich ehrlicher als die Malerei. Aber sie ist viel schneller und vor allem flexibler. Meiner Ansicht nach wird ihre große Zeit erst noch kommen.«

Nun hatte sie mich neugierig gemacht. »Ihre große Zeit? Was erwartet uns da?«

Nachdenklich betrachtete Caroline die Bildplatten auf dem Tisch. »Vielleicht kann bald jeder Mensch Fotografien anfertigen, egal, wer er ist und wo er ist. Ganz ohne Fachkenntnisse, man muss dafür nur ein bisschen Geld haben. Es werden nämlich zurzeit Kameras entwickelt, die nicht nur leicht zu tragen, sondern auch leicht zu bedienen sind. Und es wird auch an einem Verfahren gearbeitet, das es erlaubt, die Bilder erst viele Stunden nach der Aufnahme zu entwickeln. Wenn das funktioniert, kann man die selbst aufgenommenen Fotografien später in einem Labor entwickeln lassen. Und dann kann jeder Mensch zum Bewahrer seiner eigenen Erinnerungen werden. Wäre das nicht wundervoll?«

Sie hatte voller Leidenschaft gesprochen, nun blickte sie mich erwartungsvoll an.

»Das ist überaus faszinierend«, gab ich ihr recht. »Darin stecken unvorstellbar viele Möglichkeiten. Es wird die Welt verändern.«

Ich trat näher an den Tisch. Auf dem dunklen Eichenholz lagen ordentlich aufgereiht Metallplatten mit Porträts in unterschiedlichen Größen, vom handlichen Visitenkartenformat bis zum Wandbild. Es mussten wohl an die zwanzig Aufnahmen sein.

Die größte zeigte einen schlanken jungen Mann in dunkler Galauniform, der an einem verschnörkelten Tisch lehnte. Er wirkte schmächtig und blass. Ich erkannte ihn sofort, denn ich war ihm bei einer Eröffnungsfeier in Prag bereits persönlich begegnet.

»Kronprinz Rudolf«, murmelte ich. »Schön ist er ja nicht.«

Caroline schmunzelte. »Im Aussehen kommt er definitiv nicht nach seiner Mutter. Die große Nase und die wulstigen Lippen hat er eindeutig vom Kaiser geerbt.«

Ich nickte. »Aber dennoch strahlt er etwas aus, das man schwer in Worte fassen kann. Und genau damit erobert er die Herzen der Frauen. Es ist nämlich nicht nur sein gesellschaftlicher Rang, der ihn bei der Damenwelt so beliebt macht.« Ich beugte mich über die Fotografie und betrachtete sie genauer. »Es sind seine Augen«, überlegte ich laut. »Er hat so einen verlorenen Blick.«

Caroline legte nachdenklich den Kopf schräg. »Ja«, stimmte sie zu. »Man sieht ihn an und hat ganz plötzlich den Impuls, ihm sofort ein Butterbrot schmieren zu wollen.«

Ich lachte auf, denn genau so war es. »Ist das jetzt ein Bild seiner äußeren Fassade oder seines wahren Wesens?«, fragte ich amüsiert.

Caroline runzelte die Stirn. »Ich glaube, er hat keine Fassade. Jeder Mensch auf dieser Welt kann ihm seine wahre Natur ansehen. Das ist ungewöhnlich in seiner Position.«

Ich nickte langsam. Das Bild strömte tatsächlich eine Verletzlichkeit aus, die ich schon damals am Thronfolger wahrgenommen hatte. Und die er bestimmt wirklich empfand.

»Und wer ist das?« Ich wies auf das Bild daneben, das beinahe ebenso groß war. Es zeigte einen Mann mit kräftigem Backenbart, zurückgekämmter Löwenmähne und siegesgewissem Blick.

»Das ist Johann Strauss«, antwortete Caroline. »Der Walzerkönig.«

»Fassade oder Wahrheit?«, wollte ich wissen.

Caroline betrachtete das Bild. »Eindeutig Fassade«, sagte sie. »Und zwar eine glanzvolle. Mit einem Butterbrot muss man diesem Mann ganz gewiss nicht kommen.«

Ich lachte. »Nein, der will wohl eher eine ordentliche Portion Fleisch.«

Caroline nickte. »Und das daneben ist der schöne Eduard, sein Bruder.« Sie wies auf das Bild eines schwarzhaarigen Mannes mit keck gezwirbeltem Schnauzbart.

»Wunderschöne Fassade. Champagner und Kaviar«, vermutete ich.

Wir lachten beide. Und gleichzeitig begann ich zu ahnen, was Caroline gemeint haben könnte, als sie sagte, manche Bilder würden das wahre Wesen eines Menschen zeigen und manche eine Fassade. Gut möglich, dass auch ein Mann wie Johann Strauss eine so sensible Seite hatte wie der Kronprinz. Aber sollte es tatsächlich so sein, verstand der Walzerkönig es meisterhaft, sie zu verbergen. Rudolf hingegen hätte eigentlich von Geburt an daran gewöhnt sein müssen, der Welt keine wahren Gefühle zu zeigen. Doch er konnte sie offenbar nicht verbergen. Er hatte wohl nur dieses eine Gesicht, das alles offenbarte, was er dachte und empfand. Eigentlich ein schöner Zug, der in der Position eines Thronfolgers allerdings gewiss nicht hilfreich war.

Ich schritt den Tisch entlang und gelangte zu einer Reihe von Porträts in Postkartengröße. Sie alle zeigten junge Mädchen wie mich und Sophie in wunderschönen hellen Kleidern.

»Das sind die Debütantinnen dieser Saison«, erklärte Caroline.

Prüfend ließ ich meinen Blick über meine Konkurrentinnen streifen. »Sie gleichen sich wie ein Ei dem anderen, finden Sie nicht?«

Caroline grinste. »Ja, aber nur auf den ersten Blick. Auf den zweiten erkennt man doch entscheidende Details. Gold und Diamanten dürfen die unverheirateten jungen Damen ja noch nicht tragen. Da wird das Haar zum wichtigsten Schmuck. Madame Adèle sagt immer: Je aufwendiger die Frisur, desto verzweifelter ist ein Mädchen auf der Suche nach einem Mann. Und da ist wirklich was dran.«

Ich musste lachen. »Wenn es danach geht, bin ich wohl extrem gelassen!«

Caroline nickte ernst. »Ist es nicht so?«

Statt zu antworten, zeigte ich auf eines der Bilder. »Und diese hier ist demzufolge ganz verbissen auf der Jagd nach einem Mann.«

Das Mädchen auf dem Foto hatte ihre aufgetürmte Lockenpracht mit Federn und Blumen geschmückt. Von den Schläfen kringelten sich weitere Locken um ihr rundes Gesicht.

»Prinzessin Rixa von Hardeck.« Caroline schüttelte sich ein bisschen, als sie den Namen aussprach. »Eine ganz schwierige

Person. Ihr zukünftiger Mann tut mir jetzt schon leid. Man sagt über sie ...«

Caroline sprach weiter, doch plötzlich nahm ich ihre Worte kaum noch wahr. Denn jetzt hatte ich meine beiden Bilder entdeckt. Und die raubten mir wahrlich den Atem.

So sahen mich alle anderen? Wie auf dem Bild, in dem ich im hochgeschlossenen Samtkleid in die Kamera starrte? Und so wie auf dem zweiten war ich wirklich?

Auf der ersten Aufnahme stand ich vor dem gemalten Baum, man sah mich von Kopf bis Zeh. Mein hochgeschlossenes rotes Samtkleid wirkte auf dem Bild fast schwarz, und es schien am Hals so eng geknöpft, als würde es mich würgen. Noch viel schlimmer aber waren meine Körperhaltung und mein Mienenspiel. Ich hielt den Kopf leicht gesenkt, als wäre ich ein gehörnter Stier kurz vor dem Angriff. Und in meinen Augen loderten förmlich Flammen. Kein Betrachter dieses Bildes würde mir ein Butterbrot oder gar Kaviar anbieten. Höchstens ein Fläschchen Baldrian, um sich dann ganz schnell in Sicherheit zu bringen. Himmel, so sah ich *tatsächlich* aus?

Noch stärker beunruhigte mich allerdings das zweite Bild. Man sah darauf nur Gesicht, Dekolleté und Schultern, Letztere umgeben vom bauschenden Stoff des Ballkleides, den ich mit der Hand festhielt. Beim Umziehen hatten sich Haarsträhnen aus meiner Frisur gelockert, die mein Gesicht in Wellen umspielten. Mein Blick wirkte kein bisschen wütend, nur erstaunt. Und gleichzeitig sah ich auf dieser Aufnahme wild und frei aus. Und wunderschön.

»Oh!« war alles, was ich herausbrachte.

»Verstehen Sie jetzt?«, fragte Caroline.

Ich konnte nur nicken.

Irgendwann fasste ich mich wieder. »Diese Fotografien darf niemand sehen. Niemals!«, stieß ich hervor.

Caroline nickte, ohne eine Regung zu zeigen. »Möchten Sie, dass ich die Platten zerstöre?«

Im ersten Impuls erschien mir das eine gute Lösung. Doch dann zögerte ich plötzlich. Ich wollte diese Fotografien besitzen. Studieren. Darüber nachdenken. Nur zeigen wollte ich sie niemandem.

Schließlich schüttelte ich den Kopf. »Ich nehme die Platten mit. So, wie sie sind. Und wir müssen unbedingt noch eine dritte Aufnahme machen. Ich benötige ein Bild, das meine Mutter zu Gesicht bekommen darf.«

Caroline wies auf eine Fotografie von Sophie, die neben meinen beiden lag. Darauf stand meine Schwester im Ballkleid neben einer Marmorsäule, auf ihren Lippen ein zauberhaftes Lächeln. »Etwas in dieser Art?«

Ich nickte, noch immer wie betäubt. »Ja. Aber es muss ... ausdrucksloser sein. Fader. Gern ein wenig ... unattraktiv.«

Caroline legte den Kopf schräg. »*Un*-attraktiv?«, fragte sie fassungslos.

»Richtig. Niemand, der dieses Bild sieht, darf sich für mich interessieren. Ich muss langweilig, konturlos und verwechselbar wirken. Am besten ein bisschen trübsinnig.«

»Trübsinnig. Das wollen Sie wirklich?«, hakte Caroline noch einmal nach.

»Ja!«, sagte ich ungeduldig. Und beschloss, offen zu sein. »Meine Mutter will mich verheiraten. Aber das ist nicht das, was *ich* will. Verstehen Sie? Das Bild soll niemanden für mich entflammen lassen. Das Gegenteil wäre mir lieber.«

Caroline wirkte verunsichert. »Darum hat mich noch nie jemand gebeten.«

»Ich bitte Sie wirklich eindringlich.« Ich blickte sie offen an. »Oder *können* Sie das nicht?« Nun versuchte ich, sie zu provozieren. »Steht es nicht in Ihrer Macht, ein Gesicht älter und weniger liebenswürdig erscheinen zu lassen, als es in Wirklichkeit ist? Verlassen wir hier das Spektrum Ihrer Kunstfertigkeit?«

Caroline erwiderte meinen Blick offen und herausfordernd. Und jetzt war sie es, die den Fehdehandschuh annahm. »Und ob ich das kann! Wenn ich es will, sehen Sie ohne jede Retusche aus, als wären Sie schwer erkrankt.«

Ich grinste. »Nichts lieber als das.«

In der kommenden halben Stunde hatte ich erneut die Gelegenheit, eine wahre Künstlerin bei konzentrierter Arbeit zu erleben. Mit Kennerblick musterte Caroline meine drei Ballkleider und wählte schließlich ein hochgeschlossenes Exemplar in Zitronengelb aus, das ich selbst nicht leiden konnte.

»Wir nehmen das«, ordnete sie an. »Es wird Ihnen nicht schmeicheln.«

Dann stellte sie mich neben eine schlichte Säule, justierte einen hölzernen Ständer so an meinem Kopf, dass ich ihn leicht verdreht halten musste, nestelte an dem Kleid, bis es am Ausschnitt unvorteilhafte Falten warf, und platzierte die Kamera vor mir so tief, als wolle sie das Innere meiner Nasenlöcher fotografieren. Zuletzt zog sie einige der Vorhänge wieder zu und platzierte so lange Spiegel neu, bis sie mit dem Ergebnis zufrieden war.

»Nun sehen Sie mindestens fünf Jahre älter und sehr kränklich aus«, stellte sie schließlich fest.

Was man von ihr nicht behaupten konnte. Eifer und Konzentration ließen ihre Wangen glühen und ihre Augen leuchten. Wie sie da so vor mir hantierte, wirkte sie jung, hübsch und voller Lebenskraft. Bei ihrem Anblick spürte ich einen Stich im Herzen, der sich ein bisschen wie Neid anfühlte. Es war allerdings nicht ihre Schönheit, die ich in diesem Moment selbst gern besessen hätte. Ich beneidete sie um die Glut der Begeisterung, die ich in ihren Augen sah.

Doch Caroline ließ mir keine Zeit, länger darüber nachzugrübeln. »Denken Sie bitte an etwas sehr Langweiliges, Unangenehmes, vielleicht sogar Abstoßendes«, forderte sie mich auf.

Ich dachte an Mamans Heiratspläne.

»Sehr gut. Und ... stillhalten!«

Grelles Licht, die Aufnahme war im Kasten. Und als sie einige Zeit später entwickelt war, erkannte ich, wie gut Caroline ihr Metier beherrschte. Meine Wangen wirkten eingefallen, ich hatte Schatten unter den Augen, und mein Blick war völlig ausdruckslos.

»Würden Sie diese Person heiraten?«, fragte ich Caroline mit einem Augenzwinkern.

»Nur wenn man mich mit vorgehaltener Pistole dazu zwingen würde«, gab sie lachend zurück. Doch auf einmal wurde sie ernst. »Erlauben Sie mir eine Frage?«

Ich nickte. »Nur zu!« Ich mochte ihre direkte, ungekünstelte Art.

Sie räusperte sich. »Wenn Sie nicht heiraten möchten, Komtess Clea ...« Sie stockte kurz, dann sprach sie weiter. »Was wollen Sie dann? Also, ich meine, was haben Sie vor? Wie möchten Sie in Zukunft gerne leben?«

Ich starrte sie an. Und hatte keine Antwort.

Selbst jetzt, zwei Stunden später, fällt mir keine geeignete Entgegnung ein.

Die Wintersonne lässt die Rosenholzmöbel in meinem Zimmer golden schimmern. Weil die Luft bei meiner Rückkehr warm und stickig war, habe ich eins der hohen Fenster einen Spalt weit geöffnet, nun bauscht ein leiser Windhauch die schneeweißen Vorhänge meines Himmelbetts auf. Draußen höre ich das ferne Klappern von Hufen. Und vor mir im Frisierspiegel sehe ich mein Gesicht.

Nichts daran ist anders als heute Morgen, da bin ich mir inzwischen sicher, denn wieso sollte es so sein? Man kann sich nicht ohne einen schweren Schicksalsschlag innerhalb weniger Stunden äußerlich grundlegend verändern. Und trotzdem erkenne ich ganz neue Züge in meinem Gesicht. Ich sehe die feinen Spuren der Wut, die auf dem ersten Bild so drastisch erkennbar ist. Ich sehe aber auch meine Verwirrung, meine Wildheit und meine Verletzlichkeit. Und eine Ahnung davon, dass ich schön sein kann.

Carolines Aufnahmen haben mir Dinge über mich verraten, die immer da waren, ohne dass ich es wusste.

Sie machen mir Angst.

Gräfin Isabella de Conteville, Wien
an den k. k. Hofschuhmacher Wenzel Marschner, Wien

3. Dezember 1877

Hiermit bestelle ich zwei Paar Schlittschuhe nach Bauart des Jackson Haines, also mit fix an den Stiefel geschraubten Kufen, für meine beiden Töchter Clea und Sophie. Ihre Leisten, die bereits von unserem Hausschuhmacher in Prag vortrefflich gefertigt wurden, lasse ich Ihnen zusammen mit diesem Schreiben zukommen.

Die Schlittschuhstiefeletten sollen zierlich und elegant gestaltet sein, auf keinen Fall rustikal oder gar derb. Und als Leder verwenden Sie bitte das feinste, das Sie haben, in der Farbe Weiß.

Wir benötigen die Schlittschuhe so bald als möglich.

Ich bin sicher, dass Sie wie immer Ihr Bestes geben werden, und danke im Voraus für Ihre Bemühungen.

Isabella de Conteville

Kapitel 4

E wie Eisball

Maman zufolge ist ein junges Mädchen nie so schön wie nach reichlich Bewegung an frischer Winterluft. Und nichts ist Mamans Meinung nach kleidsamer als die taillierten Samtkostüme mit den pelzverbrämten Jäckchen, die Damen bei Eisbällen tragen. Ein solcher Ball auf unserem zugefrorenen See erscheint ihr daher als beste Gelegenheit, Sophie und mich der Gesellschaft strahlend zu präsentieren. Voraussetzung dafür ist allerdings, dass wir Eislaufen können.

Ich mag unser Winterpalais viel lieber, als ich dachte. Es liegt ganz am Rande der Stadt, und der Park ist so groß, dass man sich fast vorkommt wie auf dem Land. Wenn ich darin spazieren gehe, fühle ich mich beinahe wieder wie ich selbst.

Leider lässt Maman mir dafür wenig Zeit. Sie ruft Sophie und mich täglich in die Bibliothek, wo sie uns viele Stunden lang mit unermüdlichem Eifer die ungeschriebenen Gesetze der Wiener Aristokratie erklärt, um uns zu anderen Menschen zu machen.

Zum Glück plant sie für unseren ersten großen Auftritt einen Eisball, und die Vorbereitungen hierfür sind deutlich angenehmer als Mamans andere Lektionen.

Seit einigen Tagen ist es klirrend kalt. Die dunklen Baumriesen in unserem Park wirken wie mit Puderzucker bestäubt. Auf dem kleinen See ganz hinten am Waldrand ist bereits eine funkelnde

Eisfläche entstanden. Der Gärtner hat sie heute früh angebohrt und für betretbar erklärt, woraufhin Maman Sophie und mich aufgefordert hat, unsere neuen Schlittschuhe auszuprobieren. Sie haben Kufen aus Stahl, die fest mit dem Schuh verschraubt sind, das ist der neuste Schick. Und beim Ball sollen wir damit auf dem See Walzer tanzen. Zum ersten Mal in dieser Saison freue ich mich über einen von Mamans Plänen. So frei wie jetzt werden wir in den kommenden Wochen nie mehr sein.

Eben haben Sophie und ich bei einem Wettrennen ausprobiert, wer schneller fahren kann. Sophie hat mit einer knappen Nasenlänge Vorsprung gewonnen.

Jetzt stützt sie keuchend die Hände auf die Knie. »Das war keine Nasenlänge, das war eine Pferdelänge«, behauptet sie lachend.

Als ich sie so sehe, muss ich Maman recht geben. Mit den leicht geröteten Wangen und den blitzenden Augen unter der hübschen weißen Pelzmütze sieht Sophie so frisch aus wie eine Rosenknospe mit einem Häubchen aus Schnee.

»Du bist schneller, aber ich tanze besser«, behaupte ich, um sie zu necken.

Dann hole ich Schwung, fahre erst eine Acht, gleich darauf eine Drei und drehe zuletzt eine Pirouette. Sophie klatscht mit ihren dicken Fäustlingen Beifall. Davon ermutigt, schmettere ich laut den Donauwalzer und drehe mich dazu im Dreivierteltakt.

»Das kann ich auch!«, ruft Sophie.

Kurz darauf singen und tanzen wir zusammen unter den glitzernden Bäumen. Fahren aufeinander zu und gleiten auseinander. Fordern uns mit Verbeugungen und angedeuteten Knicksen immer wieder neu zum Tanz auf. Drehen uns anmutig. Schmettern den Text in die Abenddämmerung hinaus. Niemand kann uns hier hören. Hinter dem schmiedeeisernen Zaun am Ende des Parks beginnt ein schweigsamer schwarzer Wald.

Irgendwann geht uns die Luft aus, wir fahren zum Ufer und lassen uns auf einen Baumstamm sinken, der als Sitzbank dient.

»Herrlich!«, sagt Sophie schwer atmend.

»Ja«, gebe ich ihr recht. »Nur schade, dass ich mir bald den Knöchel vertreten muss. Dann ist es mit dem Eislaufen vorbei.«

»Was?« Sophie starrt mich an. »Wovon redest du?«

»Ich muss einen Unfall fingieren und danach behaupten, ich hätte Schmerzen im Bein«, antworte ich.

Jetzt versteht Sophie, was ich meine. Sie verdreht die Augen. »Das musst du nicht.«

»Doch!«, gebe ich trotzig zurück. Eine Begründung ist unnötig, wir wissen beide, wovon ich spreche.

Ich liebe Eislaufen. Und ich kann es auch gut. Aber das wird meinen eigenen Plänen momentan leider nicht zugutekommen, im Gegenteil, es könnte sie sogar durchkreuzen. Wenn ich beim Eisball sowohl anmutig als auch rosig angehaucht über die Eisfläche schwebe, könnte ich jemandem ins Auge fallen, der sich in mich verliebt. Gleichzeitig könnten unser Palais und unser Park Begehrlichkeiten auf eine hohe Mitgift wecken, die zu einem Heiratsantrag führen. Diesen Part überlasse ich lieber Sophie. Daher habe ich beschlossen, mir zur richtigen Zeit den Knöchel zu verstauchen.

»O Clea!« Sophie seufzt. »Ich wünschte ...« Sie bricht ab.

»Was?«, hake ich nach.

»Ach, nichts.« Sophie hebt den Fuß und betrachtet die blanke Kufe ihres nagelneuen Schlittschuhs. »Ich verstehe dich ja.«

Mit dieser Antwort bin ich nicht zufrieden. »Bitte verrate mir, was du eben gedacht hast.«

»Ich dachte an die Sache mit den Fotografien. Dann an das Manöver mit dem Knöchel. Und ich wünschte, all die Tricksereien und Kniffe wären nicht nötig, denn sie sind dir ganz und gar wesensfremd. Ich wollte, du könntest deinen eigenen Weg hoch erhobenen Hauptes gehen. Ohne jede Unwahrheit. Aber natürlich ist mir klar, dass Maman das nie zulassen würde.«

Ich blicke zu Boden, denn ich verstehe sehr wohl, was Sophie mir da auf behutsame Weise sagen will. Und sie hat natürlich recht. Ich schwindele. Ich verwende Winkelzüge. Ich täusche und lüge. Ich bemühe mich zwar durchaus, möglichst oft bei der Wahrheit zu bleiben, aber ich sage selten die ganze. Das alles ist mir zutiefst zuwider, denn ich mag wahrhaftige Menschen. Doch ich selbst kann keiner sein, und dieses Dilemma zerfrisst mich.

»Es wäre alles leichter, wenn ...«, beginne ich, stocke aber mitten im Satz.

»Es wäre leichter, wenn?«, wiederholt Sophie, um mich zum Weitersprechen zu ermutigen.

Ich springe auf und laufe in gleitenden Schritten auf die Mitte des kleinen Sees zu. »Wenn ich gar nicht wüsste, was Freiheit ist. Und wie schön das Leben sein kann, wenn man sie hat«, murmele ich, als ich außerhalb von Sophies Hörweite bin. Denn über das, was mir jetzt durch den Kopf schießt, kann ich mit niemandem sprechen, am wenigsten mit Sophie, der ich sonst alles sage.

Ich will meiner Schwester nie, wirklich niemals erzählen, dass das schlimmste Unglück in ihrem Leben zur Ursache meines größten Lebensglücks wurde. Obwohl ich nichts dafür konnte und es bereits sechs Jahre zurückliegt, schäme ich mich heute noch dafür. Sophie hatte in dieser Zeit gar nichts mehr, nur noch Schmerzen, und ich bekam alles, was ich mir immer gewünscht hatte. Eine größere Ungerechtigkeit ist kaum vorstellbar.

Das Unglück ereignete sich im Sommer nach dem Adoleszentenball bei Hofe, wir waren zwölf. Nach dem Ball waren wir aufs Land zurückgekehrt und hatten unser Kinderleben mit vormittäglichen Lektionen unserer Gouvernante und nachmittäglichem

Spiel gerade wieder aufgenommen, als Sophie beim Reiten mitsamt ihrer Stute stürzte. Dem Pferd passierte nichts, es rappelte sich sofort auf und galoppierte weiter. Doch genau das wurde Sophie zum Verhängnis. Sie blieb mit dem Fuß im Steigbügel hängen, wurde ein Stück mitgeschleift, prallte mit dem Kopf auf einen Stein und brach sich mehrere Rippen. Sie war drei Tage lang bewusstlos, und ich war so voller Angst um sie, dass ich rund um die Uhr weinte.

Das Ganze ereignete sich eine Woche vor Papas lange geplanter Abreise nach Ostia bei Rom. Er hätte die Tour eigentlich absagen müssen, und erst wollte er das auch tun. Doch als Sophie erwachte und ansprechbar war, geriet sein Entschluss ins Wanken. Nach kurzer Bedenkzeit schlug er Maman vor, mich auf seine Reise mitzunehmen. Als Entlastung für sie und Ablenkung für mich, die ich noch immer fassungslos und voller Kummer war.

Maman, die ganz von Sophies Pflege in Beschlag genommen wurde, willigte ein, und so kam ich in den Genuss einer Reise, von der ich noch heute immer wieder träume. Und wenn das geschieht, wache ich am nächsten Morgen stets mit einem Lächeln auf.

Dabei verbrachte Papa auf unserer Reise kaum Zeit mit mir. Er stellte in Ostia für wenig Geld eine alte Frau aus dem Dorf ein, die sich um mich kümmerte, während er arbeitete, wie er das nannte. Und dann widmete er sich voll und ganz seiner Lieblingsbeschäftigung, archäologischen Ausgrabungen auf dem Gelände einer antiken Stadt. Er brach frühmorgens auf und kehrte spätabends staubig, müde und glücklich zurück.

Für mich war das kein Grund zur Klage. Ich vermisste seine Gesellschaft keine Sekunde, denn die alte, immer schwarz gekleidete italienische Nonna brachte mir in jenen vier Wochen bei, was Freiheit ist. Sie ließ mich pflegeleichte Kittelkleidchen tragen, barfuß laufen und mit den Kindern des Dorfes auf Schatzsuche gehen. Wir streunten den ganzen Tag durchs Dorf und die umliegende Landschaft, wo auch wir manchmal Ausgrabungsfunde entdeckten, oder wenigstens Gegenstände, die wir dafür hielten. Und Papa tat, als wüsste er nicht, womit ich mir die Zeit vertrieb. Vielleicht war das sogar wirklich der Fall, denn er war ganz beseelt von den Ruinen der römischen Stadt und hatte nichts anderes im Kopf.

Bald beherrschte ich ein paar Brocken Italienisch und konnte mich gut mit den Dorfkindern verständigen. Und mir fehlte es auch ohne Papa an nichts. Wenn ich hungrig war, tischte die alte Nonna herrlich gewürzte gebratene Fische auf, dazu frisches Brot, nach Knoblauch duftendes Gemüse und zum Nachtisch Feigen. War ich durstig, bereitete sie frische Zitronenlimonade zu. Wenn es Streit unter uns Kindern gab, hörte sie uns geduldig zu, und allein dadurch fanden wir Lösungen und vertrugen uns wieder. Und als ich in einem stachligen Busch ein winziges verletztes Kätzchen fand, half sie mir, das grau gestreifte Tierchen zu verarzten und aufzuziehen.

Bei unserer Abreise war ich braun gebrannt wie eine Haselnuss und glücklich wie nie zuvor, obwohl ich sehr weinte, als ich mich von der herzensguten alten Frau verabschieden musste, die in einem fernen Land zurückblieb, während ich für immer nach Hause fuhr.

»Geh einfach bald wieder auf Reisen«, schlug sie vor. »Und wenn du in die Nähe kommst, besuche mich!«

»Das kann ich nicht«, schniefte ich. »Eigentlich reise ich nie.«

Sie sah mir fest in die Augen. »Denk immer daran«, sagte sie ganz ernst. »Die einzigen Grenzen, die du ganz bestimmt niemals überwinden kannst, sind die in deinem eigenen Kopf.«

»Ich verstehe nicht, was das bedeutet«, gab ich offen zu.

Um die gütigen alten Augen erschienen Lachfältchen. »Oh, das wirst du irgendwann, Bambina. Ganz bestimmt.«

Sie bückte sich, nahm mein Gesicht in ihre runzligen Hände und gab mir einen Kuss auf die Nasenspitze. Woraufhin ich meine Arme um sie schlang und sie so fest an mich drückte, wie ich nur konnte.

Als die Kutsche anfuhr, reichte die Nonna mir noch rasch einen Korb. Papa dachte wohl, es sei Proviant, deshalb hatte er keine Einwände. Aber tatsächlich befand sich darin mein Kätzchen. Ich sagte ihm, es sei für Sophie, und so durfte ich es behalten. Und ich sprach die Wahrheit, ich wollte es wirklich meiner Schwester schenken. Ich war froh, ihr ein bisschen Glück mitbringen zu können, und kümmerte mich unterwegs hingebungsvoll darum, dass das kleine Tier ausreichend Futter, Wasser und Bewegung bekam.

Doch mein Plan ging nicht auf. Obwohl ich bei der Ankunft zu Hause sowohl Schuhe als auch mein bestes Kleid trug, schlug Maman entsetzt die Hände über dem Kopf zusammen, als sie mich sah.

»Um Himmels willen!«, rief sie. »Das Kind ist ja staubig und braun wie eine verdorrte Rosine. Bestimmt hat sie Gelbsucht. Die kann man sich auf Reisen leicht einfangen.«

Sie zog mein Lid herab und befand mit einem Blick auf meine vom Fahrtstaub geröteten Augen, dass ich eindeutig krank sei und einen Arzt benötigte. Die kleine Katze ließ sie in den Stall bringen, ohne sie eines Blickes zu würdigen.

Der Arzt stellte zwar keinerlei Leiden fest, aber Maman sorgte dennoch dafür, dass ich im Haus blieb und mich bei Stickarbeiten schonte, wie sie es nannte. Und zwar so lange, bis sie meine Gesichtsfarbe mit Buttermilch und Honig wieder zu vornehmer Blässe gebleicht hatte. Als ich endlich wieder in den Stall durfte, war das Kätzchen weg. Der Stallkater hatte es vertrieben.

Da Sophie zu dieser Zeit noch immer viele Stunden täglich im Bett lag, beklagte ich mich nicht. Sie konnte inzwischen erste Schritte wagen, doch sie war noch sehr blass und dünn. Auch Maman wirkte abgemagert und hatte dunkle Schatten unter den Augen. Papa und ich hingegen sprühten nur so vor Gesundheit und Lebenslust. Anders als ich hatte meine geliebte Zwillingsschwester während meiner Reisezeit nicht nur kein einziges Abenteuer erlebt, sondern, viel schlimmer, schwer gelitten.

Daher berichtete ich ihr auch nie von meinen wundervollen Erlebnissen, es wäre mir herzlos vorgekommen. Selbst die kleinen grün, blau und golden glänzenden antiken Mosaiksteinchen, die wir Bambini bei unseren Schatzsuchen aus dem Staub der antiken Stätten aufgeklaubt hatten, zeigte ich Sophie kein einziges Mal. Ich bewahre sie bis heute in einem kleinen Kästchen unter meinem Bett auf, als heimliche Erinnerung an die bezaubernden Tage unter südlicher Sonne.

Obwohl ich wirklich sehr traurig über den Verlust der kleinen Katze war, habe ich Maman die harte Entscheidung nie vorgeworfen. Ich habe damals nämlich etwas begriffen: Während unserer Abwesenheit war Maman Sophie keinen Augenblick von der Seite gewichen. Trotzdem war sie es, die sich bei Papa bedankte, während er kein Wort des Dankes für sie übrig hatte. Ihre hingebungsvolle Aufopferung war offenbar Mutterpflicht. Seine Beschäftigung mit mir hingegen galt als Geschenk an sie.

Diese Erkenntnis hat mich Maman gegenüber ganz still und betroffen gemacht. Sie ist für uns da. Immer. Egal, was geschieht. Und sie erledigt diese Aufgabe mit wirklich von Herzen kommender Hingabe. Doch Papa nimmt sie überhaupt nicht wahr, und wenn sie Opfer bringt, merkt er es kaum. Maman ist schön, klug, kreativ, diszipliniert. Doch für Papa ist sie so alltäglich wie ein Stück Brot, und wie es ihr in Wahrheit geht, interessiert ihn nicht.

Seit ich das durchschaut habe, konnte ich ihr nie wieder offen widersprechen. Bis heute.

Inzwischen weiß ich auch, was die alte Nonna damals gemeint hat. Man kann nur tun, was man sich vorstellen kann. Oder anders gesagt: Wer seine Grenzen sprengen will, benötigt dazu einen guten Plan. Im Moment habe ich keinen. Noch nicht.

»Dein Leben wäre leichter, wenn?«, höre ich Sophie vom Rand der Eisfläche noch einmal rufen.

Ich bremse meinen Lauf und drehe eine Pirouette. »Mein Leben wäre leichter, wenn ich selbst wüsste, was ich will«, rufe ich ihr zu. »Aber ich weiß nur, was ich *nicht* will.«

»Das stimmt nicht!«, höre ich Sophies Stimme. »Ich wette, du weißt in Wahrheit genau, was du dir wünschst. Da bin ich sicher. Zu dir selbst kannst du ehrlich sein. Und zu mir auch.«

Ich lege den Kopf in den Nacken und blicke in den Abendhimmel, der sich über den Bäumen rot färbt. »Was ich mir wünsche, weiß ich«, rufe ich über den See. »Aber nicht, was ich mir wünschen *kann*.«

»Weiter!« Sophie rudert mit den Armen. »Los, sprich es aus! Das ist der erste Schritt.«

Ich lege die Hände an den Mund wie einen Trichter. »Ich will mir nichts mehr vorschreiben lassen!«, rufe ich in die Abenddämmerung. »Nicht von Maman, nicht von Papa und erst recht nicht von irgendeinem dahergelaufenen Mann. Ich will frei sein. Und reisen. Und das Leben in vollen Zügen genießen.« Mit ausgreifenden Bewegungen gleite ich auf Sophie zu und bleibe kurz vor ihr stehen. »Aber was nützt es, das auszusprechen?«, stoße ich atemlos hervor. »Es ändert doch nichts. Es macht mich nur wütend.«

Sophie erschrickt sichtlich über meine heftigen Worte. »Stimmt«, sagt sie mit traurigem Blick. »Bitte entschuldige! Ich weiß ja, wie es ist.«

Wir sehen uns an. Und dann bricht doch alles aus mir heraus. »Wenn ich Pech habe, bin ich in wenigen Wochen eine Ehefrau. Dann bin ich mein Leben lang an einen Mann gekettet, der voll und ganz über meinen Körper, meine Zeit, mein Geld und mein Schicksal verfügen kann. Egal, ob er ein guter Mensch ist oder nicht. Er darf reisen, Abenteuer erleben, Regeln für unser Leben aufstellen. Und ich muss mich fügen. Außerdem muss ich mich mit Themen wie Haushaltsführung, Personal, Babys, Ammen, Kinderpflege und Windeln anfreunden, obwohl sie mich wirklich kein bisschen interessieren. Für den Rest meines Lebens spielt es keine Rolle mehr, was mich fasziniert oder bewegt. Nur noch, was andere wollen. Und es lohnt nicht, mit diesem Schicksal zu hadern. Denn welche Möglichkeiten bleiben mir sonst? Wenn ich nicht spätestens nach der zweiten Saison verlobt bin, werde ich zur alten Jungfer erklärt und damit zu einer Art Wanderpokal in der Großfamilie. Wo immer jemand gepflegt oder begleitet werden muss, wird man dann nach mir rufen. Mit Fürsorge für andere werde ich dafür Buße tun, dass ich meiner Familie auf der Tasche liege. Dir und deinem Mann zum Beispiel. Krücken, Rollstühle, Schnabeltassen und Bettflaschen werden fortan meinen Alltag prägen. Und weglaufen kann ich nicht. Wohin auch? Ich kann nichts, und obwohl ich in Reichtum und Wohlstand lebe, besitze ich nichts. Außerdem liebe ich Maman, Papa und dich. Ich will keinen Skandal heraufbeschwören und euch nicht blamieren. Ich kann also nur ein bisschen Zeit gewinnen und hoffen, dass ich doch noch einen Ausweg finde. Irgendein Plan muss mir einfach einfallen. Muss!«

»Ja«, sagt Sophie. »Ja, ja und ja.«

Und ich bin sehr dankbar, dass sie mich jetzt nicht mit Floskeln tröstet.

Plötzlich schießt ein kleines schwarzes Tier aus dem Gebüsch und schleudert und schlittert über die rutschige weiße Fläche auf uns zu. Es ist ein winziger Hund, der bellend vor uns stoppt – oder besser stoppen will, denn seine kleinen Pfoten finden auf dem Eis keinen Halt. Erst kurz vor den scharfen Kufen meiner Schlittschuhe kommt er zum Stillstand. Verdutzt blickt er zu mir auf.

»Wer bist du denn?«, frage ich zärtlich. »Und wo kommst du her?«

Das Hündchen setzt sich aufs Eis und wedelt mit dem Schwanz.

»Ist dir kalt?«, frage ich. »Hast du dich verlaufen?« Ich gehe in die Hocke, streife einen Handschuh ab und streichele das Kerlchen. Es hat seidenweiches Fell, Schlappohren und einen weißen Fleck auf der Brust.

»Er ist entzückend!«, sagt Sophie. »Meinst du, er ist herrenlos?«

»Oh, das wäre wundervoll!«, sage ich. »Dann darf er bei uns leben.« Einen Hund hätte ich immer schon gern gehabt.

Auf einmal schrillt ein Pfiff zu uns herüber. Der Hund spitzt die Ohren. Ein zweites Pfeifen ertönt, länger jetzt. Das Hündchen setzt sich in Bewegung und rennt mit schlitternden Pfoten zurück. Aber diesmal steuert es nicht auf das Gebüsch zu. Kaum hat es Erdboden unter den Krallen, rennt es auf den schmiedeeisernen Zaun zu, der unseren Park vom angrenzenden Wäldchen abgrenzt.

Jetzt erst entdecke ich dort eine dunkle Gestalt. Der Schatten hebt die Hand und winkt. Meint er uns? Oder den Hund? Vermutlich Letzteren.

Als das kleine Tier den Zaun erreicht hat, zwängt es sich durch die Stäbe und umtanzt seinen Besitzer. Oder ist es eine Besitzerin? Das Dämmerlicht unter den Bäumen gibt es nicht preis. Wie auch immer, jetzt ziehen sich Hund und Mensch zurück und verschwinden im Wald.

»Wie lange der da wohl stand?«, murmelt Sophie.

Ich erschrecke. »Meinst du, man konnte uns von dort drüben hören?«

Sie zuckt mit den Schultern. »Hören vielleicht schon, aber ganz bestimmt nicht verstehen.«

Ich blicke sie zweifelnd an.

»Und wenn schon.« Sie lächelt aufmunternd. »Ich habe diesen Hund noch nie gesehen. Wer immer das war, ist hier fremd und kennt uns nicht.«

»Du hast recht«, sage ich, inzwischen fast überzeugt. »Und selbst wenn es anders sein sollte, ist es mir egal. Was ich gesagt habe, ist Wort für Wort wahr. Und es geht nur mich etwas an.«

* * *

Am Nachmittag sitzen Sophie und ich mit Maman und Papa beim Tee im Grünen Salon. Das Gebäck duftet nach Apfel und Zimt, im Kamin flackert ein gemütliches Feuer, das unsere Wangen nach der Kälte und der Bewegung förmlich zum Glühen bringt.

»Sehr hübsch«, stellt Maman mit einem Blick auf uns zufrieden fest.

Dann unterhält sie sich mit Sophie, und ich bin froh, wenigstens in Gedanken ein bisschen für mich sein zu können. Das Gespräch auf dem Eis geht mir nicht aus dem Kopf.

Als ich gerade um eine zweite Tasse Tee bitten will, klingelt es an der Tür.

Maman hebt den Kopf. »Oh, das werden eure Fotografien sein«, sagt sie. »Madame Adèle hat sie für heute angekündigt.«

»Warum gibt sie sie nicht am Lieferanteneingang ab?«, knurrt Papa. Beim Tee möchte er nicht gestört werden.

»Es muss leider sein«, besänftigt Maman ihn. »Ihre Assistentin bringt sie persönlich vorbei, damit wir Änderungen besprechen können, falls wir nicht zufrieden sind.«

Kurz darauf erscheint ein Diener im Salon. »Fräulein Caroline Wiedmann vom Atelier Adèle«, verkündet er.

Caroline betritt den Raum. Auch ihre Wangen sind rosig von Kälte und Wind. Ihre grünen Augen funkeln im Licht des Kronleuchters. Sie knickst vor Maman. »Guten Abend, Durchlaucht! Hier, bitte sehr, die Bilder der beiden Komtessen. Mit den besten Wünschen von Madame Adèle.« Sie reicht Maman eine hübsche blaue Schachtel.

Ich halte den Atem an. Jetzt wird es spannend. Hoffentlich gibt Maman nicht Caroline die Schuld an meinen missglückten Bildern.

Ich erwidere den Blick der jungen Frau, die mich merkwürdig eindringlich ansieht. Als wolle sie mir etwas sagen, aber ich komme nicht darauf, was es sein könnte.

Maman hat die Schachtel inzwischen geöffnet. Sie entnimmt ihr ein sorgfältig in Seidenpapier gewickeltes Päckchen und enthüllt den Inhalt, einen Stapel Fotografien auf dicker Pappe. Mit gerunzelter Stirn betrachtet sie das erste Bild, nach einer Weile nickt sie zufrieden. »Sehr hübsch.«

Offenbar ist das eins von Sophies Bildern.

Zu meiner Verwunderung wendet Maman sich an mich. »Du siehst ernst aus. Aber es steht dir gut.«

Ich zucke zusammen. Was? *Ich* bin auf dem Bild? Und Maman findet mich *hübsch*? Hat sie zur Stärkung einen Schuss Rum in den Tee getan?

»Darf ich es mir bitte einmal ansehen?«, frage ich.

»Natürlich.« Maman reicht mir die Fotografie.

Oje. Ja, das bin wirklich ich. Und ich sehe tatsächlich recht hübsch und sehr gesund aus. Da sind keine Ringe unter meinen Augen. Und ich wirke weder blass noch mager. Es ist das gefällige Porträt eines Mädchens in bauschiger Ballrobe mit einem glatten, etwas leeren Gesicht. In meinen Pupillen glitzern sogar Lichtpunkte.

Ich wechsele einen raschen Blick mit Caroline. Ihre Augen wollen mir erneut etwas sagen, und ihre Lippen formen lautlos das Wort *Adèle*.

Natürlich! Jetzt wundere ich mich, dass wir das nicht vorausgesehen haben. Niemals würde Madame Adèle zulassen, dass ein unvorteilhaftes Bild ihr Atelier verlässt. Sie hat meine Aufnahmen offenbar kunstvoll retuschiert.

»Sophies Bilder sind vielleicht noch ein wenig besser gelungen.« Maman hat inzwischen eine andere Fotografie in der Hand und legt beim Betrachten nachdenklich den Kopf schräg. »Oder vielleicht auch nicht. Sophie ist eben einfach die Schönere von euch beiden.«

Sophie verdreht entnervt die Augen, doch ich lächele nur.

Maman behauptet immer, meine Zwillingsschwester sei die Attraktivere von uns, und das ärgert Sophie jedes Mal. Weil es nicht stimmt, wie sie sagt. Aber mich kümmert diese Behauptung nicht. Erstens ist Sophie wirklich wunderschön. Zweitens ist es mir nicht wichtig, wie schön mich irgendjemand auf dieser Welt findet. Und drittens weiß ich, warum Maman Sophie immer hübscher finden wird als mich, egal, ob es stimmt oder nicht. Sophie sieht ihr mit den blonden Haaren und den blauen Augen einfach sehr ähnlich. Ich hingegen komme zumindest äußerlich ganz nach unserer Großmutter väterlicherseits. Und Maman hegte von Anfang an eine tiefe Abneigung gegen ihre Schwiegermutter.

»Wir haben keine Änderungswünsche«, sagt Maman jetzt und entlässt Caroline mit einer Handbewegung. Was ich überaus unhöflich finde.

»Richten Sie Madame Adèle bitte unsere herzlichsten Grüße aus«, mische ich mich ein. »Wir sind wie immer sehr zufrieden mit ihrer Arbeit. Und herzlichen Dank auch an Sie, dass Sie bei dieser Kälte den Weg zu uns auf sich genommen haben. Unser Kutscher wird Sie nach Hause bringen.« Ich gebe dem Diener ein Zeichen, damit er das veranlasst, er lächelt und nickt.

Ein scharfer Blick meiner Mutter streift mich, doch sie widerspricht nicht.

Mit meinen warmen Worten will ich nicht nur Mamans Unhöflichkeit wiedergutmachen, sondern Caroline auch verklausuliert sagen, dass ich ihre gehauchte Botschaft verstanden habe und kein bisschen verärgert über die Bilder bin.

Caroline knickst. »Ich danke recht schön. Und wünsche einen angenehmen Abend.« Beim Hinausgehen zwinkert sie mir zu.

Als ich an diesem Abend mein Zimmer betrete, finde ich dort eine weitere blaue Schachtel vor. Sie enthält Abzüge meiner Bildplatten im Original, auf denen ich aussehe wie eine verhungerte Maus.

Gräfin Helena von Kaunitz, Prag
an Gräfin Isabella de Conteville, Wien

6. Dezember 1877

Liebste Lilly,

wie du weißt, hasse ich es, wenn du mich zur Eile drängst. Doch dich liebe ich.

Ein altes Dilemma zwischen uns, das auch diesmal zu deinen Gunsten ausging. Womit du sicher gerechnet hast, meine innig geliebte, ewig drängelnde, zauberhafte, schreckliche, ungeduldige, einzige und einzigartige Schwester. Natürlich habe ich mich nach Erhalt deines Briefes umgehend zurückgezogen, um dir diese Zeilen zu schreiben.

Leopold versüßt Bersdorff so lange die Wartezeit mit Zigarren, Cognac und Männergesprächen. Als ich ging, waren die beiden gerade mit der Analyse einer Wildschweinhatz in der vergangenen Jagdsaison beschäftigt. Ich habe also genug Zeit für einige tadelnde Worte zur Einleitung.

Aber nun zu deinen Fragen.

Ich hörte bereits, dass Nikolaj Glinsky nach Wien gereist sei, um die Details seines Erbes mit den Anwälten seines Vaters durchzugehen. Ich bin nämlich mit Lori von Rossnitz, seiner Patin, eng befreundet, und sie spricht viel von ihm. Und natürlich weiß ich, wie von dir vermutet, mehr über die näheren Umstände, nicht zuletzt, weil sie hier seit Wochen Stadtgespräch sind. Ich fasse dir die wichtigsten Fakten rasch zusammen.

Wie du vermutlich weißt, ist Nikolaj gänzlich unvorbereitet an das väterliche Erbe geraten. Noch bis vor einem halben Jahr durfte er mit Fug und Recht davon ausgehen, niemals den Fürstentitel und die Familiengüter zu besitzen. All dies sollte sein Bruder Alexej erben, der erstgeborene Sohn von Fürst Radomir Glinsky und seiner Gattin Serafina, die im zarten Alter von zwanzig Jahren nach Nikolajs Geburt an Kindbettfieber starb.

Alexej stand kurz vor der Eheschließung, er hat sich im vergangenen Juni mit Prinzessin Natalja Winczek verlobt. Du kennst sie vom Picknick bei Balkows, aber vermutlich erinnerst du dich nicht an sie, denn sie hinterlässt keinen bleibenden Eindruck. (Leopold hat sie kürzlich als langweiliges Huhn bezeichnet, und mit dieser Einschätzung hat er recht.)

Da die Verlobten beide vor Gesundheit nur so strotzten, stand zu erwarten, dass sie innerhalb kürzester Zeit eine ganze Cricketmannschaft kleiner Glinsky-Erben in die Welt setzen würden, sodass Nikolaj in der Erbfolge rasch auf einen unbedeutenden Rang zurückgefallen wäre.

Doch es kam anders. Wie du weißt, starb Alexej Anfang November nach einem Reitunfall. Sein Pferd ging durch und preschte in einen Heuwagen. Und vor lauter Kummer blieb eine Woche später das Herz des alten Fürsten ganz unerwartet nach dem Mittagsmahl stehen.

Nikolaj befand sich zu dieser Zeit auf einer Schiffsreise und konnte nicht benachrichtigt werden. Als er zurückkehrte, ruhten Bruder und Vater bereits unter der Erde.

Nikolaj muss sich nun um den umfangreichen Nachlass und den Rest der großen Familie kümmern. Eine Aufgabe, für die er nicht erzogen wurde und die ihn, wie man munkelt, auch nie interessiert hat. Doch er ist ein heller Kopf und erfreut sich bester Gesundheit. Es ist also zu erwarten, dass er sich diesen Aufgaben gewachsen zeigt. Man darf die Anforderungen allerdings nicht unterschätzen. Schloss Losnitz müsste dringend modernisiert werden, da hat sich seit Jahrzehnten nichts getan. Radomir Glinsky war, wie du ja weißt, in vielerlei Hinsicht ein äußerst geiziger Mann. Vermutlich sind die anderen Besitzungen also in einem ähnlich desolaten Zustand.

Doch mit der richtigen Frau an seiner Seite kann ein Mann ja bekanntlich viel erreichen. Und ich denke, dass der junge Kolja, wie man ihn hier nennt, sich in Wien vor freundlichen Angeboten kaum retten kann. Möglicherweise kannst du ihn bei der Weichenstellung für sein Lebensglück ja sogar behutsam lenken. Oder ihn sogar als Schwiegersohn unter deine Fittiche nehmen. Aber ich schweife ab und träume. Und dafür ist jetzt wahrlich keine Zeit mehr.

Es ist besser, wenn ich jetzt ende, sonst hat Bersdorff bald so viel Cognac intus, dass er morgen früh nicht reisefähig ist.

Halte mich bitte auf dem Laufenden, wie die Saison für Clea und Sophie verläuft. Ich will alles wissen! Und in der Zwischenzeit werde ich hier viel Zeit und Liebe darauf verwenden, deine Töchter überall so zu preisen, dass sich die Kunde ihrer Vorzüge wie ein Lauffeuer bis nach Wien verbreitet.

Es küsst dich innig
Nené

Kapitel 5

G wie gute Gesellschaft

Es gibt in Wien nicht *eine* gute Gesellschaft, es gibt derer zwei: erstens den alten Adel und zweitens den Geldadel. Mitglieder des alten Adels müssen einen Stammbaum mit mindestens sechzehn blaublütigen Vorfahren nachweisen können, dann sind sie hoffähig. Die Zugehörigkeit zum Geldadel hingegen hängt allein vom Kontostand ab, aber egal, wie imposant der ist, bei Hofe werden seine Mitglieder nie eingeladen. Zwischen den beiden Gesellschaften besteht eine tiefe Kluft. Wer sie zu überbrücken versucht, stürzt leicht hinein.

Die Kutsche stoppt jäh. Peitschen knallen, Männer fluchen, Pferde wiehern. Rasch hauche ich ein Loch in die dünne Eisschicht des Seitenfensters, gerade groß genug, um hinauszusehen.

Was für ein Chaos da draußen herrscht! Eine lange Reihe von Equipagen staut sich die gesamte Kärntnerstraße entlang. Und überall drängen weitere Gespanne aus den Seitenstraßen in die Schlange hinein, eins prächtiger als das andere, viele mit Adelswappen auf den Türen.

Papa zieht seine goldene Uhr aus der Tasche und wirft einen Blick darauf. »Ich habe nicht damit gerechnet, dass hier heute so viel los sein würde«, sagt er. »Hätte ich das geahnt, wären wir früher losgefahren.«

»Niemand konnte das voraussehen«, meint Sophie.

Und selbst Maman nickt. »Das stimmt.«

Als bekannt wurde, dass der Kaiser seine Zustimmung zu einem wohltätigen Ball in der Hofoper gegeben hatte, ging ein entsetztes Raunen durch die Aristokratie. Ein glanzvolles Fest in der kaiserlichen Hofoper hielten zwar alle für eine gute Idee, denn die prunkvollen Räume sind dafür hervorragend geeignet. Doch die Tatsache, dass zu diesem Ball nicht ausschließlich der Hochadel eingeladen wurde, sorgte in den alten Adelsfamilien der Stadt für Empörung. Jeder, der das nötige Geld besitzt, konnte eine Eintrittskarte erwerben. So etwas hat es bei einem kaiserlichen Fest nie zuvor gegeben.

»Das unterstützen wir nicht«, sagte Maman, als sie zum ersten Mal von den Plänen hörte. »Es gibt ein Büfett. Es soll getanzt werden. Und das mit Hinz und Kunz? Wer weiß, wer da plötzlich neben einem steht! Keine zehn Pferde bringen mich zu solch einem Spektakel.«

Papa legte daraufhin die Zeitung beiseite und sah Maman über den Rand seiner Brille hinweg nachdenklich an. »So einfach ist das leider nicht«, entgegnete er. »Wir machen einerseits mit diesen Leuten Geschäfte und schotten uns andererseits gesellschaftlich von ihnen ab. Auf Dauer kann das nicht funktionieren.«

Diese Leute – das sind alle, die die Unverfrorenheit besitzen, reich zu sein, ohne auf die für den Hochadel erforderlichen sechzehn adeligen Vorfahren zurückblicken zu können.

»Ich mache auch mit dem Fleischer Geschäfte«, gab Maman schnippisch zurück, »und dennoch tanze ich nicht mit ihm.«

»Die Herren Rothschild und Dumba sind wahrlich keine Fleischer«, widersprach Papa.

Doch Maman verschränkte nur abwehrend die Arme vor der Brust. »Es ist mir egal, wer oder was sie sind. Wir gehen dort nicht hin!«

Damit schien es entschieden, denn Papa regelt zwar die Geschäfte und Geschicke unserer Familie, aber für den gesellschaftlichen Umgang ist Maman verantwortlich, da redet er ihr nicht rein.

Mit ihrer Meinung stand Maman nicht allein da. Der Kartenverkauf für den Abend lief äußerst schleppend, man sprach von einem drohenden Fiasko. Doch dann ruderten die Planer zurück, der Ball wurde kurzerhand zur Soiree degradiert, also zu einem Empfang ohne Tanz. Damit rangiert er in der Hierarchie der Festivitäten nur noch kurz über einem normalen Opernbesuch, der ja auch allen offen steht.

Irgendwann sickerte zudem durch, dass die beiden Strauss-Brüder höchstpersönlich dirigieren würden. Und auch Amalie Materna, die beliebteste Operndiva der Stadt, sollte einen Auftritt haben. Da wurde Maman auf einmal still, wenn die Rede auf den Abend kam. Sie hatte wohl inzwischen das Gefühl, etwas zu verpassen.

Und nicht nur sie. Nach und nach ließen erste Mitglieder des Hochadels Logen reservieren. Und als sich dann herumsprach, die derzeit in Wien tonangebende Fürstin Pauline Metternich habe ihren Besuch zugesagt, knickte Maman ein.

»Wir könnten teilnehmen, ohne zu tanzen und zu essen«, schlug sie vor. »Wir könnten einfach die ganze Zeit über in der Loge bleiben, als wäre es eine normale Opernaufführung. Ich hörte, so machten es viele andere auch. Dann würden wir den Kaiser nicht vor den Kopf stoßen, denn immerhin war das Fest ja seine Idee. Und für euch Mädchen wäre es ein sehr sanfter Einstieg in die Saison, ihr könntet viel sehen, ohne allzu viel gesehen zu werden.« Sie wandte sich an Papa. »Wäre das nicht ein guter Kompromiss?«

Papa lächelte. »Ein ausgesprochen kluger sogar.«

Und damit war beschlossen, dass wir das Spektakel miterleben würden, von dem inzwischen die ganze Stadt sprach.

Momentan gerät dieser Plan allerdings ins Wanken, denn es scheint fraglich, ob wir die Oper rechtzeitig erreichen werden. Unsere Kutsche steht noch immer mitten auf der Kreuzung und kann weder vor noch zurück.

»Bist du auch so aufgeregt?«, fragt Sophie.

Ich zucke mit den Schultern. »Ach, es geht. Vor allem ist mir kalt.«

Sie seufzt. »Mir auch.«

Wir stecken beide in weit ausgeschnittenen Seidenroben. Unsere Spitzenhandschuhe sind hauchdünn. Und weil schwere Mäntel die zarten Kleider zerdrücken würden, tragen wir nur kurze Capes um die Schultern, unter die die beißende Kälte der Dezembernacht unbarmherzig kriecht.

Versonnen betrachte ich durch mein Guckloch die taghell erleuchteten Arkaden des monumentalen Opernhauses. Dem Kaiser soll das Gebäude anfangs gar nicht gefallen haben. Da er das öffentlich geäußert hat, soll sich einer der Architekten sogar das Leben genommen haben. Man erzählt, dass Seine Majestät darüber so erschüttert war, dass er seitdem nie wieder öffentlich ein Geschmacksurteil geäußert hat. Bei jeder Besichtigung sagt er seitdem zum Abschied nur noch den immergleichen Satz: *Es war sehr schön, es hat mich sehr gefreut.*

Ob Kaiser Franz Joseph heute auch kommt? Und Kaiserin Elisabeth? Wohl eher nicht. Schon die Planung dieses Festes war ein Wagnis. Einen Besuch würde der Adel den beiden Majestäten lange übel nehmen. Alte Zöpfe sollte man selbst als Staatsoberhaupt nur mit Bedacht abschneiden.

Die Kutsche setzt sich jetzt ruckend in Bewegung, endlich geht es weiter. Als wir uns der Oper nähern, spüre ich, dass ich nun doch ein wenig aufgeregt bin. Allerdings aus anderen Gründen als Sophie. Während sie sich davor fürchtet, versehentlich gesellschaftliche Regeln zu verletzen, werde ich genau dies gleich vorsätzlich tun. Und dabei fürchte ich nicht Klatsch und Tratsch, denn der wird meinen ureigenen Zielen nützen. Nein, ich habe Angst vor Mamans Reaktion. So offen, wie ich es für heute plane, habe ich mich ihr noch nie widersetzt.

Unsere Kutsche kommt jetzt vor dem Entrée zum Stehen. Livrierte Lakaien öffnen den Verschlag. Papa steigt als Erster aus und reicht zunächst Maman, dann Sophie und zuletzt mir den Arm.

Aus den geöffneten Türen der Hofoper dringen Geigenklänge hinaus in die glasklare Nacht. Wir betreten die Eingangshalle und tauchen in geradezu elfengleiche Pracht ein. Unzählige glitzernde Lichter illuminieren das in Rot und Gold gehaltene Treppenhaus. Ich habe noch nicht oft Gaslicht gesehen und bin beeindruckt von dem Gefunkel überall um uns herum. Duftende Blumengirlanden schmücken den Aufgang. Wie aus dem Boden gewachsen, steht plötzlich ein Diener vor mir und bittet mit einer Verbeugung um mein Cape.

Ich atme tief ein, um mich gegen das Donnerwetter zu wappnen, das zweifelsohne gleich über mich hereinbrechen wird. Dann öffne ich den Umhang, ziehe ihn von den Schultern und reiche ihn dem wartenden Pagen.

Als Maman sieht, was ich darunter trage, weiten sich ihre Augen. Sie atmet zischend ein, vermutlich, um mir wortreich mitzuteilen, was sie davon hält. Doch ich habe Glück, genau in diesem Moment treten die Fürstenbergs auf uns zu, um uns zu begrüßen, und Maman muss herunterschlucken, was ihr auf der Zunge liegt.

»Das ist für uns kein Tanzball, das ist lediglich eine Opernaufführung«, hat sie Sophie und mich vorab instruiert. »Wählt also eins eurer schlichteren zweifarbigen Abendkleider. Aber eins mit einem zarten, hellen Oberteil. Schließlich seid ihr Debütantinnen, und das soll man auch sehen.«

Jaja, ich weiß, dachte ich bei diesen Worten verbittert, wir sollen die Männer mit hellen Farben anlocken wie Blumen die Bienen. Und da kam mir auf einmal eine Idee.

»Ich könnte das Kleid mit dem veilchenfarbenen Rock nehmen«, überlegte ich laut.

Worauf Maman wohlwollend nickte. »Gut. Sophie, dann nimm du das in Rosé.«

Und tatsächlich trage ich heute das Kleid mit dem violetten Seidenrock. Allerdings habe ich es umgearbeitet, und zwar getreu meinem neuen Motto, immer das Gegenteil von dem zu tun, was Maman uns rät. Ich habe also das helle Oberteil abgetrennt und eines in wirklich sehr dunklem Lila mit schwarzem Spitzenbesatz angenäht. Ich persönlich finde ja, dass mir das steht. Allerdings werde ich so weder Bienen noch Männer anlocken, so viel ist klar. Vermutlich werde ich in der dunklen Loge ganz und gar mit dem Hintergrund verschmelzen.

Mamans Haltung bleibt auch in dieser Situation vorbildlich. Mit strahlendem Lächeln begrüßt sie die Fürstenbergs und stellt ihnen ihre beiden Töchter vor. Nichts an ihrer Miene deutet darauf hin, dass sie meine Kleiderwahl ungewöhnlich findet, und so schafft sie es tatsächlich, die anfangs doch etwas erstaunt wirkende Fürstin mit entspanntem Geplauder von mir abzulenken.

Auch als wir kurz darauf alle zusammen die festliche Treppe zu den Logen hinaufschreiten, benimmt Maman sich, als wäre alles in bester Ordnung. Vielleicht, weil auf jeder Stufe ein Diener in prächtiger Livree steht. Das Donnerwetter wird wohl erst nach dem Fest über mich hereinbrechen.

Ich atme tief durch und kann jetzt endlich die wirklich wunderschöne Umgebung würdigen. Glitzernde Kronleuchter und

Hunderte von Lampen mit Gasflammen, Blumenampeln, Palmen, große, zauberhaft altmodische Rokokogemälde mit pastellfarbenen Tanz- und Hirtenszenen. Ich weiß nicht, wohin ich zuerst sehen soll.

Nirgendwohin, wenn es nach Maman geht. »Kopf hoch, Blick geradeaus!«, raunt sie uns zu.

Kurz darauf haben wir unsere Loge erreicht und sinken auf rot gepolsterte Sitze.

Papa zieht wieder seine goldene Taschenuhr hervor. »Schon zehn«, verkündet er. »Wir sind gerade noch rechtzeitig gekommen.«

Maman greift nach ihrem Opernglas und hält es sich vors Gesicht. »Clea, das wird ein Nachspiel haben«, zischt sie durch fast geschlossene Lippen.

»Was hat sie denn getan?«, fragt Papa, der für Damenmode keinen Blick hat.

»Nicht jetzt. Später«, raunt Maman. Dann richtet sie das Opernglas auf die umliegenden Logen und verschafft sich einen Überblick, wer dort sitzt.

»Todesco, Dumba, Rothschild«, murmelt sie missbilligend. »Das war ja leider zu erwarten.« Aber dann entspannt sich ihre Miene. »Rechts davon Fürst Hohenlohe. Daneben die Metternichs, weiter Festetics und Wilczeks. Die kaiserliche Loge ist noch leer. Daneben sehe ich Crenneville, Graf Andrássy, den Herzog von Nassau.«

Plötzlich lächelt Maman. Vermutlich hat sie gerade mindestens einen Épouseur entdeckt. »Glinsky, Trauttmansdorff, sogar beide Esterházys.« Ihre Stimme ist fast ein Schnurren. »Und Glinsky ist ausgesprochen attraktiv. Mädchen, seht ihn euch unauffällig an. Merkt euch dieses Gesicht.«

Sophie gehorcht und hebt nun ebenfalls ihr Opernglas, doch ich fange in diesem Moment den Blick einer Dame in der Loge schräg gegenüber auf. Sie ist in Mamans Alter, trägt eine leuchtend blaue Robe, und auf ihrer kunstvollen Frisur funkelt ein Diamantdiadem. Und sie winkt uns zu. Oder täusche ich mich?

»Maman«, flüstere ich aufgeregt. »Wer ist das?«

»Wer? Was? Wo?«, fragt sie.

Ich weise mit dem Kinn unauffällig auf die Loge gegenüber.

»Oh!« Maman hebt ebenfalls die Hand und winkt zurück. »Das ist Pauline Metternich«, erklärt sie. »Eine sehr liebe Freundin.«

»Wirklich?«, frage ich. Denn wenn dieser Name bisher bei uns fiel, wirkte Maman stets äußerst angespannt.

»Selbst wenn es nicht so wäre, würde ich es behaupten«, entgegnet Maman in seltener Offenheit. »Denn niemand sollte Pauline zur Feindin haben. Oh, seht mal, dort!«

Sie meint eine große Loge, die bis eben leer war, sich jetzt aber mit mehreren Personen füllt.

»Nicht das Kaiserpaar selbst, aber einige Mitglieder der kaiserlichen Familie«, wispert Maman. »Die Erzherzöge Albrecht, Wilhelm und Ludwig Viktor samt Entourage. Damit ist der Abend endgültig ein Erfolg!«

Und mit dem Erscheinen der höchsten Gäste beginnt auch endlich das offizielle Programm. Leise erklingt Musik, so rein, klar und bezaubernd, dass die Welt um mich herum versinkt.

Wir hören den Hochzeitsmarsch aus Mendelssohns Sommernachtstraum. Danach singen Amalie Materna und Marie Wilt mit zartem Schmelz ein Duett. In raschem Wechsel folgen schnelle, temperamentvolle und langsame, verträumte Stücke, bis tosender Applaus den Walzerkönig Johann Strauss empfängt. Ich erkenne ihn an seiner Löwenmähne. Er hebt den Taktstock und gibt den Musikern ein Zeichen. Eine Walzermelodie erklingt.

Ich kann sie allerdings mehr ahnen als hören, denn unten im Saal achtet inzwischen niemand mehr auf die Musik. Alle unterhalten sich miteinander, als wären diese Klänge nur als Hintergrund gedacht. Und nun erheben sich einige Besucher von den Sitzen und streben dem Ausgang zu. Auf dem Höhepunkt des Programms. Warum nur?

»Es ist gleich Mitternacht«, sagt Papa nach einem erneuten Blick auf seine Uhr. »Wir sollten auch aufbrechen.«

»Jetzt schon?«, protestiert Sophie, die den Walzerkönig ebenso fasziniert beobachtet wie ich.

»Merkt euch, man verlässt Festivitäten bei Hofe stets spätestens um Mitternacht«, doziert Maman.

»Wir sind nicht bei Hofe«, widerspricht Sophie.

Maman runzelt die Stirn. »Wir sind in der kaiserlichen Hofoper. Und zumindest in unseren Kreisen zeigt man auch hier, dass man weiß, wie man sich benimmt. Seht euch um: Alle, die Stil haben, machen es so. Also los.«

Sie erhebt sich, und wir folgen ihrem Beispiel.

Auf dem langen Flur herrscht bereits dichtes Gedränge. Tatsächlich verlässt gerade jeder, der Rang und Namen hat, die Hofoper.

Weil ohnehin kein Durchkommen ist, bleibe ich noch kurz an der Logentür stehen und werfe einen Blick zurück. Wie schade, dass ich nun den schönen Eduard Strauss verpasse, der nach seinem Bruder dirigieren wird. Aber es hilft nichts, ich habe Maman für heute genug geärgert.

Kurz darauf lichtet sich das Gedränge, ich trete auf den Gang und sehe mich um. Von meiner Familie ist allerdings nichts mehr zu sehen, nicht einmal das kleinste Seidenfädchen. Ach du lieber Himmel! Schnell zum Ausgang. Maman wird vor Wut schäumen, wenn ich sie warten lasse.

»Komtess Clea?«, ruft plötzlich jemand aus dem Gedränge.

Ich traue meinen Augen kaum. »Fräulein Caroline?«

Sie ist es tatsächlich. Und sie ist nicht zum Vergnügen hier, das sehe ich an ihrem hochgeschlossenen schwarzen Kleid. Selbst die Mädchen aus bürgerlichen Kreisen tragen heute alle ein Abendkleid.

»Was führt Sie hierher?«, frage ich. »Fotografien sind es ja wohl kaum.«

Sie lacht. »Nein, da haben Sie recht. Dazu fehlen hier leider die technischen Möglichkeiten. Noch! Aber ich hatte bis eben eine andere faszinierende Aufgabe.« Sie macht eine Kunstpause und sagt dann mit bedeutungsschwerer Stimme: »Ich habe telefoniert!«

»Sie haben was?« Ich habe dieses Wort nie zuvor gehört.

»Te-le-fo-niert. Das ist etwas Ähnliches wie Telegraphieren«, erklärt Caroline. »Aber man gibt dabei keine Morsezeichen ein, man spricht einfach in einen Apparat und wird im gleichen Moment an einem zweiten Gerät weit davon entfernt gehört. Über Hunderte von Metern hinweg. So gut, dass jedes Wort verständlich ist.«

»Man wird *gehört*?«, wiederhole ich ungläubig. »Sie meinen, der Apparat überträgt die Stimme?«

»Ganz genau.« Caroline lächelt stolz. »Das ist ein neues Verfahren, und es wurde hier heute Abend erprobt. Ein Kunde unseres Ateliers hat das veranlasst und mich gebeten, den Apparat zu bedienen. Weil ich lesen und schreiben kann, technisches Verständnis besitze und eine sehr klare Stimme habe.«

»Fantastisch!« Ich bin ehrlich beeindruckt. »Und mit wem haben Sie ... telefoniert?« Das Wort kommt mir merkwürdig sperrig vor.

»Mit dem Hotel Sacher.« Caroline sagt das so unaufgeregt, als wäre es sowohl naheliegend als auch alltäglich. »Ich habe die Bestellungen der Diener entgegengenommen und sie telefonisch an die Küche im Sacher weitergegeben.«

»Nein!«, rufe ich fassungslos.

»Doch!« Caroline lächelt. »Niemand musste dafür über die Straße eilen. Deshalb ging es heute viel schneller, bis das Essen eintraf.«

»Und das hat wirklich funktioniert?«

Sie nickt. »Fehlerlos! Und es war fürs Personal eine große Arbeitserleichterung. Dieser Apparat wird sich durchsetzen. Und die Welt verändern.«

Ich blicke mich um. Niemand achtet auf uns, und ich sehe auch kein bekanntes Gesicht. »Kann ich ihn sehen?«, frage ich mit gedämpfter Stimme, denn das will ich mir auf keinen Fall entgehen lassen. Bestimmt werden meine Eltern auf dem Weg zur Garderobe ohnehin ständig von Bekannten aufgehalten.

»Natürlich, sehr gern.« Caroline wendet sich nach rechts. »Kommen Sie mit! Das Telefon steht in einer der Künstlergarderoben.«

Ich folge ihr durch das Gedränge. Gemeinsam eilen wir eine Seitentreppe hinab bis in den großen Saal und bahnen uns einen Weg zum Bühnentrakt.

Auf einmal brandet Beifall auf. Johann Strauss hat seine Darbietung offenbar beendet, gleich wird Eduard Strauss das Orchester übernehmen. Ob ich wenigstens kurz einen Blick auf ihn werfen kann? Ich bleibe stehen und recke den Hals, aber lauter ebenso Schaulustige versperren mir die Sicht.

Als ich mich wieder umdrehe, ist leider auch Caroline verschwunden, die Menge hat sie verschluckt. So ein Ärger! Man darf in einem solchen Gedränge einfach niemanden aus den Augen lassen. Warum habe ich das nach meinem ersten Fehler nicht gelernt?

Wütend auf mich selbst stelle ich mich auf die Zehenspitzen und versuche, Caroline wiederzufinden. Doch leider ist das unmöglich. Zwischen den unzähligen Frackträgern ist sie in ihrem schwarzen Kleid quasi unsichtbar.

Ein Stoß in den Rücken bringt mich aus dem Gleichgewicht. Ich gerate ins Stolpern und pralle fast mit einem Mann zusammen, der an einer Säule lehnt und den Tumult mit amüsierter Miene beobachtet. Gerade noch rechtzeitig kann ich eine Kollision verhindern.

»Oh, bitte entschuldigen Sie!«, sage ich und blicke zu ihm auf.

Er ist jung, vielleicht Mitte zwanzig, und hat so dunkle Augen, dass sie fast schwarz wirken. Irgendwie kommt er mir bekannt vor, aber ich kann mich nicht erinnern, wo ich ihn schon einmal gesehen habe. Nun, wahrscheinlich täusche ich mich.

»Nicht Sie sollten sich entschuldigen«, sagt er. »Diese ganzen Exzellenzen sollten es tun. Wie unfein, so zu drängeln.« Er betrachtet mich aufmerksam, und ich werde ein bisschen nervös.

Kennen wir uns doch? Aber woher? Hoffentlich endet dieses Zusammentreffen nicht mit einer Peinlichkeit.

»Haben Sie sich wehgetan?«, will er jetzt wissen.

Ich schüttele den Kopf. »Nein, mir ist nichts passiert. So ein Kleid mit Kissen an den richtigen Stellen polstert ja ab.«

Jetzt entstehen feine Lachfältchen um seine Augen. »Warum die es wohl alle so eilig haben?«, überlegt er laut. »Das Fest fängt doch gerade erst richtig an.«

Er entstammt ganz eindeutig nicht unseren Kreisen, sonst würde er den Grund kennen.

»Oh, das hat man mir eben erklärt«, antworte ich. »Bei Hofe enden alle Bälle um Mitternacht. Wer jetzt noch bleibt, zeigt, dass er das nicht weiß und folglich nicht zur ersten Gesellschaft gehört. Man geht also, um zu beweisen, dass man Rang und Namen hat.«

Der Fremde runzelt die Stirn. »Aber wir sind hier nicht bei Hofe.«

Ich zucke mit den Schultern. »Darauf kommt es in diesen Kreisen nicht an. Man kann sich dennoch so benehmen und damit Barrieren gegen andere errichten.«

»Hier trennt sich also gerade die Spreu vom Weizen«, murmelt mein Gesprächspartner.

»In der Tat«, sage ich und füge dann spontan hinzu: »Fragt sich nur, wer Spreu ist und wer Weizen.«

Er lächelt. »Sie gehen also nicht?«

Ich zögere einen Augenblick, dann schüttele ich entschieden den Kopf. »Nein. Ich bleibe noch eine Weile.« Ich lasse mich auf ein kleines rotes Sofa sinken, das hinter der Säule in einer Nische steht. Es ist wohl am besten, hier zu warten, bis das schlimmste Gedränge vorüber ist.

Doch ich beschließe, dem Unbekannten die Gründe für mein Bleiben nicht zu erklären. Er soll ruhig denken, ich würde seinen Kreisen entstammen. Was er ganz offensichtlich tut. In Gegenwart einer Komtess würde er bestimmt nicht so entspannt an dieser Säule lehnen.

Ich mustere ihn unauffällig aus den Augenwinkeln. Er trägt einen gut geschnittenen, teuer aussehenden Frack und unterscheidet sich auch sonst nicht von den jungen Männern der ersten Gesellschaft. Oder doch, vielleicht ein wenig. Seine dunklen Haare sind nicht pomadisiert, eine Locke fällt ihm in die Stirn, was ihm ausgesprochen gut steht. Sein glatt rasiertes Kinn ist kantig, er benötigt keinen Bart, um männlich zu wirken. Und in seinem Blick liegt nicht die blasierte Langeweile, die blaublütige Jünglinge so gern zur Schau tragen. Seine Augen sprühen förmlich vor Tatkraft. Außerdem hat er eine frische Gesichtsfarbe und auffallend breite Schultern. Diesem Mann muss eindeutig niemand ein Butterbrot schmieren. Aber auch keinen Kaviar servieren. Er sieht aus, als könne er wunderbar für sich selbst sorgen.

Dennoch fühlt er sich im Frack sichtlich unwohl. Ständig fährt seine Hand zum Kragen, um ihn zu lockern, dabei sitzt er wirklich nicht eng. Und manchmal huscht über sein Gesicht ein Schatten, der nicht so recht zu seiner übrigen Erscheinung passen mag. Es ist, als würde ihn jählings ein dunkler Gedanke streifen, der ihm ganz plötzlich all seine Tatkraft nimmt. Nein, wahrscheinlich bilde ich mir das nur ein, weil mir selbst solche gesellschaftlichen Großereignisse zuwider sind.

Jetzt dreht er sich zu mir um. Rasch wende ich den Blick ab und halte wieder nach meiner Familie Ausschau. Vielleicht habe ich Glück und entdecke sie hier im Saal, wo sich das Gedränge allmählich lichtet.

Als erneut Musik einsetzt, ist sie gut zu hören. Wieder sind es Walzerklänge, diesmal dirigiert von Eduard Strauss. Ich kann ihn zwar leider nicht sehen, aber immerhin bekomme ich jetzt eine Hörprobe seines Könnens. Und er ist wirklich gut. Seine Musik reißt mit. Unwillkürlich beginne ich mit dem Fuß zu wippen.

Der Mann an der Säule lächelt mich an. »Er hat noch mehr Schwung im Taktstock als sein Bruder, finden Sie nicht auch?«

Ich erwidere das Lächeln. »Tatsächlich, dieser Walzer ist nicht zum Zuhören geschaffen.«

Ich habe das ganz ohne Hintergedanken gesagt, aber den Mann haben meine Worte offenbar auf eine Idee gebracht. Er stößt sich mit einer geschmeidigen Bewegung von der Säule ab und verneigt sich vor mir. »Mein Fräulein, darf ich Sie um diesen Tanz bitten?«

Fürst Nikolaj von Glinsky, Wien
an Katharina Baroness von Rittegg, Losnitz

11. Dezember 1877

Meine geliebte Katinka,

wie du weißt, stehe ich vor wichtigen Entscheidungen, die auch dein Leben ganz gravierend berühren werden.
Daher wünsche ich mir von dir vorbehaltlose Offenheit. Ich bitte dich inständig, sage mir, was du dir für uns wünschst und wie deine Zukunft aussehen soll, auch was mich betrifft. Nimm dabei keine Rücksicht auf irgendjemanden auf dieser Welt, entscheidend bist nur du allein.
Tinka, ich weiß, dass ein so selbstbezogenes Denken deiner mitfühlenden Seele wesensfremd ist. Aber jetzt musst du diese Position wenigstens einmal im Leben bewusst einnehmen.
Wie kann ich sonst dafür sorgen, dass du glücklich wirst?

In Liebe
Kolja

PS: Ich reite jeden Morgen in Gedanken mit dir über die große Wiese am Bach und höre dich dabei lachen.

Kapitel 6

K wie Knigge

Im Ratgeber des Freiherrn von Knigge steht Folgendes geschrieben: »Ich habe bemerkt, dass man sich beim Tanze oft von einer nicht vorteilhaften Seite zeigt. Wenn das Blut in Wallung kommt, so ist die Vernunft nicht mehr Meister der Sinnlichkeit; verschiedene Arten von Temperamentsfehlern werden dann offenbar. Wohl dem, der nichts zu verbergen hat!«

Nach der Tanzaufforderung des Fremden fällt mir unwillkürlich die Warnung des Freiherrn von Knigge ein, die Maman uns sehr ans Herz gelegt hat. Mir ist klar, dass ich dem Mann, der abwartend vor mir steht, eine Absage erteilen muss. Es wäre ja Wahnsinn, mit jemandem zu tanzen, der die Regeln unserer Gesellschaft nicht kennt und dessen Temperament beim Walzer möglicherweise eskaliert. Und selbst wenn dieser Mann anständig bliebe, sollte ich mich nicht vor aller Augen mit einem Bürgerlichen zeigen. Erst recht nicht an einem Tag, an dem ich Maman ohnehin schon provoziert habe.

»Wir sind auf einer Soiree«, sage ich daher betont würdevoll. »Hier wird nicht getanzt.«

Er zieht eine Augenbraue hoch. »Wir sind in Wien, und das ist ein Walzer«, sagt er amüsiert. »Natürlich wird gleich getanzt. Da! Es geht schon los.«

Ich folge seinem Blick und sehe Männer und sogar einige

Frauen, die lachend Stühle und Pflanztöpfe beiseiteschieben. Die Kapelle legt an Tempo und Lautstärke zu, und nun drehen sich erste Paare zur Musik.

»Darf ich Sie also um diesen Tanz bitten?«, wiederholt mein Gesprächspartner seine Frage.

»Nein!«, sage ich entschieden. »Ich tanze niemals mit Fremden.«

»Sie haben recht, ich habe mich noch nicht vorgestellt. Bitte entschuldigen Sie mein ungehobeltes Benehmen.« Er neigt den Kopf. »Mein Name ist Nikolas. Nikolas Rabe. Und Sie sind, wenn ich fragen darf?«

»Clea … äh, Claire«, improvisiere ich rasch. Und da mir noch ein Nachname fehlt, greife ich auf meinen zweiten Vornamen zurück. »Claire Manon.«

»Angenehm.« Nikolas Rabe schenkt mir ein warmes Lächeln. »Ich komme aus Prag und bin Wissenschaftler. Ich erforsche die Tier- und Pflanzenwelt.«

»Wie interessant«, gebe ich zurück. Und plötzlich reitet mich ein Teufelchen. »Ich komme aus Wien und mache gerade eine Ausbildung zur Fotografin.«

Er zieht eine Augenbraue hoch. »Oh, das ist ebenfalls ein interessanter Beruf.«

»In der Tat. Er macht mir viel Freude.«

Rabe nickt. »Ich kenne ein Mädchen in Ihrem Alter, das ihn gerade erlernt hat. Sie arbeitet jetzt im Atelier Adèle.«

Auf einmal fällt es mir wie Schuppen von den Augen. Ich habe den Mann wirklich schon einmal gesehen. Das ist der Palmenlieferant aus dem Atelier Adèle. Im ersten Moment erschrecke ich, doch ich beruhige mich gleich wieder. Denn erstens bin ich momentan vollständig bekleidet, zweitens hat Nikolas Rabe mich offensichtlich nicht erkannt, und drittens wirkt er harmlos und nett.

»Sie meinen Caroline?«, frage ich.

»Genau die. Sie fotografiert oft Forschungsobjekte für mich. Vor allem Pflanzen.«

Ich lächele. »Ich mag sie sehr.«

»Ich ebenfalls«, gibt er zurück. »Sie ist äußerst talentiert und hat eine Engelsgeduld.«

»Benötigt man die beim Fotografieren von Pflanzen?«, frage ich amüsiert.

Er grinst. »Nein, man benötigt sie für mich. Ich neige zu exzentrischen Ideen. Eine fleischfressende Pflanze wollte ich beispielsweise gern samt Beute auf ein Bild bannen. Aber man sah auf dem Bild statt der Fliege nur einen winzigen Fleck. Was selbstverständlich nicht an Caroline lag, sondern daran, dass tote Fliegen optisch nicht viel mehr bieten als einen kleinen schwarzen Punkt. Und kürzlich habe ich ein Frettchen mitgebracht, um es fotografieren zu lassen. Leider sind wir auch daran gescheitert. Es war zu zappelig.«

»Sie wollten ein Frettchen fotografieren lassen?«, frage ich ungläubig.

»Es war ein ausgesprochen schönes Exemplar«, antwortet Rabe mit einem Lächeln. Doch dann wird er wieder ernst. »Da wir uns ja jetzt kennen und sogar wissen, dass wir eine gemeinsame Bekannte haben, darf ich Sie vielleicht doch um den nächsten Walzer bitten, Fräulein Claire Manon, angehende Fotografin aus Wien?« Seine dunklen Augen funkeln unternehmungslustig.

Und da meldet sich mein inneres Teufelchen ein zweites Mal. *Sag Ja*, flüstert es mir zu. *Das ist in dieser Saison deine einzige Gelegenheit für einen unbeschwerten Tanz. Bald wirst du einen verstauchten Knöchel fingieren müssen. Und danach sitzt du auf Festen nur noch herum und nippst den ganzen Abend lang an einem einzigen Gläschen Likör. Los! Nutze die Chance! Dir wird hinterher schon eine Ausrede einfallen.*

Egal, wie sehr ich mich bemühe, ich kann das Teufelchen nicht zum Schweigen bringen.

Was soll schon passieren?, stachelt es mich an. *Maman wird nachher ohnehin wütend wie ein wilder Stier sein, egal, was du jetzt noch anstellst. Und wenn du dadurch deinen Ruf schädigst und deine Heiratschancen schmälerst, ist das genau genommen ganz in deinem Sinne.*

Ich zögere noch immer, da spielt das Orchester den Walzer *O schöner Mai*. Ich liebe diese Melodie, ich schmelze dahin, wenn ich sie höre. Prompt ist es um mich geschehen.

Ich nicke huldvoll, erhebe mich und reiche dem glutäugigen Naturforscher Nikolas Rabe die Hand.

Er verbeugt sich, ich knickse.

Er zieht mich an sich, ich gebe mich hin. Und nehme dabei seinen Duft wahr, eine angenehme Mischung aus orientalischen Gewürzen, Harz und Holz. Kurz darauf tanzen wir im Dreivierteltakt, und mir wird ganz schwindelig, allerdings nicht von den Drehungen.

Was ist das? Was geschieht hier gerade mit mir?

Dies ist weiß Gott nicht mein erster Walzer. Bei Kinderbällen, Jugendbällen und sommerlichen Festen auf dem Lande habe ich schon so manches Mal getanzt. Und es lag mir nie besonders. Zumindest habe ich das bisher gedacht. Dieser Nikolas Rabe allerdings ist ein begnadeter Tänzer. Er hält mich fest und sicher im Arm, während er mit intuitiver Gewandtheit freie Plätze für unsere Drehungen findet. Bei jeder spüre ich die Kraft seines muskulösen Körpers. Sie raubt mir den Atem. Oder ist es das Tempo des Walzers, das mein Herz so schnell schlagen lässt? Meine Füße fliegen förmlich über das Parkett, und die Farben und Lichter um mich herum verwandeln sich in ein buntes Glitzermeer.

Der einzige unveränderliche Ruhepol in diesem Wirbel sind die dunklen Augen meines Tanzpartners, und ich muss einfach hineinsehen, ich kann nicht anders, auch wenn es verflixt schwer ist, nicht in diesem Blick zu versinken. Nun flackert etwas wie eine Frage in diesen dunklen Augen auf. Vielleicht will Nikolas Rabe wissen, warum ich ihn so unverwandt ansehe. Ich nehme all meine Willenskraft zusammen und senke den Blick. Jetzt sehe ich seine Lippen, die verhalten lächeln. Die Oberlippe hat einen ganz zauberhaften Schwung, und obwohl ich es überhaupt nicht will, muss ich auf einmal daran denken, wie es wäre, ihn zu küssen.

Himmel, was ist denn plötzlich in mich gefahren? Rasch lenke ich den Blick wieder nach oben und sehe meinem Tanzpartner fest in die Augen.

Das hätte ich nicht tun sollen! Nun versinke ich wirklich darin, und alle Fragen dieser Welt sind mir auf einmal ganz egal. Genau wie alle Antworten. Eigentlich ist mir sogar die ganze Welt gleichgültig. Ach, wäre ich doch wirklich Claire Manon und hätte ein anderes, freieres Leben! Dann würde ich bis zum Morgengrauen mit diesem Nikolas Rabe tanzen. Und vielleicht würden wir irgendwann zusammen auf eine Forschungsreise gehen. Er würde große wissenschaftliche Entdeckungen machen, und ich, Claire, würde alles fotografieren, egal, ob Frettchen oder Fliege.

Ich wünsche mir, dass dieser Tanz niemals endet. Doch natürlich tut er das. Und mehr als einen darf ich nicht wagen. Für einen einzigen Walzer lässt sich vielleicht noch irgendwie eine Ausrede finden. Jeder weitere würde mich gesellschaftlich ruinieren. Auch wenn ich mein Ziel der künftigen Ehelosigkeit damit bereits heute endgültig erreicht hätte, eine solche Blamage kann ich meiner Familie nicht antun. Das haben die drei Menschen, die ich auf dieser Welt am meisten liebe, wahrlich nicht verdient.

»Ich muss mich leider verabschieden«, sage ich deswegen, als sich unsere Blicke voneinander lösen und Rabe sich mit einer Verbeugung für den Tanz bedankt. Dann raffe ich meine Röcke und eile aus dem Saal.

Als ich kurz darauf die große Treppe der Hofoper hinabschreite, muss ich erneut an Knigges Tanzwarnung denken. Und jetzt weiß ich: Der Mann hatte echte Lebenserfahrung. Denn es ist wahr. Kaum dreht man sich zu Musik, macht man Fehler. Vor lauter Misstrauen Rabe gegenüber habe ich vor diesem Tanz keinen Gedanken daran verschwendet, dass mein eigenes Blut dabei in Wallungen geraten und mich zu Entgleisungen verleiten könnte.

Wie konnte ich nur so lange so eng mit einem Fremden tanzen und ihn dabei auch noch so intensiv ansehen? Ich habe mich objektiv betrachtet eben ganz schrecklich schlecht benommen.

Unten am Portal sehe ich Maman, sie wartet dort wie ein drohender Racheengel. Hinter ihr entdecke ich auch Papa und Sophie. Unwillkürlich ziehe ich die Schultern hoch, als ich auf die drei zugehe.

Ob sie schon von dem Tanz wissen? Möglich ist es. Skandale verbreiten sich ja immer unfassbar schnell.

Maman eilt mir entgegen. »Clea, mein Engel!« Sie nimmt meine Hände in ihre und schenkt mir ihren zärtlichsten Mutterblick. »Da bist du ja, Liebes! Komm, lass uns gehen. Es ist spät, du musst müde sein.«

Was? Hat sie das eben wirklich gesagt? Oder habe ich mich verhört? Und ist ihr zärtlicher Tonfall in Wahrheit Ironie?

Nein, Maman schenkt mir ein echtes Lächeln, und ihre Augen leuchten dabei. Auch Papa merke ich keinen Ärger an, als er mir mein Cape reicht.

Sophie allerdings wirkt sichtlich verwirrt, und das bin ich jetzt auch.

»Schnell zur Kutsche!«, instruiert uns Maman. »Nicht stehen

bleiben! Wir beantworten jetzt keine Fragen. Ich muss erst alles klären.«

Ich wechsele einen raschen Blick mit Sophie, und auf dem Weg zur Kutsche fallen wir beide unauffällig ein Stück zurück.

»Wovon spricht sie?«, raune ich meiner Zwillingsschwester zu.

»Von deinem Tanz«, flüstert Sophie.

»Sie weiß schon davon?«, hauche ich entsetzt. »Woher ...«

»Alle wissen es«, wispert Sophie zurück. »Es hat sich wie ein Lauffeuer herumgesprochen. Wir haben dir gegen Ende sogar zugesehen.«

»*Was?*« Ich bleibe völlig fassungslos stehen. »Aber warum ist Maman dann so *nett* zu mir?«

»Na hör mal!« Sophie stemmt die Hände in die Hüften. »Du hast mit dem begehrtesten Junggesellen der Saison getanzt und wunderst dich über Mamans Jubel?«

»Ich habe ... was?«

Sophie starrt mich an. »Clea, was ist denn los? Warum reagierst du so merkwürdig?«

»Ich reagiere ganz normal«, zische ich heftiger als beabsichtigt. »Ich habe einfach schlicht und ergreifend keine Ahnung, wovon du sprichst.«

Sophie runzelt die Stirn. »Du weißt es wirklich nicht«, murmelt sie kopfschüttelnd. »Clea, du hast eben mit Fürst Nikolaj Glinsky Walzer getanzt, und er hat dich dabei mit Blicken förmlich verschlungen. Genau wie du ihn.«

Nikolaj Glinsky? Ein reicher Fürst soll ein Palmenträger und Naturforscher sein? Unmöglich!

Ich verschränke die Arme vor der Brust. »O nein! Das habe ich nicht!«

»Hast du doch!«

»Das war nicht Glinsky.«

»Und ob er das war. Höchstpersönlich.« Sophie blickt mich eindringlich an. »Glaubst du, ich denke mir so etwas aus?«

Ich spüre plötzlich das Pochen meines Blutes im ganzen Körper, ja, ich höre es förmlich. Wäre ich der Typ Frau, der vor Schreck in Ohnmacht fällt, würde ich das jetzt tun. Und zwar ausgesprochen gern. Doch leider ist mir diese Neigung nicht gegeben. Und vermutlich würde es ohnehin alles nur schlimmer machen.

Falls das noch geht. Mein Kopf ist ganz wirr, und ich durchdringe noch nicht wirklich, was da eben passiert ist. Doch eins wird mir langsam mit schockierender Deutlichkeit klar: Ich bin vom siebten Himmel direkt in die Hölle getanzt.

Aus einem Artikel der *Wiener Zeitung* über die erste Wiener Hofopernsoiree

... Während man in der Oper noch konzertierte, hieß es immer, es werde heute nicht getanzt. Doch kaum hatte Johann Strauss den Taktstock weggelegt, als Eduard Strauss kam, um ihn aufzunehmen. Es hatte sich inzwischen wie durch einen Zauber die Menschenmasse gelichtet. Und man tanzte nun doch.

Üppige und schlanke Prachtgestalten drehten sich im schimmernden Saale. Diamanten, Luxusstoffe und kunstvolle Frisuren kamen nun erst zu voller Wirkung. Die virtuose Handhabung der Schleppen vonseiten der Herren erregte ebenso verdiente Bewunderung wie die superbe Gleichgültigkeit der Damen für ihre Tausendguldenroben. ...

Kapitel 7

S wie Schnee von gestern

Am frühen Morgen schneit es. Und kurz darauf bedeckt federleichter Glitzerschnee sämtliche Spuren der Nacht. Die gestern noch schmutzigen Straßen sind nun makellos weiß. Wunderschön sieht das aus. Und beruhigend.

Ach, wenn es so etwas doch auch in den Köpfen der Menschen gäbe! Dann könnte die Erinnerung an gestern von einer feinen Schicht des Vergessens bedeckt werden. Und der verflixte Tanz mit Glinsky wäre schon morgen so unwichtig wie der sprichwörtliche Schnee von gestern.

Ich habe vor Aufregung die ganze Nacht nicht geschlafen. Habe mich hin und her gewälzt. Aufgesetzt und wieder in die Kissen gewühlt. Habe schließlich meine Nachttischlampe angezündet und zu meinem Notizbuch gegriffen. Die Vorstellung einer reinen weißen Schneewelt hat mich dann endlich beruhigt. Nun gleitet mir der Stift aus der Hand, und ich tauche in eine Traumwelt ein. Weiß, glitzernd und still.

Leider erscheint dort plötzlich Maman. Sie hält einen Besen in der Hand, und – hey, was tut sie da? Warum kehrt sie meinen schönen Glitzerschnee weg?

Prompt bin ich wieder hellwach. Und auch die Bilder und Gesprächsfetzen der letzten Nacht, die mich seit Stunden plagen, sind zurück.

Ich sehe Sophie vor mir, wie sie mir sagte, mit wem ich eben getanzt hatte. Und wie sie mich ungläubig anstarrte, als ihr klar wurde, dass das neu für mich war.

Ich spüre erneut meinen Schock. Und meine innere Betäubung kurz darauf in der Kutsche. Höre noch einmal Mamans aufgeregte Fragen. Spüre meine völlige Ratlosigkeit. Und erinnere mich, dass ich Kopfschmerzen vortäuschte, um nicht antworten zu müssen. Mein Verstand war einfach nicht in der Lage, klare Gedanken zu fassen.

Glinsky! Ausgerechnet Fürst Nikolaj Glinsky! Der blaublütigste und reichste Épouseur dieser Saison. Wie konnte das nur passieren?

Ich habe mir vorgenommen, genau das Gegenteil von allem zu tun, was Maman befiehlt, um mich schnell und erfolgreich unter die Haube zu bringen. Und zwar, um damit genau das Gegenteil zu erreichen. Doch nun habe ich Mamans Ziele mit dieser Taktik nicht durchkreuzt, sondern stattdessen in kürzester Zeit verwirklicht. Zumindest muss sie das glauben.

Das ist eigentlich schon schlimm genug. Aber noch schlimmer ist, dass der Schein trügt. Glinsky und ich haben zwar definitiv miteinander getanzt. Aber wir haben vorgegeben, andere zu sein. Und an diesem Punkt werden meine Gedanken völlig wirr. Wer hat da eigentlich wen belogen? Und wer hat was geglaubt? Wusste Glinsky, wer ich bin? Oder ging es ihm wie mir? Erfuhr er erst hinterher, mit wem er sich in Wahrheit auf der Tanzfläche gedreht hat?

Wie gern hätte ich mit Sophie darüber gesprochen, doch wir konnten in der Kutsche nur Blicke wechseln. Und zu Hause angelangt ergriff Maman sogleich das Kommando.

»Geht jetzt schlafen! Beide!«, ordnete sie an. »Ihr seht schrecklich blass aus. Und jetzt dürft ihr auf gar keinen Fall krank werden.

Morgen können wir noch lange genug über alles sprechen. Los, husch, ins Bett!«

Als wir zögerten, klatschte Maman energisch in die Hände. »Hopp, ins Bett mit euch!«

Sie ging mit uns nach oben, als wären wir kleine Kinder, doch uns fehlte beiden die Kraft, sie darauf hinzuweisen. Maman hätte es gehört, wenn eine von uns ihr Zimmer später noch einmal verlassen hätte, und dann hätte sie uns gewiss lästige Fragen gestellt. Also gehorchten wir und gingen zu Bett.

Seitdem versuche ich, alleine Ordnung in meine verwirrten Gedanken zu bringen. Und scheitere. Stunde um Stunde.

Sie sind verschlungen wie ein Wollknäuel, mit dem eine Katze gespielt hat. Und immer wenn ich versuche, an einem Gedankenfaden zu ziehen, zurre ich damit nur weitere Knoten fest.

Glinsky. Ich erinnere mich vage, dass Maman uns zu Beginn des Abends auf ihn aufmerksam gemacht hat, er saß in einer der Logen. Doch er interessierte mich nicht, und daher habe ich ihn keines Blickes gewürdigt. Wäre ich in diesem Moment aufmerksamer gewesen, hätte alles andere niemals geschehen können. Doch mit den Wörtchen *hätte* und *wäre* komme ich nicht weiter, denn ich *habe* nun einmal nicht aufgeschaut, und nun *bin* ich in dieser Situation. Und muss da wieder hinaus. Aber wie? Ich weiß ja nicht einmal, in welcher Lage ich mich genau befinde.

Maman benutzte ein Opernglas, um Nikolaj Glinsky zu identifizieren. Hat er seins ebenfalls auf uns gerichtet? Hat ihm jemand unsere Namen verraten, so wie Maman uns seinen zuflüsterte? Dann wusste er bei der Aufforderung zum Tanz vielleicht schon, wer ich war. Aber warum dann der falsche Name?

Oder hat er mich zuvor nicht gesehen? Und dachte also wirklich, ich sei eine junge Fotografin? Doch warum hätte er gegenüber Claire Manon seinen Fürstentitel verschleiern sollen?

So oder so, es bleibt rätselhaft. Und wenn ich nicht weiß, wie ich das alles einordnen soll, wie soll ich dann entscheiden, was zu tun ist?

Ach, wäre ich doch wirklich Claire Manon und Glinsky Nikolas Rabe! Dann könnten wir jetzt beide zu einer glitzernden Erinnerung im Leben des anderen werden.

Für Clea und Nikolaj ist die Sache leider sehr viel komplizierter.

Ich muss dann doch irgendwann eingenickt sein, denn ein Klopfen an der Tür weckt mich.

Anna, meine Zofe, tritt ein. Sie trägt ein Tablett mit Tee, Toast und der Morgenzeitung.

»Oh!« Ich rekele mich und gähne. »Ist es schon zehn?« Mutter hat gestern bestimmt, dass Sophie und ich ausschlafen sollten.

Anna knickst. »Viertel nach neun. Aber ...« Sie hält inne.

»Ja?«, hake ich nach.

»Die Zeitung ...« Anna stellt das Tablett auf meinen Nachttisch und reicht mir das Morgenblatt. »Komtess werden darin erwähnt.« Ihr Gesicht färbt sich rot. »Ich weiß, dass mich das nichts angeht. Und dass ich mich ungehörig verhalte, weil ich Komtess deswegen wecke. Aber ich dachte, wenn es um mich ginge, würde ich so etwas schnellstmöglich wissen wollen. Einfach, weil es so wundervoll ist.« Sie reibt sich voller Vorfreude die Hände.

Ich starre sie verblüfft an. »Ich? In der Zeitung?«

Anna nickt. »Auf Seite fünf.«

Sie knickst und will sich zurückziehen, doch ich halte sie zurück. »Warten Sie! Könnten Sie bitte rasch ...«

... *Sophie wecken*, will ich eigentlich sagen, doch als mein Blick auf den Artikel fällt, vergesse ich den Rest der Welt.

... Die virtuose Handhabung der Schleppen vonseiten der Herren erregte ebenso verdiente Bewunderung wie die superbe Gleichgültigkeit der Damen für ihre Tausendguldenroben. Die meiste Aufmerksamkeit jedoch galt einem jungen Paar, das nicht nur ins Auge fiel, weil es durch Anmut und Grazie aus der Menge herausstach, sondern auch, weil es wider alle gesellschaftlichen Sitten Walzerrunde um Walzerrunde drehte: Es handelte sich um Fürst Nikolaj Glinsky und Komtess Clea de Conteville, die sich gestern im unkonventionellen Rahmen der Soiree dem Vergnügen hingaben, vor aller Augen miteinander zu tanzen. Jeder, der es versteht, verliebte Blicke zu deuten, weiß seit diesem Tanz, dass diese beiden uns in der kommenden Saison noch beschäftigen werden.

Betrachten wir sie also ein bisschen genauer: Clea de Conteville ist eine entzückende Blume der aristokratischen Gesellschaft. Sie wuchs achtzehn Jahre lang wohlbehütet fast ausschließlich auf dem Lande heran und genoss eine exzellente Erziehung durch französische und englische Gouvernanten sowie eine kluge Mutter. Ihre Mitgift dürfte zwar nicht allzu groß sein, denn Graf Theodore de Conteville hat keinen männlichen Erben und der Besitz geht nach seinem hoffentlich noch in weiter Ferne liegenden Ableben an den Sohn seines ältesten Cousins über. Aber Name, Rang und Ruf der Contevilles könnten besser nicht sein. Zudem verfügt Clea über ein mütterliches Erbe, das in ihrem Fall mehr wiegt als Geld und Gold: Isabella de Conteville, geborene Komtess Leoncourt, galt schon als junges Mädchen als gefeierte Schönheit, und sie ist es noch immer. Glücklicherweise stehen ihr beide Töchter an Liebreiz und Anmut in nichts nach.

Clea de Conteville wäre also in jeder Hinsicht eine geeignete Gefährtin für einen Fürsten, dem es auf die finanziellen Verhältnisse seiner Braut nicht ankommen muss.

Nikolaj Glinsky ist seinerseits eine mehr als gute Partie. Seine Familie stammt aus der Nähe von Prag, dort steht das Stammschloss der Glinskys, Schloss Losnitz. Weitere Familienanwesen befinden sich in Prag, Wien, an der Loire und in Rom. Fürst Radomir Glinsky, sein Vater, ist vor wenigen Wochen verstorben, kurz nach dem ebenso mysteriösen wie tragischen Unfall seines erstgeborenen Sohnes, von dem wir unsere Leserschaft seinerzeit ausführlich unterrichtet haben.

Die Übernahme des Titels traf den jüngeren Sohn gänzlich unvorbereitet. Nikolaj Glinsky befasste sich bisher intensiv mit dem Gebiet der Naturforschung und strebte eine Karriere als Wissenschaftler im Gefolge des Kronprinzen Rudolf an.

Nun muss er sich auf Geheiß des Kaisers stattdessen in die vielfältigen Aufgaben eines Stammhalters einarbeiten. Bei den hervorragenden Anlagen des jungen Mannes, der im Rufe eines überaus klaren Verstandes steht, dürfte dies jedoch eine mit Leichtigkeit zu bewältigende Aufgabe sein. Und er kann sich zweifelsohne darauf verlassen, dass ihn so gut wie jede standesgemäße Debütantin Wiens gern dabei unterstützen würde. Ob er seine Wahl gestern wohl schon getroffen hat?

Wir werden sehen. Und selbstverständlich berichten ...

»Ach du lieber Himmel!« Ich schleudere die Zeitung weg. Das kann doch nicht wahr sein. Das *darf* einfach nicht wahr sein!

»Herzlichen Glückwunsch!«, dringt Annas Stimme zu mir durch.

»Was?«, frage ich verwirrt.

»Herzlichen Glückwunsch zu Ihrem großen Erfolg«, wiederholt Anna, die noch immer vor meinem Bett steht.

»Anna, das ist kein Erfolg, das ist eine Katastrophe.«

Erschrocken tritt meine Zofe einen Schritt zurück. »Aber ...« Sie weist auf die Zeitung und sucht nach Worten. »Da steht doch nur Gutes. Dass Komtess gebildet sind. Und schön. Und aus gutem Hause. Und dass Komtess einen sehr begehrten Verehrer haben. Dem Komtess ...« Anna hält kurz inne, bevor sie weiterspricht, »... sogar verliebte Blicke zugeworfen haben. Das klingt fast, als stünde uns bald eine Verlobung ins Haus. Was ist daran schlimm?«

»Dass nichts davon stimmt«, entgegne ich heftig, werfe die Daunendecke beiseite und klettere aus dem Bett. »Und hören Sie endlich auf mit der ständigen Komtesserei. Sprechen Sie mich bitte an wie jeden anderen Menschen auch.«

»Oh.« Anna senkt den Kopf und knickst. »Bitte entschuldigen Sie! Ich war ungeschickt und indiskret. Ich gehe jetzt wohl besser.«

»Nein, warten Sie!«, sage ich rasch. »Können Sie mir den Tee zubereiten? Bitte mit Zucker und Milch.«

Mit diesem Vorwand verschaffe ich mir eine kurze Bedenkzeit. Während Anna mit Teekanne, Milchkännchen und Zuckerzange hantiert, setze ich mich an den Frisiertisch, beobachte sie im Spiegel und denke fieberhaft nach.

Anna ist klein, blond, und alles an ihr ist rund. Das Gesicht, die blauen Augen, die kleine Nase, sogar die Arme und die Hände, die mit den kleinen Grübchen wie Kinderhände wirken. Sie ist immer gut gelaunt und freundlich, aber nie aufgedreht, geschwätzig oder plump vertraulich. Sie kommt mir im Gegenteil auffallend sensibel und mitfühlend vor. Das ist allerdings nur ein erster Eindruck, denn ich kenne Anna erst seit einer Woche.

Zu Hause auf unserem Landgut Teblitz hatten Sophie und ich keine Zofen, wir haben uns gegenseitig angekleidet und frisiert. Doch für Wien reicht das nicht, daher hat Maman Emmy und Anna eingestellt. Sie sind beide nur ein paar Jahre älter als wir. Emmy kommt aus Dresden und kümmert sich um Sophie, Anna stammt aus München. Sie war zuvor schon zwei Jahre bei Esterházys im Dienst, kennt also die Wiener Gepflogenheiten gut. Und zum Glück mochten wir uns vom ersten Tag an. Soll ich ihr alles erzählen?

Maman warnt uns stets vor zu viel Vertraulichkeit mit dem Personal. Aber Anna ist schließlich nicht irgendwer, sie ist meine Zofe. Sie hilft mir morgens und abends beim An- und Auskleiden, sie hält meine Kleidung, meine Wäsche und mein Zimmer in Ordnung, sie bringt mir die Post, gibt meine Briefe auf und erledigt fast all meine Einkäufe. Mehr Vertraulichkeit ist kaum denkbar, und deshalb wird Anna ohnehin bald mehr über mich wissen als ich selbst. Außerdem ist sie schon länger in der Stadt und kann die Situation wahrscheinlich besser einschätzen. Vielleicht kann sie mir ja einen Rat geben. Und den kann ich gerade dringend gebrauchen. Ganz abgesehen davon hat sie es wirklich nicht verdient, dass ich meine schlechte Laune an ihr auslasse. Also atme ich erst einmal ganz tief durch. Und entscheide dann, Anna mein Herz auszuschütten.

»Sie haben überhaupt nichts falsch gemacht«, sage ich, jetzt wieder ganz ruhig. »Im Gegenteil, ich bin Ihnen sehr dankbar, dass Sie mich geweckt und mir den Artikel gebracht haben. So konnte ich ihn vor allen anderen lesen und noch ein bisschen Bedenkzeit gewinnen.«

Ein erleichtertes Lächeln erhellt Annas rundes Gesicht.

»Tatsächlich fände ich es allerdings angenehm«, fahre ich fort, »wenn ich mich hier in meinem Zimmer weniger als Komtess und mehr als Mensch fühlen könnte. Ich weiß, es ist nicht üblich, aber könnten Sie mich vielleicht ganz normal siezen?«

Annas Lächeln erlischt. »Ja, natürlich«, sagt sie und setzt nach kurzem Zögern noch hinzu: »Darf ich Sie dann auch um etwas bitten?« Sie knetet nervös ihre Hände.

»Selbstverständlich.«

»Wenn ich mit der ständigen Komtesserei aufhöre, wie Sie es nennen, wäre es dann möglich, dass Sie mich duzen?« Sie hält kurz inne, bevor sie leiser fortfährt: »Ich würde mich damit wohler fühlen. Es besteht ja ein Unterschied zwischen uns. Und ich glaube, das sollten wir nicht vergessen.«

Ich nicke langsam. »Wenn dir das wichtig ist, machen wir es so.«

Anna atmet auf.

»Ich würde den Tag jetzt gerne beginnen«, fahre ich fort, trete zu meiner Waschschüssel und benetze meine Wangen mit kaltem Wasser. »Fangen wir mit der Frisur an.«

Anna knickst. »Sehr gern. Möchten Sie einen Knoten? Wie immer?«

Ich setze mich wieder an den Frisiertisch und löse meinen Zopf. »Ja, alles wie immer. Jede weitere Veränderung würde mich jetzt überfordern.«

Erneut huscht ein Lächeln über Annas Gesicht. Sie greift nach der Bürste und glättet mit sanften Strichen meine Haare. Hundert jeden Morgen, für schönen Glanz. Ein beruhigendes Ritual.

»Die Sache mit Fürst Glinsky ist ziemlich kompliziert«, greife ich das Thema wieder auf.

Anna nickt. »Sie sagten eben, in der Zeitung stünde nicht die Wahrheit.«

Ich verdrehe die Augen. »Ja. Leider!«

»Sie haben also gar nicht mit ihm getanzt?«

»Doch«, räume ich ein. »Aber ich wusste nicht, wer er ist. Und auch er hielt mich für eine andere.« Ich erzähle Anna die wichtigsten Details.

»Oh, wie unangenehm!«, ruft sie, als ich geendet habe.

Worauf ich schon selbst gekommen bin.

Zum Glück ist Anna mit ihrer Einschätzung der Lage noch nicht fertig. Nachdenklich lässt sie die Haarbürste sinken. »Sie haben recht, die Sache ist kompliziert. Rein äußerlich sah alles ungefähr so aus, wie in dem Artikel beschrieben. Doch in Wahrheit war alles ganz anders. Nur wie genau? Das wissen nicht einmal Sie selbst.«

Besser hätte ich es nicht auf den Punkt bringen können. »Mir fehlt der wichtigste Mosaikstein«, gebe ich zu. »Denn ich habe keine Antwort auf die Frage: Warum hat Glinsky gelogen?«

Anna teilt mein Haar in drei Strähnen und beginnt, es zu flechten. »Wenn man es genau betrachtet, gibt es zwei denkbare Ausgangslagen«, sagt sie. »Entweder Glinsky wusste, wer Sie in Wahrheit sind. Oder nicht.«

Ich seufze. »So weit war ich auch schon. Aber weiter komme ich einfach nicht.«

Anna wickelt meinen Zopf zu einem Knoten und steckt ihn an meinem Hinterkopf fest. »Gehen wir erst einmal von Variante eins aus. Rufen Sie sich dafür am besten den Moment vor Augen, als Sie sich dem jungen Herrn als Claire Manon vorgestellt haben. Was haben Sie da in seinem Blick gesehen? Wirkte er wissend? Amüsiert? Zwinkerte er Ihnen vielleicht sogar zu?«

Ich schließe die Augen und versetze mich zurück in den Ballsaal. Sehe den Mann vor mir, der sich mir gerade als Nikolas Rabe vorgestellt hat. Spüre erneut seinen warmen Blick und höre seine Stimme.

»Nein«, sage ich schließlich. »Er hat mich freundlich angelächelt und ganz natürlich weitergeplaudert.«

Anna nickt mit ernster Miene. »Dann hat er Ihnen geglaubt. Er hielt Sie wirklich für ein Mädchen aus einfachen Verhältnissen. Da ist kein Zweifel möglich.«

»Ich vermute das auch«, gebe ich zu. Und höre in Gedanken

plötzlich wieder die Melodie des Maiwalzers. Ergreife die Hand des Fremden. Beginne zu tanzen. »Aber was wollte dieser Fürst Glinsky von Claire Manon?«, überlege ich laut. »Warum hat er sich für einen Mann aus ihren Kreisen ausgegeben und dann mit ihr Walzer getanzt?«

Anna runzelt die Stirn. »Dafür gibt es nur eine einzige Erklärung«, sagt sie mit Grabesstimme.

»Und die wäre?«, frage ich begierig.

Annas Stimme wird noch unheilvoller. »Er tat das, weil er ein Schürzenjäger ist.«

»Was?«, frage ich überrascht. »Oh!« Ich halte betroffen inne. »Meinst du wirklich? Aber weshalb ...«

Ich stocke, denn auf einmal fällt es mir wie Schuppen von den Augen. Warum wohl will ein junger Fürst, der jede Debütantin aus den besten Familien des Landes heiraten könnte, mit einer jungen, netten, bürgerlichen Fotografin tanzen, die ohne jede Begleitung am Rande der Tanzfläche sitzt? Die einzig denkbare Antwort auf diese Frage ist so empörend, dass ich erröte. Ich habe es Anna gegenüber nicht zugegeben, doch selbst ich habe ja beim Tanzen einen Moment lang darüber nachgedacht, wie es wohl wäre, diesen Mann zu küssen. Und ich will mir nicht vorstellen, was eine Claire Manon womöglich getan hätte, einfach weil es in ihrem Leben niemanden gäbe, der sie vor solchen Schurken beschützte.

Anna beobachtet aufmerksam mein Mienenspiel. Dann nickt sie. »Genau das denke ich auch«, bestätigt sie, ohne dass ich ein einziges Wort sagen muss.

»Ich habe allerdings auch gelogen«, räume ich zögernd ein.

»Das ist richtig«, stimmt Anna zu. »Aber aus ehrenhaften Motiven. Sie hielten ihn ja für einen Mann aus dem Volk und wollten ihn nicht mit Ihrem Titel erschrecken. Das war also zu seinem eigenen Schutz.«

»Und wenn er Claire Manon ebenfalls nur schützen wollte?«, frage ich zurück.

Jetzt wiegt Anna nachdenklich den Kopf. »Er ist ein Mann, Claire ist eine Frau. Sein Titel hätte sie nicht vor den Kopf gestoßen. Sie hätte sich im Gegenteil geehrt gefühlt, wenn sie davon gewusst hätte. Sie hätte strahlend mit dem Fürsten getanzt und vermutlich noch ihren Enkelkindern davon erzählt.« Annas Kopfschütteln wird entschiedener. »Nein, es ist offensichtlich, er hatte üble Absichten. Er wollte Claire Manon täuschen, um sie in sich verliebt zu machen.« Jetzt hat sie wieder ihre Grabesstimme. »Und dann wollte er sie verführen.«

»Anna!«, rufe ich entsetzt.

Sie zuckt gelassen mit den Schultern. »Männer können so sein. Wirklich, glauben Sie mir. Aber genau genommen ist das ja gar nicht Ihr Problem. Sie sind ja nicht Claire.«

»Das stimmt.« Wobei mich das nur wenig tröstet. Denn ich habe Claire authentisch gespielt und bin wirklich auf diesen Schuft hereingefallen.

»Sie sind Clea de Conteville«, erinnert Anna mich unnötigerweise. »Was die Sache allerdings nicht besser macht. Denn Sie haben vor den Augen der gesamten Wiener Öffentlichkeit mit Fürst Glinsky getanzt. Und das nicht auf einem Ball unter Ihresgleichen, wo so etwas naturgemäß vorkommt, sondern auf einer Soiree, bei der sonst niemand aus Ihren Kreisen getanzt hat. Und der einzige Grund, warum Ihre Eltern Sie daraufhin nicht sofort in ein Kloster gesteckt haben, ist die Tatsache, dass sie auf eine Verlobung hoffen. Mit dem reichsten und einflussreichsten Heiratskandidaten der gesamten Saison.«

Ich schließe die Augen. »Den ich gar nicht heiraten will.«

»Und der ebenfalls kein bisschen heiratswillig zu sein scheint, wenn er sich seine Zeit lieber mit Fotografinnen vertreibt«, ergänzt

Anna. »Was den Zeitungsartikel wirklich und wahrhaftig zu einer Katastrophe macht. Mit dieser Einschätzung hatten Sie recht.«

Irgendwie kann ich mich darüber gerade nicht freuen. Ich schlage die Hände vors Gesicht. »Was mache ich denn jetzt?«

Anna lehnt sich an den Frisiertisch. Sie denkt lange nach. »Ich sehe nur eine Lösung«, sagt sie irgendwann.

»Her damit!«

»Sie dürfen Glinsky in dieser Saison nicht mehr begegnen.«

Prinzipiell hat sie recht. Allein der Gedanke beruhigt mein aufgewühltes Gemüt auf wundersame Weise.

»Aber wie soll ich das schaffen?«, überlege ich laut. »Maman wird doch jede Gelegenheit nutzen, um mich unauffällig in seine Arme zu schubsen. Und es wird reichlich Gelegenheiten geben. Die Ballsaison hat ja noch nicht einmal begonnen.«

Anna kräuselt nachdenklich die Knopfnase. »Am besten, Sie verschwinden eine Weile ganz von der Bühne«, schlägt sie vor. »Sie stellen sich einfach so lange krank und leidend, bis sowohl Glinsky als auch die Gesellschaft Sie völlig vergessen haben. Und dann fangen Sie ganz neu an.« Sie nickt, sehr zufrieden mit ihrer eigenen Idee. »Sie wären nicht die Erste, die das tut. So etwas kommt in den besten Familien vor.«

»Hmm.« Ich zögere noch. Das hätte zwar durchaus Vorteile. Erstens müsste ich Glinsky nicht mehr unter die Augen treten. Zweitens fände Maman dann auch keinen anderen Mann für mich. Und drittens hätte ich gemütliche Lesestunden statt lästiger Bälle vor mir. Aber nach einem interessanten Leben klingt es nicht gerade.

»Wie lange müsste ich durchhalten?«, will ich wissen.

Anna überlegt kurz. »So lange wie irgend möglich. Am besten die ganze Saison.«

Ich seufze abgrundtief. Das ist schrecklich lang. Aber es hilft nichts, in meiner Situation muss ich Opfer bringen.

»Hol mir eine Wärmflasche!«, ordne ich an. »Außerdem Reispuder, ich muss erblassen. Und das medizinische Lexikon aus der Bibliothek. Was ich mache, das mache ich ganz.«

Fürstin Pauline von Metternich, Wien
an Gräfin Isabella de Conteville, Wien

12. Dezember 1877

Meine liebe Isabelle,

besten Dank für deine schnelle Antwort.

Ich verstehe die mütterliche Sorge um deine Töchter durchaus. Doch hatte ich gestern in der Hofoper die Gelegenheit, beide zu sehen, und dabei hatte ich nicht den Eindruck, dass sie noch Eingewöhnungszeit benötigen. Zumindest Clea schien sich bereits bestens akklimatisiert zu haben.

Ich lade Clea und Sophie daher ausdrücklich zu meinem heutigen Jour fixe ein. Ich möchte sie unbedingt kennenlernen, und das Treffen wird gewiss nach ihrem Geschmack sein, da ich es ganz im Stile von Hans Makart gestalten werde. Der Künstler wird sogar selbst anwesend sein.

Wir werden uns übrigens alle dementsprechend kleiden, hatte ich das bereits erwähnt? Ich glaube schon. Und wenn nicht, erfährst du es jetzt früh genug. Eine Makart-Robe hat bei der derzeitigen Mode schließlich jeder im Schrank.

Eine solche Kostümierung bereitet jungen Leuten erfahrungsgemäß großen Spaß, und ich sehe dem Besuch deiner Töchter mit großer Vorfreude entgegen.

Herzlich
Pauline

Kapitel 8

G wie Gemütskrankheit

Gemütskrankheiten beginnen stets mit einer starken Seelenverstimmung. Bei gesunden Menschen heilt diese mit der Zeit von selbst aus. Patienten mit einer zarten Verfassung hingegen besitzen diese Selbstheilungskräfte oft nicht und erkranken schwer. Bei einigen schwinden daraufhin Urteilskraft und Verstand. Andere bleiben geistig klar, leiden jedoch plötzlich unter körperlichen Symptomen, die medizinisch nicht erklärbar sind. Häufig treten Lähmungen der Beine auf.

»Du kannst nicht aufstehen? Was soll das heißen?«

Maman steht mit verschränkten Armen vor meinem Bett und funkelt mich an. Sie wirkt weder liebevoll noch besorgt. Eher ungehalten und misstrauisch. Also muss ich noch dicker auftragen.

Ich presse die Hände an die Schläfen und kneife die Augen zusammen. »Das Licht! Es ist zu grell! Bitte schließt die Vorhänge. Da ist noch ein Spalt.«

Sophie, die ich natürlich eingeweiht habe und die Annas Plan ebenfalls klug fand, steht am Fenster und will meinem Wunsch nachkommen, doch Maman winkt ab. Sie tritt an mein Bett und legt eine Hand auf meine Stirn.

Die ist auffallend feucht und warm. Das weiß ich, weil ich selbst dafür gesorgt habe. Dazu benötigt man nicht mehr als eine heiße Bettflasche, ein nasses Tuch und etwas Vorbereitungszeit.

»Zeige mir deine Zunge«, fordert Maman mich auf.

Das verlangt sie immer, wenn wir uns krank fühlen, deswegen bin ich auch darauf vorbereitet. Ein Glas Zuckermilch sorgt schnell für einen prächtigen weißen Zungenbelag. Ich präsentiere Maman das Ergebnis, und sie nickt nachdenklich. Mein Plan geht offenbar auf.

»Bitte erhebe dich«, verlangt sie nun. »Nur ganz kurz. Ich werde dich bestimmt nicht lang plagen.«

»Aber genau das kann ich doch nicht«, sage ich matt. »Meine Muskeln gehorchen mir nicht mehr. Meine Beine sind plötzlich wie gelähmt.«

»Ich verstehe«, sagt Maman. Und nun lächelt sie mich so liebevoll an, dass ich insgeheim aufatme. Ich habe es geschafft. »Dann bleibst du einfach liegen, Liebes, ja?« Sie zupft mit einer mütterlichen Geste meine Bettdecke zurecht.

Ich nicke mit leidender Miene und sinke noch tiefer in die Kissen.

»Aber nur noch eine Minute«, fährt Maman fort und tritt einen Schritt zurück. Plötzlich wird ihre Stimme eine Nuance lauter, und ihre Worte klingen auffallend artikuliert. »In fünfzehn Minuten kommst du gewaschen, angekleidet, frisiert und mit frischem Atem in den Grünen Salon.« Sie wendet sich an Sophie. »Das gilt auch für dich, meine Liebe. Ich habe viel mit euch zu besprechen.«

»Aber ...«, beginne ich.

»Kein Aber.« Maman klatscht in die Hände. »Fünfzehn Minuten. Keine Sekunde später.«

»Ich kann doch nicht ...«, versuche ich es noch einmal.

Doch Maman ist schon an der Tür. »O doch, du kannst!«, sagt sie noch über die Schulter. Dann fällt die Tür hinter ihr ins Schloss.

Wütend strampele ich die viel zu warme Bettdecke weg. »Das

ist so ungerecht!«, fauche ich los. »Warum glaubt sie mir nie? Du musst dir nur die Nase weiß pudern, und schon fährt sie mit dir nach Hause. Aber ich kann ein ganzes medizinisches Lexikon auswendig lernen, und sie geht nicht einmal darauf ein. Wodurch habe ich mich verraten?«

Sophie zuckt mit den Schultern. »Ich weiß es wirklich nicht. Du warst sehr überzeugend. Obwohl ich Bescheid wusste, fing ich plötzlich an, mir Sorgen zu machen.«

»Nun, Maman nicht. Wahrscheinlich traut sie mir einfach keine zarte Seelenverfassung zu. Was mache ich denn jetzt?«

»Aufstehen?«, schlägt Sophie vor.

Ich balle die Hände zu Fäusten. »Aber Liegenbleiben war mein einziger Rettungsplan.«

»Aufgeschoben ist nicht aufgehoben«, beruhigt mich Sophie. »Wir geben jetzt erst einmal nach und suchen später im Lexikon eine andere Erkrankung für dich aus. Eine, die man lieber nicht allzu wortreich diskutiert. Vielleicht ein Verdauungsproblem. Oder ein Frauenleiden. Uns fällt bestimmt etwas ein.«

»Hoffentlich«, sage ich kleinlaut, erhebe mich und gehe zum Waschtisch. »Aber ich schwöre, in die Nähe von Glinsky bekommt sie mich nicht!«

Als wir kurz darauf den Grünen Salon betreten, hinke ich demonstrativ und setze eine leidende Miene auf. Doch Maman sitzt bereits am Schreibtisch und sieht nicht einmal auf. Stattdessen weist sie auf den Briefstapel, der vor ihr liegt.

»Einladungen!«, ruft sie. »Bälle! Hauskonzerte! Picknicks! Wir sind plötzlich bei allen Festivitäten äußerst gefragt.« Nun hebt sie den Blick und strahlt mich an. »Clea, du bist seit gestern so etwas wie eine kleine Berühmtheit. Alle wollen dich kennenlernen.«

Mir wird siedend heiß und eiskalt zugleich. All das nur wegen eines einzigen Tanzes? Ein winziger Fehler, und schon ist mein Leben ruiniert?

»Seltsam. Warum?«, fragt Sophie. »Wenigstens die Mütter der anderen Debütantinnen müssten doch befürchten, dass Clea ihren Töchtern gerade das Sahnestück der Saison wegschnappt. Das wäre eigentlich ein Grund, uns *nicht* einzuladen.«

Maman runzelt die Stirn. »Sahnestück? Sophie, achte auf deine Worte! Und denke nach, bevor du sprichst. Erstens ist das keine haltlose Befürchtung. Es spricht viel dafür, dass Clea schon bald die nächste Fürstin Glinsky wird, da will man sich mit ihr natürlich gut stellen. Und zweitens bereichert eine ausgesprochen entzückende Blume der Gesellschaft jede Gästeliste. Schließlich kann man sich mit ihr schmücken und dadurch weitere interessante Gäste anziehen. Rasch, meine Lieben, wir müssen die Einladungen durchsehen und entscheiden, welche wir annehmen.«

Maman strotzt nur so vor Energie und Tatkraft. Kann ich sie überhaupt noch mit einer vorgetäuschten Krankheit aufhalten? Momentan würde sie mich sogar mitschleppen, wenn ich den Kopf unter dem Arm trüge.

Jetzt öffnet sie ein Kuvert nach dem anderen und sortiert die Einladungen nach einem System, das sie uns nicht offenlegt.

Bei einem großen Umschlag aus dickem Büttenpapier hält sie plötzlich inne. »Oh, von Pauline Metternich!« Sie öffnet das Siegel, zieht eine dicht beschriebene Karte heraus, überfliegt die Zeilen und quietscht leise auf. »*Was? Heute?*« Sie wendet die Karte und liest weiter. »O nein, Makart! Auch das noch!«

Sophie und ich wechseln einen ratlosen Blick.

»Ist alles in Ordnung?«, fragt Sophie behutsam.

»Pauline Metternich lädt uns in ihren Salon ein. Uns alle drei.« Mamans Stimme bebt, als wäre das keine Einladung, sondern eine Vorladung, und als stünde dort nicht Salon, sondern Schafott.

Seltsam, sonst liebt Maman gesellschaftliche Anlässe aller Art. Was stimmt an diesem nicht? Nach einem längeren mütterlichen Redeschwall sind wir klüger. Offenbar wirft dieses Schreiben mehrere Probleme auf. Das erste verbirgt sich in dem kleinen Wörtchen *Salon*. Auf dem Lande bezeichnet es nur das repräsentativste Zimmer eines herrschaftlichen Hauses, aber hier in der Stadt nennt man so eine besondere Form der Geselligkeit in vornehmen Kreisen. Gewöhnliche Leute gehen offenbar ins Café, um mit ihresgleichen zu plaudern. Unsereins versammelt sich an festgelegten Wochentagen, die man Jour fixe nennt, in privaten Salons angesehener Familien. Leuchtender Kristallisationspunkt ist dabei stets eine ebenso reiche wie charismatische Frau, in diesem Fall die Fürstin Metternich. Und normalerweise wird man in diese Salons nicht eingeladen. Wer den entsprechenden Kreisen angehört, kommt einfach unangemeldet. Oder nicht. Ganz wie es jedem beliebt, das ist ein ungeschriebenes Gesetz. Der Butler des Hauses weiß stets, wer eingelassen wird, und die Gäste selbst wissen es natürlich auch. Nur wer in Ungnade gefallen ist, wird manchmal ohne Erklärung an der Salontür abgewiesen, was eine große Schmach bedeutet. Daraus können jahrzehntelange Fehden entstehen, gelegentlich sogar jahrhundertelange.

Unsere Eltern gehören seit Jahren zum Kreis der Metternichs, und es bedürfte keiner schriftlichen Einladung für den heutigen Jour fixe. Daher muss dieser Brief tatsächlich als eine Art Vorladung gesehen werden.

Und damit sind wir bei Problem Nummer zwei: Fürstin Pauline Metternich wünscht ganz eindeutig, Sophie und mich zu taxieren. Vermutlich vor allem mich. Aber auf ein solches Treffen sind wir noch nicht vorbereitet. In einem Salon ist nämlich nichts wichtiger als geschliffene Gesprächsführung. Und die muss man lange üben.

Maman kommt gar nicht mehr aus dem Lamentieren heraus, von ihrer berühmten Contenance ist momentan nichts zu spüren. »Man plaudert bei diesen Anlässen stets elegant, sittlich, intelligent und vor allem völlig leidenschaftslos«, führt sie aus. »Man erzählt quasi wie nebenbei Anekdoten voller Geist und unaufdringlichem Humor. Niemals darf ein Gespräch die Zuhörer erschöpfen, sonst löst es Ennui aus, also quälende Langeweile. Es sollte aber auch keine Emotionen aufpeitschen, das wäre ausgesprochen ungehörig. Ich hatte zehn Lektionen entworfen, um euch darin zu unterrichten. Daher hatte ich den ersten Salon erst für die Zeit nach Weihnachten eingeplant. Und nun müssen wir heute ohne jede Vorbereitung ins kalte Wasser springen. Ausgerechnet bei Pauline Metternich! Was machen wir denn jetzt?« Sie denkt nach und tippt dabei nervös mit dem Finger auf den Tisch.

»Wir sind krank?«, frage ich hoffnungsvoll.

»Um Himmels willen!« Mamans Finger stoppt jäh, und sie betrachtet mich mit einem Blick, der verrät, dass sie mich längst durchschaut hat. »Wir legen doch jetzt keine Pause ein. Nein, wir müssen uns dort unbedingt zeigen. Und zwar im besten Licht.«

Sie denkt erneut nach, wieder tippt der Finger aufs Holz. Irgendwann bleibt er erneut in der Luft hängen. »Also gut«, sagt Maman. »Wir gehen hin. Nur wir drei. Theodore wird ja glücklicherweise im Schreiben der Fürstin mit keinem Wort erwähnt. Und wenn er hierbleibt, muss ich ihn wenigstens nicht auch noch im Auge behalten.« Maman legt die Fingerspitzen aneinander und blickt uns eindringlich an. »Clea, Sophie, bitte hört mir jetzt gut zu. Ihr dürft dort auf gar keinen Fall etwas sagen. Nichts! Rien! Ihr dürft nur schweigen und lächeln! Besser, man hält euch für schüchtern als für langweilig und dumm.«

Ich habe Maman lange still zugehört, aber nun muss ich einfach eine Frage loswerden. »Wird Nikolaj Glinsky auch dort sein?«

Was ich nicht laut sage: Falls ja, werde ich umgehend ein Brechmittel nehmen.

»Was?«, fragt Maman überrascht. »Glinsky? Nein. Ich habe noch nie einen Glinsky in Metternichs Salon getroffen.« Sie zwinkert mir verschwörerisch zu. »Aber das sollte dich nicht bekümmern. Deinen Fürsten siehst du noch früh genug wieder. Das verspreche ich dir.«

Ich senke rasch den Blick, damit sie mir meine wahren Gedanken nicht ansieht. Doch Maman beachtet mich schon gar nicht mehr. Sie greift noch einmal nach der Einladungskarte und überfliegt deren Text.

»Nun bleibt uns noch das Problem mit Makart«, sagt sie. »Das ist wirklich überaus ärgerlich.«

Und dann erklärt sie wortreich, wer das ist.

Was Johann Strauss den Wiener Musikliebhabern bedeutet, das sehen Kunstfreunde offenbar in dem Maler Hans Makart. Alle verehren seine Werke. Alle umwerben ihn. Alle ahmen seine Bilder nach. Er erschafft mit kräftigen Pinselstrichen wandgroße Gemälde mit überbordenden historischen Szenerien und verkauft sie zu bombastischen Preisen. Und diese monumentalen Schinken zieren mittlerweile die Eingangshallen vieler Paläste der führenden Familien Wiens.

Mit Makarts Malerei zog auch sein Stil in die Wiener Salons ein. Man nennt ihn Altdeutsch, und er wirkt wahrhaft opulent. Alles ist in dunklen, intensiven Farben gehalten und erinnert an längst vergangene Zeiten. Die Kleider sind aus schwerem Samt, verziert mit wahren Wasserfällen an Spitze, sie erinnern im Schnitt an Mittelalter und Renaissance. Und die Möbel sind dunkle, riesige, klobige Ungetüme aus Eichenholz.

Maman gefällt dieser ebenso wuchtige wie altbackene Stil überhaupt nicht, sie liebt zarte Farben und zierliche Möbel. Daher hat sie ihn bisher ignoriert. Sie dachte, dieser modische Auswuchs würde sich von selbst wieder legen. Und sie bewegte sich mit diesem Urteil in guter Gesellschaft. Die Kaiserin ignoriert Makarts Stil nämlich ebenfalls. Aber nun plant Pauline Metternich heute Abend einen Salon im Makart-Stil, und alle Gäste sollen altdeutsche Kleider tragen. Die wir nicht besitzen.

»Noch nicht«, sagt Maman plötzlich und erhebt sich. »Aber ich habe eine Idee.« Sie klingelt nach dem Diener und lässt ihn unsere drei Zofen rufen.

»Wir benötigen Kleider aus schwerem Samt«, verlangt Maman, als Anna, Emmy und ihre eigene Zofe Dora vor uns stehen. »Für jede von uns eins. Wir nehmen Cleas rotes, Sophies blaues und mein gold-braunes. Außerdem brauchen wir Spitze. Sehr viel Spitze. Aber zum Kaufen bleibt keine Zeit. Bitte durchforsten Sie die Schränke und bringen Sie alles in den großen Salon, was Sie finden. Und Nähzeug. Wir müssen die Kleider neu ausstatten, denn wir gehen heute Nachmittag auf eine Art Kostümfest.«

»Spitze?«, fragt Dora. »Ich wüsste nicht, wo ...«

Maman verdreht die Augen. »Erzählen Sie mir nicht, dass es in diesem Haus keine Spitze gibt! Tischwäsche, Bettwäsche, Unterwäsche – überall, wo Spitze angenäht ist, kann man sie auch abtrennen. Seien Sie erfinderisch. Und starren Sie mich nicht so an. Sie werden sehen, das macht sogar Spaß.«

Die drei Zofen wechseln verwirrte Blicke.

Maman klatscht in die Hände. »Rasch! Wir haben nicht viel Zeit. Und bitten Sie in der Küche um einen kleinen Imbiss. Das Mittagessen fällt heute aus.«

Kurz darauf stecke ich wieder einmal in meinem weinroten Tageskleid und stehe mit ausgebreiteten Armen im großen Salon. Den hochgeschlossenen Kragen des Kleides hat Anna bereits abgenommen. Jetzt formt sie über meiner Brust einen rechteckigen Ausschnitt, den sie mit flinken Stichen fixiert, zum Glück ohne mich zu stechen.

»Sehr hübsch!«, sagt Maman anerkennend.

Der neue Ausschnitt gewährt ungewöhnlich freizügige Einblicke, aber kurz darauf wird mein Dekolleté durch einen cremefarbenen Spitzeneinsatz wieder züchtig verhüllt. Er umgab bis eben noch eine Tischdecke. Und es ist so viel davon da, dass auch die Ärmel meines weinroten Kleides kurz darauf Spitzenaufschläge vom Handgelenk bis zum Ellenbogen haben.

Anna ist ganz begeistert vom Ergebnis ihrer Arbeit. »Ich habe noch eine Idee«, sagt sie und verschwindet.

Wenig später kommt sie mit einer dicken goldenen Kordel wieder, die an beiden Enden weiche Troddeln hat. Ich erkenne sofort, was das ist. Bisher war es ihre Aufgabe, den Vorhang in meinem Zimmer zusammenzuhalten. Anna schlingt mir das Seil um die Taille, und die Wirkung ist verblüffend.

»Du siehst aus wie ein Burgfräulein«, sagt Sophie grinsend.

Jetzt ist auch Emmy nicht mehr zu bremsen. Unter ihren Händen verwandelt sich Sophies blaues Kleid in einen Traum aus Samt und schneeweißer Spitze. Und um ihre Taille wird ein silbernes Band mit Troddeln geschlungen, das eben noch einen der Lampenschirme in Mamans Boudoir zierte.

Bei unserem Anblick reibt Maman sich zufrieden die Hände. »Sehr gut!«, sagt sie. »Schlicht und geschmackvoll. Mehr Firlefanz ist überhaupt nicht notwendig. Ihr seid fertig.«

Während Sophie und ich auf Mamans Geheiß hin ein paar Happen zu uns nehmen und uns danach gegenseitig die Haare zu altmodischen Frisuren flechten, umtanzen alle drei Zofen unsere Mutter und verzieren Ausschnitt und Ärmel ihres gold-braunen

Samtkleides mit bräunlichen Spitzenwogen. Sie haben inzwischen sichtlich Spaß an dieser Arbeit und überbieten sich gegenseitig mit Ideen.

Zum Schluss verwandelt Dora mit wenigen geschickten Stichen sogar noch einen Teewärmer aus braunem Samt in eine Art Haube, die Maman tatsächlich aufsetzt. Leicht schräg und tief in die Stirn gezogen.

»Willst du das wirklich tragen?«, fragt Sophie ungläubig.

»Warum nicht?« Maman dreht und wendet sich vor dem Spiegel.

»Weil es ein Teewärmer ist«, gibt Sophie zu bedenken. »Und du keine Teekanne.«

»Aber es ist hübsch«, verkündet Maman. »Erinnert das nicht an das Samtbarett, das Martin Luther auf Gemälden stets trägt?«

»Ein bisschen«, räumt Sophie ein.

Maman reckt das Kinn und betrachtet sich mit prüfendem Blick im Spiegel. »Ich werde diese Haube tragen«, beschließt sie. »Und zwar so, dass niemand auf die Idee kommt, über ihre wahre Bestimmung nachzudenken. Nein, ich werde sogar dafür sorgen, dass Teewärmer ab sofort in Mode kommen und die Hutmacher sich darum reißen. Merkt euch eins, Mädchen.« Sie hebt den Zeigefinger. »Man sagt allgemein, Kleider machen Leute. Und ja, ein schönes Kleid kann aus einer Frau tatsächlich eine atemberaubende Erscheinung machen. Aber Kleider sind dabei nicht alles. Wahre Eleganz entsteht allein dadurch, wie man sie trägt. Eine echte Dame kann alles tragen, sogar einen Teewärmer. Macht sie es richtig, verspürt bei ihrem Anblick plötzlich jeder den Wunsch, ebenfalls einen zu besitzen. Ich kann mir daher gut vorstellen, dass der Verkauf von Teewärmern in dieser Stadt schon morgen sprunghaft ansteigen wird.«

Sie schiebt das Barett in einen noch keckeren Winkel und

schreitet dann durch den Raum wie eine Königin. Die leichte Neigung ihres Kopfes wirkt stolz und unnahbar. Ihre Augen blitzen. Ihre Bewegungen sind voller Anmut und Grazie. Ich kann mir auf einmal vorstellen, wie Maman in unserem Alter war. Und wie gern ich mit der damaligen Isabella befreundet gewesen wäre.

»Einen Teewärmer bitte! Schnell!«, ruft Sophie bei Mamans Anblick. »Ein Königreich für einen Teewärmer! Ich weiß nicht, wie ich ohne Teewärmer noch leben kann!«

Alle lachen. Sogar Maman.

Wie seltsam das alles ist. Ist das dieselbe Welt, in der ich heute Morgen voller Panik erwacht bin und beschlossen habe, monate- oder gar jahrelang im Bett zu bleiben? Und jetzt gehe ich stattdessen merkwürdig gekleidet zum Salon einer der mächtigsten Frauen Wiens? Um dort zu lächeln und zu schweigen, egal, was um mich herum geschieht?

Ich komme mir vor wie in einem absurden und gleichzeitig amüsanten Traum.

Aber es ist keiner. Draußen wartet bereits unsere Kutsche. Und um Punkt halb vier verlassen Mutter Luther sowie zwei wandelnde Tischdecken das Palais, um überaus graziös hineinzusteigen.

Fürstin Pauline von Metternich, Wien
an Gräfin Eleonore von Rossnitz, Wien

12. Dezember 1877

Liebe Lori,

nur rasch zwei Worte: Sie kommt!

In Eile,
Pauline

Gräfin Eleonore von Rossnitz, Wien
an Fürstin Pauline von Metternich, Wien

12. Dezember 1877

Liebe Pauline,

du weißt gar nicht, wie sehr ich mich freue! Was für eine gute Gelegenheit, die Komtess unauffällig in Augenschein zu nehmen. Wie man in der Zeitung liest, scheint sie Nikolaj ja ausgesprochen gut gefallen zu haben. Und neulich hörte ich etwas, das sie mir ans Herz wachsen ließ.

In großer Vorfreude,
Lori

Kapitel 9

M wie Metternich

Die Familie Metternich stieg 1803 in den Fürstenstand auf. Ihr bekanntestes Mitglied ist der verstorbene Staatskanzler Klemens Wenzel Fürst Metternich. Seit seinem Tod trägt dessen ältester Sohn Richard den Fürstentitel. Metternichs Enkeltochter Pauline ist Richards Frau. Ja, richtig, Pauline Metternich hat ihren Onkel geheiratet. Demnach ist ihr Großvater zugleich ihr Schwiegervater. Ihre Mutter ist ihre Schwägerin. Und ihre eigenen Kinder sind zugleich ihre Cousinen. Himmel, ist das kompliziert!

»Er ist nur ihr Halbonkel«, erklärt Maman uns auf der kurzen Kutschfahrt zum Palais der Metternichs. »Staatskanzler Metternich war dreimal verheiratet und hatte insgesamt dreizehn Kinder. Paulines Mutter stammt aus der ersten Ehe, Richard aus der zweiten.«

»Das macht es nicht einfacher«, entgegne ich trocken.

Maman lächelt. »Derzeit leben nur noch fünf der dreizehn Nachkommen. Das erleichtert den Überblick. So, da sind wir.«

Das Palais Metternich strahlt von außen eine vornehme, geradlinige Zurückhaltung aus. Vor dem Eingang fahren wappenverzierte Equipagen vor, deren Verschläge von uniformierten Kutschern geöffnet und geschlossen werden. Elegante Gestalten in edlen Pelzen durchschreiten mit würdevollem Kopfneigen das Portal. Ich erkenne auf den ersten Blick, dass die Gäste allesamt der hohen und höchsten Aristokratie angehören, und bin erstaunt, dass es so viele sind. Bis zu diesem Moment dachte ich, ein Salon sei ein privates Treffen im kleinen Rahmen. Zumindest im Hause Metternich ist das offenbar anders. Alles, was in Wien Rang und Namen hat, scheint sich hier zu treffen. Oh, hoffentlich hat Maman recht, und Glinsky steht nicht auf der Gästeliste.

Rasch schiebe ich diesen Gedanken beiseite. Ich muss mich jetzt ganz darauf konzentrieren, zu lächeln, zu nicken und um keinen Preis der Welt den Mund aufzumachen.

Als wir das Palais betreten, kommt es mir vor, als wären alle Augen auf mich gerichtet. Doch das ist natürlich Unsinn. Hier gibt es interessantere Persönlichkeiten als mich. Hans Makart zum Beispiel.

»Da ist er!«, zischt Maman.

Der Maler trägt einen rotbraunen Samthut und einen derben Umhang, den er kunstvoll um die Schultern drapiert hat. Ein Schwarm aufgeregter Damen umflattert ihn.

Die Eingangshalle der Metternichs ist farblich in Creme und Gold gehalten. Ich entdecke nicht die geringste Spur vom Makart'schen Stil, wie Maman ihn uns geschildert hat. Doch die Gäste sind tatsächlich alle ähnlich merkwürdig gewandet wie wir. Die Herren tragen altmodisch geschnittene Gehröcke aus Samt und darunter Wämser aus weinrotem, dunkelgrünem oder braunem Damast, an denen schwere goldene Uhrketten hängen. Die Damen sind ausnahmslos in märchenhaft anmutende, reich mit Spitze verzierte Samtkleider gewandet, teilweise mit geschnürten Miedern, die an die Zeit der Ritter und Bänkelsänger erinnern. Einige stolzieren sogar mit auffallend hohen Stuartkrägen oder gefältelten Halskrausen herum. Mit unseren selbst umgearbeiteten Kleidern gehören wir gewiss nicht zu den bestgekleideten Gästen, aber wir fallen auch nicht weiter auf. Eine Dame trägt sogar eine schwarze Samthaube, die Mamans ähnelt, wobei ich eher nicht davon ausgehe, dass sie ebenfalls eine Vergangenheit als Teewärmer hinter sich hat.

Wir durchschreiten eine hohe Flügeltür und gelangen in eine Flucht aneinandergereihter Räume. Intuitiv hatte ich mit einem einzigen Salon gerechnet, einfach weil das Ereignis so heißt. Aber natürlich benötigt man für so viele Menschen mehr Platz, und in diesem Palais gibt es davon reichlich. Ich spähe durch die Türen und sehe, dass tatsächlich alle Salons der Fürstin merkwürdig düster eingerichtet sind. Ist das der Makart-Stil? Dann muss ich Maman recht geben, er ist scheußlich. Überall hängt, liegt oder steht etwas. Ich sehe schwere, dunkle Teppiche, nicht nur auf den Böden, sondern auch an den Wänden. Wo noch ein Fleckchen Wand frei ist, hängen Jagdtrophäen, Waffen, Spiegel, Silberteller und goldgerahmte Bilder. In den Raumecken stehen große Vasen, die mit mannshohen Gräsern, Trockenblumen, Straußenfedern und Palmwedeln gefüllt sind. Man muss sich in diesen Räumen sehr vorsichtig bewegen, denn überall stehen dunkle Tischchen und Konsolen, auf denen Konfekt und Erfrischungen präsentiert werden. Schwere Samtvorhänge hindern das letzte Tageslicht am Eindringen. Und die Kronleuchter sind nicht bestückt. Trübes Kerzenlicht muss uns an diesem Winternachmittag genügen.

Beim Eintreten werden wir von Fürst Richard Metternich begrüßt, einem kleinen, freundlichen Mann mit wachem Blick und Backenbart. Von der Gastgeberin ist nichts zu sehen. Sie wird wohl gerade irgendwo mit Hans Makart plaudern, ihrem Ehrengast.

Wir durchwandern zwei Räume, grüßen nach allen Seiten, Maman parliert, Sophie und ich schweigen und lächeln, alles wie geplant. Langsam fühle ich mich sicherer. Wenn ich jetzt noch die

Begrüßung und Taxierung der Fürstin überstehe, muss ich eigentlich nur noch eine Weile dekorativ an zartem Gebäck knabbern, dann können wir uns bestimmt verabschieden.

Und da ist sie. Im dritten Salon. Sie trägt ein braunes Samtkleid wie Maman, ihres allerdings hat einen sternförmigen Stuartkragen aus weißer Spitze, in dem sie aussieht wie eine Renaissance-Königin. Neben ihr steht Hans Makart, der anders als die anderen Männer nach wie vor seine Kopfbedeckung trägt, den Schlapphut aus Samt.

Schön ist Pauline Metternich nicht. Ihre Brauen wirken wie schwarze Balken, die Augen sind aufgequollen, die auffallend wulstigen Lippen rot geschminkt. Doch all diese Details nehme ich nur im ersten Moment wahr. Schon einen Augenblick später bin ich wie gefesselt von der Eleganz ihrer Kleidung, dem lebhaften Mienenspiel und den funkelnden Goldpünktchen im warmen Braun ihrer Augen. Ich höre ihr ansteckendes Gelächter und spüre die belebende Energie, die von ihr ausgeht. Jetzt kann ich verstehen, dass man Pauline Metternich in Wien heimlich »die schöne Hässliche« nennt. Und ich verstehe außerdem, dass weder Schönheit noch Eleganz rein äußerliche Phänomene sind.

Diese Frau könnte sogar eine Teekanne samt Samowar auf dem Haupt balancieren, und es stünde ihr so gut, dass ganz Wien diesem Beispiel folgen würde.

Um die Gastgeberin herum herrscht dichtes Gedränge, und wer sie begrüßen will, was sich natürlich gehört, muss auf eine Lücke warten.

Maman nutzt die Zeit, um zwei Freundinnen zu begrüßen. Sophie hat eine der Hohenlohe-Prinzessinnen entdeckt, die wir im Sommer in Ischl kennengelernt haben, und plaudert angeregt mit ihr. Dass wir schweigen sollen, scheint sie vergessen zu haben. Aber ich denke, ein Zwiegespräch mit einer Freundin sollte erlaubt sein. Ich selbst möchte lieber ganz für mich bleiben, deswegen ziehe ich mich in den Schutz der schweren Samtvorhänge zurück, die beinahe dieselbe Farbe haben wie mein Kleid. Besser kann ich mich kaum verstecken.

Doch ich habe mich geirrt.

»Komtess Clea de Conteville?«, werde ich plötzlich angesprochen.

Ich drehe mich um und sehe mich einer Dame mittleren Alters gegenüber. Sie trägt ein dunkelgrünes Kleid, das nur ganz dezent mittelalterlich anmutet, dafür sorgen ein eckiger Ausschnitt und eine spitz zulaufende Taille.

Obwohl ich die Frau nicht kenne, breitet sie die Arme aus und sagt voller Wärme: »Wie schön, liebe Clea, Sie hier wiederzusehen!«

Wie peinlich. Kennen wir uns etwa doch? Ich erinnere mich weder an ihren Namen noch an ihr Gesicht.

Jetzt bemerkt sie meine Irritation. »Ischl«, sagt sie mit gedämpfter Stimme. »Das Sommerfest. Sie waren mit Ihrer Schwester dort.«

Ich nicke würdevoll. Jedoch nicht, weil mir jetzt klar ist, wer vor mir steht, sondern weil Sophie und ich in Ischl mehrere Sommerfeste besucht haben und es sehr wahrscheinlich ist, dass ich dort Gästen begegnet bin, an die ich mich nicht erinnere. Soll ich nach ihrem Namen fragen? Nein, ich darf ja nichts sagen.

Außerdem ist es zu spät, sie plaudert bereits weiter. »Woher kennen Sie die Fürstin Metternich?«

Ich zögere einen Moment. Auf diese Frage nicht zu antworten erscheint mir äußerst unhöflich. »Meine Mutter ist mit ihr befreundet, und ich lerne sie heute kennen«, antworte ich schließlich.

Die Dame in Grün lächelt. »Das lohnt sich. Man kann viel von ihr lernen. In unserer Jugend war sie ein sehr hässliches Mädchen mit einem sehr berühmten Großvater. Aber sie hat die Karten neu gemischt. Heute tanzt ganz Wien nach ihrer Pfeife, und sie ist berühmter als Staatskanzler Metternich.«

Ich wollte wirklich schweigen. Doch die Fremde hat mein Interesse geweckt. »Wie hat sie das gemacht?«, will ich wissen.

Meine Gesprächspartnerin denkt kurz nach. »Sie ist einfach, wie sie ist. Und das mit einer Konsequenz, die anderen fremd ist. Pauline funkelt und strahlt. Sie hat Witz und Verstand. Sie ist schlagfertig wie keine Zweite. Und sie verleugnet sich niemals selbst. An einem Abend mit ihr ist alles möglich. Nur eines wird man in ihrer Nähe niemals sehen: gähnende Gesichter.«

Tatsächlich brandet in der Ecke der Fürstin in diesem Moment lautes Gelächter auf.

»Lassen Sie uns zuhören«, raunt meine Gesprächspartnerin mir zu.

Wir treten unauffällig näher.

»Ich liebe Ihren Stil, verehrter Meister«, wendet sich die Fürstin gerade an Hans Makart. »Ich verehre ihn. Ich bete ihn geradezu an. Sie sind ein Genie. Doch Sie werden sofort bemerkt haben, dass ich in diesem Raum eigenen Regeln gefolgt bin.« Sie hebt die Arme und dreht sich einmal um sich selbst. »Sehen Sie genau hin«, fordert sie ihr Publikum auf. »Jagdtrophäen werden Sie hier nicht finden.« Sie macht eine theatralische Pause. »Und das hat einen guten Grund.«

Ein älterer Herr im samtenen Wams deutet eine Verbeugung an. »Wir brennen darauf, ihn zu erfahren«, sagt er galant.

»Nun«, beginnt Fürstin Pauline. »Wie viele von Ihnen wissen, diente dieser Raum einst meinem geliebten Großpapa, dem Staatskanzler Klemens von Metternich, als Arbeitszimmer. Und der war ein leidenschaftlicher Tierfreund. Die Jagd war ihm zutiefst zuwider. In diesem Raum spüre ich noch immer Großpapas Anwesenheit, obwohl er nun schon seit fast zwanzig Jahren nicht mehr unter den Lebenden weilt. Vielleicht geht es einigen von Ihnen ja ebenso.«

Ehrfürchtiges Kopfnicken der Umstehenden.

Die Fürstin fährt fort: »Seine Liebe zu Tieren war so groß, dass er selbst den lästigsten Fliegen ein Freund war.« Sie schnippt eine imaginäre Fliege vom Ärmel ihres Samtkleides und erntet dafür schmunzelnde Mienen. »Wenn er einen summenden Gesellen am Fenster fand, scheute er nie die Mühe, es zu öffnen und dem Tierchen die Freiheit zu schenken. Wir haben ihn einmal sogar dabei ertappt, wie er eine aufgestellte Mausefalle entfernte und stattdessen ein Stückchen Zucker vors Mauseloch legte.« Einige der Umstehenden lachen leise, doch die Fürstin hebt abwehrend die Hände, ihre Geschichte ist noch nicht beendet. »Zur Rede gestellt, behauptete Großpapa, die in seinem Schreibzimmer täglich erscheinende Maus sei so auffallend gescheit, dass es sehr schade wäre, ihr etwas zuleide zu tun. Und er setzte noch erklärend hinzu, das Tierchen käme nicht nur täglich, um den Zucker zu holen, es habe sogar schon eine weitere Maus dazu eingeladen. Die kleinen Zuckerschnauzen kämen neuerdings zu zweit.«

Pauline von Metternich öffnet mit einer raschen Handbewegung ihren Fächer und wedelt sich elegant Luft zu. Wie auf ein geheimes Zeichen hin brandet Gelächter auf. Für einen kurzen Moment vergisst die Fürstin ihre Noblesse und lacht herzlich mit.

Ja, sie ist tatsächlich auf eine sehr charmante Weise ganz und gar sie selbst. Aber geistreich, intelligent, humorvoll oder elegant war diese Geschichte nun wirklich nicht. Es war genau genommen eine harmlose Anekdote ohne echte Pointe, sonst nichts. Ihr Publikum hängt nur aus einem einzigen Grund an ihren Lippen: Weil sie ist, wie sie ist.

Plötzlich fällt der Blick der Fürstin auf mich, als hätte sie meine

Gedanken gehört. »Was haben wir denn da für ein frisches, fröhliches Gesicht?«, fragt sie in die Runde.

Es wird ganz still. Oder denke ich das nur?

Zwischen der Fürstin und mir bildet sich wie von selbst eine Gasse, und das zumindest bilde ich mir nicht ein, denn nun schreitet sie mit wogender Robe auf mich zu.

»Achtung«, flüstert die Dame in Grün. »Das wird möglicherweise ein Rededuell. So etwas liebt sie.«

»Aber was soll ich denn sagen?«, wispere ich verzweifelt. Und denke daran, dass Maman mir eingeschärft hat, eisern zu schweigen.

»Was Sie wollen«, antwortet meine Ratgeberin leise. »Nur langweilig darf es auf gar keinen Fall sein.«

Wäre stumm lächeln eine Option? Ich fürchte, nicht. Hilfesuchend sehe ich mich nach Maman um. Wo ist sie? Ich brauche sie! Schnell! Doch ich kann ihre braune Samthaube nirgends erspähen. Stattdessen fällt mein Blick ausgerechnet auf das Gesicht, das ich in diesem Moment am allerwenigsten sehen will. Hinter Fürstin Pauline Metternich entdecke ich Nikolaj Glinsky. Oder irre ich mich? Er steht in einer dunklen Nische, ich kann ihn kaum erkennen.

Rasch wende ich mich ab und atme erst einmal tief durch. Nicht er. Nicht hier. Nicht jetzt. Ich muss mich getäuscht haben, das kann gar nicht sein.

Ich wage einen zweiten Blick, und ja, das ist er wohl doch. Er trägt einen altmodischen Gehrock aus schwarzem Samt und wirkt bei unserem schnellen Blickwechsel ebenso erschrocken wie ich.

Aber es hilft nichts, ich muss ihn jetzt ignorieren, denn die Fürstin kommt unaufhaltsam näher. Und noch immer sehe ich weit und breit keinen Teewärmer. Ich bin gezwungen, diese Situation ohne Maman zu meistern.

Die Dame im grünen Kleid übernimmt freundlicherweise die Rolle meiner abwesenden Mutter. »Meine liebe Pauline, darf ich dir Komtess Clea de Conteville vorstellen?«

Pauline Metternich lächelt. »Oh, wie schön, da sind Sie ja! Ich brenne darauf, Sie kennenzulernen.« Ihr steifer weißer Kragen wippt beim Sprechen.

Ich knickse und lächele.

»Clea de Conteville«, wiederholt Fürstin Pauline Metternich nachdenklich. Dann trifft mich ein wacher Blick aus goldsprühenden Augen. »Sind Sie schon lange in Wien, Komtess?«

Jetzt kann ich nicht länger schweigen. »Wir sind vor einer Woche eingetroffen«, sage ich. Und lächele wieder. Meine Mundwinkel sind schon ganz verkrampft. »Es ist meine erste Saison.«

Die Augen der Fürstin funkeln mutwillig. »Vielleicht erfreuen Sie uns mit einer kleinen Anekdote aus Ihrem Leben? Dann können wir Sie alle besser kennenlernen.«

Ich lächele. Und schweige. Und hoffe inständig, dass mich irgendjemand oder irgendetwas rettet. Von mir aus gern eine Maus.

Aber nichts geschieht, alle um mich herum warten gespannt auf meine Reaktion, und die Pause dehnt sich, bis ich es nicht mehr aushalte. »Ich habe bis jetzt auf dem Lande gelebt und dort nicht viel erlebt«, weiche ich aus. »Daher höre ich lieber zu.«

Doch die Fürstin lässt das nicht gelten. »Oh, die besten Geschichten ereignen sich auf dem Lande«, sagt sie leichthin. »Erst kürzlich wurde ich auf unserem ungarischen Besitz Zeugin einer Episode, die ich zunächst als delikat empfand, die mich heute aber ausgesprochen amüsiert.« Sie blickt erwartungsvoll in die Runde.

»Erzählen Sie!«, spornt eine beleibte Matrone mit Dutt sie an.

Die Fürstin lächelt. »Sehr gern.« Sie wirft mir einen funkelnden Blick zu, den ich nicht recht deuten kann. Dann wendet sie sich wieder an ihr Publikum. »Ich muss zum besseren Verständnis erwähnen, dass eine meiner Freundinnen viele Jahre lang einen Besuch auf meinem ungarischen Schloss plante. Doch immer kam etwas dazwischen. Wie das ja oft so ist.« Die Umstehenden nicken. »In diesem Herbst nun wurde es wahr, sie reiste tatsächlich an. Meine Freude war selbstredend groß, und zu ihrer Begrüßung ließ ich den Gärtner am Portal unseres Schlosses ein weißes Schild mit der Inschrift *Endlich!* anbringen.«

Wieder nicken die Umstehenden beifällig. »Eine schöne Geste«, sagt eine junge Frau.

Pauline Metternich lächelt zufrieden. »Der Besuch war sehr nett, und meine Freundin dehnte ihn länger aus als geplant«, fährt sie fort. »Aber irgendwann endet auch die schönste Zeit. Und bei der Abreise geschah es dann.« Die Fürstin macht eine kurze Pause. Es ist so still, dass man das Trippeln einer Maus hören könnte, aber es ist immer noch keine da. »Mein ungarischer Gärtner versteht kein Deutsch«, fährt Pauline Metternich fort. »Dennoch wollte er den Gast mit einer besonderen Aufmerksamkeit verabschieden. Und so brachte der gute Mann das Begrüßungsschild erneut an. Was wir erst bemerkten, als die Kutsche bei der Abreise zum zweiten Mal das Portal mit der Aufschrift *Endlich!* passierte.«

Wieder öffnet die Fürstin mit einer raschen Handbewegung ihren Fächer und wedelt sich Luft zu. Schallendes Gelächter ertönt.

Als es abebbt, wendet sie sich an mich. »Wer war denn auf dem Lande Ihr letzter Gast, liebe Komtess?«

Alle Blicke sind auf mich gerichtet. »Mein Onkel Albert«, antworte ich wahrheitsgemäß. Und werde feuerrot, als jemand kichert. Ich hasse es, ausgelacht zu werden.

Das unterdrückte Gelächter kommt von einer jungen Frau, die mir entfernt bekannt vorkommt. Ihre Haare sind zu einem wahren Lockenungetüm aufgetürmt. Mein Blick fällt auf die Federn darin, und jetzt fällt mir ein, wer das ist. Prinzessin Rixa von Hardeck, deren Porträt Caroline mir gezeigt hat. Offensichtlich macht es ihr großen Spaß, einer anderen Debütantin beim gesellschaftlichen Scheitern zuzusehen.

»Und von dem guten Onkel gibt es nichts zu berichten?«, insistiert die Fürstin. »Wirklich gar nichts?«

Es ist ganz still im Raum. Niemand regt sich. Und ich bin verzweifelt, denn nichts an Onkel Albert und seinem Leben passt in diesen Salon. Da spüre ich an meinem Arm eine leichte Berührung. Die Dame in Grün hat mich unauffällig angetippt. Und plötzlich muss ich an Maman denken. Wenn sie es schafft, mit einem Teewärmer auf dem Kopf so hoheitsvoll wie eine Königin durch diese hehren Hallen zu wandeln und überall anerkennende Blicke zu ernten, dann werde ich ja wohl mein altes Onkelchen irgendwie salonfähig bekommen.

Ich räuspere mich. Dann straffe ich die Schultern und recke das Kinn. »Nun, mein Onkel Albert war von Geburt an ein auffallend ruhiger, behäbiger Mensch«, beginne ich und werde mit jedem Wort sicherer. »Er erlebte nie viel und war damit stets zufrieden. Er trat nicht einmal in den Bund der Ehe ein, weil das für seinen Geschmack zu viel Unruhe in sein Leben gebracht hätte. Die Verwaltung seiner Güter und die Jagd waren ihm stets Unterhaltung genug.«

Die Fürstin zieht eine Augenbraue hoch.

»Was für ein kluger Onkel«, sagt einer der Umstehenden. Wieder höre ich das Kichern der Prinzessin von Hardeck.

»Doch Onkel Albert hatte eine heimliche Leidenschaft«, erzähle ich weiter.

Jetzt habe ich wieder die volle Aufmerksamkeit der Gastgeberin. »Fahren Sie fort!«

Ich nehme all meine Courage zusammen. »Er las von Kindesbeinen an gern Reiseberichte. Und in fortgeschrittenem Alter reifte in ihm der Entschluss, selbst einmal eine Reise zu unternehmen. Eines Tages überraschte er uns daher mit der Tatsache, dass er sich zu einer Gesellschaftsfahrt nach Konstantinopel angemeldet hatte.«

»Konstantinopel«, murmelt die Fürstin. »Für eine erste Reise ein recht abenteuerliches Ziel.«

»In der Tat.« Ich nicke bedeutungsvoll. »Und tatsächlich geriet Onkel Albert unterwegs in Gefahr.« Ich mache wie sie eine Pause, um die Spannung zu steigern. »Auf der Rückreise wurde sein Zug von Wegelagerern überfallen. Fünf Herren der Reisegesellschaft wurden entführt, unter ihnen Albert. Tagelang musste das arme alte Onkelchen nachts durch Akaziengestrüpp wandern und sich tagsüber in Gräben oder hinter Felsbrocken verbergen, während ein Bote nach Konstantinopel ritt, um dort bei der Gesandtschaft Lösegeld für die Gefangenen einzufordern.«

»Oh«, haucht die Fürstin Metternich. »Wurde er freigekauft?«

Ich nicke. »Zehn Tage später traf die geforderte Summe tatsächlich ein. Der Anführer der Banditen gab jedem der Gefangenen vier Goldstücke und einen Kuss auf die Wange. Dann entließ er sie in die Wildnis, und nach fünftägigem Herumirren erreichten sie die Zivilisation. Wenig später konnte Onkel Albert die Heimreise antreten.«

»Nun ...« Die Fürstin mustert mich vom Haarkranz bis zur Samtschleppe. Wieder hebt sie eine Augenbraue. »Und dann? Hat die Geschichte noch eine Pointe?«

Oje, war das noch nicht genug? Mein Pulver ist ganz und gar verschossen. Ich spüre den Spott der Prinzessin von Hardeck geradezu körperlich. Und denke an Mamans Teewärmer. Und an Pauline Metternichs Episoden. Eine Pointe muss nicht herausragend sein, wird mir klar. Ich muss sie nur überzeugend vortragen.

Nach einem tiefen Atemzug sehe ich der Fürstin direkt in die

Augen. Kurz duellieren wir uns mit Blicken. Dann schenke ich ihr mein zauberhaftestes Lächeln und nicke. »O ja, natürlich hat meine Geschichte eine Pointe«, sage ich liebenswürdig. Um dann, nach einer weiteren Kunstpause, die ich absichtlich in die Länge ziehe, hinzuzufügen: »Onkel Albert reiste nie wieder zum Vergnügen.« Ich öffne meinen Fächer mit einer raschen Handbewegung und wedele mir augenzwinkernd Luft zu, zum Zeichen, dass meine Geschichte nun beendet ist.

Kurz bleibt es ganz still. Dann ernte ich schallendes Gelächter. Und, o Wunder, es ist die Fürstin, die aus vollem Herzen lacht. Alle anderen fallen ein. Ich sehe anerkennende Blicke.

Es dauert einen Moment, bis ich begreife: Ich habe die Prüfung bestanden. Onkel Albert sei Dank!

* * *

Abends im Bett flattert mein Herz noch immer, wenn ich an den Nachmittag denke.

Maman sagte bei der Heimfahrt, sie habe über mein Rededuell mit der Fürstin nur lobende Worte gehört. Ich hätte Pauline Metternich auf ausgesprochen reizende Weise die Stirn geboten und könne stolz auf mich sein. Trotz meiner Unerfahrenheit hätte ich gesellschaftlich geglänzt. Maman meinte sogar, ich besäße selbst das Talent zu einer ganz großen Salonnière. Doch über dieses Lob kann ich mich kaum freuen.

Was für ein seltsamer Triumph das ist. Genau genommen habe ich ja nur eine alberne Verkleidung getragen und in einem ausgesprochen hässlich möblierten Raum selbstbewusst eine Geschichte ohne Pointe zum Besten gegeben, wodurch ich einer gehässigen Person mit Federn auf dem Kopf die Schadenfreude verdorben habe.

Kann man darauf stolz sein? Ich nicht.

Trotzdem bin ich natürlich erleichtert. Denn mit ein bisschen Pech hätte ich mich heute so dermaßen blamieren können, dass sich alle Anwesenden für den Rest ihres Lebens darüber amüsiert hätten.

Erleichtert bin ich auch, dass Glinsky doch nicht anwesend war. Nach dem Rededuell habe ich ihn nicht mehr gesehen, und Maman und Sophie haben ihn ebenfalls nicht getroffen. Offenbar habe ich mich vor lauter Nervosität geirrt.

Die Dame im grünen Kleid hat sich nach unserem Gespräch leider verabschiedet. Schade, dass ich nicht weiß, wer sie war. Ich habe sie Maman zwar beschrieben, doch sie konnte mit meiner Schilderung nichts anfangen.

Nachhaltig beeindruckt hat mich an diesem Nachmittag überraschenderweise Fürstin Pauline Metternich. Sie war so selbstbewusst. So fröhlich. So strahlend. Aber auch so scharfzüngig, direkt und gelegentlich geradezu unhöflich. Einer solchen Frau bin ich noch nie begegnet. Ich habe sogar beobachtet, wie sie eine Zigarre geraucht hat. Im Herrenzimmer. Und bei diesem Anblick habe ich endlich verstanden, warum Damen wie sie einen Salon führen.

Wenn man es schafft, dass alle es als Ehre empfinden, zu Besuch kommen zu dürfen, ändern sich die Machtverhältnisse grundlegend: Eine Salonnière muss sich nicht an die gesellschaftlichen Regeln halten. Sie *macht* diese Regeln. Oder anders gesagt: Mit der richtigen Ausstrahlung ist es nicht nur möglich, Teewärmer auf dem Kopf zu tragen oder einen knochentrockenen Satz als Pointe zu präsentieren. Mit der Attitüde einer Grande Dame kann man tun und lassen, was man will.

Ist das erlernbar? Könnte ich das vielleicht auch?

Sophie würde jetzt sagen: Wie kannst du das wissen, wenn du es nicht ausprobierst?

Mit diesem Gedanken schlafe ich endlich ein.

Fürstin Pauline von Metternich, Wien
an Gräfin Eleonore von Rossnitz, Wien

13. Dezember 1877

Meine liebe Lori,

die Komtess hat sich wirklich wacker geschlagen.
Aber was um Himmels willen war mit Nikolaj los? Warum kam er so spät? Warum ging er so früh? Und sogar, ohne sich von mir zu verabschieden? Warum hat er sich hinterher nicht wenigstens postalisch für sein Verschwinden entschuldigt?
Das war äußerst ungehobelt. Ich fürchte, in seiner Kinderstube ist ohne die führende Hand einer Mutter einiges versäumt worden.
Das ist natürlich kein Vorwurf an dich! Ich weiß, dass du nie eine Möglichkeit hattest einzugreifen. Aber es darf nicht so bleiben.
Nun, wir werden sehen, was wir tun können.

Voller Tatkraft grüßt
Pauline

Kapitel 10

T wie Theaterspiel

Es ist in unseren Kreisen momentan très chic, im eigenen Palais ein Theaterstück aufzuführen. Man verkleidet sich dafür fantasievoll und wagt modisch mehr als sonst. Man lernt eine Rolle auswendig und probt sie gut. Dann lädt man Publikum von Rang und Namen ein und präsentiert sich glanzvoll. Aber statt um Beifall zu heischen, bittet man nach der Aufführung um Spenden für einen guten Zweck.

Anschließend weiß jeder: Man ist schön, talentiert sowie durch und durch gut.

»Moritz Schnörche?«, frage ich fassungslos. »So heißt das Stück? Maman, das ist nicht dein Ernst!«

Es ist elf Uhr morgens. Studierzeit. Sophie und ich sind mit Maman in der Bibliothek. Meine zarte blonde Schwester trägt ein elfenbeinfarbenes Hauskleid und liegt höchst anmutig auf der lindgrünen Récamiere am Kamin. Ich sitze am Schreibtisch und trage einen weißen Morgenmantel.

Wir empfangen heute nämlich keinen Besuch, und wir gehen auch nicht aus. Willst du was gelten, mach dich selten, so lautet eine von Mamans gesellschaftlichen Regeln. Wer wahrhaft vornehm ist, zieht sich von Zeit zu Zeit zurück und verfolgt eigene Pläne. Das kommt mir zwar eigentlich sehr entgegen. Mamans neuestes Vorhaben ist allerdings durch und durch grauenhaft.

»Um genau zu sein, heißt das Stück *Moritz Schnörche oder eine unerlaubte Liebe*«, sagt sie jetzt würdevoll.

Sophie schließt entsetzt die Augen.

»Hier, eure Rollen.« Unsere Mutter reicht jeder von uns ein schmales, in Leder gebundenes Buch.

Ich schüttele heftig den Kopf. »Ich kann das nicht. Das liegt mir nicht. Ich will es nicht.«

»Papperlapapp!«, sagt Maman. »Clea, du spielst die Aline, Sophie, du bist Marie.« Sie klatscht auffordernd in die Hände. »Los, Mädchen, fangt an! Lest das Stück mit verteilten Rollen einmal laut durch. Danach lernt ihr eure Sätze auswendig. Nächste Woche setzen wir die erste Probe an.«

Sophie und ich seufzen abgrundtief. Aber Widerstand ist zwecklos. Mamans Plan steht fest. Sie möchte sogar einen unserer Salons zum Theatersaal umgestalten lassen.

»Los, an die Arbeit, Mädchen!« Sie klatscht noch einmal in die Hände, als wären wir Hühner, die man damit aufscheuchen kann. »Ihr werdet sehen, die Frauenrollen sind wie für euch geschaffen. Ihr werdet euch ständig auf der Bühne befinden, müsst aber kaum etwas sagen. Und für die Herren engagieren wir Schauspieler aus dem Burgtheater, um das künstlerische Niveau zu heben.«

»Das klingt wundervoll!«, sagt Sophie. Der Sarkasmus in ihrer Stimme ist unüberhörbar.

Maman schafft es dennoch, ihn zu ignorieren. »Danke, meine Liebe! Das Stück wurde mir sehr empfohlen.«

»Bitte, Maman!« Ich knete verzweifelt die Hände. »Könnte ich bei der Aufführung vielleicht etwas anderes übernehmen als eine Rolle? Kostüme nähen? Ein Bühnenbild entwerfen?«

Das Letzte, was ich will, ist ein weiterer Auftritt in einem lächerlichen Kostüm.

Maman nickt wohlwollend. »Das kannst du alles sehr gern

zusätzlich tun. Aber wir brauchen dich auf jeden Fall als Aline. Darum fangt jetzt an. Der Text muss sitzen.« Mit rauschendem Rock verlässt sie den Raum.

Sophie und ich starren uns an.

»Moritz Schnörche«, wiederhole ich kopfschüttelnd.

»Oder eine unerlaubte Liebe.« Sophie verdreht die Augen. Ich senke den Blick auf mein Buch. »*Schwank in einem Akt*«, lese ich vor.

»*Nach einer französischen Idee*«, fährt Sophie fort.

Ich schlage das Buch auf. »*Personen: Herr Großkopf, fünfzig Jahre alt, ein gesetzter Herr. Dessen Nichte Aline, sehr munter, gewandtes Benehmen. Moritz Schnörche, achtundzwanzig Jahre alt, komisch. Sowie ein Dienstmädchen namens Marie.*«

Sophie springt von ihrer Récamiere auf. »Verehrtes Publikum!« Sie verbeugt sich vor einer imaginären Menge. »Erleben Sie nun Komtess Clea de Conteville in ihrer unvergleichlichen Rolle als Aline in dem bahnbrechenden Werk *Moritz Schnörche*.« Den Titel des Stücks schmettert sie mir förmlich entgegen.

Diese Herausforderung lasse ich mir natürlich nicht entgehen. Ich schlage das Buch an einer beliebigen Stelle auf, nehme es in die rechte Hand, schreite mit hochgerecktem Kinn in die Mitte des Raumes, rudere theatralisch mit dem linken Arm und deklamiere: »*Herr Schnörche! Ich bitte Sie! Sehen Sie mich nicht so an!*«

Mit drei Schritten ist Sophie beim Schreibtisch. Sie nimmt den Schirm der Tischlampe ab und setzt ihn sich auf den Kopf. Dann sinkt sie vor mir auf die Knie, ringt die Hände und improvisiert: »Aber Fräulein Aline! Wie sollte ich Sie anders ansehen? Es ist Liebe, die meinen Blick so entflammen lässt. Doch lieben darf ich Sie nicht. Das ist laut Titel des Stückes unerlaubt.«

Ich schaffe es kaum, bei ihrem Anblick ernst zu bleiben, denn der Lampenschirm hat rundum kleine rosa Troddeln. Sie hängen in Sophies Stirn und wippen bei jedem Wort hin und her. Aber ich halte durch.

»Das ist unerlaubt?«, frage ich voll gespieltem Entsetzen. »O weh! Da verliere ich doch tatsächlich meine Munterkeit. Und ich vergesse außerdem mein gewandtes Benehmen. Ins Feuer mit diesem elenden Stück!« Ich tue so, als übergäbe ich das Buch den Flammen des Kamins. »Lassen Sie uns fliehen, Herr Schnörche! Hinfort, hinfort!«, schmettere ich Sophie entgegen.

Das ist zu viel. Sie bricht lachend zusammen. Und da kann auch ich nicht länger ernst bleiben. Wir kichern und prusten wie alberne Backfische.

»Das Stück ist jetzt wirklich verbrannt. Und zwar ganz ohne in Flammen aufzugehen.« Sophie japst nach Luft. »Das stehe ich nie mehr trockenen Auges durch. Wir könnten es tausendmal proben, es würde nichts ändern. Spätestens wenn du sagst: *Herr Schnörche, ich bitte Sie, sehen Sie mich nicht so an*, werde ich jedes Mal loslachen. Noch in hundert Jahren!«

Schon allein der Gedanke daran bringt uns wieder zum Kichern.

»Entweder die spielen das ohne uns«, überlegt Sophie, »oder wir brauchen ganz dringend ein anderes Stück. Etwas Tragisches vielleicht.«

Obwohl das überhaupt nicht lustig ist, muss ich schon wieder lachen. Nicht zuletzt, weil Sophie noch immer den Lampenschirm trägt.

»Ich will kein anderes Stück«, sage ich, als wir uns wieder gefasst haben und Sophie endlich den Schirm vom Kopf genommen hat. »Ich will überhaupt nicht Theater spielen. Ich will mich nicht schon wieder vorführen lassen.«

Sophie runzelt kummervoll die Stirn. »Das wirst du wohl müssen. Du hast Maman ja gesehen. Sie ist völlig entflammt.«

Ich öffne den Mund, um etwas zu sagen, doch ein Klopfen an

der Tür lässt mich innehalten. Ist das Maman? Sophie und ich greifen rasch nach unseren Büchern und bemühen uns um unschuldige Mienen.

»Ja, bitte?«, rufe ich.

Anna betritt den Raum. Erleichtert atmen wir auf. Sie knickst. »Komtess Clea, dieser Brief wurde eben für Sie in der Küche abgegeben.« Sie reicht mir einen schmalen weißen Umschlag.

»In der Küche?«, frage ich ungläubig. Der Brief ist mit einer Marke versehen. »Er kam nicht mit der Post?«

Anna schüttelt den Kopf. »Nein. Ein Junge hat ihn gebracht und ausdrücklich nach Ihrer Zofe gefragt. Er hatte es sehr wichtig damit, dass der Brief direkt und ohne Umwege zu Ihnen gelangt. Deswegen bin ich gleich gekommen.«

»Danke! Das ist sehr aufmerksam.«

Anna knickst und verlässt den Raum.

Ich betrachte den Brief genauer. Auf der Vorderseite steht nur mein Name. *Clea de Conteville.* Keine Adresse. Kein Absender. Die Briefmarke unten rechts ist schräg aufgeklebt. Das Papier wirkt preiswert, die Handschrift ist auffallend gerade und schlicht. Weder Siegel noch Wappen verleihen dem Schreiben eine persönliche Note, und ich kann auch keinen Duft wahrnehmen. Ein Geschäftsbrief, könnte man auf den ersten Blick meinen.

Sophie ist hinter mich getreten. »Was ist drin?«, will sie wissen.

Ich öffne den Umschlag und blicke hinein. »Nichts.«

»Was?« Sophie runzelt die Stirn. »Nichts? Das kann nicht sein.«

Ich taste das Innere des Umschlags mit dem Finger ab. »Oh, warte.« Vorsichtig ziehe ich einen hauchdünnen Schnipsel heraus. Es handelt sich um einen schmalen Streifen Zeitungspapier. Ich streiche ihn glatt und lese laut vor: »*Das Konzert der Gesellschaft der Musikfreunde, welches am nächsten Sonntag im Goldenen Saal stattfindet, bietet unter anderem folgendes interessante Programm: die Egmont-Ouverture von Beethoven; Arien von Graun und Mozart, gesungen von der königlich sächsischen Hofopernsängerin Frau Clementine Schuch; Beethovens Kantate Meeresstille und glückliche Fahrt sowie eine neue Symphonie in d-Moll von Herrn Professor Anton Bruckner, der sein Werk persönlich dirigieren wird.«*

»Und was sonst?«, will Sophie wissen.

Ich zucke mit den Schultern. »Nichts.«

»Steht vielleicht hinten etwas darauf?«

Ich drehe das Papier um. »Nein. Da ist nur eine halbe Werbeanzeige für Bartpomade erkennbar.«

»Das kann doch nicht sein«, sagt Sophie.

»Sieh selbst!« Ich reiche ihr sowohl den Zeitungsausschnitt als auch den Umschlag.

Sie begutachtet beides Millimeter für Millimeter. »Wirklich nichts«, stellt sie fest.

»Warum schickt mir das jemand?«, überlege ich laut. »Soll ich da hin? Aber warum? Und warum landet dieser Brief in der Küche?«

»Ich finde das ein bisschen unheimlich«, meint Sophie. »Wir sollten vielleicht Maman um Rat fragen.«

Ich denke kurz nach. Wenn man ein Problem hat und unsere Mutter fragt, dann hat man danach manchmal keins mehr, aber manchmal hat man anschließend zwei. Doch in diesem Fall muss es wohl sein, denn ich selbst bin ganz und gar ratlos.

»Also gut«, stimme ich zu.

Maman sitzt in ihrem Boudoir am Schreibtisch und beantwortet Briefe. Normalerweise will sie dabei nicht gestört werden. Aber seit meinem Tanz mit Glinsky kann ich anstellen, was ich will, ohne getadelt zu werden.

»Was führt euch hierher?«, fragt sie bei unserem Eintreten freundlich.

Ich reiche ihr den Umschlag. »Ich habe ein seltsames Schreiben erhalten. Es wurde in der Küche für mich abgegeben.«

»In der Küche?«, fragt Maman überrascht. Sie nimmt das Kuvert, betrachtet es, öffnet es, findet den Zeitungsschnipsel anders als wir sofort, liest ihn und runzelt die Stirn.

»War kein Brief beigelegt?«

Ich schüttele den Kopf. »Nein. Der Umschlag enthielt sonst nichts.«

»Wirklich?« Sie sieht mich prüfend an.

»Wenn ich es doch sage!«

Plötzlich erhellt ein sonniges Lächeln Mamans Gesicht. »Herzlichen Glückwunsch, meine Liebe!« Sie streicht mir sanft über die Wange. »Du hast offenbar eine Eroberung gemacht.«

Ich starre sie fassungslos an. »Ich habe was?«

»Nun, dieser Hinweis auf das Konzert kann nur eins bedeuten: Irgendjemand möchte, dass du dort hingehst.«

»Was ich selbstverständlich nicht tun werde.«

»Was du ohnehin tun wolltest«, sagt Maman mit leuchtenden Augen.

»Wollte ich?«

Sie nickt. »Wir haben es alle vor.«

Das ist nicht wahr, da bin ich sicher. Dieses Konzert gehört ganz gewiss nicht zu den glamourösen Veranstaltungen, die Maman bisher für diese Saison eingeplant hatte. Die Gesellschaft der Musikfreunde trägt ihren Namen nämlich nicht ohne Grund. Ihre Mitglieder gehen aus Freude an der Musik in Konzerte und nicht, um dort mit ihren Diamanten zu klimpern oder Ehemänner zu jagen.

»Du glaubst also, dass der Umschlag von einem Verehrer kommt?«, will ich wissen.

»Ich glaube es nicht nur, ich weiß es«, sagt Maman. »Denn da ist ja auch noch die Briefmarke. Kommt mit!« Sie erhebt sich.

»Wohin gehen wir?«, frage ich irritiert.

»In die Bibliothek.«

Wir folgen ihr höchst verwirrt.

»Ah, da ist es ja!« Maman zieht ein schmales Buch aus dem Regal und reicht es mir. »Euer Vater hat es mir einst geschenkt. Es stammt aus unserer Verlobungszeit.«

Ich betrachte den abgenutzten Ledereinband. Laut Titel handelt es sich um einen *Leitfaden der Briefmarkensprache*. Er enthält lauter Bilder von Briefkuverts mit unterschiedlich platzierten Marken.

»Was bedeutet das?«, frage ich verwirrt.

Maman lächelt. Und wirkt tatsächlich einen Hauch verlegen. »Als die Briefmarken die Welt eroberten, machten Gelehrte ein Spiel daraus, aus ihrer Platzierung auf dem Umschlag eine Art Geheimsprache zu entwickeln. Sie wurde in unserer Jugend gern von Liebenden benutzt, um verschlüsselte Botschaften zu verschicken, von denen die Eltern nichts mitbekommen sollten.«

»Maman!«, sagt Sophie entrüstet. »Du und Papa? Hinter dem Rücken eurer Eltern?«

»Wir waren bereits verlobt!«, rechtfertigt sie sich. Und wechselt dann schnell das Thema. »Wie auch immer, lasst uns nachschlagen, was die Botschaft an Clea bedeutet.«

Ich reiche ihr das Büchlein, und nach kurzem Blättern findet sie, was sie gesucht hat. »*Rechte untere Ecke, schräge Neigung: Sei verschwiegen!*«, liest sie vor. »Siehst du?« Sie blickt mich triumphierend an. »Ein Verehrer!«

»Ich sehe gar nichts«, sage ich. »Die Marke könnte auch zufällig so aufgeklebt sein. Und selbst wenn nicht. *Sei verschwiegen* – das ist ja wohl eindeutig keine Aufforderung zu einem Konzertbesuch! Und von Verehrung steckt darin auch keine Spur.«

Nicht einmal mein schnippischer Tonfall kann Maman die Laune verderben. »Was sollte es denn sonst sein?«, fragt sie vergnügt. »Jemand möchte dich im Konzert wiedersehen, und du sollst darüber nicht reden. Das ist doch ganz eindeutig.« Sie wirkt so zufrieden wie eine Katze, die gerade einen Napf Sahne entdeckt hat. »Und ich kann mir sogar denken, wer das ist.«

»Du vermutest dahinter Fürst Nikolaj Glinsky«, stelle ich resigniert fest.

»Ja, natürlich.« Ihr Lächeln vertieft sich. »Wen sonst? Er ist weit und breit der einzige Mann, der in deiner Nähe gesehen wurde.«

»Das ergibt keinen Sinn«, widerspreche ich.

Statt zu antworten, lächelt Maman nur erneut ihr zufriedenes Katzenlächeln. Und ich würde mich nicht wundern, wenn sie gleich auch noch zu schnurren begänne. Sie weiß ja nichts von dem Lügenspiel um Nikolas Rabe und Claire Manon. Und ich kann es ihr nicht mehr erzählen, dafür ist es mehr als zu spät.

»Darf ich mich zurückziehen?«, frage ich rasch. Ich brauche jetzt dringend Zeit zum Nachdenken.

»Natürliches, Liebes. Lass das Theaterstück erst einmal ruhen und schlafe ein bisschen. Das macht die Augen und den Verstand klar. Du brauchst jetzt all deine Kraft für die Vorbereitung auf dieses Konzert.«

Irrtum! Ich brauche all meine Kraft, um mich vor dem Konzertbesuch zu drücken. Doch das erwähne ich besser nicht.

Katharina Baroness von Rittegg, Losnitz
an Fürst Nikolaj von Glinsky, Wien

14. Dezember 1877

Lieber Kolja,

vielen Dank für deinen lieben Brief.
 Wenn ich über die Wiese am Bach reite, denke ich auch immer an dich.
 Du hast gefragt, was ich mir wünsche. Eigentlich nur eins: dass sich eine Weile gar nichts ändert.
 Wir hatten so viele Turbulenzen. Wir sollten jetzt einfach ungestört ein neues Leben finden und führen. Denkst du das nicht auch?
 Ich bin so froh, dass es dich gibt. Und dass du trotz allem zu mir hältst.

Tinka

Kapitel 11

G wie Goldener Saal

Es gibt auf der Welt keinen Konzertsaal, dessen Akustik mit der des Goldenen Saals der Wiener Musikfreunde vergleichbar ist. Jeder Ton erklingt hier bis in den hintersten Winkel mit voller Klarheit und Präzision und erhält durch die Raumproportionen einen zugleich weichen und glänzenden Klang. Musik klingt hier wie aus einer anderen Welt.

Ich wollte nicht in dieses Konzert. Ich war entschlossener als je in meinem Leben, Nein zu sagen oder eine Ausrede zu finden. Und doch bin ich hier, denn Maman war schlauer als ich. Ich bin ihr einfach nicht gewachsen, egal, was ich tue.

Mein Nein hat sie einfach nur mit einem Papperlapapp kommentiert. Als ich erneut Fieber vortäuschte, ließ sie mir ein eiskaltes Wannenbad zubereiten. Meine Verdauungsbeschwerden kurierte sie mit Rizinusöl. Und für mein angebliches Frauenleiden reichte die Frage, ob sie Doktor Weigenhardt rufen solle, damit ich ihm zeigen könne, wo es mich zwackt.

Schließlich habe ich aufgegeben. Ich glaube nicht, dass der Brief von Glinsky kommt. Und selbst wenn, kann es während eines Konzerts kaum zu einer unangenehmen Begegnung kommen. Aber natürlich habe ich nicht nachgegeben, ohne zu feilschen.

»Ich gehe nur unter einer Bedingung«, habe ich mit fester Stimme gesagt.

»Und die wäre?«, wollte Maman wissen.

»Kein Moritz Schnörche!«, forderte ich. »Und auch kein anderes Theaterstück. Ich will mich nicht schon wieder verkleiden und vor Publikum zum Affen machen.«

Ich sah Mamans Miene an, dass sie überlegte, ob sie mich zurechtweisen sollte. Aber zu meiner Überraschung nickte sie. »Einverstanden.« Und dann lächelte sie sogar.

Vermutlich glaubt sie, kein Theaterstück mehr zu benötigen, um mich an den Mann zu bringen. Und für Sophie ist dieser Aufwand ohnehin nicht notwendig, die wird sich nach dem ersten Ball vor Anträgen nicht mehr retten können.

So kommt es also, dass ich neben Sophie im Goldenen Saal des Musikvereins sitze, hinter uns Maman und Papa. Der Saal trägt seinen Namen wahrlich zurecht, denn fast alles glänzt golden, lediglich die Samtsitze sind rot. Ich fühle mich wie in einer Schatzkammer voller musikalischer Kostbarkeiten. Es ist überwältigend.

Ich trage ein cremefarbenes Kleid, das Maman diesmal höchstpersönlich ausgewählt hat, und Sophie ist in Königsblau gewandet. Beides passt Maman zufolge ideal zu der goldenen Umgebung.

Auch unsere Plätze hat sie strategisch klug ausgewählt. Wir sitzen nicht oben wie in der Hofoper, sondern in einer der unteren Logen. »Dort ist die Akustik am besten«, hat sie behauptet.

»Und da sitzt bestimmt auch Fürst Glinsky«, vermutete Sophie.

»Natürlich tut er das.« Maman lächelte bei diesen Worten. »Er versteht schließlich etwas von Musik. Zufälligerweise sitzt er uns genau gegenüber.«

»Zufälligerweise ...«, wiederholte Sophie.

Mamans Lächeln vertiefte sich.

»Woher weißt du das?«, wollte ich wissen.

»Ich habe meine Quellen«, lautete Mamans kryptische Antwort.

Als ich jetzt an dieses Gespräch zurückdenke, rühren mich ihre emsigen Bemühungen. So viele Pläne und Gedanken, so viel Zeit und Mühe, so viel Aufwand und Geld, nur um einen geeigneten Ehemann für mich zu finden. Den ich gar nicht will.

Das Orchester betritt die Bühne, schwarz befrackte Herren mit schimmernden Instrumenten. Beifall brandet auf. Die Musiker nehmen Platz und stimmen die Instrumente.

Unauffällig sehe ich mich um. Mustere die gegenüberliegenden Logen. Sehe zum Glück kein bekanntes Gesicht. Nehme schließlich sogar mein Opernglas zu Hilfe. Maman und Sophie machen dasselbe, nur Papa blättert gelangweilt im Programmheft. Ich glaube, er wäre jetzt ebenfalls lieber woanders, wenn auch aus anderen Gründen als ich.

Doch wo immer Glinsky sein mag, hier ist er nicht. Beruhigt stelle ich fest, dass in der Loge gegenüber mittlerweile alle Plätze besetzt sind.

Ich kann Mamans Enttäuschung fast körperlich spüren. Und vermutlich nimmt sie meine Erleichterung ebenso deutlich wahr.

»Wer hat dir den Artikel denn dann geschickt?«, wispert Sophie, die bisher offenbar auch an Glinsky als Urheber geglaubt hat.

Ich zucke mit den Schultern. »Ich habe keine Ahnung. Vielleicht erfahren wir es noch. Vielleicht aber auch nicht.«

Jetzt betritt der Dirigent unter Applaus die Bühne und nimmt seinen Platz ein.

»Ist das Bruckner?«, wispere ich Papa zu.

Er schüttelt den Kopf. »Er dirigiert erst nach der Pause.«

Ach ja, ich erinnere mich, das stand ja sogar in dem Zeitungsausschnitt. Der Mann hebt die Arme, gibt den Musikern ihren Einsatz, und ein erster Ton erklingt, so klar und rein, wie ich es noch nie gehört habe. Ich lehne mich zurück und schließe die Augen. Dieser Konzertbesuch scheint sich entgegen meiner Befürchtungen als großer Genuss zu erweisen.

In der Pause begleitet Maman Sophie und mich auf den Gang vor der Loge. Dann befiehlt sie: »Wartet hier!«, hakt sich bei Papa unter und verschwindet in der Menge.

Sophie blickt den beiden überrascht nach. »Was soll das? Wohin gehen sie?«

»Fort von uns«, vermute ich. »Das ist bestimmt der einzige Zweck dieser Aktion. Sie will uns allein lassen, falls sich mir jemand heimlich nähern möchte.«

Sophie lacht leise auf. »Natürlich! Du hast recht. Und ich bin hier, um dir beizustehen. Im wahrsten Sinne des Wortes.«

»Worüber ich sehr froh bin.« Ich hake mich bei ihr unter und drücke ihren Arm.

»Und da stehen wir nun«, meint Sophie.

»Und stehen«, führe ich den Gedanken fort.

»Und stehen«, bekräftigt Sophie. »Wie Lockvögel.«

Ich nicke. »Oder Köder für ein Raubtier.«

Sie seufzt. »Oder Würmer am Haken.«

Wir lachen beide.

»Komm, lass uns den Saal besichtigen.« Ich ziehe sie einfach mit. »Hier ist es so langweilig. Und wer uns sucht, wird uns auch woanders finden.«

»Aber Maman ...«, wendet Sophie ein.

»Hat uns nicht gefragt, ob wir hier stehen wollen«, gebe ich trotzig zurück.

Kurz darauf wandeln wir einträchtig durch den Konzertsaal und unterhalten uns über Musik. Oder zumindest tun wir so. In Wahrheit warten wir gespannt, ob etwas passiert.

Doch nichts geschieht. Niemand folgt uns mit Blicken. Niemand reicht uns einen weiteren Umschlag. Niemand spricht uns an.

»Der Brief war bestimmt nur ein dummer Scherz«, meint Sophie, als ein Gong das Ende der Pause ankündigt.

»Oder Werbung für das Konzert. Wahrscheinlich haben viele ein solches Schreiben bekommen.« Ich schlage den Rückweg zur Loge ein. »Bei uns zumindest hat das ja funktioniert. Ein Brief, vier verkaufte Eintrittskarten.«

Wir müssen lachen, als wir uns vorstellen, dass die ein oder andere Dame, die gerade vor uns flaniert, vielleicht ebenfalls hier ist, weil sie einen heimlichen Verehrer zu haben glaubt.

»Und?«, zischt Maman, als wir nach dem zweiten Pausengong wieder vor ihr Platz nehmen.

»Nichts!«, flüstert Sophie.

Maman wirkt äußerst unzufrieden.

Ich hingegen bin bester Laune. Und freue mich auf Anton Bruckner, der in Wien sehr umstritten zu sein scheint, wie Papa erwähnte. Die einen lieben seine Kompositionen, die anderen, darunter Papa, empfinden sie geradezu als Beleidigung ihres Gehörs. Ich bin gespannt, wie meine Ohren auf seine Sinfonie reagieren werden.

Und da ist er auch schon. Groß, hager, hakennasig, haarlos. Schön ist er nicht. Aber seine Außenwirkung scheint ihm völlig gleichgültig zu sein, das verrät der sackartig geschnittene Anzug, in dem er steckt. Er wirkt wie ein Mann, der ganz in der Musik aufgeht.

Jetzt gibt er den Musikern fast unmerklich ihren Einsatz, und feine, geradezu flirrende Tönen erreichen mein Ohr. Sie klingen geheimnisvoll und gehen mir direkt unter die Haut. Die Musik wird drängender, eine Trompete greift das Motiv des ersten Satzes auf, dann setzen tiefe Hörner und Oboen ein. Auf einmal verschwimmen die Töne und werden zu einem diffusen Klangteppich, der sich mal steigert, mal abebbt. Bis die Streicher im Fortissimo ein geradezu monumentales Motiv einbringen, voller Bombastik und so laut, dass mein ganzer Körper vibriert.

Nun verstehe ich, warum diese Musik nicht jedermanns Sache ist. Mir allerdings gefällt sie, denn ich liebe das Wechselspiel der Gefühle, das sie auslöst. Mal macht sie mich wütend, mal traurig, mal erschreckt sie, mal besänftigt sie mich. Aber nie lässt sie mich kalt. Und das tut gut. Vor allem nach so vielen Tagen, in denen ich ständig Dinge tun musste, die mich langweilen und mir überhaupt nichts bedeuten.

Was für ein Unterschied zu den klar strukturierten Melodien Mozarts oder Beethovens vor der Pause! Hier zeigt ein Mensch ungewöhnlich offen und authentisch, welche Gefühlsstürme er selbst durchlebt, und ich kann alles nachempfinden.

Als der Satz endet, ist es, als würde ich aus einem läuternden Schlaf erwachen und die Welt mit neuen Augen sehen. Ich nehme sogar Düfte wahr, die ich zuvor nicht bemerkt habe. Eine Mischung aus Gewürzen, Harz und Holz.

Was? Nein! O Gott! Mir wird eiskalt, als ich begreife, was das bedeuten könnte. Und ein Blick auf Mamans Gesicht bestätigt, dass ich recht habe. Sie hebt zwar rasch den Fächer, aber ich habe ihr triumphierendes Lächeln bereits gesehen. Mein Herz setzt vor Schreck einen Schlag aus.

Es ist kein Zweifel möglich: Nikolaj Glinsky ist hier. So nah, dass ich seinen Duft riechen kann. Damit hatte ich nicht mehr gerechnet.

Und jetzt? Schockstarre. Nur nichts falsch machen. Ich wende den Blick nicht von der Bühne. Dennoch bin ich ganz sicher, dass er in der Nebenloge sitzt, nur durch eine niedrige Seitenwand von mir getrennt. Und dass er mich sehen kann. Ich spüre seine Blicke ja förmlich. Zu behaupten, dass sie mich verwirren, wäre stark untertrieben. Meine Gedanken wirbeln durcheinander wie die Töne eines Bruckner'schen Fortissimos.

Er ist hier. Aber vor der Pause war er das noch nicht. Warum dann jetzt? Ist Glinsky doch der Urheber des geheimnisvollen Briefes? Und wenn ja, weshalb hat er mich herbestellt? Und was sollte die Briefmarke? Warum soll ich darüber schweigen? Ich verstehe die Welt nicht mehr.

Vielleicht will er mit mir sprechen und alles erklären. Oder sich bei mir entschuldigen. Das wäre keine schlechte Idee, schließlich verkehren wir in denselben Kreisen, und die Saison hat gerade erst begonnen. Es wäre klug, die emotionalen Wogen zwischen uns zu glätten.

Vielleicht finde ich es heraus, wenn ich in seine Augen blicke? Nur ganz kurz?

Scheinbar in die Musik vertieft, lasse ich meinen Blick langsam vom Orchester über das Publikum wandern. Und dann entdecke ich ihn. Er ist es wirklich. Doch er sieht mich nicht mehr an, vielleicht hat er es auch nie getan, und ich habe es mir nur eingebildet. Er hat die Augen geschlossen und konzentriert sich ganz auf die Musik. Oder er schläft. Aber das glaube ich kaum, dafür ist diese Sinfonie nicht geschaffen.

Ich wage es, ihn direkt anzusehen. Der schwache Schein der Kronleuchter wirft Schatten auf sein Gesicht, die ihn reifer und männlicher erscheinen lassen als in meiner Erinnerung. Der dunkle Gesellschaftsanzug mit dem weißen Hemd steht ihm noch besser als der Frack. Er wirkt darin muskulöser und vor allem lässiger. Vielleicht liegt das auch daran, dass er heute nicht so glatt rasiert ist wie kürzlich bei der Soiree. Ein dunkler Schatten betont die hohen Wangenknochen und das markante Kinn. Er sieht aus wie ein Mann, der entschlossen eigene Wege geht und sich nicht von gesellschaftlichen Zwängen einengen lässt. Wie ein ausgesprochen gut aussehender sogar. Und doch lauscht Nikolaj Glinsky der Musik ebenso andächtig, wie ich es tat, bevor ich seine Anwesenheit bemerkt habe.

Schnell wende ich den Blick ab. Ich möchte ihn nicht stören. Zum Glück hat er mich nicht angesehen, denn meine Wangen fühlen sich heiß an, bestimmt glüht mein Gesicht.

Ich wende mich wieder den Musikern auf der Bühne zu und denke nach. Es spricht tatsächlich einiges dafür, dass Glinsky mir den Hinweis auf das Konzert geschickt hat. Und bei näherer Betrachtung ist das eine ebenso kluge wie liebenswerte Idee. Wo könnten wir uns besser versöhnen?

Wenn wir gleich beim Hinausgehen aufeinandertreffen, können wir ganz unverfänglich ein paar Sätze wechseln, uns gegenseitig unserer Achtung versichern und uns lächelnd unsere kleinen Lügen verzeihen. Vielleicht findet er sogar eine gute Erklärung dafür, dass er Claire Manon seine wahre Herkunft verschwiegen hat. Vielleicht ist er ja gar kein Verführer. Und vielleicht könnten wir gemeinsam einen Weg finden, die in dem Zeitungsartikel angedeuteten Verlobungsgerüchte aus der Welt zu räumen. Ich spüre, wie mich bei diesem Gedanken eine große Erleichterung erfüllt.

Allerdings muss ich dafür sorgen, dass Maman an diesem Gespräch nicht teilnimmt. Sie weiß ja nichts von unserem Verwirrspiel in der Hofoper. Zum Glück mimt sie momentan die Ahnungslose, und zwar absolut überzeugend. Wüsste ich es nicht besser, würde ich glauben, sie zerflösse geradezu vor Hingabe an die Musik.

Im Gegensatz zu Maman bin ich von Bruckners Sinfonie wirklich fasziniert. Dem geheimnisvollen, dramatischen ersten Satz folgt nun ein getragenes Andante, das mich zu Tränen rührt.

Doch was ist das? Direkt vor der Bühne im Parkett entsteht plötzlich Unruhe. Ein Mann erhebt sich. Dann seine Frau. Und jetzt eine ganze Personengruppe. Sie schlängeln sich durch die Reihen und verlassen den Raum. Ihre Mienen sind verärgert, ja geradezu wütend. Weitere Zuhörer folgen, die Reihen lichten sich zunehmend.

»Sollen wir auch gehen?«, flüstert Papa.

Doch Maman schüttelt heftig den Kopf. »Wir sind nicht wegen der Musik hier. Wir bleiben, und wenn uns das Trommelfell platzt.«

Sophie verzieht das Gesicht, als hätte sie in eine Zitrone gebissen. Offenbar gefällt den dreien die Sinfonie überhaupt nicht. Wie kann das sein? Die Musik ist doch wunderschön. Sie kommt mir vor wie von einer höheren Macht komponiert. Können sie das nicht erkennen?

Nun, wenigstens benehmen sie sich weiterhin gut und bleiben sitzen. Warum nur brüskieren so viele Zuhörer den Komponisten, der doch persönlich anwesend ist und ihnen gerade in überwältigender Ehrlichkeit seine Seele offenbart? Wie kann man so verletzend sein?

Beim dritten Satz, einem fröhlichen Scherzo, leeren sich auch die Logen. Und mitten im furiosen Finale stehen sogar zwei Orchestermusiker auf und verlassen den Saal.

Ich bin fassungslos.

Ja, dieses Werk provoziert, es rüttelt auf. Aber so sollte Kunst doch sein. Müssen wir denn auch musikalisch immer in die Vergangenheit zurückkehren, so wie bildende Künstler vom Kaliber eines Makart es tun? Sitzen wir bald mit Samtbarett und Spitzentischdecke im Konzert und hören Musik aus dem Mittelalter oder der Renaissance? Können wir nicht wenigstens einmal den Klängen der Zukunft lauschen?

Als der letzte Ton verklungen ist, hält es mich nicht mehr länger auf dem Sessel. Ich springe auf und applaudiere demonstrativ.

»Setz dich sofort wieder hin, Clea!«, zischt Maman.

Ich gehorche, aber ich klatsche weiter. Wir sind nur noch so wenige im Goldenen Saal, da muss ich beim Applaus einfach alles geben. Dieser Mann da auf der Bühne braucht jetzt einen Ansporn. So viel ist klar.

Auf einmal höre ich aus der Nebenloge noch lauteres Klatschen. Und eine vertraute Stimme ruft: »Bravo!«

Nikolaj Glinsky.

Anton Bruckner dreht sich um. Er bemerkt die leeren Reihen vor sich. Dann wandert sein Blick zu uns.

»Bravo!«, ruft Glinsky noch einmal.

»Bravissimo!«, stimme ich mit ein.

Und Bruckner verbeugt sich. Ausdrücklich vor uns, wie es den Anschein hat.

»Fürst Glinsky hat einen guten Musikgeschmack«, raune ich Maman zu, als der dünne Beifall ganz abgeebbt ist und wir uns erheben.

Maman presst die Lippen zusammen und schweigt. Aber dann lächelt sie auf einmal, und ich erkenne wieder ihr Katzen-Sahne-Lächeln. »Wie gut, dass wir Bruckners Desaster persönlich miterlebt haben«, sagt sie und zupft ihre Stola zurecht. »Man wird in den Salons davon reden. Und im Gegensatz zu den meisten anderen waren wir dabei. Und nicht nur wir ...« Sie zwinkert mir zu.

»Wollen wir dann gehen?«, fragt Papa.

Ich brenne förmlich darauf, denn ich hoffe, vor der Garderobe auf Glinsky zu treffen.

Aber irgendetwas scheint mit Mamans Stola nicht in Ordnung zu sein. »Einen Moment bitte.« Sie bleibt stehen, nestelt weiter daran herum und versperrt mir den Weg.

Ich beginne gerade, ungeduldig zu werden, da ist das Problem behoben. Und nun wird Maman auf einmal ganz hektisch.

»Los jetzt, schnell, wir müssen zur Garderobe! Die Kutsche wartet bestimmt schon«, kommandiert sie, hakt sich bei Papa und Sophie unter und zieht die beiden mit sich.

Kopfschüttelnd folge ich ihnen. Und stoße beim Verlassen der Loge fast mit Glinsky zusammen. Unwillkürlich muss ich lächeln. Diese raffinierte Mutter hat das vermutlich genau so geplant. Und nun ist sie, ebenso wie Papa und Sophie, in der Menge untergetaucht.

»Bitte entschuldigen Sie!«, sagt Glinsky reflexartig und dreht sich zu mir um.

Ich hatte vergessen, wie groß er ist. Und wie warm seine dunklen Augen schimmern.

»Oh, das macht nichts«, sage ich mit einem Lächeln, als ich zu ihm aufsehe. Wie gut, dass uns in diesem Gedränge niemand Beachtung schenkt. Leise füge ich hinzu: »Es scheint mittlerweile Tradition zu sein, dass wir bei großen Veranstaltungen zusammenprallen.«

Ich habe mit einem Lächeln gerechnet. Und einer scherzhaften Antwort, die unserem ersten Zusammentreffen bei der Soiree ein für alle Mal den Stachel nehmen würde. Doch stattdessen funkeln mich die dunklen Augen des Fürsten wütend an. Er blickt sich um und vergewissert sich, dass uns niemand belauscht, dann zischt er: »Komtess, bitte hören Sie auf, mich zu verfolgen und es als Zufall auszugeben!«

»Wie bitte?«, hauche ich fassungslos. »Ich *verfolge* Sie?« Das Blut schießt mir in die Wangen. »*Ich? Sie?* Das ist ja wohl eine Unverschämtheit!«

»Machen Sie mir doch nichts vor!« Er sieht sich erneut um und senkt die Stimme, obwohl wir mittlerweile allein an der Tür unserer Loge stehen. »Spielen Sie nicht die Unschuld vom Lande!« Zwischen seinen Augenbrauen entsteht eine verärgerte Falte. »Sie sind auf der Jagd nach einem Mann. Aber ich stehe für eine Eheschließung nicht zur Verfügung. Nehmen Sie dies bitte zur Kenntnis.«

»Aber Sie waren es doch, der ...«, zische ich.

Doch Glinsky ist bereits in der Menge untergetaucht.

**Aus einem Artikel der *Wiener Morgenpost*
vom 19. Dezember 1877**

Mit Wahrheit – was wir an Sinfonien je gehört haben, einer solchen Missgeburt sind wir bis heute noch nicht begegnet. Was an Geschmack- und Gedankenlosigkeit sowie an gehirnerschütternder Instrumentation zu leisten möglich ist, das leistete Bruckner in seiner neuen Sinfonie. Das Werk verdient wirklich nicht, dass man darüber nachdenkt.

Für den Applaus sorgten einige Schüler und blinde Anhänger des Kompositeurs.

Die wenigen, welche am Ende noch im Parterre waren, staunten, schüttelten den Kopf und gähnten. Recht so!

Kapitel 12

D wie Demütigung

*Ich dachte bisher, Wut sei das stärkste menschliche Gefühl.
Doch das stimmt nicht.
Wer das denkt, ist noch nie gedemütigt worden.*

Bruckner und ich haben heute bestimmt beide unterirdisch schlechte Laune. Er kann sich immerhin damit trösten, ein verkanntes Genie zu sein. Dafür steht mein Desaster heute ausnahmsweise einmal nicht in der Zeitung, und es gab auch keine Augen- und Ohrenzeugen. Das immerhin ist ein Trost.

Allerdings nur ein kleiner. Denn es reicht völlig, dass Glinsky dabei war. Als Täter und als Zuschauer.

Wenn ich an unsere Begegnung zurückdenke, brennt mein Gesicht rot vor Scham, und in meinem Herzen lodern Rachegelüste. Das Schlimmste daran ist, dass ich so macht- und wehrlos bin. Es gibt nichts, was ich an meiner Situation ändern könnte.

Plötzlich verstehe ich, weshalb Männer sich duellieren. Sie tun es, um diese inneren Flammen der Scham und Erniedrigung zu löschen.

»Ich gehe ein bisschen an die frische Luft«, sage ich nach dem Frühstück zu Sophie, der ich nichts von Glinskys Worten erzählt habe. Weil es mir nichts nützen und sie nur traurig machen würde.

»Möchtest du Begleitung?«, will sie wissen.

Mit ihrem feinen Gespür hat sie natürlich längst gemerkt, dass etwas nicht stimmt. Aber sie merkt auch, dass ich darüber nicht sprechen möchte. Und sie akzeptiert es.

»Danke, das ist lieb, aber ich muss nachdenken.«

Sophie nickt. »Zieh dich warm an, es ist eisig.« Ihr Blick ist besorgt.

»Natürlich.« Ich gehe nach oben, ziehe mich um, wickele mich in einen dicken Schal, hole meine Schlittschuhe und schleiche aus dem Haus.

Kurz darauf jage ich Runde um Runde über das Eis. So lange, bis mein Seelenschmerz von heftig schmerzenden Beinmuskeln abgelöst wird.

Schwer atmend lasse ich mich auf den Baumstamm am Rande der Eisfläche fallen. Und endlich kann ich ruhigen Blutes über den gestrigen Abend nachdenken, an dem ich mich gleich zweimal in Nikolaj Glinsky getäuscht habe. Ich habe ihn für den Absender des anonymen Briefes gehalten und außerdem für einen taktvollen Gentleman, der ein Missverständnis stilvoll bereinigen will. Er jedoch war und ist nichts davon, sondern wirklich durch und durch ein Schürzenjäger und Schuft. Bei der Opernsoiree glaubte er, eine Eroberung gemacht zu haben, die ihm schutzlos ausgeliefert war. Und danach erfuhr er, spätestens aus dem Zeitungsartikel, wer ich in Wahrheit bin und was daraus in der Gesellschaft gefolgert wurde. Aber es kümmert ihn einen Dreck, wie wir beide mit Anstand aus dieser Situation herauskommen könnten. Er denkt nur an sich. Und er glaubt doch tatsächlich, ich hätte ihm eine Falle gestellt. Dieser eingebildete Kerl!

Nikolaj Glinsky ist definitiv ein verlogener, ungehobelter, gemeiner Schurke, der seinen gesellschaftlichen Stand nutzt, um sich Vorteile zu verschaffen und anderen zu schaden. Mit dieser Sorte Mensch will ich grundsätzlich nichts zu tun haben. Und ich lasse mich schon gar nicht von solchen Leuten demütigen. Glinsky ist ab sofort Luft für mich, und zwar von der übelsten Sorte. Nämlich Gestank, den man meiden sollte.

Aber ich habe dennoch etwas aus dieser Episode gelernt: Es bringt nichts, wenn ich nur weiß, was ich nicht will. Das bedeutet nämlich, dass der Fluss des Lebens mich einfach ergreift und mitreißt. Und so lande ich niemals da, wo ich hinwill. Stattdessen muss ich meinen Weg selbst steuern. Nach einem eigenen Plan. Und wenn ich nicht haben kann, was ich will, wähle ich eben das kleinste Übel. Hauptsache, ich bleibe mir selbst treu.

Ich werde daher meine Strategie ändern. Und zwar grundlegend. Es ist erst ein paar Tage her, dass Sophie genau hier auf diesem Baumstamm etwas sehr Wichtiges zu mir gesagt hat. Nämlich, dass Tricksereien und Kniffe mir wesensfremd seien. Und dass es besser für mich wäre, meinen Weg hoch erhobenen Hauptes zu gehen.

Sophie hatte recht. Ich hasse Lügen und Intrigen. Und deswegen höre ich jetzt auch damit auf. Denn es geht sehr wohl anders. Ich muss meine Pläne nur ein Stück weit an Mamans angleichen. Und ich weiß auch schon wie. Pauline Metternich hat mir den Weg gezeigt.

Kurz entschlossen schnalle ich die Kufen ab und stapfe durch den Schnee zum Palais. Ich muss mit Maman sprechen. Sofort.

* * *

Nach kurzer Suche finde ich Maman im Blauen Salon. Sie sitzt in einem himmelblauen Morgenkleid auf dem Diwan und blättert in einem Modejournal. Es duftet im ganzen Raum nach teurem chinesischen Tee.

»Ich muss mit dir reden«, sage ich ohne Umschweife.

Maman klappt das Heft zu. Zwischen ihren Brauen bildet sich eine steile Falte. »Worüber?«, fragt sie misstrauisch.

»Ich habe einen Plan«, antworte ich. »Was Pauline von Metternich kann, das schaffe ich auch.«

»Äh. Was?«, fragt Maman fassungslos. Offenbar habe ich es zum ersten Mal in meinem Leben geschafft, sie sprachlos zu machen. »Ich will heiraten und einen Salon führen«, komme ich gleich auf den Punkt.

»Oh« ist alles, was Maman dazu einfällt.

»Man braucht dafür natürlich einiges«, sage ich. »Reichtum. Intelligenz, Bildung, Charisma, Einfluss, Eleganz, Redegewandtheit. Außerdem Kontakte zu den Großen der Zeit. Und natürlich einen Salon.«

»Ja«, stimmt Maman zu. »Und einen Ehemann.«

Ich nicke. »Richtig. Den müssen wir noch finden.« Ich denke kurz nach. »Wir müssten bei seiner Wahl allerdings darauf achten, dass er mich gewähren lässt. Er darf auf keinen Fall andere Pläne für mich haben. Eine Kinderschar zum Beispiel.«

Maman lacht laut auf. »Ach, Clea! Kindersegen kann man doch nicht planen. Er kommt, oder er kommt nicht.«

Ich springe auf, trete ans Fenster und sehe hinaus. »Ja und nein. Planen kann man ihn vielleicht nicht. Aber doch verhindern.« Ich drehe mich zu ihr um. »Ich wähle einfach einen ebenso steinreichen wie steinalten Mann. Wenn er in jeder Hinsicht jenseits von Gut und Böse ist, merke ich so gut wie nichts von ihm und bekomme auch keine Kinder.«

»Und du und ... Nikolaj Glinsky?«, fragt Maman behutsam.

Ich fahre wütend herum. »Maman, das war immer nur deine Idee! Nie meine. Und schon gar nicht seine. Zwischen uns ist nichts. Vergiss ihn einfach. Ich hasse ihn. Verstehst du?«

»Nein« ist alles, was Maman dazu sagt.

»Ich hasse ihn. Ich hasse ihn. Ich hasse ihn«, bricht es aus mir hervor. »Wie oft muss ich das sagen, bis du es verstehst?«

»Schschsch«, macht Maman, als wäre ich ein kleines Kind. Sie erhebt sich, legt mir die Hand auf die Stirn und sieht mich besorgt an. »Clea, geh zu Bett, ja? Ich glaube, du legst dich jetzt einfach mal ein bisschen hin.«

* * *

Ich würde wirklich gerne ein wenig schlafen, aber das lässt Maman nicht zu. Irgendetwas stört sie ganz offensichtlich an meinem Plan. Nur so kann ich mir erklären, dass sie ständig unter einem Vorwand mein Zimmer betritt. Beim ersten Mal fand sie es hier zu heiß und riss beide Fenster auf. Beim zweiten Mal kam es ihr plötzlich zu kühl vor, sie ließ Holz im Kamin nachlegen. Beim dritten Mal fragte sie, ob ich ein gutes Buch lesen wolle. Und beim vierten Mal brachte sie mir einen ganzen Stapel Romane aus der Bibliothek. Erstaunlicherweise lauter Liebesromane. Sonst sagt Maman immer, Sophie und ich sollten besser etwas lesen, das bildet.

Bei jedem Besuch blieb sie, nachdem alles gesagt war, noch kurz an meinem Bett stehen, suchte nach Worten, fand sie nicht und wandte sich irgendwann abrupt zum Gehen.

Jetzt steht sie schon wieder im Raum. Mit einem Tablett. »Eine Tasse Tee und ein bisschen Weihnachtsgebäck«, schmettert sie mir entgegen. »Das tut der Seele gut.«

Als sie das Tablett auf den Nachttisch gestellt hat, setzt sie sich auf die Bettkante und nimmt meine Hand in ihre. »Geht es dir besser?«, fragt sie sanft.

»Mir fehlt nichts«, entgegne ich. »Mir hat nie etwas gefehlt. Ich bin nur ein bisschen müde. Ich habe nicht gut geschlafen.«

»Du scheinst mir etwas …« – Maman sucht nach Worten – »… verwirrt. Ja, das trifft es.«

Ich schüttele den Kopf. »Der Eindruck trügt. Ich bin ganz klar. Und zuversichtlich. Mir gefällt mein Plan.«

Maman verzieht schmerzlich das Gesicht. »Ich will dir etwas sagen«, setzt sie erneut an.

Ich nicke. »Das habe ich mir schon gedacht.«

Sie streichelt meine Finger. Starrt darauf. Und schweigt.

»Nun?«, frage ich behutsam.

Maman blickt auf und sieht mich eindringlich an. »Die Ehe ist ein Bund für die Ewigkeit«, verkündet sie in so gewichtigem Tonfall, als wäre dies eine ganz neue Erkenntnis.

»Das ist mir bekannt«, erwidere ich vorsichtig, denn sie kommt mir gerade selbst ein wenig verwirrt vor.

»Ja«, räumt sie ein. »Aber du hast möglicherweise nicht bedacht, dass ein alter Ehemann kein langes Leben mehr vor sich hat, mein Schatz. Und wenn er von uns gehen sollte, bist du jung verwitwet. Ein solches Schicksal wünsche ich dir nicht.«

»Es muss ja kein gebrechlicher Greis sein«, lenke ich ein. »Vielleicht eher ein gestandener Mann im Alter von Papa. Also im besten Mannesalter. Außerdem, egal ob jung oder alt, niemand weiß, wie lange er lebt. Das liegt allein in Gottes Hand.«

Insgeheim frage ich mich, ob es wirklich so schlimm wäre, eine junge Witwe zu sein. Nur rein theoretisch natürlich, ich wünsche meinem zukünftigen Gatten wahrlich nichts Böses. Doch ich schäme mich sofort für diese Überlegung und schwöre als Buße im Stillen, alles zu tun, um den Mann an meiner Seite lange gesund zu halten.

Maman streichelt weiter gedankenverloren meine Hand. Plötzlich gibt sie sich einen Ruck. »Weißt du, mein Kind«, sagt sie, und ihre Stimme klingt ein wenig höher als sonst. »Eheleute sind wie zwei Tautropfen, die im Kelch einer Rosenblüte zusammenfließen, wodurch der Mann Zugang zur Zartheit und Nachgiebigkeit der Frau erhält und die Frau an der Kraft des Mannes teilhat. Und das ist wichtig für beide. Verstehst du?«

»Nein«, antworte ich wahrheitsgemäß, denn ich finde ihre Worte ausgesprochen nebulös. Doch weil Mamans Wangen plötzlich unnatürlich rot anlaufen, stelle ich ihr keine Fragen. Stattdessen beginne ich nun meinerseits, beruhigend ihre Hand zu streicheln. »Mach dir um mich keine Sorgen«, bitte ich sie. »Ich habe mir das alles gut überlegt. Und ... dieses Zusammenfließen ist sicher auch möglich, wenn der Ehemann in Papas Alter ist. Nicht wahr?«

Woraufhin Mamans Gesicht sich noch dunkler verfärbt. »Es ist warm hier«, sagt sie, erhebt sich und flieht förmlich aus meinem Zimmer.

Dafür stürmt kurz darauf Sophie herein. »Maman sagt, du seist krank.«

Ich klappe das Buch zu, in dem ich gelesen habe. »Unsinn! Ich bin genauso gesund wie immer. Und ich spiele ihr auch nichts vor.«

Sophie setzt sich auf die Bettkante und mustert besorgt mein Gesicht. »Du siehst tatsächlich kein bisschen blass aus. Was ist dann los? Warum liegst du im Bett?«

Ich zucke mit den Schultern. »Das musst du Maman fragen. Sie meint, ich würde ganz dringend Ruhe benötigen.«

»Was hast du getan?«

»Nichts. Ich habe sie nur in meine Heiratspläne eingeweiht.«

Sophie starrt mich an. »Du hast – was?«

»Du hast richtig gehört. Ich will heiraten.«

Sophie schluckt. »Wie bitte?«

Ich lege ihr meine Pläne dar.

»Bist du sicher, dass du das wirklich willst?« Sophie nimmt meine Hand und streichelt sie, genau wie Maman eben. »Oder ist das eine Trotzreaktion auf Fürst ...«

»Sophie!«, sage ich scharf und ziehe meine Hand weg. »Bitte

nicht diesen Namen in meiner Gegenwart!« Ich blicke zum Fenster. Draußen auf dem Fensterbrett streiten sich ein paar Spatzen um Körner, die Anna dort hingestreut hat.

»Er hat dich gestern gekränkt, nicht wahr?«, fragt Sophie leise. Erst schüttele ich wütend den Kopf. Aber dann erzähle ich ihr doch alles. Allerdings nicht, ohne hinzuzusetzen, dass Nikolaj Glinsky mich wirklich nicht gekränkt hat. Nur beleidigt, und das ist etwas anderes.

»Wer gekränkt wird, ist traurig, ich aber war anfangs wütend. Und jetzt ist er mir einfach gleichgültig. Ich kann mich nicht mit jedem verhaltensauffälligen Mann auf dieser Welt beschäftigen. Ich möchte mich um mich selbst und meine Zukunft kümmern.«

»Und dazu gehört plötzlich eine Hochzeit?«, fragt Sophie skeptisch. »Auf dieses Thema hast du doch bis heute wie der Teufel auf Weihwasser reagiert.«

»Natürlich ist Heiraten auch jetzt nicht das, was ich *will*«, gebe ich ehrlich zu. »Aber was ich will, kann ich nun mal nicht bekommen.« Ich beobachte eine Amsel, die aufgeplustert auf dem Baum vor meinem Fenster sitzt und aussieht, als würde sie überlegen, ob sie sich in das Spatzengetümmel stürzen soll. »Es ist die einzige Möglichkeit, wenigstens ich selbst zu bleiben. Und mein Leben selbst zu gestalten.«

Sophie schwingt die Beine aufs Bett, klopft sich ein Kissen zurecht, stopft es hinter ihren Rücken und lehnt sich dagegen. »Erklär mir das genauer«, bittet sie.

Ich denke kurz nach. »Ich will werden wie Pauline Metternich«, sage ich. »Natürlich kann man an ihr einiges kritisieren. Sie ist arrogant. Sie ist exzentrisch. Sie hat eine scharfe Zunge. Wenn sie will, erschafft sie glänzende Karrieren, andere vernichtet sie mit einem einzigen Wort. Und mal unter uns, sie hat einen grauenhaften Geschmack. Diese altmodischen Kleider und die überladenen

Möbel sind durch und durch hässlich. Aber, und das ist der entscheidende Punkt: Sie ist Pauline Metternich. In jeder Minute ihres Lebens. Und das ist es, was mir vorschwebt, verstehst du? Ich will künftig Clea sein. Und mein Salon soll *meinen* Geschmack und *meine* Interessen widerspiegeln, egal, wie andere das finden. Das ist die einzige Form von Freiheit, die ich erringen kann.«

Sophie schweigt eine Weile. »Da ist schon was dran«, räumt sie ein. »Ich habe gehört, dass Pauline Metternich manchmal sogar Hosen trägt.«

Ich runzele gespielt nachdenklich die Stirn. »Hmm, interessant. Hosen?«

»Clea!«, sagt Sophie streng. »Maman würde einen Herzinfarkt bekommen.«

Ich grinse. »Also gut. Dann einen Zylinder und einen Schlips.« Aber ich werde rasch wieder ernst. »Nein, das ist es ja gar nicht, was ich will. Ich wünsche mir einfach einen modernen Salon mit einer weltoffenen, leichten, heiteren Atmosphäre und wirklich interessanten Gästen. Einen Hans Makart wird man dort nicht antreffen. Eher einen Anton Bruckner. Und niemand wird in meinem Salon auf geschliffene Konversation ohne Inhalt Wert legen. Stattdessen werden wir richtige, echte Gespräche führen. Aber wir werden nicht nur reden, wir werden auch gemeinsam Dinge *tun*.«

Sophie legt den Kopf schräg. »Wie meinst du das?«

»Wenn ich einen Künstler einlade, dann wird der bei mir nicht angebetet oder hofiert. In meinem Salon stehen an so einem Nachmittag Staffeleien bereit, und der Künstler wird uns seine Malerei an einem Beispiel verständlich machen. Anschließend werden wir uns selbst darin versuchen. Egal, ob wir das können oder nicht.«

»Interessant«, murmelt Sophie.

»An einem anderen Tag werden wir uns vielleicht gegenseitig

fotografieren. Dazu könnte ich Caroline einladen. Oder wir werden ein Telefon aufbauen, und alle dürfen einmal hineinsprechen. Wusstest du, dass es solche Apparate schon zu kaufen gibt? Für zwölf Mark? Das habe ich in der Zeitung gelesen, und mein Mann wird sich zwei davon leisten können. Die probieren wir dann gemeinsam aus.« Ich sehe meinen Salon bereits vor mir. Er wird bald legendär sein. »Wir werden auch philosophieren«, fahre ich fort. »Oder wichtige Bücher lesen. Sprachen lernen. Vorträge hören. Ach, es gibt so viel, was wir in diesem Rahmen erleben können.«

Sophie lächelt. »Das klingt gut. Ich würde kein Treffen versäumen.«

»*Würde?*«, wiederhole ich empört. »Es muss heißen: Ich *werde*. Sophie, das ist keine Träumerei! Ich mache das wirklich.«

Meine Schwester sieht mich zweifelnd an. »Wo und wie willst du denn einen Mann finden, der zu deinen Plänen passt?«

Das ist eine gute Frage. Und ich kann sie nicht beantworten, denn so weit ist mein Plan noch nicht gediehen.

»Vielleicht einer von Vaters Freunden und Bekannten?«, überlege ich laut.

»Lass uns das einmal gründlich durchdenken«, schlägt Sophie vor.

Ich nicke. Dafür ist es höchste Zeit.

»Du möchtest einen älteren Mann, der keinen Kinderwunsch mehr hat«, fasst Sophie zusammen. »Also müssen wir uns fragen, warum der *dich* heiraten sollte.«

»Hey!«, begehre ich auf. »Was willst du damit sagen?«

»Ich denke nur analytisch«, beschwichtigt Sophie mich rasch. »Natürlich gibt es viele gute Gründe, dich zu heiraten. Aber ich versuche mich gerade in einen älteren Herrn hineinzuversetzen. Und ich frage mich, wie du ihn an den Haken bekommen könntest.«

An den Haken. Das klingt nicht schön. So berechnend. Aber genau genommen geht es genau darum.

»Also gut«, knurre ich. »Denk weiter.«

»Was könnte einen reifen Mann veranlassen, dir einen Antrag zu machen?«, fährt Sophie fort. »Reich muss er ja bereits sein, sonst kommt er nicht infrage. Geld als Motiv scheidet daher aus. Zum Hochadel muss er auch gehören, sonst würden Maman und Papa niemals zustimmen. Er würde dich also auch nicht ehelichen, um seinen gesellschaftlichen Rang aufzupolieren.«

Ich nicke. »Das ist richtig.«

Sophie runzelt die Stirn. »Wenn er auf seine alten Tage den Wunsch nach einer treuen Gefährtin hätte, die ihn hätschelt und pflegt, träfe er mit einer älteren, ruhigeren Partnerin vermutlich eine bessere Wahl. Also, Clea, warum wählt dieser Mann ausgerechnet dich?«

Das ist eine gute Frage. Ich habe noch keine Sekunde darüber nachgedacht. »Weil ich ... zauberhaft bin?«, frage ich lahm.

Sophie zieht eine Augenbraue hoch. »Es ist ganz einfach«, führt sie ihren Gedanken selbst weiter. »Eine junge Frau kann einem Mann dazu verhelfen, sich selbst wieder jung zu fühlen. Noch dazu kann er vor anderen Männern mit seiner Eroberung prahlen. Du musst also einen Mann finden, der auf so etwas Wert legt.«

Ich seufze. »Das klingt nicht gerade nach einem sympathischen Menschen.«

Sophie runzelt erneut die Stirn. »Nun, von Sympathie war bisher nie die Rede.«

Ich schweige betroffen.

Sie lächelt mich aufmunternd an. »Irgendeine Kröte musst du wohl schlucken. Und ein eitler Mann, der gerne jünger wäre, muss ja nicht von Grund auf unsympathisch sein. Er könnte durchaus nette Züge haben.«

»Natürlich.« Ich nicke. Allerdings ein bisschen halbherzig. Ich sehe Sophie beschwörend an. »Du findest doch auch, dass dieser Plan all meine Probleme lösen wird, nicht wahr?«

Sie denkt lange nach. Dann nickt sie. »Du brauchst eine Menge Glück, das schon. Aber dann könnte sich alles so fügen, wie du es dir wünschst. Und zumindest wird dir dein Plan erst einmal eine Atempause verschaffen. Maman sagt gerade all unsere Termine ab.«

Gräfin Isabella de Conteville, Wien
an Fürstin Pauline von Metternich, Wien

20. Dezember 1877

Liebe Pauline,

leider müssen wir unseren Eisball verschieben. Clea hat sich beim Spazierengehen verkühlt, nun fiebert sie.

Ich mache mir zwar keine ernsthaften Sorgen, denn sie verfügt glücklicherweise über eine ausgesprochen gute Gesundheit. Doch damit sie vor der anstrengenden Saison wieder zu Kräften kommt, werden wir sicherheitshalber bis Anfang Januar gesellschaftlich pausieren.

Den neuen Termin für unseren Ball teile ich dir baldmöglichst mit.

Auf das Allerherzlichste grüßt
Isabella

Kapitel 13

G wie Gotha

Gotha ist nicht nur eine Stadt in Thüringen. So heißt auch ein in unseren Kreisen äußerst beliebtes Nachschlagewerk, eine Art Lexikon des Hochadels. Man findet darin Stammbaum, Familiensitz und sämtliche Orden jedes blaublütigen Heiratskandidaten. Deswegen liebt Maman dieses Buch.
Neuerdings lesen auch Sophie und ich darin.

»Ich bin nach der langen Zeit im Bett ein wenig träge im Kopf«, sage ich an einem kalten Januarmorgen beim Frühstück. »Ich benötige dringend etwas Abwechslung. Papa, du besuchst doch heute diesen Vortrag. Darf ich dich begleiten?«

»Du meinst den von Bobo?«

»Von Graf Basil Monteregg, ja.«

Meinem zukünftigen Ehemann, füge ich in Gedanken hinzu. Ich werde den Mann niemals Bobo nennen. Das klingt nach einem kleinen, rundlichen, fröhlichen Mann. Nicht nach dem hochgewachsenen Monteregg, der immer ein bisschen wirkt, als hätte er seinen Spazierstock verschluckt.

Über die Feiertage haben Sophie und ich eifrig im Gotha geblättert und dabei herausgefunden, dass Papas Jugendfreund Basil, den er Bobo nennt, sämtliche Voraussetzungen für den idealen Ehemann einer Salonnière erfüllt.

Graf Monteregg ist ein reicher Witwer im besten Mannesalter

von sechsundfünfzig Jahren. Er hat vier Kinder, die alle schon verheiratet sind, und sein ältester Sohn hat bereits selbst einen Sohn, die Erbfolge ist also gesichert.

Der Graf ist groß, hager, überaus höflich und korrekt. Für sein Alter sieht er noch recht rüstig aus. Sophie und ich vermuten, dass er eitel ist, denn bei unserer letzten Begegnung mit ihm hatte er sein schütteres Haupthaar sorgfältig über die kahle Stelle am Hinterkopf gekämmt und es mit viel Pomade festgeklebt, statt seine Glatze so offen und selbstbewusst zu tragen wie Papa. Und er scheint trotz seiner Betagtheit weiblichen Reizen nicht abgeneigt zu sein. Er bezeichnete Sophie und mich nämlich als geradezu engelsgleich schön. Hätte ich damals schon gewusst, was ich heute weiß, hätte ich an dieser Stelle des Gesprächs nicht albern gekichert. Nun ja, ich hoffe, er hat das als mädchenhafte Schüchternheit bewertet.

Graf Monteregg weiß noch nichts von seinem baldigen Eheglück. Aber ich werde alles daransetzen, dass er in kürzester Zeit den Plan fasst, um meine Hand anzuhalten. Und er soll glauben, das wäre ganz und gar seine Idee.

»Ich finde das Thema des Vortrags überaus spannend und wichtig«, erkläre ich daher nachdrücklich. »Ich möchte ihn mir auf keinen Fall entgehen lassen.«

»Du interessierst dich für die Entwicklung der Eisenbahn in Österreich?«, fragt Maman misstrauisch.

Ich kannte das Thema bisher gar nicht. Aber es ist mir ohnehin gleichgültig, worüber Monteregg spricht. »Natürlich!«, behaupte ich daher. »Wer nicht?«

»Ich«, wirft Sophie hastig ein. »Ich finde das unendlich langweilig.«

Wir haben vereinbart, dass sie nicht mitkommt. Das würde mich nur ablenken.

»Das macht doch nichts«, sage ich freundlich. »Dann bleibst du eben hier.«

Maman legt die Gabel beiseite und mustert mich. Sie ist sichtlich hin und her gerissen. Ich wette, dass nichts an dem Vortrag sie reizt, weder der Redner, den sie nicht besonders mag, noch das Thema. Aber sie ahnt vermutlich, was ich beabsichtige. Und sie fragt sich zweifelsohne gerade, ob sie es verhindern kann.

Plötzlich nickt sie. »Nur zu, Clea, höre dir seine Rede ruhig aufmerksam an. Ich bin sicher, dass du davon profitierst. In jeder Hinsicht.«

Ich nicke ebenfalls. Und lächele. Dabei weiß ich genau, was sie mir eigentlich sagen will. *Sieh dir diesen alten Herrn genau an. Dann wirst du begreifen, dass dein Plan albern ist.* Das steht unausgesprochen im Raum.

Nun, auf doppeldeutige Kommentare verstehe ich mich ebenfalls. »Ich empfinde den Vortrag als ausgesprochen zukunftsweisend«, gebe ich zurück. »Und er wird mir nützen, selbst wenn ich nicht jedes Wort verstehe.«

Papa nickt beifällig. »Ich freue mich sowohl über deine kluge Einschätzung des Themas als auch über deine Begleitung.«

Maman hat ihn offensichtlich noch nicht in meine Pläne eingeweiht, weil sie sie bisher nicht wirklich ernst nimmt. Das ist gut.

* * *

Graf Basil Monteregg steht an der Stirnseite seines ausgesprochen altmodisch eingerichteten Salons und nestelt an einer großen Landkarte herum, die neben ihm an einem hohen Ständer hängt. Leider bringt er sie damit zu Fall, er kann gerade noch ausweichen, um nicht unter dem herabgleitenden Plan Österreich-Ungarns begraben zu werden.

Jetzt muss der Diener das Ding ein zweites Mal am Kartenständer befestigen, und das kann noch ein Weilchen dauern.

Mich allerdings stört das nicht. Ich bin das einzige weibliche Wesen in diesem Raum und habe vom Gastgeber bis eben sehr viel Aufmerksamkeit bekommen. Ich throne auf einem bequemen Sessel, den Graf Monteregg mir höchstpersönlich zurechtgerückt hat, nippe an einem Glas Punsch, den der Graf extra für mich kommen ließ, weil er den Cognac der Herren als zu stark für eine zarte junge Dame empfand, und finde, dass sich das alles ausgesprochen gut anlässt.

Endlich ist Monteregg mit dem Sitz der Karte zufrieden. Er räuspert sich und beginnt zu sprechen. »Hochgeschätzte Anwesende, liebe Freunde, verehrte Komtess.« Bei den letzten beiden Worten verneigt er sich in meine Richtung.

Ich schenke ihm mein entzückendstes Lächeln. Danach setze ich meine aufmerksamste Miene auf, während der Graf über Schienen und Lokomotiven und Tunnel und Brücken referiert und ich mich unauffällig umsehe. Montereggs Salon ist groß und gut proportioniert. Er hat vier bodentiefe Fenster, die einen reizenden Blick auf den verschneiten Park bieten. Die Möbel allerdings sind riesig und klobig, die Bilder geschmacklos, die Samtportieren staubig und verblichen. Ich werde diesen Raum neu einrichten, vielleicht mit weiß lackierten Möbeln und geblümten Polstern. Und statt der schweren Vorhänge wären durchsichtige Schleiergardinen hübsch, damit alles heller und freundlicher wirkt. Außerdem muss ich taktvoll dafür sorgen, dass Graf Monteregg seine Vorträge künftig an einem anderen Ort hält. Die Herren rauchen nämlich, und das wird meinen hellen Stoffen schaden. Damit ist Schluss, wenn ich hier wohne.

Applaus reißt mich aus meinen Gedanken, Graf Monteregg hat seinen Vortrag beendet. Pflichtschuldig klatsche ich mit.

Als ich an Vaters Arm durch den Salon wandele, tritt der Graf zu uns. »Nun, Komtess, wie hat Ihnen mein Vortrag gefallen? Um ehrlich zu sein, war ich überrascht über Ihr Interesse und Ihre Anwesenheit.«

»Ich möchte meinen Bildungshorizont erweitern und liebe die Eisenbahn«, säusele ich lächelnd. »Aber wenn ich ehrlich bin, habe ich nicht alles verstanden.«

Oje, das hätte ich nicht sagen sollen. Graf Montereggs Augen leuchten auf. »Das ist nicht verwunderlich. Selbst die klügsten Köpfe durchschauen nicht jedes Detail. Was war Ihnen denn unverständlich, liebe Komtess? Ich erkläre es Ihnen gern.«

Durch meine Erinnerung flackern einige wenige Bruchstücke seines Vortrags. Verzweifelt spreche ich das erstbeste Wort aus, das mir einfällt. »Die ... Sache mit den Schienenprofilen. Das war sehr kompliziert.«

»Ah, ja!« Der Graf nickt beifällig.

Und dann beginnt er mit einer umfassenden Erklärung, der ich diesmal aufmerksam zu folgen versuche. In Wahrheit ist die Sache zum Glück überhaupt nicht kompliziert. Eisenbahnschienen sind unterschiedlich konstruiert, und man streitet noch darüber, welche Bauart die beste ist. Punkt.

Man kann das allerdings sehr viel wortreicher sagen, und darin ist Graf Monteregg ein wahrer Meister. Während er spricht, beobachte ich ihn. Er spuckt ein bisschen bei den Zischlauten, das ist rührend, und ich glaube, dass ich ihn durchaus mögen könnte. Nichts an ihm erinnert allerdings an eine Rosenblüte oder einen Tautropfen. Ich denke, diesen Aspekt der Ehe werde ich vernachlässigen, zumal er Maman unangenehm schien.

Zum Glück ist Papa müde und möchte nach Hause gehen. Während er sich von Monteregg verabschiedet, fällt mein Blick auf ein Gemälde. Es zeigt eine kriegerische Szene, im Vordergrund sieht man ein sterbendes Pferd, das seine Augen schmerzverzerrt gen Himmel wendet. Es ist kein Makart, das sehe ich an der Signatur, aber es ist ähnlich scheußlich.

»Wundervoll, nicht wahr?«, wendet Monteregg sich an mich. »Ein echter Larivière.«

»Sehr eindrucksvoll«, räume ich ein. »Aber auch ein wenig furchterregend.«

»Richtig!« Monteregg nickt so zufrieden, als wäre das ein Kompliment an das Bild.

Ich ahne, dass vor mir noch einiges an Überzeugungsarbeit liegt. Aber ich werde das schon schaffen. Maman sagt Papa auch immer energisch, was bei uns wo an den Wänden hängen sollte, und er hat nie etwas gegen ihre Pläne einzuwenden.

* * *

Zu Hause lässt Maman mich umgehend zu sich rufen. »Und?«, fragt sie. »Wie hat er dir gefallen?«

»Sehr gut«, antworte ich. »Er ist groß und vielseitig nutzbar. Allerdings sollte man ihn einmal von Grund auf reinigen und modernisieren. Er wirkt doch schon etwas vergilbt.«

Maman reißt erschrocken die Augen auf. »Clea! Wie sprichst du von Graf Monteregg?«

Ich lache laut auf. »Aber Maman! Ich meine doch den Salon.«

Sie wirft mir einen langen Blick zu und steckt mich gleich wieder ins Bett. Weil ich angeblich fiebrige Augen habe.

Dabei fühle ich mich großartig. Ich sehe meinen zukünftigen Weg klar vor mir, und hinter mir liegt die beschaulichste Weihnachtszeit meines Lebens. Keine Wohltätigkeitsbasare. Keine Weihnachtskonzerte. Keine Gottesdienste. Nicht einmal Verwandtenbesuche. An Heiligabend saßen wir zu viert im sanften Lichterglanz des Weihnachtsbaums, Sophie hat Klavier gespielt, ich habe gesungen, Maman hat uns die Weihnachtsgeschichte von Charles Dickens vorgelesen, und Papa ist dabei eingenickt. Das war äußerst behaglich, und ich kann mir gut vorstellen, mein Leben lang auf diese Weise Weihnachten zu feiern. Nur bin vielleicht bald ich diejenige, die vorliest, und es wird Graf Monteregg sein, der dabei einnickt.

Doch leider kommt Maman an diesem Abend nach reiflicher Überlegung zu dem Schluss, dass mein Zustand durch Schonung nicht besser, sondern vielmehr schlechter wird.

»Du brauchst jetzt Ablenkung«, behauptet sie, um dann umgehend einen neuen Termin für unseren Eisball festzusetzen.

Einladung

Der Graf und die Gräfin de Conteville

laden
am 18. Januar des Jahres 1878 zum

Winterball

in ihr Stadtpalais.
Beginn: Fünf Uhr am Nachmittag
Motto: Blanche comme la neige – weiß wie Schnee

Die Tänzerinnen und Tänzer,
die in der Lage und geneigt sind,
einen Eiswalzer nach Art des Jackson Haines zu tanzen,
mögen die Gastgeberin bitte vor dem Fest davon in
Kenntnis setzen.
Um baldige Antwort wird gebeten!

Kapitel 14

B wie der erste Ball

Mit dem ersten Schritt über die Schwelle eines Ballsaals schließt sich die Tür der Kinderstube hinter einem jungen Mädchen, dann tritt es hinaus in die große Welt. Das zumindest sagt Maman. Ich persönlich verstehe unter großer Welt ja etwas anderes. Aber aufregend ist so ein Ball schon.

Es ist halb zehn am Morgen. Sophie und ich tanzen trotz der frühen Stunde mit weit ausholenden Schritten über das Eis. Wir müssen fleißig üben, denn wir haben nur noch wenig Zeit. Ich hatte ja ursprünglich vor, mir kurz vor dem Eisball den Knöchel zu verstauchen. Doch neuerdings habe ich andere Pläne, und dazu gehört ein perfekt gelungener Eiswalzer am Ballabend.

Ich wiederhole gerade eine komplizierte Drehung, als ich plötzlich sehe, wie eine dunkle Gestalt unser Palais verlässt und quer über die Wiese auf uns zuläuft. Als sie näher kommt, erkenne ich Anna. Sie hat sich in ein dickes Wolltuch gehüllt, kämpft sich durch den Schnee und schwenkt etwas in der Luft. Sophie und ich gleiten zum Ufer.

»Ein Brief«, keucht Anna, als sie auf uns zustolpert. »Es ist wieder ein anonymer Brief gekommen.«

Sie reicht mir das Kuvert. Dann stützt sie die Hände auf die Oberschenkel und ringt um Atem.

»Vielen Dank, dass du ihn mir bringst, Anna«, sage ich ganz

ruhig. »Das ist sehr aufmerksam. Aber du musst in so einem Fall nicht rennen. So wichtig kann ein anonymes Schreiben gar nicht sein. Wer ein echtes Anliegen hat, unterschreibt mit seinem Namen.«

»Er lag in der Küche auf dem Boden«, sagt Anna, noch immer atemlos. »Jemand hat ihn nachts unter der Tür durchgeschoben. Ich dachte, Sie hätten ihn gern, bevor Ihre Mutter davon hört.«

Ich nicke bedächtig. »Da hast du recht.«

Bei dem Kuvert in meiner Hand handelt es sich tatsächlich wieder um einen Brief ohne Siegel und Absender. Zwei nicht unwesentliche Details sind aber anders als beim letzten Schreiben, das sehe ich sofort. Erstens klebt keine Briefmarke auf dem Umschlag. Und zweitens steckt diesmal eindeutig mehr als ein Zeitungsschnipsel in dem dicken Kuvert.

Weil ich keinen Brieföffner habe, ziehe ich die Fäustlinge aus und schlitze den Umschlag mit dem Fingernagel auf. Ein Briefbogen aus Büttenpapier steckt darin. Als ich den Text überfliege, schüttele ich fassungslos den Kopf.

»Was steht da?«, drängt Sophie.

Anna steht mit großen Augen und noch größeren Ohren vor mir.

»*Verehrte Komtess*«, lese ich vor. »*Hiermit erlaube ich mir gnädigst, Sie auf ein gesellschaftliches Ereignis hinzuweisen, das sich heute gegen acht Uhr abends vor dem Kaffeehaus Gabesam in der Mariahilfer Straße 84 ereignen wird.*«

»Was für ein Ereignis?«, fragt Anna.

»Pssst!«, macht Sophie.

Ich lese weiter: »*Auf vielfachen Wunsch wird der bekannte Erfinder Siegfried Marcus dort ein von ihm konstruiertes Motorgefährt vorführen. Bei diesem eigentümlichen Vehikel handelt es sich um eine umgerüstete Handkarre, die ganz ohne die Kraft von Mensch oder*

Tier in Bewegung versetzt werden kann und dann ohne Einwirkung von außen mit der hohen Geschwindigkeit von fünfzehn Kilometern pro Stunde viele Meter weit fährt.«

Ich drehe den Briefbogen um und lese auf der Rückseite weiter: »*Das Gefährt wird durch einen einfachen Hebel in Betrieb gesetzt, kann vorwärts und rückwärts fahren und ist für die Straßen vollkommen tauglich. Als Antrieb dient ein von Marcus entwickelter Motor, der mit einem neuartigen Benzingemisch betrieben wird. Publikum ist bei der heutigen Vorführung ausgesprochen erwünscht. Dies schreibt Ihnen …*« Ich mache eine theatralische Pause.

»Wer?«, haucht Sophie.

»*Ein Freund der Familie*«, lese ich vor.

»Oh«, seufzt Anna enttäuscht.

»Ein Freund der Familie?« Ich schüttele den Kopf. »Sicher nicht!« Und in einem spontanen Entschluss zerknülle ich sowohl den Umschlag als auch den Brief. »Hier, bitte schön!« Ich reiche Anna den Ball aus Papier. »Du kannst damit Feuer machen. Ich brauche ihn nicht mehr.«

Anna versucht, das Papier zu glätten. »Aber ein Karren, der von selbst fährt, das klingt doch aufregend! Ganz nach der Zukunft, von der Sie so oft sprechen.«

Ich schüttele so heftig den Kopf, dass meine Mütze ins Rutschen gerät. »Ich werde nie wieder so dumm sein, einem anonymen Schreiben Folge zu leisten«, sage ich heftig. »Und ganz davon abgesehen, kann ich gar nicht dort hingehen. Um acht Uhr abends könnte vor einem Kaffeehaus in der Mariahilfer Straße ein Elefant im rosa Röckchen Pirouetten drehen, und die Komtess Conteville müsste dennoch zu Hause bleiben. Jeder Freund der Familie weiß das. Außerdem habe ich andere Sorgen.«

Anna nickt. »Den Eisball«, mutmaßt sie.

»Allerdings.«

Wie wir beim Frühstück erfahren haben, hat Maman große Pläne. Weiße Pläne übrigens.

»Warum beginnen wir schon um siebzehn Uhr?«, fragte Papa fassungslos, als sie davon berichtete, und ließ die Kaffeetasse sinken, die er gerade zum Mund führen wollte. »Ist das nicht viel zu früh?«

»Nicht für einen Eisball«, behauptete Maman. »Später am Abend ist es für den Tanz auf dem See zu kalt. Außerdem würde die Zeit dann nicht mehr für das ganze Programm reichen.«

»Für das ganze Programm?«, hakte Papa nach. »In nur sieben Tagen willst du ein mehrstündiges Ballprogramm auf die Beine stellen?«

»Nicht in sieben Tagen«, antwortete Maman kühl. »Ich plane diesen Ball bereits seit sieben Monaten, und ich bin so gut wie fertig mit den Vorbereitungen. Ich habe das Ganze nur ein paar Tage auf Eis gelegt, weil es Clea nicht gut ging.«

»Ich dachte, es ginge ihr nicht gut, weil du zu viele Pläne hattest!«, wandte Papa ein.

»Das war nur eine Vermutung«, entgegnete Maman. »Die sich im Übrigen nicht bewahrheitet hat. Clea hatte lediglich einen kleinen Schnupfen.«

Hatte ich nicht. Ich hatte gar nichts. Nur eine Idee. Aber in diesem Moment schwieg ich lieber.

»Wir empfangen die Gäste also um siebzehn Uhr«, wiederholte Maman. »Und zwar draußen auf der großen Terrasse und auf der Freitreppe.«

»Draußen?«, fragte Papa mit gerunzelter Stirn.

»O ja«, sagte Maman. »Dort wird doch der Eiswalzer getanzt. Warum sollten die Gäste ihre Mäntel erst ablegen, wenn sie sie doch gleich wieder anlegen müssen?« Das eisige Klirren in ihrer Stimme war unüberhörbar.

»Wir empfangen die Gäste also auf der Terrasse«, stellte Papa resigniert fest. »Um ihnen dort ein Glas mit geeistem Champagner zu reichen. Worauf wir sie dann auf den gefrorenen See schicken, damit sie zu Eis erstarren und klirrend zerspringen. Isabella, das ist kein Ball, das ist reinste Quälerei!«

Maman butterte sorgfältig eine Scheibe Toast, dann blickte sie auf. »Wir empfangen die Gäste draußen, wo wir herrlich heißen weißen Eierpunsch reichen. Und Gebäck in Form von Schneekristallen. Die jungen Mädchen ziehen dann alle ein Los, auf dem der Name eines Herrn steht. So finden sich die Paare zusammen, die später einen Haines-Walzer auf dem Eis tanzen. Danach folgen die Gäste einem mit unzähligen kleinen Lichtern geschmückten Pfad zum verschneiten See, wo bereits ein Orchester spielt. In den Bäumen hängen weiße Lampions aus chinesischem Papier mit feinem Lochmuster, das ein raffiniertes Spiel aus Licht und Schatten auf den Schnee zeichnet. Also, wenn das eine Qual ist, dann lasse ich mich sehr gern quälen.« Sie bekam einen ganz verträumten Blick. »Der Walzer dauert acht bis zehn Minuten. Wenn danach alle auf unser Palais zugehen, beginnt auf der Terrasse ein Feuerwerk. Nachdem wir das bewundert haben, gehen wir hinein. Ich denke, das wird jeder Gast überleben.«

Papa nickte resigniert. »Und anschließend servieren wir ein Menü?«

Maman schüttelte den Kopf. »Nein. Anschließend reichen wir in der Eingangshalle heiße Honigmilch und Kokoskugeln, die aussehen wie kleine Schneebälle. Heiß und süß, um neue Kräfte zu wecken. Und alles in Weiß. Verstehst du?«

Papa seufzte. »Aber danach wird gegessen?«

Erneut schüttelte Maman den Kopf. »Nach dem süßen Zeug hat doch niemand Appetit. Und die Damen tragen ja immer noch ihre Eislaufkostüme, in denen es ihnen gewiss rasch zu warm wird.

Sie ziehen sich daher zurück, um sich auszuruhen und umzukleiden. Und die Herren trinken in der Zwischenzeit ein Gläschen, plaudern und rauchen.«

»Gut!« Erstmals lächelte Papa. »Aber sie rauchen keine weißen Zigarren, nicht wahr?«, fragte er augenzwinkernd.

»Nein. Weiße *Zigaretten*«, entgegnete Maman frostig.

Papa verzog das Gesicht, als hätte er auf ein Stück Eis gebissen.

»Am Abend tragen dann alle Damen weiße Kleider«, fuhr Maman fort. »Wir trinken Weißwein. Und auf den Tisch kommen ausnahmslos weiße Speisen.«

»Hartgekochte Eier?«, fragte Papa mit unüberhörbarer Ironie in der Stimme.

Doch dagegen war Maman völlig immun. »Zu Beginn gibt es ein Selleriesüppchen«, erklärte sie. »Dann servieren wir feine Forellenfilets mit Meerrettichsahne zu Reis und Wurzelgemüse. Zum Abschluss gibt es eine Auswahl an Ziegenkäse und als Dessert Sahnetörtchen, Baiser, Quarkspeisen und weißes Gebäck. Alles reich verziert mit Puderzucker oder Kokos. Die Tafel dekorieren wir natürlich ebenfalls ganz in Weiß. Es wird ein Gaumen- und Augenschmaus.«

Jetzt meldete Sophie sich erstmals zu Wort. »Tragen wir beim Eistanz draußen auch weiße Kleider?«

»Selbstverständlich«, sagte Maman indigniert. »Denk doch mal mit.«

Mit diesen Worten erhob sie sich und verließ den Raum.

Papa seufzte, Sophie seufzte, und ich tat es ebenfalls. Doch keiner sagte etwas. Wozu auch? Es hätte nichts geändert, denn die Einladungen waren schon verschickt.

Kurz darauf kam mir dann allerdings eine sehr gelungene Idee, um ein kleines Verwirrspiel anzuzetteln. Und das Wort zetteln kann dabei wörtlich verstanden werden. Auch heute Abend werde ich damit beschäftigt sein. Für einen motorisierten Holzkarren habe ich wirklich keine Zeit.

* * *

Abends sitze ich über der Gästeliste, die ich Maman stibitzt habe. Graf Basil Monteregg steht glücklicherweise darauf. Ich hatte schon befürchtet, Maman würde ihn nicht einladen, um meine Pläne zu durchkreuzen. Hinter seinem Namen ist sogar ein Haken, er hat also bereits zugesagt. Mein Plan könnte demnach gelingen. Fürst Nikolaj Glinsky steht auch auf der Liste. Doch hinter seinen Namen hat Maman ein Fragezeichen und drei Ausrufezeichen gesetzt. Das bedeutet vermutlich, dass seine Antwort noch aussteht und Maman ihn um jeden Preis zum Kommen bewegen will.

Doch das wird ihr nicht gelingen. Ich weiß, dass Glinsky nicht kommt. Erstens, weil er mich auf gar keinen Fall sehen will. Und zweitens, weil er ganz sicher weiß, dass ich ihn eigenhändig mit einem schneeweißen Eiszapfen in der Hand zum Fechtduell herausfordern werde, sollte er sich hier blicken lassen.

So, genug für heute. Ich recke mich, gähne und klingele nach Anna, um mir beim Auskleiden helfen zu lassen.

Kurz darauf klopft jemand leise an meine Tür.

»Komm nur rein, ich werde dich schon nicht fressen!«, rufe ich.

Doch statt Anna ist es Papa, der eintritt. Er trägt trotz der späten Stunde noch seinen Überrock und riecht nach Tabak. Vermutlich ist er gerade erst aus seinem Herrenclub gekommen.

»Du bist noch wach«, stellt er fest. »Ich habe das Licht unter der Tür gesehen.«

Ich schiebe unauffällig mein Schreibheft über die Gästeliste.

»Ja, ich habe noch Tagebuch geschrieben. Aber jetzt gehe ich zu Bett.«

Besorgt mustert Papa mein Gesicht. »Du wirkst müde. Kommt

der Eisball zu früh für dich, Clearinchen? Sollen wir ihn verschieben?«

Ich schüttele den Kopf. »Nein, mir fehlt nichts. Mir hat nie etwas gefehlt.« Ich denke kurz nach, dann entscheide ich mich, offen zu sein. »Es ist einfach so, dass ich nicht das Leben führe, das ich mir wünsche. Das beschäftigt mich sehr, und ich suche nach einem Ausweg. Aber das weißt du ja.«

Maman hat ihn inzwischen in meine Pläne mit Monteregg eingeweiht, aber er hat sich dazu nicht geäußert. Solche Themen überlässt er lieber ihr.

Auch jetzt nickt er nur. »Ich weiß.« Er runzelt die Stirn. »Nur manchmal denke ich ...« Mitten im Satz hält er inne.

»Was?«, hake ich nach.

»Wer lebt schon das Leben, das er sich wünscht?«, fragt Papa ungewöhnlich sanft. »Hast du dir schon einmal die Welt angesehen? Und darüber nachgedacht, wie andere leben? Leben müssen?«

Ich stehe auf und trete ans Fenster. Weil es im Park dunkel ist, sehe ich nur mein Spiegelbild in der Scheibe. »Ich weiß, was du sagen willst.« Ich lege die Hand an den Brokatvorhang mit dem zarten Blumenmuster und spüre die Qualität des teuren Stoffes. »Mir geht es gut. Ich habe es warm, und ich wohne in einem wunderschönen Palais. Ich bin umgeben von lieben Menschen. Ich esse köstliche Speisen und trage schöne Kleider. Ich muss nicht arbeiten und mir keine Sorgen machen. Und ich bin gesund. Sollte das nicht reichen, um glücklich zu sein?«

Papa nickt fast unmerklich.

»Weißt du, was *ich* manchmal denke, Papa?« Ich drehe mich um.

»Sag es mir«, fordert mein Vater mich auf.

»Kaum einem Menschen auf der Welt geht es so gut wie mir, ja, wie uns allen. Doch wie kann ich wissen, was die Zukunft bringt?«

»Wie meinst du das?«, hakt Papa nach.
»Niemand kennt sein Schicksal«, sage ich leise. »Niemand auf dieser Welt ist sicher. Wir sind genau wie alle anderen nur zarte Halme im großen Wirbelsturm des Lebens. Dieser Sturm kann uns jederzeit ergreifen und beugen. Manche bricht er ganz.«
Ich sehe, wie ein Schatten über Papas Gesicht zieht.
»Dies hier ist mein eigenes, mein einziges Leben«, fahre ich fort. »Und es ist mir wertvoll. Ich möchte es so leben, dass es zu mir passt. Oder es zumindest versuchen. Ich will mir selbst treu sein. Kannst du das verstehen?«
Papa sieht mich lange an. Dann seufzt er. Und nickt. »Das sind ungewöhnliche Worte für eine Frau. Aber ja, natürlich, ich verstehe dich gut.« Er tritt näher und streichelt unbeholfen meine Wange. »Nun geh aber zu Bett und schlafe sicher und fest. Im Moment weht kein Wirbelsturm.«
»Ja, das mache ich. Gute Nacht, Papa!«
»Gute Nacht, mein Kind!«
Er zieht sich zurück.
Ich setze mich an den Frisiertisch und warte auf Anna. Doch sie kommt nicht.
Kritisch betrachte ich mein Gesicht in dem Oval des Spiegels. Papa hat recht, ich sehe müde aus. Und ein bisschen verloren. Caroline würde bei meinem Anblick vermutlich den Impuls verspüren, mir ein Butterbrot zu schmieren.
Caroline. Ich muss lächeln, als ich an sie denke. Einen Monat ist es jetzt her, dass sie meine Seele auf zwei Bilder gebannt hat. Sie hat mich damals wütend fotografiert. Und wild und schön. Jetzt sehe ich in meinem Gesicht nichts davon. Nur Ratlosigkeit.
Was Caroline wohl derzeit tut? Fotografiert sie Palmen? Frettchen? Oder Komtessen? Lernt sie vielleicht wieder einmal, eine neue technische Errungenschaft zu bedienen?

Ich würde mich gern mit ihr darüber unterhalten. Und ihr von meiner Lage erzählen. Immerhin könnte ich jetzt ihre Frage beantworten, was ich in Zukunft erreichen will. Ich steuere mein Leben aktiv, und ich lenke es bewusst auf eine Zukunft als Ehefrau und Salonnière zu.

Aber bin ich wirklich auf dem richtigen Weg? Oder mache ich einen Fehler, wenn ich Graf Basil Monteregg heirate?

Wie kannst du das wissen, wenn du es nicht ausprobierst?, würde Sophie jetzt sagen.

Ich hänge noch einen Moment meinen Gedanken nach. Dann richte ich mich auf. Greife nach dem Tiegel mit der Rosencreme. Verteile einen Klacks davon auf meinem Gesicht und massiere die duftende Masse energisch ein.

Eins habe ich in den vergangenen vier Wochen gelernt: Es ist besser, irgendetwas zu wollen, als gar nichts. Und es ist noch besser, die Dinge selbst in die Hand zu nehmen, statt abzuwarten.

Dann begeht man vielleicht Fehler, und wenn man Pech hat, leidet man später unter den Folgen. Aber es sind wenigstens eigene Fehler. Und mit ein bisschen Glück gelangt man über Umwege doch noch zum Ziel.

Fürstin Pauline von Metternich, Wien
an Fürst Nikolaj von Glinsky, Wien

18. Januar 1878

Mein lieber Fürst Glinsky,

wir kennen uns noch nicht persönlich, aber ich kannte Ihre liebe Mutter sehr gut, und ich kenne auch Ihre Patin Eleonore von Rossnitz. Nicht zuletzt von ihr habe ich in den vergangenen Jahren viel Gutes über Sie gehört.
Ich gehe fest davon aus, dass auch Sie bereits von mir gehört haben. Gewiss nicht nur Schmeichelhaftes, aber sei's drum – viel Feind, viel Ehr.
Warum ich mich an Sie wende: Mir ist heute etwas zu Ohren gekommen, das Ihre Familie betrifft. Und ich fürchte, dass es Ihnen unbekannt ist. Daher muss ich unbedingt mit Ihnen sprechen.
Wir sehen uns, wie ich hörte, heute Abend auf dem Ball der Contevilles. Das trifft sich gut. Ich werde Sie um Punkt halb fünf höchstpersönlich mit meiner Kutsche abholen, dann können wir reden.
Verspäten Sie sich nicht!

Es grüßt Sie in Eile
Pauline Metternich

Kapitel 15

L wie List

Eine List ist moralisch betrachtet keine Lüge. Denn bei einer List besiegt ein Schwächerer mithilfe einer geschickten Täuschung einen Stärkeren, so wie bei dem Märchen von Hase und Igel. Und das gilt nicht als verwerflich, sondern als klug.
Frauen sind in unserer Welt stets die Schwächeren. Also ist mein Plan eine List!

Stimmengewirr. Leises Gläserklirren. Ferne Walzerklänge. Papa, Maman, Sophie und ich stehen auf der winterlich dekorierten Terrasse und begrüßen unsere Gäste.

Papa trägt Mantel und Zylinder und wirkt mit seinen grauen Schläfen und dem gepflegten Kaiserbart ausgesprochen aristokratisch. Maman sieht in ihrem langen weißen Cape mit Schwanenbesatz wie eine Schneekönigin aus. Sophie und ich erinnern in den eng taillierten Jäckchen mit Pelzkrägen und den weit schwingenden Röcken ein bisschen an russische Prinzessinnen. Dazu tragen wir runde, leicht schräg aufgesetzte Fellkappen.

Die Terrasse funkelt und glitzert, denn überall stehen zarte Windlichter aus Eis, in denen Kerzen brennen. Der Kiesweg von der Treppe zum See wird ebenfalls von kleinen Kerzen in eisigen Behältern flankiert. Und in den Bäumen des Parks leuchten Mamans chinesische Lampions, die tatsächlich sehr hübsch sind.

Die Stimmung der Gäste ist dank des Eierpunschs bereits jetzt leicht wie eine Schneeflocke. Man plaudert, knabbert schneeweißes Gebäck und lobt die kreativen Ideen der Gastgeberin.

Maman ist ganz in ihrem Element. Sie schwebt von Grüppchen zu Grüppchen, sagt hier ein kluges Wort, lobt dort ein Kleid, äußert je nach Gesprächspartner mitfühlende Worte oder einen fröhlichen Scherz.

Es ist heute nicht wirklich kalt für einen Januarabend. Gerade frostig genug, dass die Eisfläche nicht taut, die ganz hinten im Park still und weiß auf die Tänzerinnen und Tänzer wartet. Doch sie muss sich noch ein wenig gedulden, denn es fehlen noch wichtige Gäste.

»Fürst Glinsky ist noch nicht da«, höre ich Maman zu Papa sagen. »Und die Gräfin Metternich auch nicht. Bevor die beiden nicht eingetroffen sind, fangen wir nicht an.«

Ich trete zu meinen Eltern. »Glinsky kommt doch gar nicht«, raune ich Maman zu.

»Natürlich kommt er«, behauptet sie. »Sonst hätte er doch abgesagt.«

»Hat er nicht?«, wispere ich. »Wie unhöflich.«

Statt zu antworten, zeigt Maman nur ihr Katzenlächeln.

Kurz bin ich verunsichert. Es wäre höchst unangenehm, Glinsky heute Abend gegenüberzustehen. Doch dann schiebe ich den Gedanken beiseite. Er wird nicht kommen. Wie könnte er es wagen? Wenn er die Einladung tatsächlich nicht schriftlich abgesagt hat, dann nur, weil er ein ungehobelter Klotz ist.

»Wo die Fürstin wohl bleibt?«, überlegt Papa und setzt gleich darauf ein strahlendes Lächeln auf, damit kein neugieriger Beobachter auf die Idee kommt, wir sprächen über irgendein Problem. »Fürst Metternich ist doch schon längst da.«

Tatsächlich unterhält sich der Fürst gerade angeregt mit Graf Monteregg, vermutlich über Eisenbahnlinien.

Maman seufzt. »Pauline liebt den großen Auftritt und kommt ständig zu spät«, raunt sie uns zu. »Letztes Jahr ist sie bei einer Soiree sogar noch nach dem Kaiser eingetroffen. Das gab einen kleinen Skandal. Was sie ebenfalls liebt.«

»Müssen wir auf sie warten?«, fragt Papa durch die lächelnden Zähne.

»Natürlich«, gibt Maman zurück.

»Ich könnte die Lose schon verteilen«, schlage ich vor. »So gerät dein Zeitplan nicht aus dem Takt.«

»Und Glinsky?«, wispert Maman.

Ich verdrehe die Augen. »Ist nicht da. Wird auch nicht kommen. Und sein Name steht ohnehin auf keinem Los. Er hat sich nämlich nicht für den Walzer angemeldet. Wer wüsste das besser als ich?«

Ich schnappe mir die Kristallschale mit den Losen und fange einfach ohne Mamans Einwilligung an, sie zu verteilen.

Alle Gäste wurden vor dem Ball gefragt, ob sie den Eiswalzer mittanzen können und wollen, den der berühmte Eiskunstläufer Jackson Haines erfunden hat. Dabei dreht man sich zunächst als Gruppe zur Musik, um sich dann nach einigen Takten paarweise zusammenzufinden und anmutig im Dreivierteltakt über das Eis zu schweben. Ich habe gestern Abend die Namen aller männlichen Tänzer in zierlicher Schrift auf Lose geschrieben und diese fein säuberlich zusammengefaltet. Deswegen weiß ich ganz sicher, dass weder Glinsky noch Monteregg sich zum Tanz angemeldet haben, Letzterer vermutlich, weil er sich für zu alt hält. Ich weiß jedoch auch, dass Monteregg den Tanz beherrscht, er ist nämlich seit vielen Jahren Mitglied im Eislaufverein.

Jede Debütantin muss nun aus der Schale einen Namen ziehen und den betreffenden Herrn mit einem Knicks zum Eiswalzer auffordern. Es sind mehr Tänzer als Debütantinnen, sodass keine leer ausgehen wird. Die restlichen Tänzer werden dann an die anderen Damen verlost.

Ich verteile die Lose mit großer Grazie, und Mamans Blick ruht zur Abwechslung einmal wohlwollend auf mir. Was sie nicht weiß: In meinem Ärmel steckt ein weiteres Los. Darauf habe ich eigenhändig den Namen Graf Basil Monteregg geschrieben. Und diesen Zettel werde ich gleich höchstpersönlich aus der Schale ziehen – zumindest wird es so aussehen.

Der Graf wird zweifelsohne erstaunt sein, wenn ich ihn mit einem tiefen Knicks zum Tanzen auffordere. Und das ist der heikle Moment, in dem meine List schiefgehen kann. Aber ich hoffe, dass er viel zu sehr Gentleman ist, um mir einen Korb zu geben.

Um mich herum werden die ersten Zettel entfaltet, einige Debütantinnen kichern bereits, recken die Hälse und suchen nach ihren Galanen. Sophie nimmt als Vorletzte ein Los, dann bin ich dran. Da niemand auf mich achtet, ist meine List ein leichtes Spiel.

Ich reiche die Schale einem Diener und mache es wie die anderen, falte das Papier auf, streiche es glatt, lese den Namen, wirke ebenso überrascht wie entzückt und halte demonstrativ nach meinem Tanzpartner Ausschau, obgleich ich genau weiß, wo Graf Monteregg steht.

Inzwischen hat selbst Maman eingesehen, dass sie nicht mehr auf die Ankunft der Fürstin Metternich warten kann. Sie hebt ein extra zu diesem Zweck bereitgestelltes Kristallglas und lässt darin klirrend Eiswürfel kreisen. Das ist das Zeichen für uns Damen, auf die gelosten Tanzpartner zuzugehen und anmutig vor ihnen in den Knicks zu sinken. Worauf die Herren uns den Arm reichen und mit uns zum See schreiten werden. So der Plan.

Graf Basil lehnt am steinernen Treppengeländer und ahnt nicht, was ihm gleich blüht. Er plaudert noch immer mit Fürst Metternich. Als ich vor ihm in den Knicks sinke, bemerkt Monteregg es zunächst gar nicht. Erst als Metternich ihn mit einer Handbewegung auf mich aufmerksam macht, wird dem Grafen klar, was ich von ihm will.

»Aber weshalb ...«, sagt er verwundert.

»Ich habe Ihren Namen gezogen, lieber Graf Monteregg«, unterbreche ich ihn und schenke ihm meinen schönsten Augenaufschlag. »Sie sind also quasi mein Los.« Ich lächele und zeige dabei meine Grübchen. Und um dem Grafen keinen Ausweg zu lassen, setze ich noch hinzu: »Ich freue mich sehr über diesen Schicksalswink, denn es ist mir eine Ehre, mit Ihnen zu tanzen.«

»Ich habe leider keine Kufen dabei«, sagt der Graf bedauernd.

Ich vertiefe meine Grübchen. »Das ist kein Problem. Am Seeufer liegt alles bereit. Wir haben Kufen in allen Größen vorrätig.«

Ich winkele den Arm leicht an und warte lächelnd darauf, dass der Graf sich bei mir unterhakt. Oh, hoffentlich, hoffentlich, hoffentlich geht das nicht schief!

Ich habe Glück. Graf Basil schmilzt unter meinem Lächeln förmlich dahin. »Wer würde diesem zauberhaften Votum Fortunas nicht gern Folge leisten?«, fragt er den Fürsten Metternich mit einem Augenzwinkern und reicht mir galant den Arm.

»Hals- und Beinbruch, Bobo!«, wünscht Metternich seinem alten Freund mit einem freundlichen Nicken.

Dem Himmel sei Dank! Alles läuft wie geplant.

Ich sehe, wie Maman die Augen aufreißt, als ich am Arm des Grafen an ihr vorbeischwebe. Zum Glück hat Sophie einen sehr hübschen blonden Tänzer ergattert, bei dessen Anblick Maman sich wieder etwas entspannt.

»Ich war wirklich überrascht, mich unter den Tänzern wiederzufinden«, sagt Basil Monteregg, als wir die Treppe zum Park hinabschreiten.

Ich senke sittsam den Blick. »Hoffentlich war es eine angenehme Überraschung.«

»O ja«, beeilt sich der Graf zu beteuern. Worauf er noch einmal in den Genuss meines Augenaufschlags kommt.

»Ich war ebenfalls freudig überrascht«, behaupte ich. Graf Monteregg lächelt geschmeichelt.

»Ist das nicht eine entzückende Nacht?«, plaudere ich weiter.

»In der Tat.« Der Graf greift mit seiner freien Hand in die Manteltasche, zieht ein Taschentuch heraus und betupft sich die Nase. Von Nahem betrachtet kommt er mir älter vor als kürzlich in seinem Salon. Und er hat schlechten Atem. Aber dagegen kann man ja etwas tun.

»Sehen Sie nur den zauberhaften Sternenhimmel«, plappere ich weiter, um meine Nervosität zu überspielen.

Das hätte ich besser nicht gesagt. Graf Basil Monteregg hebt den Blick zum Himmel – und verliert das Gleichgewicht. Er gerät ins Stolpern und stößt plötzlich einen Schmerzenslaut aus.

»Graf Monteregg!«, rufe ich entsetzt. »Haben Sie sich verletzt?«

»Mein Knöchel!«, presst er hervor. »Ich denke, ich sollte mich kurz setzen.«

Er schafft es unter sichtlichen Schmerzen, an meinem Arm zur nächsten Bank zu hinken. Dabei atmet er schwer.

Glücklicherweise ist sein Unfall nicht unbemerkt geblieben, Papa eilt bereits herbei. Er wechselt einige Worte mit dem Grafen und gibt dann Anweisungen ans Personal.

Ein Diener eilt zum See und informiert die Gäste und das Orchester über die zeitliche Verzögerung. Wenig später bringen zwei weitere Diener einen stabilen Lehnstuhl, helfen dem Grafen hinein und tragen ihn samt Sitzmöbel zum Haus. Weil ich den Eindruck habe, dass die Situation dem alten Herrn äußerst unangenehm ist, bleibe ich diskret zurück.

Genau in dem Moment, als die Stuhlträger die Freitreppe erreichen, fährt durch das schmiedeeiserne Tor unseres Parks eine elegante Kutsche, auf deren Türen ich das Wappen der Metternichs erkenne.

Ich beobachte, wie Fürstin Pauline aussteigt, mit einem Blick die Situation erfasst, einige Worte mit Papa und dem Grafen wechselt und dann veranlasst, Monteregg zu ihrer Equipage zu bringen. Mühsam und mit sehr viel Hilfe schafft er es einzusteigen. Der Kutscher lässt die Peitsche knallen, die Pferde ziehen an. Und schon fährt sie davon, meine Zukunft, die sich zugegebenermaßen als brüchiger erwies, als ich dachte.

Missmutig blicke ich der Equipage nach.

Plötzlich entdecke ich an der Stelle, an der sie eben noch stand, einen dunklen Schatten. Ich sehe genauer hin und begreife, wer dort ein wenig verloren in unserer Einfahrt steht. Maman erkennt den neu eingetroffenen Gast im selben Moment.

»Fürst Glinsky!«, ruft sie begeistert. »Wie schön, dass Sie es doch einrichten konnten.«

»Nun, er hat sich gesträubt. Doch ich habe keine Ausrede gelten lassen und ihn einfach mitgebracht«, höre ich Pauline Metternich sagen. »Junges Blut braucht Vergnügen und Tanz!«

»Allerdings«, sagt Maman. »Und wie es der Zufall will, hat eine Tänzerin durch Graf Montereggs Unfall ihren Kavalier für den Eiswalzer verloren. Wären Sie wohl so freundlich einzuspringen, lieber Fürst? Damit könnten Sie mich sehr glücklich machen.«

Ich schließe gequält die Augen. So viel zum Thema List.

Dr. med. Carl Weigenhardt, Wien
an den Apotheker Bertrand Viktor Bibus, Wien

Rezept für Graf Basil von Monteregg

Man übersende dem Grafen Monteregg umgehend reichlich Tinktur aus Arnikablüten, erstens für die Benetzung eines kühlenden Umschlags am rechten Sprunggelenk, zweitens für die Einreibung des Hinterhauptes zur Stärkung der Haarwurzeln.

Mit bester Empfehlung
Dr. med. Carl Weigenhardt

Kapitel 16

D wie Duell

Ein Duell ist ein Zweikampf mit gleichen Waffen, bei dem es darum geht, die verletzte Ehre wiederherzustellen. Männer kämpfen dabei üblicherweise mit Pistolen oder Säbeln. Frauen bleibt nur das Wort. Oder?

Fliehen ist zwecklos, dafür ist es zu spät.

Nikolaj Glinsky deutet vor Maman eine Verbeugung an. »Es ist mir Ehre und Vergnügen zugleich, Ihnen eine Freude zu machen, verehrte Gräfin. Wo finde ich diese Dame?« Er rechnet vermutlich mit einer Tänzerin in Graf Montereggs Alter.

Maman weist mit der Hand in meine Richtung. »Clea steht dort drüben.«

Es ist zu dunkel, als dass ich Glinskys Mienenspiel erkennen könnte. Aber ich bin sicher, dass er zusammenzuckt und erbleicht. Maman lässt ihm allerdings keine Gelegenheit zu einem Rückzug. Sie hakt ihn unter und zieht ihn sanft in meine Richtung.

Ich brauche jetzt bitte ganz schnell eine Lawine, die mich unter Schneemassen begräbt. Oder, noch besser, eine, die Glinsky überrollt. Leider rieseln nur ein paar Schneeflocken vom Himmel, die glitzernd auf seine dunklen Haare sinken, als er den Hut zieht und sich vor mir verneigt.

»Darf ich um diesen Tanz bitten, Komtess?«, fragt er ebenso formvollendet wie kühl.

Ist er genauso schockiert wie ich? Zweifelsohne. Doch er verbirgt es wahrlich meisterhaft.

Er reicht mir den Arm, aber statt mich einzuhaken, lege ich nur ganz leicht meine Hand auf den Ärmel seines Mantels. Selbst wenn ich an einem Abgrund stünde, würde ich bei diesem Mann keinen Halt suchen. Ich nehme mir fest vor, mir heute nicht die kleinste Beleidigung gefallen zu lassen. Diesmal werde ich es sein, die den Ton angibt.

»Fürst Glinsky«, sage ich mit meiner eisigsten Stimme, sobald Maman außer Hörweite ist.

»Komtess«, antwortet er knapp.

Ich sehe ihn nicht an, als ich weiterspreche. »Aus Ihrer Aufforderung zum Tanz schließe ich, dass Sie auf der Jagd nach einer Gattin sind. Ich allerdings stehe für eine Eheschließung nicht zur Verfügung. Nehmen Sie dies bitte zur Kenntnis.«

»Aber ich wollte nicht ...«, beginnt Glinsky.

Doch ich unterbreche ihn sofort. »Seit wann geht es darum, was Sie oder ich wollen?«

Er zieht scharf die Luft ein. Dann klappt er den Mund zu und schweigt.

»*Einen* Walzer«, presse ich durch die Zähne hervor. »Einen einzigen Tanz werden wir ja wohl ohne Eklat bewältigen.«

»Wenn Sie es sagen« ist alles, was er antwortet.

Wie in einem Albtraum schreite ich an Glinskys Seite unter funkelnden Lichtern zum See. Der Tanzmeister winkt uns zu einer leeren Bank und bringt Glinsky passende Kufen. Ich streife die Stiefeletten ab und schlüpfe in meine neuen Schlittschuhe.

Nebelhaft nehme ich wahr, wie Sophie uns erblickt. Sie reißt erstaunt die Augen auf. Ich zucke nur kurz mit den Schultern. Gefühle sind jetzt nicht hilfreich. Ich muss diesen Tanz einfach schnellstmöglich hinter mich bringen. Ganz egal wie.

Der Dirigent hebt den Taktstock, und die Geigen geben den Tänzern mit zarten, flirrenden Tönen das Signal zu beginnen. Glinsky und ich gleiten aufs Eis und suchen uns einen Platz im Kreis der Tanzpaare. Jetzt setzen die Bläser ein und spielen langsam und pathetisch die Melodie des Donauwalzers. Glinsky verbeugt sich vor mir. Ich knickse und senke huldvoll den Kopf.

Dann wenden wir uns voneinander ab, denn alle Tänzer müssen sich zunächst an den Händen fassen und einen großen Kreis bilden. Dabei merke ich, dass ich vergessen habe, meine Wollhandschuhe abzulegen. Umso besser. So könnte ich selbst einen toten Fisch anfassen, ohne mich zu ekeln. Und auch Glinskys Hand, die nun nach meiner greift.

Die Celli übernehmen die Melodie der Bläser, das Walzertempo beschleunigt sich, ruhig und elegant drehen wir uns in einem großen Kreis gegen den Uhrzeigersinn. Bei jeder Wiederholung des Melodiemotivs wechseln alle wie vorgeschrieben die Blickrichtung. Wenn ich nach rechts sehe, schaue ich durch Glinsky hindurch, als wäre er aus Glas. Blicke ich nach links, können meine Augen und meine Seele sich kurz erholen.

Nun schwillt die Musik an. Das ist das Signal für alle Tanzenden, sich zu Paaren zusammenzufinden. Auch Glinsky und ich nehmen die korrekte Walzerhaltung ein. Als wir beginnen, uns im Dreivierteltakt zu drehen, blicke ich wieder durch ihn hindurch.

In diesem Moment bin ich unendlich dankbar für mein gefüttertes Eislaufkostüm. Im Seidenkleid hätte ich Glinskys Hand jetzt warm an meinem Rücken gespürt.

»En garde«, murmelt er.

Wie bitte? Habe ich mich verhört? Hat er mich gerade zum Duell aufgefordert?

Ich sehe auf, unsere Blicke kreuzen sich, und in seinen Augen entdecke ich ein Funkeln. Nun gut, er hat wohl tatsächlich das Kommando zum Zweikampf gegeben, dann soll er ihn auch haben.

Die Musik wird schneller, ich lasse meine Schritte ausgreifender und meine Bewegungen temperamentvoller werden. Einen schlechten Tänzer hätte das an seine Grenzen gebracht. Glinsky hält mit Leichtigkeit mit.

Plötzlich hebt er die Hand, in der er meine hält, und zwingt mich zu einer Pirouette. Nicht einmal oder zweimal, sondern wieder und wieder. Zum Glück weiß ich, was man tun muss, damit einem bei raschen Drehungen nicht schwindelig wird. Ich richte den Blick fest auf die alte Eiche am Ufer und drehe auf diese Weise Runde um Runde. Als ich genug habe, lasse ich Glinskys Hand einfach los, drehe mich noch kurz allein, hebe dann mit beiden Händen meinen Rock an und sinke vor ihm in einen Knicks. Das alles natürlich genau im Takt, als würde es zum Tanz gehören. So gewinne ich Zeit, um mich zu sammeln. Dabei blicke ich Glinsky provozierend direkt in die Augen. So schnell bringt er mich nicht zu Fall. So nicht!

Nikolaj Glinsky versteht die unausgesprochene Herausforderung in meinem Blick, das sehe ich ihm an. Mit einem eleganten Schwung ist er hinter mir, umfasst mit beiden Händen meine Taille, hebt mich hoch und dreht dabei selbst Pirouetten. Zappeln wäre in dieser Position äußerst unpassend. Ich kann nichts anderes tun, als meine Arme über dem Kopf zu einem eleganten Bogen zusammenzuführen und mich huldvoll lächelnd von ihm herumwirbeln zu lassen, bis er mich freundlicherweise wieder auf der Eisfläche absetzt.

Nun atmet er schwer. Das gönne ich ihm.

Wir gleiten erneut in die korrekte Walzerhaltung, und da die

Musik jetzt langsamer wird, schweben wir eine Weile in ruhigen, majestätischen Drehungen über das Eis. Die Lichter um uns verwandeln sich in ein Glitzermeer. Erneut spüre ich die Kraft seines muskulösen Körpers, so wie damals, als ich Claire Manon war. Wieder atme ich seinen Duft ein, diese typische Mischung aus orientalischen Gewürzen, Harz und Holz. Und ich kann nicht anders, als aufzusehen und das Funkeln in seinen dunklen Augen wahrzunehmen. Doch heute versinke ich nicht darin. Ich erwidere seinen Blick mit blitzenden Augen. Ich bin Clea de Conteville, zukünftige Salonnière. Das hier ist *mein* Leben. Und darin übernimmt nur eine die Führung. Ich!

Statt mich weiterhin den Bewegungen des Fürsten anzupassen, übernehme ich auch in diesem Tanz die Führung und zwinge Glinsky dazu, mir zu folgen. Ich vergrößere meine Schritte. Verkleinere sie wieder. Drehe mich im Kreis. Werde dabei schneller und schneller. Lehne mich in Glinskys Armen zurück, fasse meinen Rock mit der linken Hand und lasse ihn wie eine Fahne wehen.

Kurz durchfährt mich ein eisiger Schreck, denn in dieser Haltung bin ich dem Fürsten voll und ganz ausgeliefert. Wenn er mich jetzt loslässt, werde ich gefährlich stürzen.

Wieder kreuzen sich unsere Blicke. Er hält mich fest. Dreht mich sicher Runde um Runde. Ich stürze nicht.

Meine Fellkappe allerdings gerät ins Rutschen und segelt von meinem Kopf, doch das ist ein kleiner Preis für meinen vergleichsweise großen Leichtsinn. Wäre Glinsky ein grausamer Gegner, hätte er sich jetzt an mir rächen können.

Als wir kurz darauf wieder ruhige Walzerkreise drehen, sehe ich mich nach der Kappe um, kann sie aber nirgends entdecken. Allerdings fällt mir jetzt auf, dass die anderen Tänzer an den Rand der Eisfläche gewichen sind. Nikolaj Glinsky und ich sind die Einzigen, die sich noch in der Mitte des Sees drehen. Und die gesamte Ballgesellschaft sieht vom Rand aus zu, allen voran Maman, deren begeistertes Gesicht ich im Schein der Lampions aufblitzen sehe.

Ach du lieber Himmel, was tun wir hier gerade? Für uns ist das so etwas wie ein Duell. Aber auf alle anderen müssen wir wie ein ausgezeichnet tanzendes, sehr temperamentvolles Paar wirken. Als mir das klar wird, gerate ich jäh aus dem Gleichgewicht.

Nikolaj Glinsky schafft es gerade noch, mich aufzufangen. »Haben Sie sich verletzt?«, fragt er ganz dicht an meinem Ohr.

Seine Stimme ist tief, und obwohl oder gerade weil er außer Atem ist, hat sie ein Timbre, das mich nervös macht. Ich schüttele wortlos den Kopf.

Zum Glück wird die Musik jetzt langsamer, das Stück nähert sich dem Finale.

»Wirklich nicht?« Glinsky sucht besorgt meinen Blick.

»Nein, alles ist in bester Ordnung.« Energisch weiche ich einen Schritt zurück.

»Das ist gut.« Er lächelt. Und seine Augen schimmern auf einmal so dunkel, warm und freundlich wie die von Nikolas Rabe. »Sie sind eine hervorragende Tänzerin, Komtess. Wissen Sie das?«

Was für eine kokette Frage. Sie ärgert mich. »Soll ich jetzt etwa kichernd erröten?«, gebe ich scharf zurück. »Oder gar das Kompliment erwidern?«

Glinsky lächelt noch immer. »Gern beides.«

Ich tue nichts davon, sondern blicke wieder einmal durch ihn hindurch.

Der Walzer endet mit einem Tusch. Glinsky verbeugt sich, ich knickse, denn so beendet man einen Tanz nach allen Regeln der Gesellschaftskunst. Dann wende ich mich ab. Hochzufrieden, weil ich dieses Duell für mich entschieden habe. Nikolaj Glinsky hat mich bei unserer letzten Begegnung beleidigt, heute habe ich es ihm vergolten. Mehr gibt es zwischen uns nicht zu sagen. Wir sind quitt.

Genau in diesem Moment beginnt auf der Terrasse zischend, fauchend und knallend das Feuerwerk. Alle drehen sich um und strömen darauf zu.

Ich lasse Glinsky stehen und gleite ein paar Schritte Richtung Ufer. Dann aber beschließe ich, noch rasch meine Kappe zu holen, bevor ich zum Palais zurückkehre. Wer weiß, wie lange die Eisfläche bei diesen Temperaturen noch trägt. Suchend drehe ich eine Runde über das Eis. Als ich weit hinten auf dem See einen Schatten auf der weißen Fläche erkenne, gleite ich darauf zu. Es ist tatsächlich meine Pelzkappe, wie ich beim Näherkommen erkenne.

Ich habe sie schon fast erreicht, da nehme ich hinter mir eine Bewegung wahr. Ich drehe mich um und sehe Nikolaj Glinsky, der gerade Anstalten macht, mich zu überholen.

Was muss ich eigentlich tun, um diesen Mann loszuwerden? Auswandern? Bis auf den Mond? Oder würde selbst das nicht helfen?

Offenbar will er mir zuvorkommen, vermutlich, damit er mir meine Mütze mit großer Geste überreichen kann und ich mich auch noch bei ihm bedanken muss.

Nein, nicht mit mir! Ich beschleunige mit großen Schwüngen und vergrößere den Abstand zwischen uns.

Der Mann ist schnell. Aber ich bin schneller. Da ist die Kappe schon. Ich bremse scharf ab und schnappe sie mir.

»Vorsicht!«, höre ich Glinsky rufen.

Himmel, er kann nicht mehr rechtzeitig bremsen. Und ich nicht ausweichen. Ich spüre bereits einen eisigen Luftzug, da wirft Glinsky sich im letzten Moment aufs Eis und schlittert an mir vorbei, bis ihn ein paar Schilfhalme bremsen, die an dieser Stelle weit in den See hineinwachsen.

Zwischen den Halmen bleibt Glinsky auf dem Eis liegen und rührt sich nicht mehr.

»Hallo?«, rufe ich zaghaft. »Alles in Ordnung?«

Zum Glück kommt jetzt Bewegung in den Fürsten. Er rappelt sich zum Sitzen auf und verzieht das Gesicht. Mir schießt der Gedanke durch den Kopf, dass meine heutige Bilanz an verletzten Tanzpartnern nicht gerade für mich spricht. Doch ich schiebe ihn beiseite.

»Soll ich Hilfe holen?«, rufe ich Glinsky zu.

Er schüttelt den Kopf und will sich erheben, da hören wir es beide. Ein scharfes Knacken geht durch die Eisfläche.

»Nicht bewegen!«, rufe ich.

Glinsky erstarrt. Doch es ist zu spät.

Wieder hören wir ein Knacken, und jetzt entdecke ich auch einen Riss, der vom Schilf ausgeht und sich in einem weiten Bogen um uns herum ausbreitet.

»Ans Ufer!«, fordert Glinsky mich auf. »Schnell!« Er selbst sitzt noch immer regungslos auf dem Eis.

»Aber ...«, beginne ich, doch ein weiteres Knacken lässt mich verstummen.

»Sie gehen jetzt sofort ans Ufer, Komtess, oder ich werfe Sie in hohem Bogen auf die Böschung«, zischt Nikolaj Glinsky.

Und da begreife ich, dass er erst aufstehen wird, wenn ich in Sicherheit bin. Andernfalls würde er mich gefährden, und das scheint er trotz aller Differenzen ganz und gar nicht zu wollen.

Nun gut. Ich hole Schwung und laufe los. Unter meinen Kufen birst Eis, doch ich erreiche das Ufer, ohne einzubrechen, und lasse mich dort ins frostüberzogene Dickicht fallen.

Geschafft! Ich drehe mich um und beobachte schwer atmend, wie der Fürst sich vorsichtig erhebt. Allerdings nicht vorsichtig genug, vermutlich ist das bei seiner Größe gar nicht möglich.

Genau in dem Moment, in dem Glinsky aufrecht steht, bricht das Eis unter ihm wie eine spröde Eierschale. Und er versinkt im See. Glücklicherweise nur bis zu den Knien. Das Wasser ist an dieser Stelle nicht tief. Fluchend watet er durch splitterndes Eis auf mich zu. Als er das rettende Ufer erreicht hat, lässt er sich neben mich auf die dürren Zweige sinken, wringt mit den Händen das eisige Wasser aus den Aufschlägen seiner Frackhose und löst leise schimpfend die Kufen von den nassen Schuhen.

Seufzend betrachte ich meine nagelneuen Schlittschuhe.

»Sie haben nicht zufällig einen Schraubendreher dabei?«, frage ich Glinsky.

Er sieht mich an, als hätte ich den Verstand verloren.

Ich zucke mit den Schultern, nestele an den Schleifen der Schnürsenkel und ziehe sie auf. Als ich die Stiefel abstreife, bemerke ich Glinskys fassungslosen Blick.

»Was machen Sie da?«, fragt er.

»Stiefel und Kufen sind fest verschraubt«, sage ich knapp. »Ich kann das eine nicht ohne das andere ablegen.«

Er verdreht die Augen. »Auch das noch!«

»Ich habe es mir nicht ausgesucht.«

»Ich könnte Sie tragen«, schlägt er vor.

»Fürst Glinsky!«, sage ich mit überdeutlicher Betonung. »Wenn Sie mich jetzt vor großem Publikum auf Händen zum Haus tragen, können Sie gleich bis zum nächsten Altar weiterschreiten. Und ich weiß nicht, ob ich mich vorhin klar genug ausgedrückt habe, deswegen wiederhole ich es noch einmal: Ich stehe für eine Eheschließung nicht zur Verfügung.«

»Aber Sie können doch nicht ...«, beginnt Glinsky.

»Ich muss«, unterbreche ich ihn. »Und ich schlage vor, dass Sie einfach verschwinden, damit man uns heute nicht mehr zusammen sieht. Dahinten ist ein kleines Gartentor. Sie gehen am besten durch, schließen es hinter sich und begeben sich auf dem schnellsten Weg nach Hause. Oder dahin, wo der Pfeffer wächst. Leben Sie wohl!« Bei diesen Worten knote ich die Schnürsenkel meiner Schlittschuhe zusammen und werfe sie mir über die Schulter.

Ich erhebe mich, klopfe den Schnee von meinem Rock und kämpfe mich auf Seidenstrümpfen durch den Uferbewuchs.

»Sie können ein echtes Biest sein, wissen Sie das?«, höre ich Glinsky sagen.

Ich gehe einfach weiter.

»Es wäre nett, wenn Sie mir wenigstens kurz die Gelegenheit geben würden, mich für mein schlechtes Benehmen neulich beim Konzert zu entschuldigen!«, ruft er mir nach.

Dafür hatte er lange genug Gelegenheit. Ich gehe schneller.

Er folgt mir. »Wollen Sie nicht wenigstens meine Fausthandschuhe haben? Für Ihre Füße?«

Wie soll ich denn in Fäustlingen laufen? Und außerdem: Von diesem Mann nehme ich nichts an. Nicht einmal einen Rat.

»Komtess Clea«, höre ich ihn hinter mir. »Das geht doch nicht! Sie werden krank.«

Langsam drehe ich mich um. »Fürst Nikolaj«, sage ich ruhig. »Was an den Worten *Leben Sie wohl* haben Sie nicht verstanden?«

Prinzessin Rixa von Hardeck, Wien
an ihre Cousine Komtess Mathilde von Hardeck, Salzburg

19. Januar 1878, nachts

Meine liebe Mathilde,

da ich heute Nacht ganz gewiss keinen Schlaf finde, nutze ich die Zeit, um dir die schreckliche Ballnacht, die hinter mir liegt, in einem Brief zu schildern. Verzeih die Schrift, ich bin ganz außer mir.
Du weißt ja, wie sehr ich mich auf den Eisball der Contevilles gefreut habe. Ich kann die Conteville-Schwestern zwar nicht leiden, denn sie sind eingebildet, herzlos und kalt. Aber ich wollte das legendäre Palais der Familie und den wunderschönen Ballsaal mit den pastellzarten Frühlingsfarben sehen. Und ich war sicher, er würde einen wundervollen Rahmen für mein neues weißes Kleid abgeben.
Für meine Haare hatte ich mir eine zauberhafte Kreation ausgedacht. Ich hätte in dieser Nacht sicher die ein oder andere Eroberung gemacht, wenn man mich nur gelassen hätte. Doch dazu kam es nicht.
Du kannst dir gar nicht vorstellen, was für eine berechnende Person diese Clea de Conteville ist. Sie tut einfach alles, um bei jeder Gelegenheit im Mittelpunkt zu stehen. Die Geschichte von ihr und Glinsky auf der Opernsoiree kennst du ja vermutlich. Sie hat mit ihm getanzt, obwohl das ausgesprochen unschicklich war, und sich dann auch noch dafür feiern lassen.
Gestern hat sie sich dann erneut aufgeführt, als käme sie nicht aus gutem Hause, sondern aus einem Affenkäfig, in dem jeder machen kann, was er will.
Zunächst ließ sich der Abend gut an. Clea hatte Pech, sie erwischte beim Loseziehen für den Eiswalzer den alten Monteregg. Alle kicherten insgeheim darüber.

Ich war mit Rudi von Waltershausen deutlich besser dran. Er ist mit seiner unreinen Haut auf den ersten Blick zwar kein Hauptgewinn, aber immerhin kann er einen Adelstitel vorweisen und erwartet ein beträchtliches Erbe. Und vor allem ist er kein Tattergreis. Wir schritten alle zusammen zum vereisten See, wo wir ungebührlich lang warten mussten, was bei der Kälte wahrlich kein Vergnügen war.

Erst nach und nach sickerte durch, was der Grund für die Verzögerung war. Und jetzt halte dich fest, wenn du weiterliest, sonst fällst du vom Stuhl. Offenbar hat Clea den armen alten Monteregg auf dem Weg zum See absichtlich geschubst, worauf er stürzte und wiederbelebt werden musste. Aleida hat es mir erzählt, und die hatte es von Margarethe, also stimmt es vermutlich.

Als Nikolaj Glinsky kurz darauf verspätet auf dem Ball eintraf, hat Clea sich ihm schon wieder an den Hals geworfen. Dieses Mädchen kennt einfach keine Scham. Und beim Eiswalzer tanzten die beiden dann so ungeschickt, dass alle anderen Paare auswichen, um Kollisionen zu vermeiden.

Nach dem Walzer gab es ein entzückendes Feuerwerk, das meine Haarspangen wunderschön zum Glitzern brachte. Und als ich am Arm von Waltershausen zum Palais zurückging, machte der mir ein Kompliment. Er brachte sogar schon den Cotillon ins Gespräch. Doch ich hielt ihn noch hin, denn ich wollte erst abwarten, wer sich noch bei mir um den wichtigsten Tanz des Abends bewerben würde.

Wie konnte ich ahnen, dass danach alles schiefgehen würde?

Wir waren gerade in der sehr repräsentativen Empfangshalle der Contevilles angelangt, wo heiße Honigmilch und Kokoskugeln serviert wurden (an diesem Abend war alles weiß, ist das nicht albern?), und wärmten uns auf. Da stolperte Clea ins Haus. Ohne Schuhe! Sie stapfte, ohne ein Wort zu sagen, die Treppe hinauf, dabei habe ich es genau gesehen. Und sie kam von draußen. Ich schwöre es dir.

Von Glinsky keine Spur! Er war weg. Verschwunden. Und er tauchte an diesem Abend auch nicht mehr auf.

Clea war dann ganz lange ebenfalls nirgends zu sehen. Nicht einmal, als wir Mädchen uns im Musiksaal für den Ball umzogen und hübsch machten. Sophie allerdings war bei uns. Seltsam, nicht wahr? Und nun frage ich dich: Was kann eine Komtess mit einem Fürsten nachts im winterlichen Park tun, das sie barfuß zurückkehren lässt? Und warum zieht sie sich danach ganz allein in ihr Zimmer zurück? Ich habe einen schlimmen Verdacht.

Erst als wir Debütantinnen jeweils zu zweit die imposante Treppe der Contevilles hinabschritten, tauchte Clea wieder auf und führte den Zug zusammen mit Sophie an.

Und du glaubst nicht, was dann geschah! Ich bin noch immer fassungslos. Kaum waren wir unten angelangt, wurde Clea von Verehrern umschwärmt wie ein Kothaufen von Fliegen. Obwohl sie sich so furchtbar schlecht benommen hatte, hatten alle nur Augen für sie. Ihre Tanzkarte war in kürzester Zeit voll, und sie konnte bald nur noch Absagen erteilen.

Als das Orchester dann einsetzte, flog diese impertinente Person geradezu von Arm zu Arm. Sie bekam wirklich ungebührlich viel Beachtung. Pauline Metternich bezeichnete sie gar als »Ballkönigin«. Und Rudi von Waltershausen tanzte mit ihr den Cotillon.

Ja, richtig gelesen. Rudi. Mit Clea de Conteville. Während ich mit einem Zweitgeborenen vorliebnehmen musste. Ich hasse sie!

Und bei all diesem Erfolg, den sie unverdienterweise hatte, hob das feine Komtesschen auch noch ihr Näschen und tat, als wäre ihr das alles gleichgültig.

Ja, ich habe danach noch viel getanzt. Aber Spaß hat mir der Ball nicht mehr gemacht. Denn ich finde es einfach ungerecht, wenn sich jemand so schlecht benimmt und dafür auch noch so viel Aufmerksamkeit erhält. Und ich frage mich, was man dagegen tun kann.

Bitte schreibe mir, wenn dir etwas einfällt! Du bist in puncto Bos-haftigkeit ja oft erschreckend gut, meine Liebe.

So, jetzt muss ich zu Bett gehen und schlafen, sonst habe ich wegen dieser unsäglichen Person morgen auch noch Ringe unter den Augen. Das fehlte gerade noch.

*Es grüßt dich, noch immer empört,
deine Cousine Rixa*

Kapitel 17

B wie Briefe, Blumen und Besuche

Ob ein Ball wirklich ein Erfolg war, kann man erst am darauffolgenden Tag beurteilen, sagt Maman. Man merkt es an den drei großen B: Briefen, Blumen und Besuchen. Bleiben sie aus, war der Abend katastrophal, dann zieht man sich besser rasch aufs Land zurück. Trudeln sie spärlich ein, sollte man seinen Ruf dringend aufpolieren. Wird man allerdings förmlich damit überschüttet, ist man in der Gesellschaft ab sofort tonangebend. Wenigstens eine Saison lang.

»Ich definiere Erfolg anders«, sage ich entschieden. »Ein Erfolg ist nur dann ein Erfolg, wenn daraus auch etwas erfolgt. Das hört man doch schon am Wort.«

»Nun ...« Maman breitet die Hände aus und dreht sich einmal um sich selbst. »Sieh dich um.«

Lilien. Amaryllis. Mimosen. Kamelien. Sogar Rosen. Auf Tischchen, Konsolen und Vertikos, auf dem Kaminsims, am Fenster.

Auf dem Flügel steht außerdem eine flache Silberschale, in der sich Briefe türmen. Wir sind noch nicht dazu gekommen, sie zu öffnen, weil bis eben ständig neue Besucher eintrafen. Erst gegen Mittag ebbte die Flut ab, und Papa hat soeben unseren letzten Besucher, Prinz Carl von Weinigen, zur Tür geleitet, nachdem er Sophie einen riesigen Strauß überreicht hat. Weil dafür kein Platz mehr frei war, mussten zwei Diener einen weiteren Tisch in den Salon tragen.

Mir ist nicht entgangen, dass Sophie sanft errötete, als der Prinz ihr das wunderschöne Gebinde aus rosa Rosen und Vergissmeinnicht überreichte.

»Du kannst wirklich nicht behaupten, dass seit gestern nichts erfolgt ist.« Maman lächelt ihr Katzensahnelächeln. »Wir könnten derzeit mindestens sieben Töchter verheiraten. Und selbst die hätten noch Auswahl. Das ist ein wirklich überwältigender Erfolg.«

Ich finde nicht, dass Blumensträuße oder Briefe eine ernst zu nehmende Errungenschaft sind. In wenigen Tagen sind die Blumen verblüht und die Briefe vergessen. Wenn ich sieben Monate lang so intensiv an etwas gearbeitet hätte wie Maman an diesem Eisball, würde ich mir Ergebnisse von echter Tragweite erhoffen. Doch das sage ich lieber nicht. Ich will sie nicht verletzen.

»Würdet ihr mich bitte entschuldigen?«, frage ich stattdessen. »Ich bin müde.«

In diesem Moment erscheint ein Diener in der Salontür. »Graf Rudi von Waltershausen wünscht, vorgelassen zu werden. Er bringt Blumen für Komtess Clea und möchte sie ihr gern persönlich überreichen.«

O nein, bitte nicht auch noch dieser Wichtigtuer!

»Sagen Sie ihm, ich hätte mich gerade hingelegt«, verfüge ich.

»Aber das stimmt doch gar nicht!«, widerspricht Maman. »Du könntest ihn durchaus noch kurz empfangen.«

Einem plötzlichen Impuls folgend werfe ich mich auf die Chaiselongue. »Jetzt stimmt es. Ich liege.«

»Clea!«, tadelt Maman mich. »Benimm dich!« Doch dann wendet sie sich an den Diener. »Danken Sie dem Grafen sehr herzlich und bitten Sie ihn um Verständnis, dass die Komtess um diese Zeit zu ruhen pflegt.«

Der Mann verneigt sich und zieht sich zurück.

»Das war wirklich sehr ungehörig«, weist Maman mich zurecht, sobald er außer Hörweite ist. Aber angesichts des Blumenmeers, von dem deutlich mehr als die Hälfte auf mein Konto geht, fällt ihr Tadel mild aus. Was mich noch wütender macht.

Ich springe von der Chaiselongue auf, gehe zum Fenster und reiße es auf. »Das Grünzeug stinkt!«

»Clea, es reicht jetzt!«, sagt Papa scharf. »Du ziehst dich am besten wirklich zurück.«

»Sehr gerne.« Ich knickse übertrieben höflich, verlasse ohne ein weiteres Wort den Raum, schließe die Tür lauter als sonst und stürme in mein Zimmer.

Dort angelangt, setze ich mich aufs Bett und schlage die Hände vors Gesicht. Ich weiß, dass ich mich eben aufgeführt habe wie ein trotziges Kind. Und dass ich mich eigentlich freuen sollte. Eine Salonnière braucht schließlich gesellschaftlichen Erfolg, und der wird mir gerade quasi vor die Füße gelegt. Warum also trampele ich darauf herum?

Sogar Graf Monteregg hat mir Blumen bringen lassen. Einen weißen Strauß mit mehreren roten Rosen. Das ist ein sehr ermutigendes Zeichen.

Doch es ist wie verhext. Ich bekomme, was ich will, und dennoch fühlt sich alles falsch an. Was da gestern Nacht genau passiert ist, verstehe ich noch immer nicht.

Warum war Nikolaj Glinsky auf unserem Ball? Wie konnte er es wagen? Pauline Metternich hat ihn offenbar genötigt. Aber ein Mann muss doch Nein sagen können, selbst zu Fürstin Metternich.

Und wie konnte es zu diesem Tanzduell kommen? Warum haben wir uns in dieser verzwickten Situation nicht einfach gelangweilt ein paar Minuten lang im Kreis gedreht, um uns dann aus dem Weg zu gehen? Warum um Himmels willen haben wir schon wieder vergessen, dass wir Zuschauer haben? Und warum habe ich das Walzerduell insgeheim auch noch genossen? Was passiert in unseren Köpfen, wenn wir tanzen? Wir sind doch sonst so kühl und beherrscht.

Zum Glück hat niemand bemerkt, dass ich während des Feuerwerks mit Glinsky am See zurückgeblieben bin und später ohne Schuhe zurückkam. Das hätte böse Gerüchte geben können.

Was ich aber am wenigsten verstehe: Warum schwirrten danach alle jungen Herren um mich herum wie Motten ums Licht? Was wollten sie von mir? Was hat mich in ihren Augen so interessant gemacht?

»Deine Anmut«, hat Sophie behauptet, als ich ihr diese Frage heute früh gestellt habe. »Glinsky und du beim Eistanz, das war fast wie ein kunstvolles Ballett.«

Doch diese Erklärung überzeugt mich nicht. Es gab gestern Abend viele Mädchen, die wundervoll getanzt haben. Es muss etwas anderes gewesen sein. Ich glaube, dass es einen seltsamen Effekt gibt, der eintreten kann, wenn man ins Licht der Öffentlichkeit gerät. Wenn man durch Zufall einmal positiv aufgefallen ist, potenziert sich das. Dann fällt man bei der kleinsten Begebenheit erneut auf. Und beim übernächsten Mal noch mehr. Und so weiter. Viele Sprichwörter weisen auf dieses Phänomen hin. *Wer hat, dem wird gegeben. Es regnet immer dahin, wo es schon nass ist. Wo Tauben sind, fliegen Tauben zu.* Oder auch: *Der Teufel scheißt immer auf den größten Haufen.*

Doch ich will diese teuflische Aufmerksamkeit nicht. Ich habe geradezu Angst vor ihr.

Es klopft an der Tür, und Anna tritt ein. Sie bringt eine lange, flache weiße Schachtel, die von einem blauen Seidenband zusammengehalten wird.

»Schon wieder ein Präsent von einem Verehrer?«, frage ich gereizt.

»Nein. Ihre Handschuhe für den Hofball, die eben geliefert wurden. Möchten Sie sie anprobieren?«

»Nein.« Ich seufze. »Leg sie auf die Kommode. Ich mache das später.« Allein der Gedanke an den nächsten Ball lässt meine Stimmung noch weiter sinken. Und bis eben hätte ich nicht gedacht, dass das überhaupt möglich ist.

Der Hofball mit dem Empfang der Kaiserin ist für mich der Gipfel der Qual, und er steht mir bevor wie das Jüngste Gericht. Ich werde einen rosenübersäten Albtraum in Weiß tragen, eng geschnürt, voller Haken und Ösen, Bänder und Biesen. Unbequemer kann ein Kleid gar nicht sein. Die dazu passenden Schuhe sind so hoch, schmal und spitz, dass das Laufen darin so gut wie unmöglich ist. Wir dürfen uns vorher außerdem nicht von unseren Zofen frisieren lassen wie vor jedem anderen Ball, wir müssen Monsieur Ardeliano kommen lassen, den besten Friseur Wiens. Danach haben wir vermutlich ein ähnliches Frisurenmonster auf dem Kopf wie Rixa von Hardeck.

Und das ist nicht die einzige Folter, die wir bei diesem angeblichen Höhepunkt der Ballsaison über uns ergehen lassen müssen. Nach allem, was Maman erzählt hat, müsste der Hofball eigentlich Hofwarterei heißen. Erst steht man stundenlang draußen herum und friert dabei erbärmlich, und später wartet man drinnen und schwitzt wie ein Fiakerpferd im Hochsommer. Irgendwann reicht man dann der Kaiserin die Hand, wechselt drei Worte mit ihr und wartet nach diesem angeblichen Höhepunkt des Abends sehnsüchtig auf sein Ende. Wenn man nicht vorher in Ohnmacht oder Ungnade gefallen ist.

»Gibt es sonst noch etwas, was ich für Sie tun kann?«, reißt Anna mich aus meinen Gedanken.

»Nein, mir ist nicht zu helfen«, entgegne ich.

Anna wirft mir einen prüfenden Blick zu. Dann knickst sie und verschwindet. Sie hat ein feines Gespür dafür, wann man mich besser in Ruhe lässt.

Als ihre Schritte verklungen sind, erhebe ich mich und tigere rastlos wie ein Raubtier im Zimmer auf und ab. Ich finde diese Lebensphase unerträglich, in der wir als Debütantinnen auf dem gesellschaftlichen Parkett angeboten werden wie junge Zuchtstuten bei einer Pferdeauktion. Ich muss diese Farce rasch beenden. Und dann kommt mir eine Idee.

Mit drei Schritten bin ich an meiner Kommode, öffne die oberste Schublade und suche nach den Fotografien aus dem Atelier Adèle. Nicht nach denen, die Caroline mir heimlich zugesteckt hat, sondern nach jenen, die sie absichtlich verdorben hat und die von Madame Adèle anschließend gerettet wurden. Endlich finde ich sie.

Nachdenklich betrachte ich mein von all der Retusche etwas unscharfes Bild. Wie schade, dass ich darauf nicht noch entzückender aussehe. Aber sei's drum, es wird seinen Zweck erfüllen.

Ich nehme einen der Abzüge, setze mich an meinen Frisiertisch und schreibe in meiner schönsten Handschrift einen Genesungsgruß an den Grafen Monteregg auf die Rückseite, verbunden mit meinem herzlichsten Dank für die wundervollen Blumen. Maman hat vorausgesagt, dass sich all unsere Verehrer Hals über Kopf in uns verlieben würden, wenn wir ihnen nach einem Ball so eine Fotografie schicken würden. Offenbar hat sie Papa dereinst auf diese Weise erobert. Nun denn, liebe Mutter, mögest du diesmal recht behalten!

Ich stecke das Bild in ein Kuvert, beschrifte und versiegele es sorgfältig. Und nachdem ich Anna gerufen und sie gebeten habe, den Umschlag umgehend an den Grafen Monteregg zu übermitteln, geht es mir besser.

Ich raffe mich sogar dazu auf, die Handschuhe für den Hofball anzuprobieren. Was für ein hübsches blaues Seidenband die Schachtel verschließt. Ich löse es, hebe den Deckel ab. Und erstarre. Auf dem Seidenpapier, das die Handschuhe schützt, liegt ein Kuvert mit meinem Namen. Ich greife hastig danach und drehe es um. Kein Absender. Kein Siegel. Und für eine Rechnung ist der Umschlag viel zu dick. Ist das schon wieder ein anonymer Brief?

*Brief ohne Angabe des Absenders
an Komtess Clea de Conteville, Wien*

19. Januar 1878

Hochverehrte Komtess,

Sie kennen mich nicht. Und ich kann mich auch derzeit noch nicht zu erkennen geben. Dennoch schreibe ich Ihnen erneut. Und ich muss Sie in dieser ungewöhnlichen Situation eindringlich bitten, mir zu vertrauen.
Mir ist klar, dass dies ein schier unmögliches Ansinnen ist. Wie soll man jemandem Glauben schenken, der scheinbar zu feige ist, einen Brief mit vollem Namen zu unterzeichnen?
Vielleicht kann ich meine guten Absichten beweisen, indem ich eine Anekdote aus Ihrem Leben anführe, die nur Ihrem engsten Freundes- und Familienkreis bekannt ist.
Ich habe beispielsweise Kenntnis von den Umständen, die an jenem Junitag vor achtzehn Jahren, an dem Sie das Licht der Welt erblickten, zu Ihrem ausgesprochen ungewöhnlichen Vornamen führten. Ich weiß, wie erfreut Ihr Herr Papa damals über die unerwartete Geburt von Zwillingen war. Mir ist bekannt, dass er dieses Ereignis im Kreise seiner Freunde mit mehreren Flaschen Cognac feierte, bevor er den Pfarrer aufsuchte, um die beiden wohlgeratenen Töchter ins Geburtenregister eintragen zu lassen. Claire und Sophie sollten sie heißen, das hatte die Gattin beschlossen. Doch leider konnte Theodore de Conteville nach dem reichlichen Genuss des Weinbrandes nur noch undeutlich artikulieren. Und so kam es, dass der wackere Pfarrer Sie als Clea ins Kirchenbuch eintrug. Als der Irrtum auffiel, erschien der Name Clea Ihrem nach wie vor stark berauschten Herrn Papa so klangvoll, dass er es freudig dabei beließ.

Ihre Mutter war zunächst erzürnt, wie ich ebenfalls aus sicherer Quelle weiß. Sie freundete sich aber rasch mit dem wirklich schönen Namen an und leugnete später sogar den wahren Grund für seine Wahl. Stattdessen gibt sie stets vor, der Name Clea habe in der Ahnenreihe der Contevilles eine lange Tradition.

Nehmen Sie diese kleine Episode als Beweis meiner Verbundenheit mit Ihrer Familie. Und glauben Sie mir bitte, dass mir nichts ferner liegt, als Ihnen zu schaden. Ich möchte Sie im Gegenteil in Ihrem Wunsch unterstützen, ein selbstbestimmtes Leben zu führen. Und genau deswegen wende ich mich heute ein weiteres Mal mit einem Schreiben an Sie.

Ich empfehle Ihnen ganz dringend einen Besuch bei den Tieren in der wunderschönen Menagerie Seiner Majestät des Kaisers in Schönbrunn. Bitte begeben Sie sich am kommenden Donnerstag um neun Uhr morgens zum Eingangstor an der Hetzendorfer Straße. Es wird dort ein äußerst ehrenwerter Tierpfleger namens Marek Radu auf Sie warten, der Sie zum Bärengehege bringen wird. Und ich verspreche Ihnen: Dort werden Sie ein Schauspiel erleben, das wahrhaft einzigartig ist.

Leider müssen Sie sich aber ganz allein dort einfinden. Anders geht es nicht.

Mir ist klar, wie seltsam Ihnen dies erscheinen mag, denn eine Komtess geht niemals allein aus. Doch seien Sie gewiss, die Unternehmung ist gänzlich ungefährlich. Vielleicht können Sie den Kutscher, der Sie nach Schönbrunn bringt, zu Ihrer Beruhigung vor dem Park warten lassen.

Kommen Sie auf jeden Fall, und kommen Sie ohne Begleitung! Sie werden es gewiss nicht bereuen.

*Es grüßt Sie hochachtungsvoll
ein Freund der Familie*

Kapitel 18

F wie Feuer

Man wird wie von selbst philosophisch, wenn man in lodernde Flammen blickt. Zwei Weisheiten kommen mir dabei gerade in den Sinn: Spiele nie mit dem Feuer, wenn du nicht weißt, wie du die Flammen löschen kannst. Und vor allem: Verbrenne dich nicht zweimal an derselben Glut.

Ich habe eine Nacht lang über den Brief nachgedacht. Dann habe ich ihn ins Kaminfeuer geworfen. Ich werde definitiv nie wieder einem anonymen Schreiben Folge leisten. Und ich tue grundsätzlich nur noch, was ich selbst will.

Das weiße Büttenpapier lodert hell auf und zerfällt dann vor meinen Augen zu grauer Asche. Gut so!

Jemand klopft an meine Zimmertür, es ist Anna.

»Ihr Vater wünscht Sie zu sprechen«, teilt sie mir mit. »Er wartet in seinem Arbeitszimmer.«

»Danke, Anna! Ich werde ihn gleich aufsuchen.«

Sie bleibt unschlüssig stehen. Weicht meinem Blick aus. Knetet ihre Hände.

»Ist alles in Ordnung?«, will ich wissen.

Jetzt gibt sie sich einen Ruck. »Ja, natürlich. Haben Sie noch einen Wunsch?«

Ich schüttele den Kopf. »Nein. Ruh dich ein wenig aus. Du wirkst angespannt.«

Anna knickst und zieht sich zurück. Seltsam. Sie hat ganz eindeutig etwas auf dem Herzen. Nun, vielleicht vertraut sie es mir später an.

Ich werfe einen Blick in den Spiegel, streiche mir noch rasch eine Haarsträhne hinters Ohr, die sich aus der Frisur gemogelt hat, und begebe mich zu Papa.

Er sitzt in seinem großen Ohrensessel am Feuer, hat seine goldene Lesebrille aufgesetzt und blättert in einem Buch.

»Clea! Da bist du ja schon.«

»Du wolltest mich sprechen?«

»Setz dich!« Er weist auf einen kleineren Sessel.

Ich nehme Platz.

»Vermutlich ahnst du, worum es geht«, beginnt Papa.

»Nein«, gebe ich zu. »Müsste ich das?«

Er lächelt. »Du bist noch so jung. Und es war dein erster Ball. Da wundert es mich nicht, dass du noch nicht abschätzen kannst, welchen Eindruck du gemacht hast.« Er nimmt mehrere Briefe von dem kleinen Teetisch zwischen uns und fächert sie auf. »Das sind alles junge Männer, die um ein Gespräch mit mir bitten. Zwei davon erwähnen in ihrem Brief Sophie, drei dich.«

Ich atme scharf ein. »Oh.«

»Sie wollen mich vermutlich darum bitten, euch eine bestimmte Frage stellen zu dürfen«, sagt Papa bedächtig.

»Sag Nein!«, entfährt es mir.

»Möchtest du denn gar nicht wissen, um wen es geht?«

Ich schüttele heftig den Kopf. »Ich kenne diese Herren doch ohnehin nicht.«

»Du hast mit ihnen getanzt.«

»Vermutlich«, räume ich ein. »Aber dabei lernt man sich doch nicht kennen.«

»Das ließe sich nachholen«, gibt Papa zu bedenken.

»Du weißt, dass ich daran kein Interesse habe.«

Er wiegt bedächtig den Kopf. »Ich hörte davon. Aber ist das immer noch so?«

»Natürlich!«, sage ich heftig.

Jetzt zieht Papa einen weiteren Brief aus der Tasche seines Hausrocks. »Ich habe gestern noch ein Schreiben erhalten«, teilt er mir mit. »Von Bobo.« Ich brauche einen Moment, bis mir klar wird, dass er Graf Monteregg meint. »Auch er wünscht ein Gespräch mit mir, und offenbar geht es um dich. Was soll ich ihm sagen? Bleibst du bei deinem Plan?«

Ich würde plötzlich am liebsten wegrennen. Stattdessen atme ich tief ein. »Vielleicht könntest du ihm gegenüber meine Pläne erwähnen, einen Salon zu führen«, taste ich mich vor. »Und ihn zunächst fragen, wie er dazu stünde.«

Papa nickt langsam. »Das ist gut. So gewinnst du noch ein wenig Zeit. Ich habe den Eindruck, dass du die dringend brauchst.«

»Warum?«, frage ich misstrauisch. »Wie kommst du darauf? Gibt es etwas, das ich noch nicht weiß?«

Er lächelt. »Du hast eben nicht jubelnd Ja gesagt, als ich fragte, ob deine Pläne unverändert sind.«

»Du hast recht«, gebe ich zu. »Ich brauche noch Zeit. Es ist keine leichte Entscheidung.« Ich seufze. »Und sie zieht so viel nach sich.«

Papa tätschelt beruhigend meine Hand. »Es tröstet dich vielleicht, dass Sophie ebenfalls um Zeit gebeten hat.«

Ich nicke. »Das tut es tatsächlich.«

Er legt nachdenklich die Fingerspitzen aneinander. »Ich werde noch keinen Verehrer abweisen«, überlegt er laut. »Und bei Bobo vorfühlen, wie er sich das denkt.«

»Danke, Papa.« Ich erhebe mich und gebe ihm einen Kuss auf die Wange.

»Dafür musst du dich nicht bedanken«, sagt er sichtlich gerührt. »Das ist meine wichtigste Vaterpflicht.«

Möglich. Aber mir ist klar, dass er sich nun gegen Maman durchsetzen muss, die bestimmt längst weiß, welcher unserer Verehrer die beste Partie ist. Und die es zweifelsohne völlig unnötig finden wird, diesem Bewerber noch gefährliche Zeit zum Überlegen zu geben.

Als ich kurz darauf in mein Zimmer zurückkehre, finde ich dort Anna vor.

»Ich muss mit Ihnen sprechen«, sagt sie zerknirscht.

»Das dachte ich mir. Raus mit der Sprache.«

Sie knetet schon wieder ihre Hände. »Es geht um den anonymen Brief«, beginnt sie.

»Um welchen?«, frage ich verwundert. Von dem letzten kann sie eigentlich nichts wissen.

»Sie hatten ihn mir gegeben.« Anna sieht mich scheu an. »Es ging darin um einen selbst fahrenden Holzkarren.«

»Ach ja, ich erinnere mich. Und was hat es damit auf sich?«

»Ich war da«, wispert Anna so leise, dass ich mich frage, ob ich mich verhört habe. Doch dann räuspert sie sich und fährt lauter fort. »Ich wollte diesen selbst fahrenden Karren unbedingt sehen. Und ich wollte herausfinden, wer Ihnen diese seltsamen Briefe schreibt. Deshalb bin ich hingegangen.«

»Abends?«, frage ich fassungslos. »In die Stadt? Ganz allein? Ohne Kutsche und ohne Begleitung?«

»Natürlich.« Anna wirkt irritiert.

»Du bist wirklich ganz allein losgezogen? Ist das nicht gefährlich?«

»Nicht um diese Zeit«, antwortet Anna unbekümmert. »Da ist doch noch überall viel Leben auf den Straßen. Ich gehe oft allein durch die Stadt, wenn ich frei habe und meine Familie besuche.«

Sie sagt das, als wäre nichts dabei. Für mich allerdings klingt ein Spaziergang durch die abendliche Stadt ohne Anstandsdame oder männliche Begleitung fast so abenteuerlich wie eine Nordpolexpedition.

»Warum hast du mir nichts davon erzählt?«, will ich wissen.

»Es war ja Ihr Brief.« Anna betrachtet den Fußboden. »Es stand mir nicht zu, dort hinzugehen.«

»Das stimmt zwar«, räume ich ein. »Andererseits ist die Mariahilfer Straße ein öffentlicher Ort. Und es war eine ebenso öffentliche Vorführung. Da kann hingehen, wer will.«

Erleichtert atmet Anna auf.

»Und? Wer ist es?«, will ich wissen.

»Wer ist was?«

»Anna, wer schreibt mir die anonymen Briefe?«

Sie zuckt mit den Schultern. »Ich weiß es nicht. Es waren so viele Menschen da. Die ganze Straße war voller Schaulustiger.«

»War Fürst Glinsky darunter?«

Erneut schlägt Anna die Augen nieder. »Ich habe keine Ahnung. Ich weiß ja nicht, wie er aussieht. Und ich kannte niemanden, den ich hätte fragen können. Nur Caroline.«

Ich ziehe eine Augenbraue hoch. »Caroline?«

»Die Fotografin. Die neulich die Bilder gebracht hat.«

»Caroline Wiedmann?«

Anna nickt. »Genau die.«

»Die kennt Nikolaj Glinsky und weiß, wie er aussieht. Sie fotografiert doch in seinem Auftrag Pflanzen und Tiere.«

Anna sieht mich betreten an. »Das wusste ich nicht.«

»Hat Caroline sich vielleicht mit einem jungen Mann unterhalten, der Glinsky gewesen sein könnte?«

Anna schüttelt den Kopf. »Sie war ganz und gar fasziniert von dem Wagen. Sie hatte für nichts anderes Augen.«

Ich nicke matt. »Du hast also überhaupt nichts in Erfahrung gebracht. Weder, wer die Briefe schreibt, noch, ob sie irgendwie in Zusammenhang mit Glinsky stehen.«

»Ich habe nicht viel herausgefunden«, gibt Anna zu. »Aber auch nicht nichts. Immerhin wissen wir jetzt, dass das angekündigte Spektakel tatsächlich stattgefunden hat. Und es war wirklich ausgesprochen sehenswert. Sie hätten es geliebt. Also wissen wir auch: Wer immer diese Briefe schreibt, lügt nicht. Wer immer diese Briefe schreibt, will Sie damit nicht in eine gemeine Falle locken. Und vielleicht kennt er Sie sogar recht gut, denn sowohl das Bruckner-Konzert als auch die Karrenfahrt waren ganz nach Ihrem Geschmack.«

Anna hat recht. Das ist eindeutig mehr als nichts. Und nun regt sich meine Neugier. »Nach meinem Geschmack? Setz dich und erzähle mir alles!«, fordere ich sie auf. »Jedes Detail. Fang in der Mariahilfer Straße an. Beim Kaffeehaus Gabesam. Wie ist es dort?«

»Sie kennen es nicht?«

Ich werfe ihr einen vernichtenden Blick zu. »Himmel, Anna! Würde ich sonst fragen? Erzähl!«

»Es ist eines der berühmtesten Kaffeehäuser Wiens«, erklärt sie. »Und es ist sehr fein. Alles ist in Weiß und Gold gehalten. Die Qualität der Speisen und Getränke ist exzellent. Ich habe dort einmal eine heiße Schokolade getrunken, sie war ein Traum. Der Besitzer des Kaffeehauses ist ebenfalls sehenswert. Vater Gabesam ist nämlich ein echtes Wiener Original. Er trägt stets eine goldene Mütze mit lauter Quasten daran. Und er hat ein ebenso goldenes Herz. Wer immer in Not gerät, dem hilft er, egal ob arm oder reich. Er hat einmal sogar der Kaiserin Elisabeth das Leben gerettet.«

»Wie das?«

»Als ihre Pferde auf dem Weg nach Schönbrunn in der Mariahilfer Straße durchgegangen sind und die Kutsche kippte, hat er sie aus dem Wagen befreit. Zum Dank hat sie ihm einen Brillantring geschenkt. Den kann man in seinem Kaffeehaus jederzeit besichtigen.«

»War dieser Gabesam bei der Vorführung dabei?«

»O ja! Alle sind aus dem Kaffeehaus herausgekommen, sogar der Koch.«

»Und dann?«

»Als ich angekommen bin, haben schon viele Menschen an beiden Seiten der Straße gewartet. Ich habe Caroline erkannt und mich neben sie gestellt. In der Mitte der Straße haben die Zuschauer eine breite Gasse freigelassen, in der eine lange, schmale Holzkarre stand. Hintendrauf ragte ein merkwürdiger Aufbau in die Höhe, mannshoch. Das war der Motor. Vorn saß dieser Herr Marcus, er hatte die Füße auf die Deichsel des Wagens gestellt. Der Motor lief schon und hat schrecklichen Krach gemacht. Man konnte sein eigenes Wort kaum verstehen. Außerdem hat das Ding beißend gestunken. Nach Benzin, hat Caroline gesagt. Zwei Männer standen rechts und links neben der Karre und hielten sie fest wie ein störrisches Pferd. Herr Marcus hat irgendwann genickt, da haben sie losgelassen. Und zack! Die Karre samt Fahrer ist losgeschossen.« Anna sieht mich mit leuchtenden Augen an. »Einfach losgefahren. Verstehen Sie? Niemand hat sie angeschoben. Die Männer haben nur ihre Hände weggezogen. Und der Wagen fuhr! Meter um Meter. Ganz von allein. Es ging nicht bergab, ich schwöre es. Trotzdem wurde der Wagen nicht langsamer. Er sauste förmlich über das Pflaster hinweg. Ein junger Mann hat versucht, nebenher mitzulaufen, aber dem ist schnell die Puste ausgegangen. Es war großartig!«

»Und wie hat Herr Marcus wieder angehalten? Hatte der Wagen eine Bremse?«

Anna schüttelt den Kopf. »Er konnte ihn mit den Füßen auf der Deichsel ein bisschen lenken. Es lagen Strohballen auf der Straße. In die hat Herr Marcus die Karre am Ende der Strecke hineingesteuert.«

»Faszinierend«, murmele ich.

Anna nickt heftig. »Ja, nicht wahr? Telefon. Fotografie. Pferdelose Kutschen. Wir erleben eine neue Zeit.«

Du vielleicht, denke ich bitter. Und Caroline. Denn die neue Zeit beginnt zwar eindeutig, aber ich erlebe sie nicht. Ich höre immer nur davon.

Gräfin Eleonore von Rossnitz, Wien
an Fürstin Pauline von Metternich, Wien

20. Januar 1878

Liebe Pauline,

seit dem Eisball habe ich weder von Helena noch von Isabella eine Nachricht erhalten. Aber das bekümmert mich nicht. Ich gehe im Gegenteil davon aus, dass alles in bester Ordnung ist und sie deshalb nichts von sich hören lassen.
  Nun können wir beide vorerst nichts weiter tun, als abzuwarten. (Und das fällt uns bekanntlich schwer.)
  Ich persönlich setze ja all meine Hoffnungen auf den Hofball. Wir sollten ihn unbedingt abwarten, bevor wir die Flinte ins Korn werfen.
  Sei gewiss, sobald ich Neuigkeiten habe, erfährst du sie!

Herzlich grüßt
Lori

Kapitel 19

M wie Menagerie

Die kaiserliche Menagerie zu Schönbrunn befindet sich rechts des Schlosses an der Westseite des Parks. Ich kenne diese Tiergehege seit meiner Kindheit. Sophie und ich durften unsere Eltern fast nie nach Wien begleiten, aber wenn sie uns zu einem kurzen Zwischenspiel mitnahmen, haben wir diesen Ort stets besucht. Wir sahen Affen, Elefanten, Giraffen, Papageien und Löwen. Und manchmal den Kaiser oder die Kaiserin.

Die Kutsche schaukelt über das Pflaster. Und ich weiß immer noch nicht, was ich gleich tun werde. Ob ich in Schönbrunn aussteige oder dem Fiaker den Befehl zum Umkehren gebe.

Ich habe hin und her überlegt. Diesmal ganz allein. Glücklicherweise wusste ja niemand von diesem dritten anonymen Brief, und so sollte es auch bleiben. Nicht dass schon wieder jemand die Initiative ergriff und über mein Leben bestimmte, so wie im Falle des ersten Briefs Maman und beim zweiten gar Anna.

Nach reiflicher Überlegung bin ich zunächst zu dem Schluss gekommen, dass man dem Briefschreiber nicht glauben kann. Papier ist geduldig, und selbst der schlimmste Schurke würde in einem solchen Schreiben seine Ehrenhaftigkeit beteuern. Die »kleine Anekdote aus meinem Leben«, wie der Schreiber sie nannte, beweist ebenfalls nichts. Sie ist zwar meines Wissens nach wirklich nur dem engsten Freundeskreis bekannt, denn Maman findet sie überaus peinlich. Aber die Leute reden immer und überall. Natürlich kann sich die Geschichte längst herumgesprochen haben, ohne dass wir davon Kenntnis haben.

Dennoch sitze ich nun in dieser Kutsche und fahre Richtung Schönbrunn. Einfach weil das wider Erwarten erstaunlich leicht zu bewerkstelligen war.

Eigentlich wollte ich nur wissen, ob ich mich in Wien mit einer ähnlichen Selbstverständlichkeit bewegen kann wie Anna. Ob ich meine Schritte nicht nur im übertragenen Sinne selbst lenken kann, sondern auch im wörtlichen. Ich wollte es einfach ausprobieren. Und die Gelegenheit war günstig. Seit unserem Erfolg beim Eisball hält Maman die täglichen Lektionen für überflüssig, Sophie und ich dürfen jetzt vormittags tun, wonach uns der Sinn steht. Sophie schläft seitdem aus, ich lese normalerweise, und dabei werde ich selten gestört. Gestern hat Maman dann auch noch spontan beschlossen, ihre Mutter zu besuchen, die sie ja wegen meiner angeblichen Krankheit an Weihnachten nicht sehen konnte. Sie kommt erst gegen Nachmittag zurück.

Deswegen habe ich mich heute ganz früh angekleidet. Nicht vornehm oder elegant, ich wollte ja keine Blicke auf mich lenken. Sondern zweckmäßig und warm, mit einem Wollkleid, einem riesigen weichen Schal, den ich mir um die Schultern schlang, und wasserfesten Gummigaloschen über den Schuhen. Ich habe mein ganzes Nadelgeld eingesteckt, was nicht viel ist, denn Papa ist der Meinung, Sophie und ich bräuchten keine Barschaften. Dann habe ich das Haus verlassen und bin losmarschiert. Richtung Stadt. Es war großartig.

Ich bin einfach zu Fuß gegangen. Schritt um Schritt. Die Luft war eisig, der Boden voller Schneematsch, auf den Straßen drängten sich Fuhrwerke, manchmal stauten sich die Fußgänger deswegen, und ich musste zwischen wildfremden Menschen warten, bis es weiterging. Aber niemand hat mich beachtet. Niemand wollte mir Böses oder hat sich an meinem Verhalten gestört. Und es war auch gar nicht so weit, wie ich gedacht hatte. Schon nach einer halben Stunde konnte ich von Weitem die Peterskirche sehen, vor der mehrere Fiaker standen. Ich war von der kalten Luft wunderbar erfrischt und von dem ungewohnten Erlebnis fast wie berauscht. Deswegen habe ich all meinen Mut zusammengenommen und einen der Kutscher gefragt, ob er mich nach Schönbrunn fahren könne. Das schien für den Mann eine ganz alltägliche Frage zu sein. Er nannte mir einen Betrag für die Hin- und Rückfahrt, der mir angemessen vorkam. Nicht weil ich wirklich beurteilen kann, was eine solche Dienstleistung wert ist, sondern weil ich genug Geld bei mir trug, um ihn zu bezahlen.

Danach musste ich nur noch einsteigen. Und schon ging es los.

Nun rumpele ich in dieser etwas klapprigen Equipage über das Kopfsteinpflaster und frage mich, ob ich noch ganz bei Trost bin.

Da ist schon das schmiedeeiserne Tor des Schönbrunner Parks, das ich aus Kindertagen kenne. Der Fiaker hält an, und ich fasse spontan den Entschluss umzukehren. Meine Abenteuerlust ist für heute gestillt. Doch plötzlich löst sich ein Schatten vom Torpfosten, und ich erkenne einen kleinen, rundlichen Mann, der auf die Kutsche zueilt. Er bleibt wenige Schritte entfernt stehen und winkt mir zu.

Ich öffne die Tür.

»Komtess Conteville?« Er tritt näher.

Ich blicke in fröhlich glitzernde dunkle Augen, die von einem Kranz Lachfältchen umgeben sind. Es sind die gutmütigsten Augen, die ich je gesehen habe. Und das gesamte Männlein wirkt so vertrauenserweckend, ja, geradezu herzerwärmend freundlich, dass ich spontan zurückwinke.

»Die bin ich«, sage ich. »Sind Sie Herr Radu?«

Er richtet sich auf. »Höchstpersönlich! Bitte Frolleinchen, folgen Sie mir.« Er spricht mit einem Akzent, den ich für Rumänisch halte.

»Wie lange werde ich weg sein?«, will ich wissen.

Herr Radu wiegt nachdenklich den runden Kopf, auf dem eine ebenso runde braune Fellmütze sitzt. »Vielleicht eine halbe Stunde. Vielleicht mehr. Ich bin nicht ganz sicher, wann er kommt.«

»Wer?«

Wieder wiegt der Mann den Kopf. »Sie werden sehen. O ja, Sie werden es sehen.«

Ich bitte den Fiaker, genau hier auf mich zu warten, und verspreche ihm ein Trinkgeld, damit er das auch wirklich tut. Wenn ich in zwei Stunden nicht zurück bin, soll er die Polizei holen. Dann folge ich Herrn Radu in den Park.

Hinter dem Zaun wartet ein bäuerlicher Pferdewagen, auf dessen Ladefläche ein großer Heuhaufen liegt. Herr Radu greift unter den Kutschbock und zieht ein dickes schwarzes Bündel hervor. Als er es mit einer geschickten Bewegung ausschüttelt, erkenne ich einen weiten Wollumhang mit Kapuze.

»Den zieht das Frolleinchen jetzt an«, fordert er mich auf. »Er ist warm. Und ein gutes Versteck.«

»Vor was verberge ich mich denn?«, frage ich, während ich mir den Umhang umlege und die Kapuze tief in die Stirn ziehe.

Herr Radu lächelt verschmitzt. »Das Frolleinchen ist jetzt keine Komtess mehr. Sie sind jetzt der Gehilfe vom alten Radu. Der heißt Jockel, ist dünn und friert immer sehr. Der echte Jockel hat heute frei.« Er klettert auf den Kutschbock und klopft neben sich aufs Holz. »Komm, Jockel!«

Ich muss lachen und klettere neben ihm auf den klapprigen Wagen.

Herr Radu schnalzt mit der Zunge, das alte Pferd zieht an, und wir zockeln langsam und alles andere als majestätisch durch den kaiserlichen Park in Richtung Menagerie.

»Gleich sind wir da«, sagt der alte Mann zu mir. »Wir gucken nur und sagen nichts. Egal, was passiert.«

Ich schlucke. »Was kann denn passieren?«, will ich wissen.

»Nichts«, sagt Herr Radu. »Wenn das Frolleinchen still ist, wird alles wie immer sein. Jockel und Radu sind jeden Morgen da.«

Ich will noch mehr fragen, doch Herr Radu schüttelt den Kopf. »Das Frolleinchen redet jetzt nicht«, sagt er mit einem Augenzwinkern. »Denn nun hört es zu. Der alte Radu erklärt alles, was es wissen muss.«

Ich nicke gehorsam. »Jawohl.«

»Wir haben in der Menagerie seit zwei Wochen einen interessanten Gast«, berichtet Herr Radu mit seinem wunderbaren Akzent. »Einen jungen Bären, der Kronprinz Rudolf gehört. Er ist ganz freundlich und zahm. Genau wie ich.« Ein zauberhaftes Lächeln zerknittert das Gesicht des alten Mannes. »Der Bär kommt von weither. Aus Amerika. Und er ist schwarz. Er kam mit einem reisenden Kaufmann nach Wien, der seine Verwandten in Währing besuchte. Er schenkte das kleine zottige Tierchen den Kindern des Hauses, zwei Knaben.«

Unser hölzerner Wagen rumpelt ächzend über eine Unebenheit.

»Ho, Lotte!«, ruft Herr Radu und animiert das alte Pferd mit einem Schnalzen, stärker zu ziehen. Dann fährt er fort: »Meister Petz war sehr possierlich und bald der Liebling der Kinder. Er war zahm wie ein Hündchen und ließ sich gern den Pelz und die Ohren zausen. Und er balgte mit den Knaben, ohne zu beißen.«

»Ist das wirklich wahr?«, frage ich ungläubig.

Herr Radu nickt freundlich. »Jedes Wort! Das ging viele Wochen lang gut. Aber ein Bär wächst schnell.«

Pferd Lotte bleibt stehen. Sie packt mit den Zähnen einen

Zweig am Wegesrand, schüttelt den Schnee davon ab und knabbert daran. Herr Radu lässt sie gewähren.

Ich soll ja nichts sagen, aber das ist wirklich schwer. Wenn wir in diesem Tempo weiterfahren, wird alles, was wir in der Menagerie vielleicht erleben könnten, vorüber sein, bevor wir eintreffen. Und mittlerweile bin ich darauf mehr als gespannt. Der anonyme Briefschreiber hat mir schon zweimal Ereignisse vorgeschlagen, die mich mehr als alles andere in dieser Saison interessiert haben. Ich will unbedingt wissen, was er diesmal so ausgesprochen akribisch vorbereitet hat. Herr Radu. Der Wagen. Der Umhang. Jockel, der frei hat. Hier steht etwas Wichtiges an, so viel ist gewiss.

»Wie ging es mit dem Bären weiter?«, frage ich. »Er ist ja nun in der Menagerie gelandet. Also wurde er wohl irgendwann zu groß, nicht wahr?«

Zum Glück tadelt der alte Radu mich nicht wegen meiner Geschwätzigkeit. Und er ist jetzt ebenfalls der Meinung, dass Lotte genug geknabbert hat. Er zieht die Zügel an und schnalzt wieder mit der Zunge, woraufhin sie weiterzockelt.

Auch Herr Radu fährt mit seiner Erzählung fort: »Im Herbst beschloss der Vater der Familie, das Tier sei zu groß. Es war nun einmal ein tapsiger Bär und machte im Haus viel kaputt.«

Ich nicke. »Verständlich. Das sind und bleiben wilde Tiere.«

»So ist es«, bestätigt Herr Radu. »Sie bauten draußen einen Käfig aus Holz, aber der Bär wollte nicht in diesem Gehege bleiben. Eines Tages zersplitterte er die Stäbe und brach aus. Er legte sich in den Garten und ließ sich die Sonne auf das Bärenbäuchlein scheinen.« Herr Radu schmunzelt bei dieser Vorstellung. »Die beiden Knaben liefen los, um ihn wieder einzufangen. Doch der Bär machte einen gewaltigen Satz und war im Nu über den Gartenzaun. Er verschwand im Gebüsch und war weg.«

»O weh«, sage ich. »Hoffentlich hat niemand auf ihn geschossen.«

Herr Radu schüttelt den grauhaarigen, fellbemützten Kopf so behäbig wie ein Bär in der Sonne. »Zunächst blieb Meister Petz verschwunden. Erst nach zwei Stunden, es war bereits dunkel, hörte man aus einem Nachbargarten Zeter und Mordio. Jemand schrie, als würde er bei lebendigem Leibe gefressen. Viele Leute liefen herbei, auch die Kinder, die den Bären aufgezogen hatten. Sie fanden den Gärtner der Nachbarn mitten im Garten, spärlich bekleidet und völlig verängstigt. Zitternd und bebend erzählte er, wie er müde von der Arbeit in sein Stübchen zurückgekehrt war, sich entkleidet und aufs Bett geworfen hatte, ohne Licht zu machen. Aber sein Lager war besetzt. Von einem Bären, der unter der Decke schnarchte.«

»Oje, das stelle ich mir furchtbar vor«, sage ich, muss aber gleichzeitig kichern.

Herr Radu nickt. »Der Gärtner sprang auf und rannte schreiend davon.«

Ich kichere noch immer, und Herr Radu lacht dröhnend mit. »Die Knaben wussten natürlich sogleich, wer da im Bett des Gärtners lag. Sie gingen in das Häuschen und kamen mit dem Bären an einer Leine wieder heraus.«

»Und dann?«, frage ich gespannt.

Wir sind mittlerweile in der verschneiten Menagerie angekommen. Doch von Tieren ist in den Käfigen nichts zu sehen. So früh am Morgen sind sie wohl noch in ihren Ställen. Nur ein paar Spatzen picken in den Gehegen nach Körnern und Krümeln.

»Der Bär kam zu den Knaben zurück«, erzählt Marek Radu. »Aber er brauchte schnell ein besseres Zuhause. Da hat der Vater ihn einfach dem Kronprinzen geschenkt. Jetzt hat Meister Petz einen schönen Käfig in der Menagerie. Aber er ist sehr traurig und frisst nicht.«

»Vielleicht will er schlafen?«, vermute ich. »Es ist Winter. Da ziehen sich Bären in Höhlen zurück und brauchen keine Nahrung.«

Herr Radu schüttelt wieder auf drollig behäbige Weise den Kopf. »In der Menagerie schlafen die Bären im Winter nicht. Nur Bären in freier Wildbahn tun das.«

»Und deshalb besuchen wir ihn jetzt?«, will ich wissen. »Um ihn zum Fressen zu animieren?«

Ich bin selbst überrascht, dass ich überhaupt keine Angst habe. Mit Herrn Radu an meiner Seite würde ich sogar in einen Bärenkäfig steigen. Kein Bär auf dieser Welt würde diesem zauberhaften alten Mann etwas antun, da bin ich sicher.

»Nein, wir schauen nur zu«, sagt Herr Radu mit geheimnisvoller Miene. »Der Kronprinz hat einen Bärenforscher geholt. Der macht das. Brrr, Lotte!« Er zieht die Zügel an, und das alte Pferd bleibt stehen.

»Jetzt pssst!« Herr Radu legt einen Finger an die Lippen. »Kein Wort mehr. Wir sind da. Wir gucken wie jeden Morgen nach Meister Petz, Jockel und ich. Aber Jockel redet nie. Er ist stumm.«

Alles klar, ich habe verstanden. Ich bin zwar über meine Zuschauerrolle ein kleines bisschen enttäuscht, ich hätte lieber geholfen, den Bären zu füttern. Aber ich bin trotzdem gespannt, was gleich passiert.

Wir sind ungefähr zwanzig Meter von einem leeren Raubtiergehege entfernt. Es ist kreisrund, und an seiner rechten Seite führt ein langer vergitterter Gang zu einem Gebäude, in dem Meister Petz vermutlich gerade schläft.

Plötzlich höre ich ein metallisches Rasseln. Eine Tür am Ende des Gangs wird aufgeschoben, und ich sehe eine massige schwarze Gestalt. Es ist kein Bär, sondern ein Mensch. Er steckt in derber Arbeitskleidung und trägt einen Blecheimer in der Hand. Ich ziehe die Kapuze noch tiefer ins Gesicht.

»Das Futter«, murmelt Herr Radu.

Der Mann öffnet den Käfig, betritt ihn und kippt den Inhalt des Eimers in einen Futtertrog, der ganz nah am Gitter steht.

Ich würde jetzt gern sagen, dass der Bär sein Futter vielleicht lieber an einem geschützteren Ort einnehmen würde. Aber Jockel spricht ja nicht, daher halte ich den Mund.

Als der Mann fertig ist, blickt er auf und sieht uns. Er ruft einen fröhlichen Morgengruß. Herr Radu hebt die Hand und winkt. Er gibt mir einen kleinen Stoß, ich mache dasselbe, und Herr Radu nickt zufrieden.

»Das ist Anton. Der Tierpfleger«, raunt er mir zu.

Anton nimmt den Eimer und geht durch den vergitterten Gang zurück. Kurz darauf hören wir wieder ein metallisches Rasseln.

»Der Käfig ist offen«, flüstert Herr Radu. »Jetzt kommt Petz.«

Und da ist er auch schon. Riesig und rabenschwarz. Aber er ist dünn, und sein Fell wirkt glanzlos und struppig. Dennoch trabt er geradezu freudig in den Gang. Bleibt etwa in der Mitte jäh stehen. Richtet sich auf die Hinterbeine auf, hebt die Nase und schnuppert in alle Richtungen. Hat er endlich Appetit? Ich halte den Atem an.

Der Bär bleibt kurz in dieser Position, als würde er nachdenken. Dann lässt er sich auf alle viere fallen und läuft im Passgang zu seinem Futter in dem runden Gehege. Es scheint, als hätte er durchaus Hunger, denn am Trog angelangt versenkt er sofort die Schnauze darin.

Aber was ist das? Er hebt den Kopf wieder, ohne zu kauen. Blickt müde in unsere Richtung. Und seufzt. Oder kommt mir das nur so vor? Jetzt trottet er zurück in den Gittergang und bleibt wartend vor dem mittlerweile versperrten Durchgang ins Bärenhaus stehen.

Plötzlich höre ich Stimmen. Sehr helle Stimmen. Und der Bär hört sie offenbar auch. Er hebt den Kopf und wittert.

Ein weiterer Mann nähert sich dem Gehege über einen der Parkwege. Er trägt eine derbe Hose und einen gestrickten Pullover. Keinen Mantel, keinen Hut, keinen Schal. Und er führt zwei Kinder an der Hand, der Kleidung nach Jungen. Der eine mag etwa sechs Jahre alt sein, er hüpft aufgeregt plappernd neben dem Mann her. Der andere ist älter, vielleicht acht oder zehn. Er geht ruhig und nachdenklich an der anderen Hand.

»Petz!«, ruft der Kleine, als er den Bären sieht. »Da bist du ja!« Er lässt die Hand des Mannes los und läuft auf das Bärengehege zu, so schnell er kann.

Jetzt ist es auch um die Ruhe des älteren Jungen geschehen, er jagt dem Jüngeren nach. »Petz!«, ruft auch er. »Ich hab dich so sehr vermisst!«

Es ist unglaublich, welche Verwandlung plötzlich mit dem Bären vor sich geht. Ein Zittern lässt das gewaltige Tier erschaudern. Es richtet sich zu seiner vollen Größe auf, legt seine dicken Tatzen an das Gitter des Gangs und rüttelt daran. Versucht, die Stäbe zu durchbrechen. Scheitert. Brüllt auf. Dann fällt es wieder auf alle viere und dreht sich einige Male um sich selbst, als wolle es damit seine Unruhe bezwingen.

Die beiden Knaben sind jetzt an dem niedrigen Geländer angelangt, das die Besucher von den Raubtieren fernhalten soll. Der eine klettert darüber, der andere kriecht darunter hindurch.

Als die Jungen endlich am Gitter stehen, hoppelt der Bär in so freudigen Sprüngen heran, als wäre er noch ein Bärenjunges. Er drängt sich an die Stäbe und lässt sich das Fell zausen. Dabei macht er Geräusche, die fast klingen, als würde er lachen.

»Petz!«, ruft der größere Junge. »Warum frisst du denn nichts? Man muss doch essen, sonst wird man krank.«

Statt einer Antwort reibt der Bär die Schnauze an den Stäben. Mir kommt es fast vor, als wolle er sagen: *Ich fresse nicht, weil ich es ohne euch nicht kann.*

Jetzt ist der Mann im Pullover bei den beiden Jungen angelangt. Er trägt einen Eimer. Keine Ahnung, woher er den plötzlich hat, ich war so gebannt von den beiden Knaben, dass ich ihren Begleiter nicht mehr beachtet habe. Er stellt den Kübel zwischen die Jungen und erklärt ihnen etwas. Die beiden nicken heftig und nehmen etwas aus dem Eimer. Vielleicht Äpfel, ich kann es nicht genau erkennen.

Als der jüngere seine kleine Hand mitsamt Inhalt durch die Gitterstäbe schiebt, halte ich unwillkürlich den Atem an. Doch der Bär schnappt nicht nach dem Kind. Er nähert seine Nase ganz behutsam den Fingern und schnuppert daran. Dann nimmt er das angebotene Futter ins Maul und zerbeißt es schmatzend.

»Hier ist noch ein Apfel«, ruft der ältere Junge und streckt ebenfalls eine Hand durch das Gitter. Auch dieses Futter ist schnell verspeist.

Der Mann sagt leise etwas zu den beiden Jungen. Und statt den Bären weiter zu füttern, rennen sie los, am Bärengehege entlang. »Komm, Petz!«, schreit der Kleine. »Wir spielen!«

Der Bär blickt den beiden kurz nach, dann setzt auch er sich in Bewegung und trabt den Jungen im Inneren des Geheges in gemächlichem Passgang nach. Die Knaben machen sich einen Spaß daraus, immer wieder die Käfigseite zu wechseln, und der Bär folgt ihnen. Es ist offensichtlich, dass er ihre Nähe sucht.

Bei den beiden Kindern handelt es sich ganz eindeutig um die Brüder, die den Bären aufgezogen haben, da ist kein Zweifel möglich. Jetzt tuscheln sie miteinander. Dann nimmt jeder einen weiteren Apfel, und sie trennen sich. Der eine steht nun auf unserer Seite des Käfigrondells, der andere auf der gegenüberliegenden.

Der Bär ist sichtlich unschlüssig, welchem Jungen er folgen soll – dem kleineren, der neben dem Futtereimer kichernd auf und ab hüpft, oder dem größeren, der weiter entfernt steht, laut den Namen »Petz« ruft und mit seinem Apfel winkt. Das Tier entscheidet sich nach kurzem Zögern für den Kleinen.

Doch kaum hat er ihn erreicht, schleudert der Knabe seinen Apfel mit Schwung durchs Gitter, an Meister Petz vorbei. Der wirft sich sofort herum, trabt dem rollenden Apfel nach und erbeutet ihn kurz vor dem Gitter, hinter dem der ältere Junge wartet. Der holt nun selbst Schwung, wirft seinen Apfel zwischen den Stäben hindurch, und der Bär verfolgt auch diesen.

Die drei wiederholen ihr Treiben einige Male, und der Bär verhält sich dabei wie ein spielendes Kätzchen. Ein sehr großes allerdings. Der mürrische, seufzende Griesgram von vorhin hat sich vollkommen verwandelt.

Irgendwann winkt der Mann mit dem Pullover beide Jungen zu sich, spricht leise mit ihnen und zeigt auf den Futtertrog. Der kleine Junge nimmt einen weiteren Apfel, zielt auf den Trog, trifft. Prompt trottet der Bär dem Wurfgeschoss nach, entdeckt den Apfel zwischen dem anderen Futter und frisst ihn auf.

Der zweite Junge ahmt jetzt den Wurf seines Bruders nach und trifft den Trog ebenfalls. Wieder dasselbe Schauspiel. Der Bär findet den Apfel, fischt ihn heraus, zerbeißt ihn krachend und wartet auf mehr.

Doch der Mann im Pullover zieht die Knaben jetzt zu sich heran, flüstert ihnen etwas ins Ohr, und alle drei bleiben völlig regungslos stehen.

Der Bär denkt kurz nach. Dann senkt er seine Schnauze in den Futtertrog. Und frisst.

Niemand regt sich. Weder die drei Gestalten am Zaun noch Herr Radu und ich. Wir versteinern förmlich zu Statuen, bis der

Bär nach ein paar Minuten zufrieden schmatzend vom Trog ablässt. Dann brechen die Jungen in Jubel aus, Herr Radu brummt zufrieden, und auch ich hätte am liebsten mitgejubelt. Aber ich bin ja der stumme Jockel und darf keinen Laut von mir geben.

Was für ein Erlebnis! Wie rührend dieser Bär in seiner Freude war. Wie bewegend seine Liebe zu den Knaben. Wie niedlich die Jungen mit ihm gespielt haben. Und wie freundlich und empathisch der Forscher sich mit den Kindern und dem Tier befasst hat. Das war so harmonisch, hinreißend und herzerwärmend, dass ich es niemals vergessen werde. Am liebsten würde ich noch ein bisschen bleiben.

Doch Herr Radu nimmt die Zügel auf und gibt Lotte durch ein leises Zungenschnalzen das Zeichen zum Antraben.

Der Mann im Pullover dreht sich um und winkt uns zum Abschied fröhlich lächelnd zu. Herr Radu winkt zurück.

Ich dagegen versteinere jäh. Denn jetzt kann ich das Gesicht des Forschers sehen.

»Bis morgen, Nikolaj!«, ruft Marek Radu.

Es ist niemand anders als Fürst Glinsky. Was für ein Schock!

Als Lotte lostrabt, falle ich beinahe vom Bock.

Fürst Nikolaj von Glinsky, Wien
an Seine Kaiserliche Hoheit, den Kronprinzen Rudolf von Österreich-Ungarn, Wien

24. Januar 1878

Eure Kaiserliche Hoheit!

Hiermit erlaube ich mir, Eurer Kaiserlichen Hoheit mitzuteilen, dass der Schwarzbär in der kaiserlichen Menagerie heute erstmals wieder eine nennenswerte Menge Futter zu sich genommen hat und seitdem deutlich besser bei Kräften ist. Er schläft weniger, bewegt sich lebendiger in seinem Gehege und interessiert sich wieder für die Anwesenheit der Wärter und des Publikums. Bedenkt man, wie apathisch er in den vergangenen Wochen in der Käfigecke lag, ist das eine gewaltige Verbesserung.

Der Plan, den Bären durch die Anwesenheit der Knaben aufzuheitern, die ihn aufgezogen haben, ging demnach glücklicherweise auf. Die Eltern haben mittlerweile zugestimmt, dass ich die beiden in der kommenden Woche täglich abholen darf, um diesen Vorgang zu wiederholen.

Ich erlaube mir zu erwähnen, dass Schwarzbären einen großen Bewegungsdrang haben und gute Kletterer sind. Der Bär sollte daher ein größeres Gehege mit Bäumen oder stabilen Turngeräten erhalten. Da er bei guter Pflege bis zu dreißig Jahre alt werden kann, lohnt sich diese Investition nicht nur aus Gründen der Tierfreundlichkeit, sondern auch aufgrund wirtschaftlicher Erwägungen.

Mit größter Ehrerbietung
Nikolaj Glinsky

Kapitel 20

Z wie Zofe

Anna ist die Erste, die ich morgens nach dem Erwachen sehe. Und die Letzte, die mir vor dem Einschlafen eine gute Nacht wünscht. In diesen privatesten Momenten des Tages kann ich keine Fassade präsentieren. Da bin ich ganz ungeschönt ich selbst.

Anna mag mich trotzdem. Ich bin dankbar, dass sie meine Zofe ist.

Ich sitze am Fußende meines Bettes. Sophie hat sich den Sessel herangezogen. Anna steht noch unschlüssig an der Tür.

»Nimm doch bitte Platz.« Ich weise auf den Frisierstuhl. »Ich möchte euch etwas erzählen.«

Anna blinzelt nervös. Die Situation ist ihr sichtlich unangenehm. »Das gehört sich nicht. Ich stehe lieber.«

Ich seufze. »Wenn du stehst, muss ich mich kurz fassen, weil alles andere unhöflich wäre. Aber meine Geschichte ist lang.«

Zögernd lässt Anna sich auf der vordersten Kante des Frisierstuhls nieder.

Ich hole tief Luft und erzähle den beiden die Geschichte von dem dritten Brief, der Kutschfahrt, von Herrn Radu, dem Bären, den Jungen und Glinsky. Sie lauschen wie gebannt.

»Clea, du warst wirklich leichtsinnig«, schimpft Sophie, als ich fertig bin. »Das hätte eine Falle sein können. Wir hätten wenigstens davon wissen müssen. Stell dir vor, du wärst nicht zurückgekommen. Wir hätten nicht einmal gewusst, wo wir nach dir suchen sollten.«

Ich kräusele schuldbewusst die Nase. Wäre Sophie auf eigene Faust losgezogen, hätte ich dasselbe gesagt. »Ich habe zunächst nicht ernsthaft geglaubt, dass ich problemlos einen Fiaker mieten kann«, rechtfertige ich mich. »Und als ich dann einstieg, war ich nicht sicher, ob er mich wirklich nach Schönbrunn fahren würde. Dort angelangt, wollte ich eigentlich gar nicht aussteigen. Ich bin da irgendwie hineingeraten. Aber erstens habe ich den Kutscher beauftragt, zur Polizei zu fahren, falls ich innerhalb von zwei Stunden nicht zurück bin. Und zweitens war es zum Glück keine Falle.«

»Versprich mir, dass du mich beim nächsten anonymen Brief von Anfang an einweihst«, bittet Sophie.

Ich hebe die Hand zum Schwur. »Versprochen!«

»Was ist das nur für ein seltsamer Mann, dieser Fürst Glinsky?«, überlegt Anna laut. »Ob er geisteskrank ist? Und all diese Briefe selbst schreibt? Um Sie dann entweder zu brüskieren wie bei dem Konzert oder zu beeindrucken wie mit der Zähmung des Bären?«

Ich denke an den entspannten, fröhlichen, liebevollen Mann im Pullover zurück, der sich so rührend mit den Kindern über die gelungene Fütterung von Meister Petz gefreut hat. Und ich denke an Herrn Radu, der auf der Rückfahrt, als ich noch immer starr vor Schreck über die unerwartete Wendung war, fröhlich vor sich hin plauderte und mehrfach betonte, der Fürst sei ein feiner Kerl.

Nachdenklich schüttele ich den Kopf. »Der Tierpfleger schien Glinsky zu kennen und sprach in den höchsten Tönen von ihm.«

»Vielleicht hat er eine gespaltene Persönlichkeit.« Anna bekommt ganz große Augen, als sie das sagt. »Ich habe von einem solchen Fall in der Zeitung gelesen. Es gab einen Tischler in Schottland, der war tagsüber ein ehrbarer Stadtrat und nachts ein skrupelloser Dieb. Er führte also zwei Leben. Und er hatte sogar zwei Frauen, die nichts voneinander wussten.«

Sophie runzelt die Stirn. »Das passt nicht. Glinsky war auf der Opernsoiree charmant und im Konzert seltsam. Das war zur gleichen Uhrzeit. Und beide Male stand ihm Clea gegenüber. Ein Doppelleben kann man das nicht nennen.«

Ich nicke. »Mir kommt es eher so vor, als hätte ich ihn in unterschiedlichen Stimmungen kennengelernt. Mal ist er ausgesprochen sympathisch, mal beinahe ekelhaft. Dass er die Briefe selbst schreibt, glaube ich nicht. Das ergibt keinen Sinn. Ich habe Herrn Radu gefragt, wer ihn beauftragt hat, mich zu dem Bären zu bringen. Doch da habe ich auf Granit gebissen. Ein guter Freund der Familie, hat er nur gesagt. Angeblich wollte mir jemand eine Freude machen, weil ich Tiere so gerne mag.«

Sophie schnaubt belustigt. »Ja, sicher, es ging nur um den Bären.«

Ich schmunzele. »Herr Radu hat das wirklich geglaubt.«

»Aber wer schreibt Ihnen dann diese Briefe, wenn nicht Glinsky?«, fragt Anna. »Es geht dabei ja ganz offensichtlich um ihn. Ich wette, dass er auch bei der Vorführung des selbst fahrenden Karrens dabei war.«

Ich nicke, denn das vermute ich auch. »Irgendjemand will, dass ich Glinsky immer wieder treffe. Nur wer? Und warum?«

Es ist kurz still in meinem Zimmer. Dann geht ein Ruck durch Sophie. »Denkst du gerade dasselbe wie ich?«, fragt sie.

Ich nicke langsam. »Vielleicht ist es gar kein anonymer Briefschreiber, den wir suchen«, spreche ich meinen Gedanken laut aus. »Sondern eine Briefschreiberin. Ist es das, was du meinst?«

Sophie nickt ernst. »Ganz genau! Und vielleicht steht diese Briefschreiberin unserer Familie deswegen so nahe, weil sie selbst dazugehört«, führt sie meine Überlegung weiter.

Ich atme scharf ein. »Sophie, wer hat damals sofort beschlossen, zu Bruckners Konzert zu gehen? Erinnerst du dich noch?«

»Maman!«, sagt sie mit Grabesstimme.

»Und wer war ganz sicher, dass Glinsky dort auftauchen würde?«, fahre ich fort.

»Ebenfalls Maman!«, wiederholt Sophie.

»Wer kannte die Briefmarkensprache und wies mich darauf hin?«

»Maman!«

»Wem sind die Umstände meiner Namensgebung bestens bekannt?«, frage ich weiter. »Und wer reiste im richtigen Moment ab, sodass ich mich unbemerkt davonschleichen konnte?«

Sophie seufzt. »Unsere Mutter! Und nach einem Motiv müssen wir bei ihr nicht lange suchen. Sie will Glinsky unbedingt als Schwiegersohn.«

»Aber woher weiß sie immer, wo er steckt?«, überlege ich laut. »Woher wusste sie von seiner Liebe zu Bruckner? Von dem selbst fahrenden Karren? Und dem Bären?«

Sophie zuckt mit den Schultern. »Sie hat viele Freundinnen. Das ist fast eine Art Spionagenetz.«

»Es ist nicht ihre Schrift«, gebe ich zu bedenken.

Sophie macht eine wegwerfende Handbewegung. »Jemanden, der in ihrem Auftrag Briefe schreibt, findet sie leicht.«

Kurz ist es ganz still. Dann nicken wir alle drei.

»Es wäre möglich«, murmelt Anna.

»Ja«, sagt Sophie.

»Aber ein anonymer Brief an die eigene Tochter?«, wende ich ein. »Ist das wirklich Mamans Stil?«

Sophie wiegt nachdenklich den Kopf. »Es klingt nicht nach ihr. Aber wie gut kennen wir sie wirklich?«

»Wir behalten sie im Auge«, beschließe ich. »Wenn sie die

anonyme Briefschreiberin ist, wird sie sich vielleicht irgendwann verraten.«

Anna nickt eifrig. »Und ich halte unten beim Personal die Ohren offen.«

Ich lächele sie dankbar an. »Das wäre wundervoll. Aber mach es unauffällig, ja? Niemand darf misstrauisch werden. Und ich habe noch eine weitere Bitte an dich.«

Anna reibt sich die Hände. »Ich ahne sie schon. Ich könnte zu Caroline gehen und sie fragen, ob Glinsky wirklich vor dem Kaffeehaus Gabesam stand, nicht wahr? Sie kennt ihn ja.«

»Genau darum wollte ich dich bitten. Kannst du so bald wie möglich zum Atelier fahren und ihr diese Frage stellen?«

Anna nickt. »Was soll ich als Erklärung anführen?«

Ich denke kurz nach. »Bitte Caroline um drei weitere Abzüge von Sophies und meinen Bildern. Dann lenkst du das Gespräch auf Herrn Marcus und seinen Karren und lässt wie nebenbei einfließen, du hättest gehört, es seien auch hohe Herrschaften dabei gewesen, Fürst Glinsky zum Beispiel. Caroline wird das entweder bestätigen oder verneinen. Anschließend kannst du weiterplaudern, wie dir der Schnabel gewachsen ist. Traust du dir das zu?«

Anna richtet sich auf. »Natürlich!« Ihre Augen blitzen.

»Wir sind wie Detektivinnen in einem Roman, nicht wahr?«, fragt Sophie.

»Ja!« Ich klatsche in die Hände. »Und wir werden dieses Geheimnis lösen. Hoffentlich kommt bald wieder ein anonymer Brief.«

* * *

Eine Woche später sind wir kaum weiter. Ich habe jedes Paket mit Firlefanz für den Hofball geöffnet, sobald es geliefert wurde, aber kein weiteres Schreiben ohne Absender gefunden. Sophie hat gestern unter einem Vorwand Mamans Korrespondenz durchgesehen. Auch hier kein Hinweis.

Anna hat Caroline aufgesucht und von ihr erfahren, dass Glinsky bei der Wagenfahrt tatsächlich zugegen war. Das hatten wir ja schon vermutet. Was wir nicht ahnten: Er war einer der beiden Männer, die den Wagen anfangs festhielten. Bei der Suche nach dem Verfasser oder der Verfasserin der Briefe hilft uns dieses Wissen allerdings nicht weiter. Und auch in der Küche hat Anna bisher noch keinen hilfreichen Klatsch aufgeschnappt.

Aber immerhin hat Vater offenbar einen Erfolg vorzuweisen, denn er lässt mich am Freitag in sein Arbeitszimmer rufen.

Kaum bin ich eingetreten, verkündet er: »Ich habe mit Bobo gesprochen. Es sieht sehr gut für dich aus.«

Ich sinke auf den Sessel am Kamin, weil meine Knie sich auf einmal so biegsam wie Gummigaloschen anfühlen. »Was heißt das?«, hake ich nach.

»Nun ...« Papa schmunzelt. »Dein Bild steht in seinem Salon, direkt neben den Fotografien seiner Frau und seiner Kinder.«

Ich richte mich auf. »Oh. Das ist schön.«

»Ja! Und Bobo hat außerdem auffallend oft davon gesprochen, wie jung und gesund er sich fühle«, fährt Papa fort. »Als wolle er unbedingt, dass ich das weiß. Gleich darauf ließ er ins Gespräch einfließen, er sei seit Josephines Tod ein wenig einsam.«

»Josephine? War das seine Frau?«, will ich wissen.

»Nein, sein Mops«, sagt Papa. »Er starb Anfang November.«

»Oh, das tut mir leid.« Ich sinke tiefer in den Sessel. »Dann will er vermutlich nur einen neuen Hund. Und betonte deswegen seine Gesundheit und seine Einsamkeit.«

»Das habe ich zuerst auch befürchtet und ihm testweise einen Dackel vorgeschlagen. Aber er wollte von einem neuen Hund nichts wissen, egal welche Rasse.«

»Weil er noch um Josephine trauert«, vermute ich.

Papa schüttelt den Kopf. »Wegen der ganzen Hundehaare, die er nie geschätzt hat. Tatsächlich erwähnte er in diesem Zusammenhang, er dächte darüber nach, sich eventuell noch einmal zu vermählen.«

»Papa, willst du mir etwa sagen, dass Graf Monteregg lieber eine Gattin als einen Hund haben will, weil Frauen weniger haaren?«, frage ich empört.

Papa lacht. »Natürlich nicht!«, beruhigt er mich. »Wir haben das Thema Ehe anfangs einfach ein wenig umkreist. Es ist ja durchaus eine heikle Situation unter Freunden, wenn der eine die Tochter des anderen heiraten will oder soll. Das verstehst du bestimmt.«

»Natürlich«, gebe ich ihm recht. »Es ist auch eine heikle Situation für mich. Und was habt ihr weiter besprochen?«

»Nach ein oder zwei Gläsern Cognac hat Bobo mich ganz beiläufig nach deinen Zukunftsplänen gefragt. Woraufhin ich sagte, du seist ausgesprochen reif für dein Alter, zudem klug und vielseitig interessiert. Er betonte, das sei ihm bereits aufgefallen, als du seinem Vortrag so aufmerksam gelauscht hast.«

»Wie schön«, sage ich zufrieden. Und denke insgeheim, dass diese überaus langweilige Stunde dann wenigstens für irgendetwas gut war.

»Nach dem dritten Cognac erwähnte ich dann, dass du meiner Meinung nach wie berufen dazu seist, den erfolgreichen Salon eines ebenso erfahrenen wie einflussreichen Mannes zu führen. Und dass dieser Gatte durchaus bereits im besten Mannesalter sein könne. Auch darin gab Bobo mir recht. Und ...« Papa macht eine Kunstpause und rückt seine Brille zurecht.

»Und was?«, dränge ich.

»Und er führte aus, er denke selbst darüber nach, einen erfolgreichen Salon zu betreiben. Mit Vorträgen über die Eisenbahn oder die Malerei. Er liebt ja beispielsweise Larivière. Du erinnerst dich bestimmt an das große Gemälde neben der Tür des Salons.«

Ich erinnere mich mit Schaudern an den Blick des armen Pferdes. Doch Papa lässt mich nicht zu Wort kommen.

»Bobo plant natürlich nicht nur eigene Vorträge«, fährt er fort. »Er würde gerne auch andere Experten als Referenten einladen. Ich selbst könnte über die Wildschweinjagd sprechen, davon verstehe ich viel. Zum Thema Malerei könnte er Makart kommen lassen, denn er ist mit dem Malerfürsten befreundet. Und du könntest Klavier spielen, wenn du auch etwas beitragen möchtest.«

»Nein!«, protestiere ich laut.

Papa deutet das als Ausruf der Überraschung. »Doch, das sagte er in der Tat.« Er nickt zufrieden.

»Aber Papa! Das ist ...« Ich bin so fassungslos, dass mir die Worte fehlen.

»Wundervoll, nicht wahr? Doch wir dürfen uns nicht zu früh freuen.« Er tätschelt beruhigend meine Hand. »Wir können jetzt nur abwarten, was geschieht. Der Rest liegt in Bobos Händen.« Jetzt schmunzelt er. »Ich gebe allerdings zu, dass auch ich schon von Weitem die Hochzeitsglocken höre.«

Was sage ich denn jetzt? Kann ich das noch abwenden? Entweder Graf Montereggs furchtbar altmodische Ideen für den Salon oder besser gleich die Verbindung mit ihm?

Ich brauche Zeit. Ich muss nachdenken.

Mit steifen Bewegungen erhebe ich mich. »Mir ist ganz schwindelig. Ich ruhe mich ein wenig aus.«

Papa lächelt mich über seine Brillengläser hinweg an. »Ja, tu das, mein Kind.«

Offizielle Hofansage

Am kommenden Montag findet ein Hofball
präzise um acht Uhr abends statt.

Die Damen erscheinen in runden Kleidern,
die k. und k. Geheimräte, Kämmerer und Truchsessen in Gala,
alle übrigen zum Erscheinen berufenen Herren in Uniform oder
im Staatskleide mit Degen (jedoch nur, sofern sie nach ihrem Stande nicht verpflichtet sind, eine Uniform zu tragen), die Herren vom Militär ohne Feldbinde.
Die Bänder der Ordensgroßkreuze werden nicht
über dem Rocke getragen.

Kapitel 21

H wie Hofball

Der jährliche Hofball am Kaiserhof ist der größte und wichtigste Ball des ganzen Landes. Wer im Stammbaum lückenlos sechzehn hochadelige Vorfahren vorweisen kann, darf daran teilnehmen. Meistens kommen viertausend Gäste. Jede Debütantin wird bei diesem Ball der Kaiserin höchstpersönlich vorgestellt. Ein Verstoß gegen die Etikette gilt dabei als Katastrophe.

Wieder einmal stecken wir in einem Stau aus unzähligen Kutschen, die sich Schritt für Schritt vorwärtsbewegen, diesmal auf die Hofburg zu. Wieder sind wir spät dran. Und auch diesmal sind Sophie und ich aufgeregt.

Doch heute ist alles um einige Dimensionen größer als bei der Hofopernsoiree. Die Wagenreihe ist länger. Es ist zudem noch enger in unserer großen Equipage, denn Maman, Sophie und mich umbauscht mehr Stoff als sonst. Unsere Kleider haben lange Schleppen, und unsere Pariser Popöchen sind so voluminös, dass wir fast nicht mehr darauf sitzen können. Leider frieren wir heute auch noch mehr als vor der Opernsoiree, denn der Ausschnitt unserer sogenannten runden Kleider ist sehr tief. Er lässt nicht nur das Dekolleté, sondern auch die Schultern und den Rücken bis fast zu den Schulterblättern frei, man fühlt sich darin halb nackt.

Außerdem schmerzt mein Genick, und das verdanke ich dem Friseur. Oder eigentlich der Kaiserin. Auf deren Wunsch hin wurde der Hofball nämlich kurzfristig um zwei Tage vorverlegt, was den Terminplan von Monsieur Ardeliano so durcheinandergewirbelt hat, dass er nur noch morgens um sieben Zeit für uns hatte. Dieser klein gewachsene Friseur, der so vornehm ist, dass er grundsätzlich nur Französisch spricht und seine Kundinnen immer im Frack frisiert, ist nämlich vor den kaiserlichen Bällen der gefragteste Mann der ganzen Stadt. Maman, Sophie und ich sitzen daher seit mittlerweile zwölf Stunden so aufrecht wie möglich und bemühen uns krampfhaft, unsere müden Häupter nirgends anzulehnen, um unsere Frisuren nicht zu zerstören.

Es hat meine Laune auch nicht verbessert, dass Papa unsere Reglosigkeit nutzte, um uns mit einem Vortrag über die Wildschweinjagd zu unterhalten, als Generalprobe, wie er sagte. Wenn Graf Monteregg die Pläne für seinen Salon jetzt schon in die Tat umsetzt, kann ich sie ihm als Ehefrau ganz gewiss nicht mehr ausreden. Kurzum, ich bin in so ziemlich jeder erdenklichen Hinsicht verstimmt.

Maman bemerkt meine missmutige Miene. »Sieh diesen Ball einfach als eine Art Aufnahmeprüfung, Clea«, sagt sie aufmunternd, als würde dadurch irgendetwas besser werden. »Du hast nun achtzehn Jahre lang gelernt, was es heißt, eine Aristokratin zu sein. Wenn du heute Abend alle Regeln beherzigst, gehörst du für immer dazu. Wenn nicht, wirst du es vermutlich niemals schaffen.«

»Wozu gehöre ich dann? Oder auch nicht? Und was werde ich nicht schaffen?«, hake ich nach, und diese Frage ist durchaus provokativ gemeint. Wenn Maman jetzt wieder einmal die hochadlige Gesellschaft nennt, werde ich ihr ins Gesicht sagen, dass ich kein Teil davon sein will. Und dass ich es auch nie sein werde.

Doch sie reagiert unerwartet. »Du kannst nach diesem Ball gehören, wozu auch immer du willst«, sagt sie ganz ruhig. »Aber wenn dir heute ein grober Fehler unterläuft, bist du blamiert. Und das wirst du schwer bis gar nicht wieder wettmachen können. Das bleibt.«

Ich verdrehe die Augen. Sie übertreibt immer so. Dieser Ball betrifft einen einzigen Abend meines Lebens. Mehr nicht.

»Clea, ich kann dir ansehen, was du denkst«, sagt Maman leise. »Und ich kann nicht mehr tun, als dich zu warnen. Leider ist es wirklich so. Alles, was du heute Abend tust, hat eine geradezu symbolische Wirkung. Wer auf dem Hofball gegen gewisse Regeln verstößt, gehört nicht mehr zu unserem illustren Kreis. Das mag dir momentan nicht schlimm erscheinen, doch es gibt keine Alternative. Du kannst nämlich kein bürgerliches Leben führen, selbst wenn du es wolltest. Das funktioniert nicht. Ich kenne Männer und Frauen, die es versucht haben. Sie alle sind verarmt, einsam und krank. Ein Vollblutpferd kann nun einmal keine Bierkutsche ziehen. Das ist die traurige Wahrheit.«

Wie überheblich sie ist! Ich kenne Adelige, die wahre Brauereigäule sind. Und Bürgerliche, feinsinnig wie Lipizzaner.

Hilfesuchend blicke ich zu Papa, doch der lehnt sich nur im gepolsterten Sitz der Kutsche zurück und nickt. »Benimm dich lieber gut, mein Mädchen! Das ist heute in der Tat wichtig.«

»Ich will mich doch überhaupt nicht schlecht benehmen«, sage ich heftig. »Warum denkt ihr das immer?«

Statt zu antworten, werfen meine Eltern mir einen sehr langen Blick zu.

Ich vertiefe das Thema nicht, denn was würde es ändern?

Außerdem haben wir mittlerweile das Burgtor erreicht. Berittene Husaren mit gezogenen Säbeln bilden ein Spalier für die Kutschen. Im leichten Schneefall sehen sie wie verzuckert aus. Damit ihnen die Füße nicht abfrieren, haben sie die Steigbügel mit Stroh umflochten.

Unter dem Tor zum Schweizerhof hält eine Equipage nach der anderen an. Lakaien treten vor, öffnen den Wagenschlag, prächtig gewandete Gäste steigen aus, schreiten majestätisch die Vortreppe hinauf und tauchen in die hell erleuchtete Hofburg ein.

Jetzt sind wir an der Reihe. Danken den Lakaien mit einem Kopfnicken. Meistern gemessenen Schrittes die Stufen bis zum Eingangsportal und betreten den Palast. In der Empfangshalle geben wir unsere Mäntel ab, und dann stehen wir vor der legendären Botschafterstiege. Ich blicke hinauf, sehe goldenes Licht, und plötzlich bin selbst ich ergriffen.

Vor mir liegt eine andere Welt. Ein Märchenpalast. Ebenso glitzernd wie grausam, prachtvoll wie prüfend, fremd und verlockend zugleich. Und ich darf hinein.

Papa geht in seiner ordensgeschmückten Uniform voraus. Maman folgt dicht hinter ihm, sie trägt ein lavendelblaues Seidenkleid, und auf ihrer kunstvoll geflochtenen Frisur funkelt ein Diamantendiadem. Sophie wartet einen Moment, um nicht auf Mamans lange Schleppe zu treten. Dann schwebt sie in ihrem weißen Kleid, das mit blauen Vergissmeinnicht übersät ist, wie eine Waldelfe die Treppe empor.

Als Letzte bin ich an der Reihe. Ich trage das weiße Kleid mit den Rosenblüten, in dem ich Caroline damals Modell stand, als sie meine Seele fotografiert hat, wild und frei. Die Erinnerung daran stärkt mich in diesem Moment. Denn seitdem weiß ich, dass auch ballenweise Seide und Tüll mein wahres Wesen nicht ersticken können. Ich bin immer Clea, egal, was ich trage und wo ich bin.

Wir wandeln im Strom der Gäste durch mehrere in Weiß und Gold möblierte Salons, dann folgen Räume, deren Wände mit exotischen Gewächsen so reich geschmückt sind, dass ich mich fast wie in einem Garten fühle. Zuletzt erreichen wir den Zeremoniensaal, der alles bisher Gesehene in den Schatten stellt. Wo auch immer ich hinsehe, alles schimmert und glänzt: das polierte Mosaikparkett, die goldfarbenen Säulen, die kunstvolle Kassettendecke und die vielen Kronleuchter mit den unzähligen funkelnden Kristallen. Sie sind nicht die einzigen Lichtquellen. Tausende von Kerzen flackern rund um den Saal. Ich komme mir vor wie in einer Feenwelt.

Langsam füllt sich der Saal mit Gästen. Die Damen tragen Diademe und Colliers mit Diamanten, Saphiren und Rubinen. An den Uniformen der Herren glänzen goldene Stickereien und polierte Ordenssterne. Alle reden durcheinander. Man begrüßt sich, lacht, ruft sich echte und falsche Liebenswürdigkeiten zu.

Sophie und ich begleiten Maman von Grüppchen zu Grüppchen, werden vorgestellt, hören Namen, die wir gleich wieder vergessen, lächeln, knicksen, folgen mit aufmerksamer Miene den Gesprächen und bemühen uns, an den richtigen Stellen zu lachen, ernst zu blicken oder mitfühlend zu nicken. Es geht viel um Hans Makart. Offenbar arbeitet er derzeit an einem Werk für die Weltausstellung in Paris. Es zeigt Kaiser Karl V., umjubelt auf einem Siegeszug, und es heißt, es sei skandalös. Er habe bekannte Wiener Persönlichkeiten hineingemalt, und nicht alle seien ordnungsgemäß bekleidet. Eine mir nicht näher bekannte Gräfin erzählt Maman, der Maler arbeite sogar auf Bestellung und lasse sich mit Geld oder Gefälligkeiten dafür bezahlen, bestimmte Personen abzubilden. Und einige Damen dieser Stadt gingen in ihren Gefälligkeiten deutlich weiter, als Damen gehen sollten, wenn sie weiterhin als solche bezeichnet werden wollten. Die Gräfin flüstert Maman einen Namen zu, und unsere Mutter presst entsetzt die Hand vor den Mund.

Mich interessiert weder Makarts Kunst noch der Mann selbst, deswegen begebe ich mich zu Papa, der gerade mit ein paar Herren plaudert. Hier erfahre ich, dass Richard und Pauline Metternich heute leider verhindert sind, der Vater der Fürstin ist gestorben. Wie bedauerlich! In erster Linie natürlich für Pauline Metternich, aber ein wenig auch für mich, denn ich hätte gern beobachtet, wie sie sich bei Hofe benimmt.

Plötzlich sehe ich von fern Graf Basil Monteregg, dessen Blick wohlwollend auf mir ruht. Ich lächele scheu und erröte. Nicht weil ich etwas für ihn empfinde, sondern weil genau das Gegenteil der Fall ist und ich mich dafür schäme. Aber das weiß Monteregg nicht, und er deutet meine Verlegenheit offenbar anders. Kurz darauf steht er vor mir und bittet um den Cotillon, den wichtigsten Tanz des Abends, den ich ihm natürlich gewähre. Was sollte ich sonst tun?

Kurz darauf erspähe ich auch Nikolaj Glinsky in der Menge. Natürlich ist er heute hier, das ist zweifelsohne ebenfalls seine erste Vorstellung bei Hofe. Aber wir tun beide, als hätten wir einander nicht bemerkt, das vereinfacht vieles.

Mir bleibt kaum noch Zeit, mich weiter umzusehen, denn ständig werde ich angesprochen und um einen Tanz gebeten. Die Tanzkarte, die man mir beim Eintritt überreicht hat, füllt sich rasch.

Diese kleine weiße Karte mit der geschmackvollen Goldprägung ist für einen Hofball erstaunlich schlicht gehalten, und ihr Aufdruck ähnelt einem Eisenbahnfahrplan. Jeder Tanz ist auf die Minute genau festgelegt, dazwischen gibt es jeweils exakt fünf Minuten Pause, und um Punkt zwölf ist Schluss. Maman hatte recht: Das hier ist eine minutiös geplante Inszenierung, bei der es auf jedes Detail ankommt und nichts dem Zufall überlassen wird.

Nun wird mir doch ein wenig mulmig. Ich habe Maman in den

vergangenen Tagen oft nicht richtig zugehört, wenn sie über das korrekte Benehmen bei Hofe referierte. Und nun habe ich keine Ahnung, worauf es bei der Auswahl der Tanzpartner ankommt. Daher nicke ich einfach, wenn ich um einen Tanz gebeten werde, und notiere die Namen, die man mir nennt.

Ich kenne die Herren ja ohnehin nicht. Und ich werde sie wohl auch nie wiedersehen. Außerdem trifft Maman unauffällig eine Vorauswahl unserer Tanzpartner. Sie weicht Sophie und mir nicht von der Seite und dirigiert den Strom der jungen Männer mit Blicken. Manche sehen ihr kurz in die Augen und drehen dann gleich wieder ab. Vermutlich haben sie einen schlechten Ruf.

Nikolaj Glinsky bittet mich nicht um einen Tanz. Und das ist gut, denn so muss ich mir nicht überlegen, was ich darauf antworte. Maman allerdings wirkt enttäuscht, dass er sich von mir fernhält.

Inzwischen ist es halb zehn. Wir haben uns um sieben in die Schlange der wartenden Kutschen eingereiht, gegen acht die Hofburg betreten und stehen nun seit eineinhalb Stunden hier herum. Maman hatte auch in diesem Punkt recht: Der Hofball müsste eigentlich Hofwarterei heißen.

Aber dann passiert es irgendwann doch. Der Zeremonienmeister betritt den Saal, einen Stab in der Hand. Er klopft dreimal auf den Marmorboden, und sofort verstummt das Stimmengewirr. Es folgen drei weitere Schläge mit der kunstvoll gedrechselten Stange, und wie durch Zauberhand bildet sich eine Gasse. An ihrem Ende öffnen sich goldverzierte Türflügel. Und jetzt sehe ich die allerhöchsten Herrschaften.

Zuvorderst schreitet Obersthofmeister Prinz Konstantin zu Hohenlohe-Schillingsfürst. Unmittelbar hinter ihm schwebt Kaiserin Elisabeth am Arm des Kronprinzen von Hannover in den Saal, gefolgt von Kaiser Franz Joseph, der seine Nichte, Erzherzogin

Maria Theresia, führt. Dahinter kommen die übrigen Erzherzoginnen und Erzherzöge, bis die gesamte kaiserliche Familie an uns vorbeiflaniert ist.

Die Kaiserin trägt ein violettes Kleid mit Spitzeneinsätzen, das Oberteil ist mit Brillanten übersät, am Dekolleté funkelt ein taubeneigroßer Smaragd, auf ihrem Haupt glitzert eine Brillantkrone. Die weiß-rote Marschallsuniform des Kaisers ist mit goldenen Orden dekoriert. Als die hohen Herrschaften den Saal durchqueren, rechne ich zunächst mit Fanfaren. Doch es ist so still, als hielten nicht nur alle im Saal den Atem an, sondern das gesamte Kaiserreich. Man hört nur einen ganz feinen Ton, ein leises Rauschen, das ich zunächst nicht einordnen kann und dann als Rascheln der vielen Seidenkleider beim Hofknicks identifiziere.

Die Kaiserin nimmt uns gegenüber auf der Empore Platz, während der Kaiser sich direkt in den Ballsaal begibt, um einige seiner Gäste mit einer persönlichen Begrüßung zu ehren. Es ist eigentümlich zu beobachten, wie sich um ihn und seine Gesprächspartner immer sofort ein weiter Kreis mit viel Abstand bildet. Niemand will sich offenbar dem Vorwurf aussetzen, das Gespräch des Monarchen zu belauschen.

Kurz darauf gibt Hofkapellmeister Eduard Strauss dem Orchester ein Zeichen, die Musik setzt ein, und mein erster Tanzpartner verneigt sich vor mir. Es ist Zeit für den ersten Walzer.

Da auf der Tanzfläche wenig Platz ist, drehen wir uns fast auf der Stelle. Doch Mamans entspannter Miene zufolge mache ich alles richtig. Vielleicht ist mein Gegenüber, dessen Namen ich nicht richtig verstanden habe, sogar ein Épouseur, denn nun tupft sich Maman mit einem Seidentuch eine Träne aus dem Augenwinkel.

Mir ist mittlerweile heiß. Fünftausend Kerzen und Tausende von Menschen erwärmen selbst den größten Ballsaal schnell. Jetzt bin ich dankbar für das weit ausgeschnittene Kleid.

Ich beobachte, wie sich die Kaiserin Luft zufächelt, offenbar empfindet sie den Saal ebenfalls als stickig. Und so wundere ich mich nicht, als sie in der Pause nach dem ersten Stück den Saal verlässt, um sich in einen Nebenraum zurückzuziehen. Dabei kommt sie an Graf Gyula Andrássy vorbei und wechselt ein paar Worte mit ihm. Um mich herum höre ich empörtes Tuscheln. Offenbar sind einige Gäste der Meinung, Elisabeth würde dem ungarischen Staatsmann zu viel Beachtung schenken. Selbst eine Kaiserin kann wohl nicht unkommentiert tun und lassen, was sie will.

Dem ersten Walzer folgt eine Polka und darauf eine Quadrille, die sich unglaublich in die Länge zieht. Zwanzig Minuten sind dafür im Programm vorgesehen. Was für eine Tortur!

»Du bist ja ganz verschwitzt«, tadelt Maman mich in der heiß ersehnten nächsten Pause. Als könnte ich etwas dafür. »Ihre Majestät die Kaiserin hat sich in einen kleineren Saal zurückgezogen, wo sie gleich die Debütantinnen begrüßen wird. Ruh dich zuvor ein wenig aus und trinke etwas. Du bist rot wie eine Tomate.«

»Und der nächste Tanz?«

Maman winkt ab. »Lass ihn ausfallen. Die Kaiserin ist wichtiger.«

Ein willkommener Rat. Ich dränge mich durch die Menschenmassen und suche den Salon auf, in dem Getränke gereicht werden.

Auch viele andere Debütantinnen sind bereits hier. Sophie sehe ich nirgends, sie tanzt wohl noch, aber dafür die grauenhafte Rixa von Hardeck, die mich schon beim Eisball den ganzen Abend lang mit Blicken durchbohrt hat. Ich weiß nicht, was sie gegen mich hat, aber als sie mich entdeckt, glimmt erneut ein bösartiges Funkeln in ihren Augen auf. Nun, es kümmert mich nicht, die Abneigung ist gegenseitig.

»Fürst Glinsky!«, höre ich sie plötzlich säuseln. »Wären Sie so überaus freundlich, mir ein Glas Limonade zu bringen?«

Überall stehen Diener mit Tabletts voller gefüllter Gläser, Rixa müsste nur die Hand danach ausstrecken. Dennoch leistet der Fürst ihrer Bitte Folge. Mit einer knappen Verbeugung reicht er ihr ein Glas.

Ich wende mich ab, hole mir selbst ein Getränk und ziehe mich in eine Fensternische zurück. Um mich nicht unterhalten zu müssen, blicke ich hinaus in die Dunkelheit.

Ich habe das Glas gerade geleert, da spüre ich einen harten Stoß gegen meine Schulter. Fast wäre ich gestürzt, doch jemand fängt mich gerade noch auf.

Ich drehe mich um. Und stehe Nikolaj Glinsky gegenüber. Nicht schon wieder!

»Diese Situation hatten wir doch bereits in der Hofoper«, zische ich, während ich mich aus seinem Griff befreie. »Und sie endete unschön. Also passen Sie gefälligst besser auf!« Ich spreche leise, damit niemand auf uns aufmerksam wird.

»Bitte entschuldigen Sie«, sagt Glinsky. Doch es kommt eindeutig nicht von Herzen. Und schon wendet er sich wieder ab.

Hinter Glinsky sehe ich Rixa von Hardeck, die er unverhohlen anstarrt. Sie erwidert seinen Blick, aber irgendetwas ist hier seltsam. Rixa bebt geradezu vor Entrüstung.

»Fürst Glinsky!«, faucht sie mit gedämpfter Stimme. »Was fällt Ihnen ein?«

Was meint sie? Was hat er getan?

Glinsky tritt einen Schritt zur Seite. Und jetzt sehe ich, wohin er eben gestarrt hat. Ach du lieber Himmel! Was ist denn das? Auf Rixas schneeweißem Kleid prangt der Abdruck einer kohlrabenschwarzen Hand. Und zwar kurz unter dem Dekolleté, an einer Stelle, an der Hände nichts, aber auch gar nichts zu suchen haben.

Ich schnappe nach Luft. War das Glinsky? Auf dem kaiserlichen Hofball? Vor allen Leuten? Mit einer geschwärzten Hand? Der Mann muss tatsächlich geisteskrank sein.

Doch Nikolaj Glinsky wirkt kein bisschen schuldbewusst. Er wendet sich jetzt wieder mir zu und hebt abwehrend beide Arme. »Ich wasche meine Hände in Unschuld« ist alles, was er sagt. Dabei sieht er mich so bedeutungsvoll an, als sei das viel mehr als eine Floskel.

Als ich seine Handflächen sehe, wird mir schlagartig klar, was er meint. Glinsky trägt seidene Handschuhe, wie alle Herren auf diesem Ball. Und sie sind schneeweiß. Wer auch immer den Fleck auf dem Kleid der Prinzessin hinterlassen hat, er kann es nicht gewesen sein.

Rixa von Hardeck steht noch immer wie erstarrt vor mir. Aus gutem Grund. So wendet sie dem Saal den Rücken zu, nur Glinsky und ich können das beschmutzte Kleid sehen.

Ich versuche noch immer fieberhaft zu verstehen, was hier vor sich geht.

Plötzlich fällt mein Blick auf Rixas Hände. Die linke steckt ebenfalls in einem weißen Seidenhandschuh, der bei ihr sogar bis zum Oberarm reicht. Die rechte dagegen ist unbedeckt in den Falten des Rocks verborgen. Und auf Höhe der Hand entdecke ich einen verräterischen Fleck auf dem weißen Satinstoff. Ich brauche einen Moment, bis ich begreife, dass Rixas Hand geschwärzt sein muss. Und dass der Abdruck auf ihrer Brust von ihr selbst stammt.

»Ich verstehe nicht …«, murmele ich verwirrt.

»Dieses Attentat galt Ihnen«, raunt Nikolaj Glinsky mir zu. »Die Prinzessin hat eben ein auffälliges Interesse am Kamin gezeigt. Und gleich darauf an Ihnen. Ich habe mir erlaubt, die Armbewegung, die eigentlich in Ihre Richtung zielte, mit einem beherzten Eingreifen ein wenig umzulenken.«

Jetzt kommt Bewegung in Rixa. Sie kreuzt die Arme vor der Brust, macht auf dem Absatz kehrt und verlässt fluchtartig den Raum.

Ich schüttele mich und blinzele. Diese Situation ist so bizarr, das muss ein Traum sein. Ich würde jetzt gern erwachen, denn das alles gefällt mir ganz und gar nicht.

Aber egal, wie ich es drehe und wende: Glinsky hat offensichtlich die Wahrheit gesagt. Rixa von Hardeck muss ihre Hand absichtlich am Kamin geschwärzt haben, um mein Kleid zu beschmutzen. Wäre ihr das gelungen, hätte ich die Berührung möglicherweise weder gespürt noch gesehen. Vielleicht hätten auch Maman und Sophie den Fleck nicht rechtzeitig bemerkt, und dann wäre ich so vor die Kaiserin getreten. Alle Umstehenden hätten getuschelt und gelacht, ohne dass wir den Grund erahnt hätten. Was für ein perfider Plan!

»Ich danke Ihnen«, sage ich völlig verwirrt zu Glinsky. »Das war sehr ... nett.«

Es war sehr viel mehr als nett, aber ich ringe noch immer mit der Situation und weiß nicht, wie ich sie in Worte fassen soll.

Glinsky deutet eine knappe Verbeugung an. »Ich war gern ... nett.«

»Clea!«, höre ich Mamans Stimme hinter mir. »Wo steckst du denn? Die Kaiserin empfängt jetzt die Debütantinnen.«

»Fürst Glinsky«, sage ich mit einem Kopfnicken. »Ich muss mich verabschieden.«

»Komtess Conteville«, erwidert er mit einem Lächeln. »Es war mir eine Ehre.«

Als ich kurz darauf an Mamans Seite vor Kaiserin Elisabeth in einen tiefen Hofknicks sinke, fühle ich mich noch immer wie in einem Traum.

»Isabelle de Conteville mit ihren beiden Töchtern Cléa und Sophie«, stellt die Obersthofmeisterin uns vor.

Die Kaiserin begrüßt erst Maman mit einem freundlichen Satz, dann Sophie und zuletzt mich.

»Wir kennen uns, Komtess«, sagt sie so leise, dass ich sie fast nicht verstehe. So spricht sie stets. »Sie waren bei unserem letzten Zusammentreffen überaus müde. Geht es Ihnen heute besser?«

»O ja, Eure Majestät«, beeile ich mich zu sagen. »Damals war ich ein Kind. Inzwischen benötige ich deutlich weniger Schlaf.« Maman verzieht das Gesicht, als hätte sie Zahnschmerzen.

»Ich meine natürlich, dass es mir eine große Ehre ist, hier sein zu dürfen, und dass ich nirgendwo lieber wäre«, sage ich hastig. »Nicht einmal in meinem Bett.«

Auch nicht besser. Es kommt mir vor, als würde Maman schrumpfen. Hoffentlich wird sie nicht ohnmächtig.

Doch die Kaiserin lacht hell auf. »Ich ahne, dass Bälle noch immer nicht zu Ihren Vorlieben gehören, Komtess«, wispert sie mir zu. »Genau wie geschliffene Konversation. Und mir geht es ähnlich.«

Ich lächele schüchtern. »Eure Majestät haben prinzipiell recht«, gebe ich zu. »Und doch habe ich eben die Wahrheit gesagt. Es ist mir eine Ehre, hier zu sein. Ich werde mich zeit meines Lebens an diesen Moment erinnern. Und er wird gewiss einer meiner glücklichsten sein.«

»Ich hörte, Sie hätten viele Verehrer, Komtess.« Elisabeth fächert sich Luft zu. »Ich bin gespannt, wann wir uns wiedersehen und welchen Namen Sie dann tragen. Wählen Sie klug. Lassen Sie sich nicht von äußeren Umständen blenden, egal wie sehr sie funkeln und glitzern. Wer wüsste das besser als ich?«

Unsere Blicke begegnen sich, und in den Augen der Kaiserin sehe ich ein kleines Lächeln.

Die Oberthofmeisterin gibt uns ein Zeichen. Maman, Sophie und ich sinken erneut in einen Hofknicks und ziehen uns dann zurück, ohne uns umzudrehen. Einer Kaiserin wendet man niemals den Rücken zu.

Als wir außer Hörweite sind, wirft Maman mir einen unergründlichen Blick zu. »Meine Güte, Clea«, sagt sie fast unhörbar. »Was du manchmal redest! Zum Glück hast du meistens mehr Glück als Verstand.«

Ich atme tief durch und denke dabei an Rixa. Wenn Maman wüsste, wie recht sie hat …

**Aus dem *Welt-Blatt Wien*,
Februar 1878**

**Wovon man in Wien spricht!
Die Prachttoiletten auf dem Hofballe**

Wie das »Welt-Blatt« bereits berichtete, fand gestern in den Festsälen der Wiener Hofburg der erste diesjährige große Hofball statt, dem Ihre Majestäten der Kaiser und die Kaiserin, sämtliche hier weilende Erzherzoge, der hohe Adel, die Minister, Generäle etc., insgesamt weit über viertausend Personen beiwohnten. Die vielen Tausende von Kerzenflammen, die flimmernden Ordenssterne, die blitzenden Juwelen der Damen, die reichen Gold- und Silberstickereien der Uniformen, all dies bot ein prächtiges, farbenreiches Bild, man glaubte sich in eine Märchenwelt versetzt.

Auf dem Hofballe trugen die meisten Damen die lange eckige Schleppe in der sogenannten »Prinzessinnenform«. Stickereien, Blumen und Spitzen waren flach aufgesetzt und ließen die Büsten vorteilhaft hervortreten. Wohl keine andere Form hätte die hohen und schlanken Gestalten der aristokratischen Besucherinnen besser zur Geltung bringen können. Einen seltsamen Anblick boten die Frisuren, welche durchwegs Hals und Nacken vollständig frei ließen; aber die reichsten Haarflechten verschwanden unter den breiten Diademen aus Brillanten, Smaragden und Rubinen, über welchen noch Blumen sichtbar wurden. In einzelnen Fällen waren die Blumen durch lange, wallende Straußenfedern ersetzt.

Die edle Pracht der Redoutensäle mit ihren hohen Wänden in Weiß und Gold erhöhte den Reiz des vornehmen Gesellschaftsbildes, das sich hier entrollte.

Interessant für die Leser des »Welt-Blatt« dürfte noch die nachfolgende Schilderung der Pracht-Toiletten sein, die an diesem Abende auf dem Hofballe sich entfalteten. Frau Erzherzogin Rainer trug ein taubengraues Kleid mit Spitzenarrangements, Haarschmuck und Colliers aus Brillanten und Perlen. Frau Erzherzogin Maria Christine war in weiße Seide gekleidet, Brillanten und weiße Rosen bildeten den Haarschmuck. Fürstin Johanna Auersperg trug eine Toilette in Creme, mit Stickerei aus karminroter Seide in drei Nuancen, Rosen-Girlanden umgaben die Schleppe. Komtess Auersperg, welche diesmal bei Hofe eingeführt wurde, war in rosa Tüllwolken gehüllt. Überaus schön präsentierte sich die Toilette der Gräfin Andrássy aus schwerem bordeauxroten Samt. Eine Girlande aus Fuchsien, in drei Nuancen Seide gestickt, umrahmte die Schleppe. Einzelne kleine Brillanten hingen Tautropfen gleich an den Fuchsien. Sterne aus Brillanten und Rubinen schmückten das Haar.

Die beiden Komtessen Andrássy, von welchen die jüngere diesmal ebenfalls bei Hofe eingeführt wurde, erschienen in weißen Atlas-Toiletten mit golddurchwirktem Tüll, die Taillen waren mit Goldstickerei bedeckt. Fürstin Hugo Windischgrätz trug eine Toilette aus bronzener Seide ...

Kapitel 22

M wie Maman

Sie hat mich nicht ausgesucht. Sie hat mich bekommen. Sie liebt mich mehr als ihr Leben und würde alles für mich tun. Zumindest alles, was sie für richtig und wichtig hält.
Vielleicht würde sie mir sogar anonyme Briefe schicken, ausgeschlossen ist das nicht.
Auch ich liebe sie. Aber ich halte andere Dinge für wichtig.
Ach, Maman.

Am Morgen nach dem Ball sitzt Maman am Frühstückstisch, hält sich die Lorgnette vor die Augen und liest mit gerunzelter Stirn etwas in der Zeitung, das ihr ganz offensichtlich nicht gefällt. Hin und wieder stößt sie ein missbilligendes Schnauben aus.

Papa ist bereits geschäftlich unterwegs. Sophie rührt nachdenklich in ihrer Teetasse, sie ist in Gedanken sichtlich weit weg. Und ich bin so müde, dass ich meinen Kopf am liebsten auf den Frühstücksteller legen würde, um hier und jetzt noch ein bisschen zu schlafen.

»Also wirklich«, sagt Maman. »Was dieser Schreiberling da über den Hofball behauptet, entbehrt jeder Grundlage. Ich schätze die Erzherzogin Rainer sehr. Ihr wisst das. Aber ihr Kleid war mausgrau, nicht taubengrau, und es stand ihr ganz objektiv betrachtet ü-ber-haupt nicht.« Sie liest weiter und lacht leise auf. »Wolken von rosa Tüll. So kann man das nennen. Die Komtess sah aus wie ein Bonbon.« Wieder überfliegt sie ein paar Zeilen. »Hmm, ja, Andrássys haben viel Geschmack bewiesen, das ist wahr.« Jetzt blickt sie auf und seufzt. »Wir werden leider mit keinem Wort erwähnt. Dabei wart ihr die hübschesten Debütantinnen des ganzen Balls. Und das sage ich nicht, weil ich eure Mutter bin. Ich sage es, weil es wahr ist.« Sie faltet die Zeitung zusammen und legt sie weg. »Nun, dafür hat sich die Kaiserin mit uns am längsten unterhalten. Und nur im Gespräch mit Clea hat sie gelacht. Das wird sich herumsprechen, auch wenn es nicht in der Zeitung steht.« Sie sieht erst mich an, dann Sophie. Zwischen ihren Augenbrauen bildet sich eine steile Falte. »Mädchen, hört ihr mir überhaupt zu?«

»Ja, Maman«, sagen Sophie und ich im Chor.

Ich bin sicher, dass Sophie kein Wort mitbekommen hat. Daher springe ich rasch in die Bresche. »Aber es fällt mir schwer, dir zu folgen, bitte verzeih. Ich bin unendlich müde.«

»Seltsam.« Maman mustert mich mit schräg gelegtem Kopf. »Du wirst doch nicht wieder krank?«

»Nein, Maman«, erwidere ich. »Ich war nach dem Ball nur sehr aufgeregt und konnte lange nicht einschlafen. Das ist alles.« Was der Wahrheit entspricht.

»Verständlich.« Maman lächelt mich mütterlich wohlwollend an. »So ein Gespräch mit der Kaiserin führt man nicht alle Tage.«

Ich nicke. Dabei habe ich mich heute Nacht keine Sekunde mit der Kaiserin befasst. Ich habe bis morgens um fünf wach gelegen und über Nikolaj Glinsky nachgedacht. Was ich nicht erwähne, obwohl Maman es vermutlich sogar gern hören würde.

»Ruh dich ein bisschen aus«, sagt sie jetzt und schlägt eine andere Zeitung auf, bestimmt in der Hoffnung, dort etwas über unsere Ballroben zu lesen.

Ich erhebe mich und verlasse den Raum. Eigentlich will ich mich gar nicht hinlegen. Ich würde viel lieber Galoschen überziehen und allein durch die Straßen der Stadt spazieren. Aber es ist schon spät am Vormittag, alle im Haus sind wach. Irgendjemand würde mich bestimmt sehen, und ich habe jetzt keine Lust, Fragen zu beantworten. Also gehe ich in die Bibliothek und lege mich dort auf die Chaiselongue. Die hohen, dunklen Regale beruhigen mich stets, und im Kamin flackert ein behagliches Feuer. Ein guter Ort, um nachzudenken.

Es ist wirklich absurd. Man sieht einen Menschen und ordnet ihn spontan irgendwie ein. Wenn jemand schöne braune Augen hat und gut tanzt, glaubt man, er sei ein warmherziger Mensch. Bei der ersten Lüge unterstellt man ihm dann aber ganz schnell einen schlechten Charakter. Dabei ist man selbst gern bereit, eigene Schwindeleien als Notlügen oder List abzutun. Wenn sich jemand schroff und unhöflich gibt, hält man ihn für ungezogen und gemein. Wenn er sich aber rührend um einen Bären kümmert, sieht man wieder einen guten Menschen in ihm. Und wenn er sich beschützend hinter einen stellt, empfindet man ihn fast schon als Freund.

Was davon ist Nikolaj Glinsky wirklich? Alles? Oder nichts? Ich habe heute Nacht hin und her überlegt, und ich komme immer wieder zu demselben Schluss: Ich habe keine Ahnung. Ich kenne ihn nicht. Aber ich würde ihn ausgesprochen gerne kennenlernen, denn etwas an ihm wirkt auf mich erfrischend unkonventionell und echt. Ich will unbedingt wissen, wie er in Wahrheit ist.

Deshalb frage ich mich, wie ich es bewerkstelligen könnte, einfach einmal unbefangen mit ihm zu sprechen. Eigentlich müsste das ja die einfachste Sache der Welt sein. Wenn man mehr über jemanden wissen will, müsste man ihm schlicht und ergreifend Fragen stellen.

Aber so einfach ist es eben nicht. Wo sollten wir uns unterhalten? Und wie könnte ich dem Fürsten meine Neugier erklären?

Will er mir überhaupt Fragen beantworten? Und wie finde ich das heraus? Verflixt, die Menschheit hat schon die verwegensten technischen Errungenschaften ersonnen. Man kann Menschen auf Fotografien bannen. Man kann mit einem Telefonapparat mit jemandem sprechen, der in Amerika weilt. Bald wird man mit benzinbetriebenen Wagen lange Distanzen in kürzester Zeit überwinden können. Aber man kann in unseren Kreisen nicht einfach auf jemanden zugehen und fragen: *Hey, wer bist du? Erzähle mir mehr von dir.* Es gibt dafür keine gesellschaftlich etablierte Gesprächssituation, und man würde vermutlich ganz schnell in einer Nervenheilanstalt landen.

Ich höre Schritte vor der Tür. Jemand klopft.

»Ja?«, rufe ich.

Anna tritt ein. »Da sind Sie ja!« Sie atmet schwer, offenbar ist sie gerannt.

Ich setze mich hastig auf. »Ein Brief?«

Sie nickt. »Er wurde wieder in der Küche abgegeben.« In drei Schritten ist sie bei mir und reicht mir den Umschlag.

Ich drehe ihn um. Lese meinen Namen. Sonst steht da nichts.

Wir wechseln einen Blick, Annas Augen funkeln, mein Herz klopft wie wild.

»Hol Sophie!«, bitte ich.

Anna nickt und macht auf dem Absatz kehrt. Als sie die Tür hinter sich geschlossen hat, muss ich lächeln, denn ich höre an ihren Schritten, dass sie auch jetzt wieder rennt.

Ich überlege kurz, ob ich warten soll, bis die beiden hier sind. Doch dann entscheide ich mich dagegen. Das ist *mein* Brief. *Mein* Name steht darauf, und er betrifft *mein* Leben. Ich möchte ihn zunächst unbeobachtet lesen und danach einen Moment ganz allein überlegen, was ich tun will.

Rasch öffne ich den Umschlag und ziehe den Briefbogen heraus. Die Schrift ist dieselbe wie bei den letzten beiden Briefen. Diesmal ist das Schreiben allerdings auffallend kurz:

Liebe Komtess!
Ich rate Ihnen dringend, sich morgen Nachmittag um zwei Uhr in der Gußhausstraße 25 einzufinden. Betreten Sie das Gebäude, ohne zu klopfen. Die Tür ist nicht verschlossen, Sie sind angemeldet und werden erwartet. Im Innern lassen Sie dann einfach alles auf sich wirken. Mehr ist nicht zu tun.
Jemand will Ihnen eine Freude machen, das werden Sie sofort feststellen. Ich bin allerdings nicht sicher, ob Ihnen wirklich gefällt, was Sie sehen. Falls nicht, handeln Sie rasch!
Ein Freund der Familie
PS: Im Rosenkleid sahen Sie gestern ganz entzückend aus!

Nachdenklich lasse ich den Brief in meinen Schoß sinken. Ich kann nicht genau begründen, warum, aber ich bin nahezu sicher, dass dieses Schreiben nicht von Maman stammt. Vielleicht, weil mir darin eine Wahlmöglichkeit gelassen wird. Eine Formulierung wie *Ich bin nicht sicher* kommt in Mamans Wortschatz nicht vor. Außerdem hätte sie kein Wort über mein Kleid verloren, sie hat mir ihre Meinung bereits von Angesicht zu Angesicht gesagt.

Auf einmal empfinde ich dieses Post Scriptum als überaus unangenehm. Es ist, als wolle der Briefschreiber – oder auch die Briefschreiberin – sagen: *Ich bin da. Ich behalte dich im Auge. Aber du weißt nicht, wer ich bin.*

Und nun? Was tun? Soll ich der Aufforderung folgen? Ich bin unschlüssig. Es ist stark anzunehmen, dass ich auch bei diesem Treffen auf Nikolaj Glinsky stoßen werde. Vielleicht ergibt sich dabei die Gelegenheit zu einem Gespräch. Oder ist das zu riskant?

Wird er mich wieder demütigen? Ich denke an seine Abfuhr beim Bruckner-Konzert. Und dann an den Mann im Pullover, der sich so rührend um den Bären bemüht hat. Leider bin ich kein Bär.

Das Klappern der Tür reißt mich aus diesen Gedanken. Sophie und Anna treten ein.

»Du hast ihn ja schon gelesen!«, empört sich Sophie, als sie den geöffneten Umschlag sieht.

»Ja.« Ich bemerke, wie sich meine Nackenmuskeln anspannen. »Sophie, das hier ist kein unterhaltsames Abenteuer, das ist *mein Leben*«, gebe ich leicht gereizt zurück.

Die sanfte Sophie sieht ganz erschrocken aus, und ich bereue meine Schroffheit sofort.

»Verzeih!«, sage ich rasch.

Sie eilt auf mich zu und drückt mir einen Kuss auf die Wange.

»Du hast absolut recht. Ich bin übers Ziel hinausgeschossen. Möchtest du uns überhaupt erzählen, was in dem Brief steht? Ich kann es gut verstehen, wenn du erst allein darüber nachdenken willst.«

»Nein! Natürlich sollt ihr davon wissen und mich beraten. Entschuldige, dass ich so ruppig war. Ich bin einfach nur nervös.« Ich reiche ihr den Brief. »Lies ihn bitte vor.«

Anna bleibt abwartend an der Tür stehen. Sophie setzt sich ans Fußende der Chaiselongue und wiederholt laut die Worte, die ich eben schon still gelesen habe. Beim Post Scriptum zieht sie scharf den Atem ein.

Ich richte mich auf. »Findest du das auch unangenehm?«

Sophie nickt. »Dieser Brief klingt irgendwie so gar nicht nach Maman. Und man bekommt fast den Eindruck, als würde dich jemand heimlich beobachten.«

Ich bin froh, dass sie alles genauso bewertet wie ich.

»Das könnte aber auch täuschen«, überlegt sie weiter. »Gestern waren Tausende von Menschen in der Hofburg. Man musste dich nicht heimlich ausspionieren, um dein Kleid zu sehen. Möglicherweise ist das wirklich nur als nettes Kompliment gemeint.«

Mit ihrer klaren, analytischen Art hat Sophie wieder einmal den entscheidenden Punkt getroffen. Ich fühle mich schon besser.

»Der Brief könnte natürlich trotzdem von Maman kommen«, gibt sie zu bedenken. »Sie könnte sich ja verstellen.«

Auch wieder wahr.

»Was möchtest du jetzt tun?«, will Sophie wissen.

Zögernd berichte ich ihr und Anna von meinem Wunsch, mich mit Glinsky einfach einmal in Ruhe aussprechen zu können.

»Das ist nur zu verständlich«, sagt Sophie spontan. »Vielleicht findest du in der Gußhausstraße eine Gelegenheit dazu. Denn dass er da sein wird, scheint mehr als wahrscheinlich. Jeder dieser Briefe hatte schließlich mit Glinsky zu tun.«

»Wollen Sie allein hingehen?«, fragt Anna scheu.

Ich blicke in vier erwartungsvolle Augen. Natürlich ist mir klar, wie sehr die beiden hoffen, dass ich sie mitnehme. Und ebenso gewiss würde ich mich in ihrer Begleitung sicherer fühlen. Doch der Gedanke, ein weiteres Mal allein durch die Stadt zu spazieren, übt eine magische Anziehungskraft auf mich aus. Außerdem möchte ich unter vier Augen mit Glinsky sprechen. Nicht unter acht.

»Nehmt es mir nicht übel, aber ich hoffe ja auf ein offenes Gespräch. Und dafür muss ich allein gehen.«

Sophie seufzt. Und nickt. »Gußhausstraße 25«, murmelt sie. »Hoffentlich ist das keine finstere Gegend.«

»Wer immer diese Briefe schreibt, er oder sie hat mich noch nie in Gefahr gebracht«, entgegne ich mutiger, als ich mich in Wahrheit fühle. »Das gilt bestimmt auch dieses Mal. Außerdem kennt ihr die Adresse und wisst, wo ihr mich suchen müsst, falls ich verschwinde.«

Sophie wirkt nicht ganz überzeugt. Dennoch nickt sie. »Du hast recht.«

* * *

Wir haben in der Bibliothek einen Stadtplan gefunden und die Gußhausstraße darauf entdeckt. Wir haben außerdem festgestellt, dass sie nicht weit vom Palais Glinsky entfernt liegt. Es ist also so gut wie sicher, dass der Fürst kommt. Sophie hat mir ihr ganzes Geld gegeben, damit ich einen Fiaker bezahlen kann, denn mein Erspartes ist seit der letzten Kutschfahrt auf wenige Kreuzer zusammengeschmolzen. Ich trage ein warmes Wollkleid und Gummigaloschen wie bei meinem letzten Ausflug und habe das Gefühl, hervorragend auf die Fahrt vorbereitet zu sein. Dennoch bin ich aufgeregt, als ich an der Peterskirche den einzigen Fiaker anspreche, der dort wartet.

»Zur Gußhausstraße, bitte.«

»Diekenninääääd« ist alles, was der Mann sagt. Was vermutlich bedeuten soll, dass ihm der Straßenname kein Begriff ist und er mich deswegen auch nicht fährt. Er macht nämlich keinerlei Anstalten, mir einen Preis zu nennen oder die Zügel aufzunehmen.

»Man muss bis zur Karlskirche fahren, dort in die Karlsgasse abbiegen, und dann fährt man direkt darauf zu«, erkläre ich den Weg.

Jetzt macht er eine Kopfbewegung nach hinten. »Steigen's halt ein!«

Was für ein freundlicher Zeitgenosse. Am liebsten hätte ich verzichtet. Aber weit und breit ist keine andere Mietdroschke zu sehen, also komme ich der Aufforderung nach.

Als ich wenig später an der angegebenen Adresse aussteige, beugt sich der bullige Mann vom Kutschbock und sagt in breitestem Wienerisch: »Zum Maler wollen's? Warum haben's das nicht gleich gesagt?«

Welcher Maler? Ich spare mir die Frage. Dass ich keine Ahnung habe, wo ich hier bin und was ich vorhabe, will ich dem Grantler lieber nicht anvertrauen.

Wir stehen in einer ländlich wirkenden Gegend vor einem seltsamen Gebäude mit auffallend hohen Fenstern. Ist es ein Fabrikgebäude? Oder ein Wohnhaus? Schwer zu sagen. Vermutlich bin ich nicht die einzige Besucherin, denn vor dem Haus warten drei weitere Equipagen.

Einem plötzlichen Impuls folgend, schicke ich den Fiaker weg. Hier wird mir gewiss nichts passieren, und bis zur Karlskirche kann ich nachher gut zu Fuß gehen. Dort finde ich bestimmt einen Kutscher mit einem freundlicheren Naturell.

Hufe klappern, Räder rollen, dann bin ich allein.

Ich hole tief Luft. Auf geht's. An den parkenden Kutschen vorbei zur Eingangstür, die halb hinter Büschen verborgen ist. Keins der Wappen auf den Türen der Equipagen kommt mir bekannt vor. Schade, dass ich das von Glinsky nicht kenne, sonst wüsste ich jetzt, ob er schon da ist.

Ein Blechschild an der Fassade des Hauses verrät mir den Namen des Besitzers: Hans Makart.

Ach herrje! Ausgerechnet diesen Maler meinte der Fiaker. Mir fällt beim besten Willen keine Freude ein, die man mir in seinem Atelier machen könnte. Ich hatte auf eine neue technische Errungenschaft gehofft oder auf ein anderes spannendes Erlebnis. Von mir aus hätte auch gern wieder ein Tier involviert sein können, immerhin ist Glinsky Naturforscher. Oder eine Pflanze. Oder zumindest ein Stein. Alles wäre besser als ein weiteres Zusammentreffen mit diesem ewig gestrigen Historienschinkenproduzenten.

Ein ruhiger Ort für ein vertrauliches Gespräch ist so ein Atelier auch nicht. Plötzlich hätte ich Anna und Sophie ausgesprochen gern an meiner Seite. Aber Gezeter und Gezauder helfen mir jetzt nicht weiter. Nun bin ich schon hier, da will ich auch wissen, was mich erwartet.

Ich drücke gegen die Tür, sie schwingt mit einem leisen Quietschen auf, und ich betrete einen meterhohen Raum, eigentlich eher eine Halle. Warme Luft schlägt mir entgegen. Ich rieche frische Farbe, gemischt mit dem Duft orientalischer Räucherstäbchen, eine im wahrsten Sinne des Wortes atemberaubende Mischung.

Es ist unerwartet dämmrig hier. Massive Kronleuchter aus Hirschgeweihen sorgen für trübes Licht. Seltsam, warum bezieht jemand ein Gebäude mit so hohen Fenstern und verhüllt dann fast alle mit düsteren Vorhängen?

Vielleicht ist Makart der Meinung, dass seine Welt voller Opulenz und Sinnlichkeit in schummrigem Licht am besten zur Geltung kommt. Und vermutlich sieht man so auch weniger Staub. Denn ich kann mir nicht vorstellen, dass es möglich ist, einen so üppig ausgestatteten Raum auch nur annähernd staubfrei zu halten. Gedrehte Säulen und reich mit Schnitzereien verzierte Balustraden, Erker, Simse und Balkone umgeben mich. Überall sind Tücher, Teppiche und orientalische Baldachine drapiert. In den Ecken stehen in großen Vasen die für Makart typischen riesigen verdorrten Pflanzenwedel und Pfauenfedern. Ich entdecke Tierfelle, unter anderem das eines Tigers, ausgestopfte Vögel mit ausgebreiteten Schwingen, Jagdtrophäen, Musikinstrumente und sogar eine Ritterrüstung.

Entlang der Wände stehen Staffeleien mit Werken des Künstlers in verschiedenen Stadien der Fertigstellung. Doch sie werden von einem wahrhaft gigantischen Bild in den Schatten gestellt, das die gesamte linke Wand der Halle einnimmt, von oben bis unten, von links bis rechts.

Es ist scheußlich. Genauso überladen und schwülstig wie Makarts Atelier. Und doch hat es eine merkwürdig morbide Ausstrahlung, die es schwer macht, den Blick abzuwenden. Das muss das Gemälde sein, von dem derzeit ganz Wien redet. Fasziniert starre ich es an.

Ein Räuspern reißt mich aus der Betrachtung. Erst jetzt bemerke ich, dass einige Erker und Nischen hinter mir mit verschnörkelten Sitzmöbeln ausgestattet sind. Und dort haben Besucher in Logen Platz genommen, um das Gemälde zu betrachten. Einem von ihnen stehe ich offenbar im Weg, wie er mir mit einer verärgerten Handbewegung zu verstehen gibt.

Schnell mache ich einen Schritt zur Seite. Dann lasse ich meinen Blick über die Gäste schweifen, aber Nikolaj Glinsky kann ich leider nirgends erblicken.

Ein Mann tritt jetzt aus dem Schatten einer gedrehten Säule und kommt auf mich zu. Er trägt eine Kniebundhose und ein mittelalterlich anmutendes Samtwams.

»Komtess Conteville«, sagt er, ohne sich vorzustellen. »Bitte folgen Sie mir.« Er führt mich zu einer Nische in der Nähe des Kamins und bittet mich, Platz zu nehmen.

Trotz der Wärme streife ich nur die Handschuhe ab und lockere den Schal. Länger als ein paar Minuten halte ich es hier gewiss nicht aus.

Was stand noch mal in dem Brief? *Im Innern lassen Sie dann einfach alles auf sich wirken. Mehr ist nicht zu tun.*

Nun gut. Möge es wirken. Ich wende mich dem opulenten Gemälde zu und lasse den Blick darüber schweifen.

Jemand will Ihnen eine Freude machen, das werden Sie sofort feststellen.

Das entspricht nicht den Tatsachen, denn ich sehe nichts, was mir Freude bereiten könnte. Das Gemälde zeigt einen bleichgesichtigen, arrogant blickenden jungen Schnösel hoch zu Ross. Das muss Kaiser Karl V. sein. Er reitet gerade in eine Stadt ein, wo man ihn jubelnd empfängt. Vor ihm tummeln sich lauter spärlich bis gar nicht bekleidete Jungfrauen. Zum Glück kommt mir keines der Gesichter bekannt vor. Ich möchte gar nicht wissen, welche Dame Wert darauf legt, von Hans Makart nackt für die Ewigkeit festgehalten zu werden.

Neben und hinter dem kaiserlichen Festzug stehen bekleidete Bürgerinnen und Bürger und jubeln dem Kaiser zu. Hier entdecke ich tatsächlich ein paar Gesichter, die mir bekannt vorkommen, aber vielleicht täusche ich mich auch.

Genau genommen spielt es keine Rolle, denn ich mag dieses Bild nicht. Es ist mir zu groß, zu bunt, zu schwülstig, zu voll. Niemals würde ich Geld dafür bezahlen, darauf abgebildet zu werden. Es wäre mir im Gegenteil einiges wert, weiterhin von Makart ungemalt zu bleiben.

Warum hat man mich hierher bestellt? Nichts in diesem gesamten Atelier macht mir Freude, alles stimmt mich verdrießlich.

Moment.

Was ist das?

Nein! Himmel, hilf!

Meine Fingernägel bohren sich in meine Handflächen. Ganz links am Rand der großen Leinwand, das Mädchen mit den Blumen im Haar. Bin das etwa ich?

Unmöglich! Ich muss mich irren. Ich blinzele und sehe genauer hin.

Ach herrje! Und ob ich das bin. Wie überaus unangenehm! Und eben habe ich noch gedacht, wie ungern ich auf diesem scheußlichen Gemälde abgebildet wäre.

Zum Glück bin ich vollständig bekleidet dargestellt. Und ich sehe hübsch aus. Das ist ja schon viel, vergleicht man mich mit anderen.

Die Erleichterung darüber währt allerdings nicht lange, denn auf einmal sehe ich, wer auf dem Bild direkt hinter mir steht. Stocksteif, als hätte er einen Spazierstock verschluckt, die dünnen Haare über die Glatze gekämmt.

Graf Basil Monteregg.

Hans Makart hat uns beide für die Ewigkeit festgehalten.

Als Ehepaar.

Aus dem *Wiener Tageskurier*

Hans Makart:
Der Einzug Karls V. in Antwerpen

Viel wird dieser Tage von dem neuen Gemälde aus dem Hause Makart gesprochen, das bald in Paris für Furore sorgen wird. Es zeigt den heroischen jungen König Karl auf dem Wege zur Kaiserkrönung in Aachen.
 Karl V. war ein Angehöriger des Herrscherhauses Habsburg. Er erbte 1519 das Erzherzogtum Österreich und wurde 1520 zum Kaiser des Heiligen Römischen Reiches gekrönt. Auf dem Gemälde von Hans Makart sieht man ihn im jugendlichen Alter von zwanzig Jahren. Er sitzt hoch zu Ross und trägt ein prächtiges Gewand aus hellem Brokat unter einem Kürassierharnisch. Um ihn herum drängen sich Soldaten, Ehrenjungfrauen sowie Bürgerinnen und Bürger der Stadt Antwerpen. Besonders die Frauen sind dem jungen Kaiser mit großer Begeisterung zugetan.
 Das wandgroße Ölgemälde umfasst fünfzig Quadratmeter, die dargestellten Personen haben Lebensgröße. Makart hat einigen von ihnen die Gesichtszüge bekannter Wiener Persönlichkeiten verliehen, was schon jetzt ganz erheblich zum Erfolg des Bildes beiträgt, nicht zuletzt, weil einige der Damen äußerst spärlich bekleidet sind.
 Malerfürst Makart ist bekanntlich nicht nur künstlerisch ein Genie, er versteht es auch wie kein Zweiter, seine Kunst überall im Gespräche zu halten. Und nichts verbreitet sich schneller als ein Skandal.
 Direkt neben dem Kaiser hat sich der Maler selbst verewigt, und mit einer weiteren Figur in der Bildmitte hat er dem großen

Albrecht Dürer ein Denkmal gesetzt. Alle anderen Gestalten möge der neugierige Betrachter selbst identifizieren. Gelegenheit dazu gibt es bald. Das Werk wird ab Mitte März im Kunsthaus ausgestellt, anschließend reist es zur Weltausstellung nach Paris. Und halb Wien reist als Abbild mit.

Kapitel 23

B wie Besitz

Was auf dieser Welt gehört eigentlich mir? Ich habe kaum eigenes Geld, nur ein paar Münzen, die Papa mir manchmal als Nadelgeld gibt. Mein Körper geht nach der Hochzeit in den Besitz meines Ehemanns über. Offenbar gehört mir nicht einmal mein eigenes Abbild. Nur über meine Gedanken verfüge ich ganz allein.

Ich stapfe mit großen Schritten die Karlsgasse entlang und ziehe den Mantel enger. Der Wiener Winter zeigt sich heute von seiner feindseligsten Seite. Eisiger Wind fegt durch die Häuserschluchten, schmutziger Schneematsch bedeckt das Pflaster, und bei jedem Atemzug bildet sich eine weiße Wolke vor meinem Mund.

Wäre ich nicht so unendlich wütend, würde ich mir eine Kutsche nehmen. Aber ich muss jetzt einfach laufen. Die schnelle Bewegung ist das Einzige, was meine Wut gerade noch im Zaum hält. Ich senke den Kopf und beschleunige das Tempo. Gehe an der Karlskirche vorbei. Weiter und weiter. Die Richtung ist mir egal, solange die Straßen leer sind. Menschengedränge ist das Letzte, was ich jetzt ertragen kann.

Als ich einen stillen Park erreiche, trete ich erleichtert durch das schmiedeeiserne Tor. Bäume und Sträucher mit schneebedeckten Zweigen säumen den Weg. Auf den Statuen hocken aufgeplusterte Vögel. Ein kleiner Fluss plätschert dahin. Wie beruhigend Natur ist, wenn man von Menschen so dermaßen genug hat wie ich in diesem Moment.

Meine Schritte werden langsamer, ich komme zur Ruhe und atme tief durch.

Monteregg und ich. Der Anblick hat mich verstört. Erstens, weil der Graf so etwas kann. Er ist in der Lage, den berühmtesten Maler unserer Zeit dazu zu bringen, uns beide auf seinem wichtigsten Gemälde zu verewigen. Zweitens, weil Monteregg mich nicht gefragt hat. Er stellt uns in der Öffentlichkeit als Ehepaar dar, ohne vorher überhaupt um meine Hand anzuhalten. Und drittens, weil Monteregg und ich als Paar ein ganz schrecklicher Anblick waren. Mir wurde ganz schlecht, als ich uns sah. Nicht weil wir hässlich ausgesehen hätten oder weil ich den Mann nicht mag. Nein, es lag einfach daran, dass ich meine Zukunft plötzlich so real vor Augen hatte. Und dass ich in diesem Moment erkannt habe, dass nichts daran zu mir passt. Wirklich gar nichts.

Nach der Heirat wäre ich Montereggs Frau. So wie sein Schuh Montereggs Schuh ist und sein Stuhl Montereggs Stuhl. Ich will aber nicht in den Besitz dieses Mannes übergehen. Ich will überhaupt niemandem gehören.

Der vierte Grund für meine Wut ist allerdings der schlimmste: Ich habe mir das alles selbst eingebrockt. Diese Ehe war meine Idee. Ich war so dumm!

Als mein Zorn langsam verraucht, macht sich Kraftlosigkeit in mir breit. Mit einer matten Armbewegung wische ich den Schnee von einer Bank und lasse mich darauf nieder.

Was mache ich denn jetzt? Ich stehe wieder ganz am Anfang meiner Überlegungen. Nein, schlimmer noch, ich stehe vor einer Katastrophe, die ich selbst herbeigeführt habe. Vermutlich sollte ich mich schnellstens für ein paar Jahrzehnte aufs Land zurückziehen. Oder noch besser für ein paar Jahrhunderte.

Plötzlich höre ich ein ganz leises Piepen neben mir. Was ist das? Ein Vogel? Ich mustere die umstehenden Bäume. Weit und breit ist kein Piepmatz zu sehen. Dafür raschelt etwas im Gebüsch. Ein Igel vielleicht? Nein, die halten zurzeit Winterschlaf, das kann nicht sein.

Ich stehe auf und schleiche mich an. Da! Zwischen den braunen Blättern bewegt sich etwas. Ist das ein Tier?

Ich husche noch näher und bücke mich. Tatsächlich, ein winziges, klatschnasses braunes Wesen kriecht seltsam zittrig über den Boden. Entfernt erinnert es mich an eine Ratte, aber es hat keinen langen nackten Schwanz. Das muss ein Junges sein, erst vor Kurzem geboren. Doch was wird es, wenn es ausgewachsen ist? Ein Hund? Nein, ich tippe eher auf einen Fuchs. Er ist so jung, dass seine Augen noch geschlossen sind. In dieser Kälte hat er keinerlei Überlebenschancen.

Ich schleudere die Handschuhe von mir, kauere mich auf den Boden und hebe ihn auf. Was für jämmerliche Laute er von sich gibt! Meine Güte, er ist halb tot. Ich lockere meinen Schal und lege den Fuchswelpen an meinen warmen Hals. Er kriecht unter den Kragen meines Mantels, und ich höre seine zarte Stimme ganz nah an meinem Ohr. Er fleht mich um Hilfe an, in einer Sprache, die jedes Lebewesen auf dieser Welt versteht.

»Natürlich helfe ich dir«, wispere ich und blicke mich um.

Wo ist seine Mutter? Weit und breit sind keine Füchsin, kein Bau, ja nicht einmal Pfotenspuren im Schnee zu sehen.

»Was machen wir denn jetzt?«, frage ich leise.

Als das Tierchen wieder jämmerlich piepst, weiß ich plötzlich, was zu tun ist.

»Hey, du kleiner Kerl«, flüstere ich. »Halt noch ein bisschen durch, ja? Es gibt jemanden, der dir vielleicht helfen kann.«

Ich finde das Palais Glinsky überraschend schnell. Und weil es nicht um mich geht, sondern um ein hilfloses Tier, kostet es mich kaum Überwindung, den polierten Messingklingelknopf neben der schweren Eichentür zu drücken. Auf ihr prangt das Wappen der Glinskys: ein Eichenbaum mit zwei Raben. Daher also der Name Nikolas Rabe.

Der Fuchswelpe auf meiner Schulter regt sich kaum noch, er zittert nicht einmal mehr. Wenn es einer schafft, dem kleinen Wesen wieder Leben einzuhauchen, dann Nikolaj Glinsky.

Im Inneren des Palais höre ich Schritte. Kurz darauf öffnet sich die massive Tür langsam und majestätisch. Ein livrierter Diener steht vor mir, groß, hager, mit ergrautem Haar. Seine makellose Uniform und die auf Hochglanz polierten Schuhe zeugen von seiner hervorragenden Ausbildung.

Er verbeugt sich formvollendet. »Guten Tag! Wie kann ich Ihnen behilflich sein?«

»Mein Name ist Clea de Conteville«, stelle ich mich vor. »Ich möchte den Fürsten sprechen. Er kennt mich, erwartet mich allerdings nicht. Bitte sagen Sie ihm, es sei dringend.«

»Sehr wohl, Komtess.« Der Diener tritt einen Schritt beiseite und lässt mich ein. Mein Name ist ihm offenbar ein Begriff, sonst würde er mich nicht mit dem korrekten Titel ansprechen.

Kaum bin ich eingetreten, schließt er die massive Tür und zieht einen dicken Samtvorhang vor, um die eisige Winterluft draußen zu halten.

Die Eingangshalle des Palais Glinsky ist mit Teppichen in warmen Farben ausgelegt, die eine behagliche Atmosphäre vermitteln. Ganz anders als die in Makarts Atelier. Das also ist Nikolaj Glinskys Welt.

»Darf ich Ihnen den Mantel abnehmen?«, fragt der Diener.

Ich schüttele den Kopf. »Nein danke, er wird bewohnt.«

Die linke Augenbraue des Mannes wandert fragend in die Höhe.

Statt einer Antwort hebe ich den Schal an und präsentiere das kleine Tier auf meiner Schulter. »Es ist vermutlich ein Fuchs.« Der Mann räuspert sich. »Ich verstehe. Bitte folgen Sie mir!« Er wirkt kein bisschen überrascht.

Ich bin froh, meinen Mantel anbehalten zu können, mir ist nämlich noch immer eiskalt.

Der Diener führt mich über eine breite Marmortreppe ins Obergeschoss. Dort angelangt, öffnet er eine imposante Doppeltür, die den Weg in einen prächtigen Salon freigibt.

Ich sehe hohe Fenster, hell tapezierte Wände, geschmackvolle alte Möbel. Vor dem prasselnden Kamin sitzt Nikolaj Glinsky und liest ein Buch. Er ist wirklich unglaublich gut aussehend, selbst wenn er nicht für einen Ball zurechtgemacht ist. Zu seinen Füßen liegt ein schwarzer Labrador.

Als ich eintrete, klappt Glinsky das Buch zu und springt auf, zeitgleich mit dem Hund. Ich schiele auf den Ledereinband mit den goldgeprägten Buchstaben. *Die Geschichte der Philosophie.*

»Sie haben Besuch«, kündigt der Diener mich an. »Komtess Conteville. Sowie ein junger Fuchs.«

Weil ich befürchte, der kleine Fuchs könnte den Hund riechen und sich erschrecken, nehme ich das Tierchen schützend in beide Hände.

»Sitz, Nike!«, befiehlt Glinsky. Gehorsam senkt der Labrador das Hinterteil.

Der Hausherr kommt auf mich zu. Anders als auf den Bällen ist er nicht frisch rasiert. Der dunkle Bartschatten verleiht seinem Gesicht eine Wildheit, die ihm ausgesprochen gut steht.

Er wirft einen Blick auf meinen Zögling. »Ach herrje, das arme Tier!«

Der Hund bleibt wie angenagelt sitzen und beobachtet still, was sein Besitzer tut. Er scheint sehr gut erzogen.

»Ich habe den Welpen im Stadtpark gefunden«, erkläre ich. »In einem schrecklichen Zustand. Keine Mutter, keine Geschwister.« Glinsky nickt. Er betrachtet das Tier aufmerksam. »Gut, dass Sie ihn mitgenommen haben. Er hätte da draußen in der Kälte keine Chance gehabt.« Wenn er konzentriert ist, bildet sich auf seiner Stirn eine feine, wellenartige Linie.

Ich weiß nicht, warum, aber plötzlich fühle ich mich ganz ruhig und aufgehoben. Als wäre ich genau am richtigen Ort und hätte exakt das Richtige getan. Und nicht, als stünde ich völlig durchgefroren mit einem halb toten Fuchsbaby in den Händen im Salon meines vermeintlich größten Widersachers.

Jetzt wendet Glinsky sich an den Diener. »Waldmann, bitte bringen Sie uns einen Korb, eine Wärmflasche und warme Tücher. Außerdem Fencheltee, Zucker, kaltes Wasser und eine Pipette. Sie finden eine in meinem Medizinkoffer. Und sagen Sie bitte dem Kutscher, er solle anspannen. Rasch!«

»Jawohl.« Der Diener nickt und zieht sich zurück.

»Und das kann er sich alles merken?«, frage ich.

Glinsky lächelt. »Er ist gut! Und außerdem macht er so etwas nicht zum ersten Mal, er steht schon seit vielen Jahren in meinem Dienst und interessiert sich leidenschaftlich für meine Arbeit. Wir hatten schon einen Siebenschläfer, drei Spatzen, einen Waschbären und einen kleinen Puma im Haus.«

Gut zu wissen, dann bin ich definitiv am richtigen Ort.

»Soll ich ihn halten?« Glinsky streckt die Hand aus. »Dann können Sie den Mantel ablegen. Es wird eine Weile dauern, bis die Kutsche bereit ist und wir den kleinen Kerl für die Reise aufgepäppelt haben. Sie sollten sich am Feuer aufwärmen, sonst erfrieren Sie, wenn Sie wieder in die Kälte gehen.«

Ich schüttele den Kopf. Wenn ich nicht bald nach Hause komme, schickt Sophie die Gendarmerie zu Makarts Adresse. »Ich würde gern bleiben, doch ich muss mich leider verabschieden. Ich werde zu Hause erwartet. Meine Familie sorgt sich sonst.«

Glinsky lässt die Hand wieder sinken. »Sie könnten eine Nachricht an Ihre Familie schreiben«, überlegt er laut. »Ein Bote könnte sie überbringen.«

Eine verlockende Idee. Aber kann ich das verantworten? Noch länger wegbleiben? Und auch noch alleine mit einem Mann? Ohne Anstandsdame?

»Welche Reise soll der Fuchs denn antreten?«, will ich wissen.

»Ich habe eine gute Freundin, die sich vortrefflich darauf versteht, junge Wildtiere zu pflegen. Sie hat gerade einen Wurf Hundewelpen. Vielleicht kann sie das Füchslein einfach dazulegen. Das wäre das Beste für den kleinen Kerl.«

Nun, da ist sie ja schon, die Anstandsdame. Und was sie tut, klingt überaus interessant.

»Da wäre ich tatsächlich gern dabei«, sage ich, ohne lange nachzudenken.

»Der Bote könnte in einer halben Stunde bei Ihrer Familie sein.«

»Und wo wohnt Ihre Freundin?«

»In der Florianigasse. Zehn Minuten Kutschfahrt von hier.«

Der Fuchswelpe in meinen Händen bewegt sich. Winzige Krallen kratzen zart über meine Hand. Ich möchte unglaublich gern wissen, wohin er kommt und ob die Hundemutter ihn annimmt.

»Gut, ich komme mit.«

Nikolaj Glinsky streckt mir erneut die Hände entgegen, und diesmal lege ich den Fuchs hinein. Seine Finger sind lang, muskulös und wirken doch feinfühlig.

»Meine Güte, bist du winzig«, spricht Glinsky das kleine Tier an. »Du bestehst ja fast nur aus Fell.« Dann wendet er sich an mich. »Sie werden es nicht bereuen. Ein Besuch bei Aglaia ist immer ein Erlebnis. Sie erinnern sich vielleicht an das Frettchen, das ich gern fotografisch festgehalten hätte.« Zum ersten Mal erwähnt Glinsky unser Treffen als Nikolas Rabe und Claire Manon. Er tut es ganz unbefangen.

»Natürlich«, entgegne ich. »Wie könnte ich das vergessen?«

»Es war Aglaias Frettchen, und es war handzahm.« Er nickt so ernst, als würde das alles über diese Frau sagen.

»Es wäre mir eine Ehre, Ihre Freundin Aglaia kennenzulernen«, sage ich ebenso ernst.

Glinsky schmunzelt. »Tinte und Papier finden Sie auf meinem Sekretär.«

Mittlerweile friere ich nicht mehr. Ich lege den Mantel ab, werfe ihn über einen Sessel, gehe zum Sekretär und setze mich. Aber was schreibe ich denn am besten? Es würde meine Familie zweifelsohne nicht beruhigen, wenn ich sie informierte, dass ich gemeinsam mit Nikolaj Glinsky einen Fuchs retten muss und wir zu diesem Zweck eine frettchenzähmende Frau besuchen. Stattdessen schreibe ich kurz und knapp, ich müsse noch ein paar Besorgungen in der Stadt machen und käme möglicherweise erst zum Abendessen zurück. Das Ganze adressiere ich an Sophie.

Natürlich wird es bei meiner Rückkehr ein Drama geben. Aber wenn ich meinen Eltern von Monteregg und Makarts Bild erzähle, gibt es das ohnehin. Auf eins mehr kommt es jetzt auch nicht mehr an.

Kaum bin ich fertig, betreten Waldmann und ein weiterer Diener den Raum. Waldmann bringt ein Tablett mit Tee, der zweite Mann eine Wärmflasche, einen Korb und Tücher.

Glinsky beauftragt Waldmann, mein Schreiben umgehend einem Boten zu übergeben. Dann wendet er sich an den jüngeren

Diener. »Wickeln Sie die Wärmflasche bitte in die Tücher und legen Sie sie in den Korb.«

Der Mann folgt den Anweisungen.

»Danke. Das wäre dann alles«, entlässt Glinsky ihn. »Nun brauche ich Sie«, wendet er sich an mich. »Könnten Sie den kleinen Kerl noch einmal halten?«

Nichts lieber als das. Das Tierchen ist mittlerweile getrocknet, und sein Fell fühlt sich ganz flauschig an. Aber jede Körperspannung ist aus dem kleinen Leib gewichen, und sein Atem ist nur noch ein Hauch.

»Keine Sorge, er schafft das«, muntert Glinsky mich auf. Doch sein Blick ist besorgt.

Er gießt dampfenden Tee in eine Tasse, rührt Zucker hinein, fügt kaltes Wasser hinzu und überprüft mit dem Finger die Temperatur. Als er damit zufrieden ist, nimmt er die Pipette, die statt eines Löffels auf der Untertasse bereitliegt, und füllt sie mit dem gezuckerten Tee.

Dann tritt er ganz nah an mich heran. »Können Sie den Finger unter das Köpfchen schieben und es anheben?«, fragt er leise.

»Ich versuche es.« Behutsam lenke ich das Schnäuzchen des Fuchswelpen in Glinskys Richtung.

»Sehr gut.« Vorsichtig schiebt er dem Tierchen das gläserne Röhrchen ins Maul und drückt auf den Gummiballon der Pipette. Tee läuft über meine Finger.

»Oh, Entschuldigung.« Glinsky verringert den Druck.

»Macht nichts«, sage ich. »Es ist ja nur Tee.«

Das Fuchsbaby zappelt ein bisschen, dann schluckt es. Wieder und wieder.

»Das tut dir gut, nicht wahr?«, murmelt der Fürst.

Als der Welpe genug hat, nimmt Glinsky ihn vorsichtig in die Hand, dreht ihn auf den Rücken und massiert mit zwei Fingern zart das nackte Bäuchlein. »Seine Mutter würde ihm jetzt den Bauch lecken, aber so weit möchte ich nicht gehen«, sagt er lächelnd.

Der kleine Fuchs rekelt sich, seufzt – und entleert seine Blase.

»Das«, stelle ich schmunzelnd fest, »ist nicht nur Tee.«

Ich reiche dem Fürsten mein Spitzentaschentuch. Er nimmt es zögernd entgegen.

»Nehmen Sie es ruhig«, sage ich. »Mir macht das nichts aus.«

Er reinigt mit dem weißen Batist erst das Fell des Fuchses und dann seine Hand.

Unsere Blicke treffen sich. »Danke«, sagen wir beide genau gleichzeitig. Und müssen lachen.

In diesem Moment betritt Waldmann den Salon. »Die Kutsche ist da«, verkündet er.

Glinsky prüft mit der Hand die Temperatur der Tücher im Korb. Dann bettet er den kleinen Fuchs darauf. »Der wird jetzt wunderbar schlafen«, sagt er zufrieden.

Und tatsächlich rollt sich der Welpe auf der warmen Unterlage zusammen.

Wenig später fahren wir in Glinskys Kutsche durch die winterliche Stadt. Ich halte einen angenehm warmen Korb auf dem Schoß, darin liegt ein tief schlummernder Fuchs.

Unterwegs erzählt Glinsky mir genauer, wohin wir fahren. »Vielleicht haben Sie schon von Aglaia von Enderes gehört«, beginnt er. »Sie ist Schriftstellerin. Ihre Texte werden in vielen Zeitungen veröffentlicht und weltweit als Bücher herausgebracht. Sie ist sehr erfolgreich.«

»Ich kenne sie leider nicht«, gebe ich bedauernd zu.

»Das macht nichts, für unsere Zwecke ist dieser Teil ihrer Arbeit nicht wichtig. Aglaia hat seit ihrer frühesten Kindheit noch eine zweite Leidenschaft, und darum geht es heute. Sie nimmt seit jeher alle in Not geratenen Tiere dieser Welt auf, um ihr Leben zu retten. Ihre Kinder, ihr Mann, die Nachbarn, Freunde und Bekannte – ständig bringt jemand ein Wildtier vorbei. So wie wir heute. Aglaia freut sich über jedes einzelne, sie hat wirklich einen unglaublichen Draht zu Tieren. In ihrem Haus piept und krabbelt es in jeder Ecke. Weil sie seit vierzig Jahren alles hegt und pflegt, was Federn, Fell oder Schuppen hat, weiß sie enorm viel über Wildtiere. Außerdem züchtet sie Hunde.«

»Sie schreibt als Frau Bücher und Zeitungsartikel? Hat einen Mann und Kinder? Züchtet Hunde und zieht Wildtiere auf?«

Glinsky nickt. »Wenn sie nicht gerade hohe Berge besteigt oder sich für die Rechte erwerbstätiger Frauen einsetzt.«

»Das geht?«, frage ich ungläubig.

Er lächelt. »Danach fragt sie nicht lange. Sie tut es einfach.«

Wir fahren jetzt an der Hofburg vorbei, einem Ort, an dem strengste Etikette herrscht. Jede Handbewegung, jedes Wort folgt hier strikten Regeln. Ich erinnere mich, wie Maman mir genau an dieser Stelle sagte, ein Verstoß gegen die guten Sitten könne mich meine Zukunft kosten.

Für Aglaia von Enderes scheinen keine Regeln zu gelten. Plötzlich frage ich mich: Ist es eigentlich erlaubt, was ich hier gerade tue? Darf ich allein mit einem Mann in einer Equipage sitzen? Zählt sein Kutscher als Anstandswauwau? Ich habe keine Ahnung. Aber ich frage besser nicht lange, ich tue es einfach.

Gräfin Eleonore von Rossnitz, Wien
an Fürstin Pauline von Metternich, Wien

26. Februar 1878

Liebe Pauline,

zunächst möchte ich dir von ganzem Herzen mein Beileid aussprechen. Ich kannte deinen Vater gut. Er ist mir als der berühmteste und verwegenste Reiter aller Zeiten in Erinnerung, dessen kühne Husarenstücke legendär waren. Unvergesslich beispielsweise seine Eigenart, bei Besuchen das Pferd nicht vor dem Haus der Gastgeber anzubinden, sondern erst vor der Salontür abzusteigen, gleichgültig, wie viele Treppenstufen zuvor von dem Tier bezwungen werden mussten.

Ich sehe ihn aber auch als kranken, verwirrten, pflegebedürftigen Mann vor mir, dem du in den letzten Lebensjahren viel Zeit und Liebe gewidmet hast. Und so ahne ich, wie schmerzlich dein Verlust ist, obgleich oder gerade weil sich der Abschied schon länger angekündigt hat.

Ich möchte deine Trauerzeit nicht stören. Darum lies nur weiter, falls du dankbar für ein wenig Ablenkung bist.

Ich denke, ich muss mit Bobo Monteregg sprechen. Er hat sich da offenbar in etwas verrannt. Wir hatten ja kürzlich darüber gesprochen. Nun treibt sein neuer Plan seltsame Blüten, und ich glaube, es ist an der Zeit einzugreifen.

Von Theodore Conteville kann ich keine Hilfe erwarten. Er ist ein Mann. Naturgemäß ist er daher für die peinlichen Allüren eines alternden Gockels nicht empfänglich. Und Isabella sind, wie sie sagt, die Hände gebunden. Als ich sie diesbezüglich ansprach, antwortete sie, sie müsse derzeit stillhalten, sonst verlöre sie das Vertrauen ihrer Tochter.

Ich denke daher, dass ich noch heute ein ebenso feinfühliges wie deutliches Gespräch mit Bobo führen werde, um ihn auf den Pfad der Vernunft zu leiten. Wenn er partout heiraten will, kann ich ihm mindestens fünf geeignetere Kandidatinnen nennen.

*Es grüßt von Herzen
Lori*

Kapitel 24

A wie Aglaia

In der griechischen Mythologie ist die Zeustochter Aglaia eine der drei Grazien, der Göttinnen der Anmut. Ihr Name bedeutet übersetzt »die Strahlende«.

Aglaia, so heißt aber auch eine tropische Baumsorte mit essbaren Früchten, duftenden Blüten und medizinisch wertvollen Inhaltsstoffen.

Das Strahlen und der exotische Baum – beides passt zu Aglaia von Enderes.

Die Kutsche hält vor einem repräsentativen Haus am Rand eines öffentlichen Parks. Wir steigen aus, und Glinsky bittet den Kutscher zu warten.

Dr. Karl Ritter von Enderes steht neben einem der kunstvoll verzierten Klingelknöpfe. Und darunter, auf einem zweiten Schild an derselben Klingel: *Aglaia von Enderes*.

Offenbar sind beide Eheleute gefragte Persönlichkeiten, die viel Besuch bekommen.

Glinsky läutet energisch, dreimal kurz hintereinander. »Das ist mein geheimes Zeichen.« Er zwinkert mir zu. »Achtung, jetzt wird es laut.«

Tatsächlich ertönen hinter der Tür Hundegebell und Kindergeschrei.

Erstaunlicherweise ist es die Hausherrin selbst, die uns die Tür öffnet. Aber sie ist nicht allein. Drei Hunde umtanzen sie bellend, drei Kinder drängen sich an ihr vorbei, zwei Jungen und ein kleines Mädchen.

»Kolja!«

»Wo warst du so lange?«

»Wo ist Katinka?«

»Hast du uns was mitgebracht?«

Die Kinder reden wild durcheinander und lassen Glinsky keine Zeit für Antworten.

Aglaia von Enderes ist eine schlanke, hochgewachsene Frau mit wunderschönen großen Augen und einem schmalen Gesicht. Würde sie sich herausputzen, könnte sie fast der Kaiserin ähneln. Doch sie trägt ein schlichtes, hochgeschlossenes Kleid und hat die dunklen Haare streng nach hinten gekämmt. Äußerlichkeiten sind ihr sichtlich egal.

Nikolaj Glinsky dagegen ist ihr eindeutig nicht gleichgültig. »Kolja! Wie schön!« Ihre Augen leuchten. Sie nimmt ihn in die Arme und drückt ihn an sich, als würde er zur Familie gehören.

Der kleinere der beiden Jungen ist der Erste, der mich hinter Glinsky bemerkt. »Wer ist das?«, will er wissen. Er hat die klugen braunen Augen seiner Mutter geerbt.

Aglaias Blick fällt auf mich. Sie nimmt ihren Sohn an den Schultern und schiebt ihn sanft beiseite. »Kinder, lasst mich unseren Gast erst einmal begrüßen«, sagt sie freundlich. Dann reicht sie mir die Hand. »Guten Tag! Ich bin Aglaia von Enderes. Gern Aglaia, wenn das passt.«

»Sehr gern. Ich bin Clea.«

»Wir wollen nicht lange stören«, sagt Glinsky. »Ihr seid im Begriff auszugehen, nicht wahr?«

Erst in diesem Moment fällt mir auf, dass die Kinder Mäntel tragen.

»Ja«, kräht der kleinere der Jungen. »Wir sind zu einem Geburtstag eingeladen. Mutter bringt uns hin.«

»Wir können auch ein paar Minuten später gehen, es ist noch viel Zeit«, erklärt Aglaia. »Kommt bitte herein.«

Wir folgen ihrer Aufforderung. Die Kleinen sind kein bisschen enttäuscht, dass sie noch nicht losgehen dürfen. Nikolaj und ich scheinen interessanter als jede Geburtstagsfeier zu sein.

»Clea, was hast du da in dem Korb?«, fragt das Mädchen. »Ein Geschenk?«

»Nein, ein kleines Wunder«, sage ich. »Möchtest du es sehen?«

Sie nickt heftig.

Ich habe den Korb mit meinem Schal abgedeckt, damit der Fuchswelpe den eisigen Wind draußen nicht spürt. Jetzt hebe ich den Wollstoff vorsichtig an.

»Oh!«, sagt sie mit andächtigem Blick.

Ihr Bruder gibt ihr einen Schubs. »Geh mal weg, Mathilde! Ich will auch was sehen.«

Mathilde reagiert prompt mit Protestgeheul, und der kleine Fuchs zuckt zusammen. Rasch decke ich den Korb wieder zu.

»Kinder, wer sich schlecht benimmt, geht in sein Zimmer«, sagt Aglaia, woraufhin alle drei die Hände falten und ihre bravste Miene aufsetzen.

»Rudolf, nimmst du bitte unseren Gästen die Paletots ab?«, bittet Aglaia. »Und hilf auch deinen Geschwistern aus den Mänteln. Mathilde, du räumst Cleas und Koljas Galoschen in den Schuhschrank. Bruno, du bringst die Hunde ins Arbeitszimmer, die können wir jetzt nicht brauchen.«

Die Kinder erledigen mit eifrigen Mienen ihre Aufgaben.

»Ich nehme an, dass ihr mir einen neuen Zögling bringt«, sagt Aglaia zu uns.

Glinsky nickt. Groß, dunkel und vertrauenswürdig ragt er hinter mir auf. »Richtig. Wir vermuten, dass du eine passende Amme für unser Findelkind im Haus hast.«

Ist das wirklich derselbe Mann, der mich damals im Konzert so gedemütigt hat? Oder hat er einen Zwillingsbruder?

Die Kinder benehmen sich noch immer mustergültig, daher ziehe ich den Schal jetzt vom Korb.

»Wie süß!«, flüstern alle drei. Und: »Was ist das?«

»Ein kleiner Fuchs«, stellt Aglaia mit einem raschen Blick fest. Ihre Augen leuchten. »Ihr habt recht, dem können wir helfen. Kommt mit.«

»Wir auch?«, will Rudolf wissen.

»Wenn ihr mucksmäuschenstill seid«, sagt Aglaia. »Schafft ihr das?«

Die drei nicken ernst.

Aglaia öffnet eine Tür und führt uns in den Salon. Er wirkt eher wie ein Wintergarten, denn er steht voller großer Pflanzen, exotischer Stauden und Sträucher, manche blühen sogar.

Die zierlichen Sessel wirken zwischen all dem Grün wie Gartenmöbel. Und auf den Beistelltischen stehen nicht wie in anderen Salons Porzellanfiguren oder Fotografien, sondern Glasbehältnisse mit Fischen sowie Vogelkäfige in allen Größen und Formen, in denen es piept und zwitschert.

In einer Ecke dieses ungewöhnlichen Gartensalons liegt auf einer weichen Decke ein brauner Pinscher, der sich bei unserem Eintreten nicht erhebt, sondern nur freundlich mit dem Schwanz auf den Boden klopft.

Nein, kein Pinscher, wie ich jetzt erkenne, sondern eine Pinscherdame. Zwischen ihren Pfötchen wuseln winzige Welpen in Schwarz und Braun herum, die mit paddelnden Bewegungen am Bauch der Mutter nach Milch suchen.

»Es sind fünf«, sagt Aglaia von Enderes. »Eins kräftiger als das andere. Und Ladys Milch reicht bestimmt auch für ein sechstes Mäulchen.«

Als Lady ihren Namen hört, klopft ihr Schwanz noch fester auf den Boden. Doch plötzlich hebt sie die Nase, wittert und knurrt.

»Sie riecht das Wildtier«, erklärt Aglaia. »Wir müssen die beiden langsam aneinander gewöhnen. Habt ihr ein bisschen Zeit?«

»Wir schon, aber ihr nicht«, antwortet Nikolaj Glinsky.

Aglaia lächelt. »Ihr macht hier die Vorarbeit, während ich rasch die Kinder wegbringe. Und wenn ich zurück bin, bekommt Lady ihr sechstes Kind.«

»Gern«, sage ich. »Was sollen wir tun?«

Aglaia mustert uns beide. »Clea, ich glaube, du bist für unsere Zwecke passender gekleidet. Möchtest du für eine Weile die Fuchsmutter spielen?«

Ich nicke begeistert. »Sehr gern!«

»Dann setz dich auf die Chaiselongue am Feuer. Lehn dich ruhig an und leg die Füße hoch. Mach es dir gemütlich.«

Zum Glück haben die Gummigaloschen meine Schuhe sauber gehalten, sodass ich der Aufforderung Folge leisten kann.

Als ich bequem sitze, reicht Aglaia mir ein Tuch. »Nimm das besser als Unterlage. So ein kleiner Fuchs ist ja nicht stubenrein.« Sie wendet sich an Glinsky. »Kolja, reichst du ihr bitte den Fuchswelpen?«

Er holt das warme, weiche Tierchen, das sich zum Glück wieder kräftiger bewegt, aus dem Korb und legt es in meine Hände. Als unsere Finger sich berühren, setzt mein Herz einen Schlag aus. Himmel, ich werde doch jetzt nicht wegen eines schönen Mannes nervös! Das ist nicht meine Art.

»Bette ihn auf deinen Schoß und zupfe den Rock um ihn herum so zurecht, dass er in einer Art Kuhle liegt«, bittet Aglaia mich.

Kurz darauf bilde ich mit meinem Rock ein Fuchsnest.

Mathilde möchte etwas fragen, doch Aglaia legt den Finger an die Lippen, und die Kleine nickt lächelnd. Rudolf und Bruno benehmen sich geradezu vorbildlich brav.

»So, meine Gute«, wendet Aglaia sich jetzt mit beruhigender Stimme an die Hündin Lady. »Nicht erschrecken, ich leihe mir kurz eins deiner Kleinen aus. Ihm passiert nichts.«

Ladys Schwanz klopft erneut auf den Boden.

Aglaia von Enderes nimmt einen schwarzen Welpen und setzt ihn neben das Füchslein. Die beiden beschnuppern sich mit geschlossenen Augen. Sie könnten ungefähr gleich alt sein, ihre Bewegungen ähneln sich.

Lady wirkt angespannt, knurrt aber nicht.

»Streichele beide und vertausche dabei immer mal wieder die Hände«, fordert Aglaia mich auf.

Das Fell des Hundewelpen fühlt sich seidig an, das des Fuchses flauschig. Beide rekeln sich unter meinen Händen.

Die Kinder sehen schweigend und staunend zu.

Nach einer Weile bittet Aglaia mich, ihr das Hündchen zu reichen. Behutsam gibt sie es der Mutter zurück. Lady beschnüffelt ihr Junges von oben bis unten.

»Es riecht fremd, nicht wahr?«, sagt Aglaia. »Aber es ist immer noch deins.«

Die Hündin beginnt, das Fell des Kleinen gewissenhaft abzulecken, vom Kopf bis zu den winzigen Hinterbeinen. Als sie fertig ist, scheint ihr sein Geruch wieder zu behagen. Sie schubst das Kerlchen sanft mit der Nase ins Getümmel seiner Geschwister zurück.

Jetzt nimmt Aglaia zwei andere Hundewelpen auf den Arm, die bis eben bei der Mutter getrunken haben, zwei braune. Lady verfolgt mit aufmerksamen dunklen Augen jede Bewegung ihrer Herrin. Als Aglaia die beiden rechts und links neben das Fuchsbaby legt, spitzt die Hündin die Ohren.

»Alles in Ordnung«, sagt Aglaia leise. »Es tut ihnen nichts.« Lady senkt den Kopf. Sie vertraut Aglaia voll und ganz. Das würde ich an ihrer Stelle auch, denn diese Frau weiß eindeutig, was sie tut.

»Die drei sollten jetzt einfach eine Weile eng aneinandergekuschelt schlafen«, sagt Aglaia mit gedämpfter Stimme. »Clea, du musst nichts anderes tun, als sie auf dem Schoß zu halten und zu wärmen. So nimmt das Füchslein den Geruch der Hunde an und umgekehrt. Innerhalb kürzester Zeit riechen alle drei ähnlich, und ich hoffe, dass Lady dann keinen Unterschied mehr zwischen ihnen macht.«

»Und was mache ich?«, will Nikolaj Glinsky wissen.

Aglaia geht zu einer Kommode und entnimmt ihr eine gedruckte Broschüre. »Ich habe hier etwas für Katinka. Vielleicht möchtest du das lesen, bevor du es ihr schickst?«

Er wirft einen Blick darauf. Sein Gesicht verdüstert sich, doch er nickt.

»So, Kinder, lasst uns gehen!«, fordert Aglaia nun ihren eigenen Nachwuchs auf. Die drei sind sichtlich erleichtert, dass sie nun nicht mehr stillhalten müssen.

»Seid ihr noch da, wenn wir zurückkommen?«, will Rudolf wissen.

Ich schüttele den Kopf. »Nein, aber Fridolin ist dann noch da. Und wir kommen bald wieder, um ihn zu besuchen.«

»Fridolin?«, fragt Mathilde. »Ist das der Fuchs?«

Ich habe einfach den ersten Namen ausgesprochen, der mir in den Sinn kam. »Findest du, er könnte so heißen?«, frage ich die Kleine.

Mathilde nickt eifrig.

»Ist er denn ein Junge?«, will Rudolf wissen.

Oh, darüber habe ich noch gar nicht nachgedacht. Für mich war er das von Anfang an.

Glinsky nickt. »Ist er.«

»Fridolin klingt schön«, bestätigt Bruno. »So richtig nach kleinem Fuchs.«

Auch Rudolf nickt.

»Dann heißt er jetzt so«, bestimme ich. »Bis bald, Kinder! Und passt mir gut auf Fridolin auf, ja?«

Sie nicken, winken und verlassen aufgeregt plappernd den Raum. Als sie schon im Flur sind, höre ich, wie sie sich gegenseitig versichern, die besten Babyfuchsaufpasser der Welt zu sein.

Kurz darauf fällt die Wohnungstür ins Schloss, und es ist still. Glinsky und ich sind ganz allein. Diesmal haben wir nicht einmal einen Kutscher als Wächter über Sitte und Anstand. Aber immerhin sechs Anstandswauwaus und einen Anstandsfuchs. Das muss reichen.

»Was für eine zauberhafte Familie!«, sage ich.

»Das sind sie wirklich«, bestätigt Glinsky. »Schade, dass du … äh … dass Sie Karl nicht kennenlernen konnten, er ist auch ein ganz besonderer Mensch.«

Kurz hängt der Versprecher zwischen uns in der Luft. Ich würde gern sagen, dass nichts dagegen spricht, zum Du überzugehen. Aber stimmt das denn? Und ohnehin habe ich zu lange gezögert, der Moment ist vorbei.

»Ja, schade«, sage ich daher nur. »Vielleicht lerne ich ihn beim nächsten Besuch kennen. Denn ich möchte unbedingt wiederkommen. Ich würde allzu gern wissen, wie Fridolin aussieht, wenn er die Augen offen hat und mit den anderen Welpen herumtollt.«

»Das wird schnell gehen«, meint Glinsky. »Vielleicht ist er

nächste Woche schon so weit.« Er macht eine Pause. »Wir könnten zusammen nach ihm sehen.«

»Ja.« Mehr fällt mir dazu nicht ein.

Ihm offenbar auch nicht, denn wir schweigen beide. Ich streichele die drei Tiere auf meinem Schoß und wechsle dabei immer wieder die Hände, damit sich ihr Duft vermischt. Sie ähneln sich wirklich verblüffend. Und besonders die winzigen Ohren sind bei allen drei zauberhaft.

Glinsky schlägt geistesabwesend die Broschüre auf, doch er liest nicht darin, er starrt vor sich hin. Sein Blick wirkt unnahbar und nachdenklich, als wäre er in einem inneren Konflikt gefangen, den er nicht mit mir teilen will. Ein Hauch Trauer schwingt darin mit. Oder irre ich mich?

Das Feuer im Kamin knackt. Die Wanduhr tickt. Und in meinem Kopf tummeln sich lauter unausgesprochene Fragen. Woher kennt Glinsky Aglaia von Enderes und ihre Familie? Ist er oft hier? Es scheint so. Die Kinder behandeln ihn ja fast wie einen großen Bruder. Sind es die Tiere, die die beiden verbinden? Oder gibt es verwandtschaftliche Beziehungen? Wer ist diese Katinka? Was ist das für eine Broschüre? Dürfte ich eine dieser Fragen stellen? Oder steht mir das nicht zu?

Es ist Glinsky, der das Schweigen bricht. »Könnten wir vielleicht noch einmal neu anfangen?«, fragt er leise. »Ich meine: noch einmal ganz von vorn?«

Ich lasse mir mit der Antwort Zeit. Dann spreche ich einfach aus, was ich denke. »Es wäre schön, wenn das ginge. Aber ich weiß nicht, wie.«

Er richtet sich auf und schenkt mir ein herzerwärmendes Lächeln. Die feinen Falten um seine Augen verraten, dass er viel gelacht und viel erlebt hat, was sein Lächeln noch charmanter macht. »Oh, wir gehen einfach gedanklich an den Tag unseres

Kennenlernens zurück. Und dann schreiben wir die Geschichte in unserer Erinnerung um. Als wäre sie ein mit Bleistift geschriebener Text, und wir hätten einen Radiergummi, mit dem wir alles entfernen können, was uns nicht gefällt.«

Ich muss lachen. »Einverstanden. Versuchen wir es.«

Glinsky richtet sich auf. »Wir sind also in der Hofoper«, beginnt er. »Eduard Strauss hebt den Taktstock und ...«

»Stopp!«, unterbreche ich ihn. »Das ist nicht der Anfang.«

Glinsky runzelt die Stirn. »Nicht?«

Ich schüttele den Kopf. »Nein. Stellen Sie sich den Anfang stattdessen so vor: Wir sind nicht in der Hofoper, sondern im Atelier Adèle. Sie tragen einen schweren Kübel, in dem eine Palme bedenklich schwankt. Ich bin hinter einem Paravent verborgen und beschimpfe Sie.«

»Oh!« Er mustert mich aufmerksam. »Das waren Sie?«

Ich nicke. »Ich wollte es eigentlich nicht zugeben, aber ja, das war ich.«

Glinsky denkt kurz nach. »Wenn wir es so genau nehmen, müssen wir noch weiter zurück. Wir sind nicht im Atelier Adèle, wir sind auf einem Adoleszentenball am kaiserlichen Hof. Sie sehen in Ihrem weißen Kleid reizend aus, allerdings nicht sehr glücklich. Möglicherweise, weil ich Ihre Zehen beim Walzer versehentlich zu Mus verarbeitet habe.«

»Oh!« Jetzt starre ich ihn an. »Das waren Sie?«

Er lächelt. »Ich wollte es eigentlich nicht zugeben, aber ja, das war ich.«

Jetzt muss auch ich lachen. »Sie haben seitdem viel dazugelernt.«

Sein Lächeln wird breiter. »Zumindest, was das Tanzen angeht.«

Ich räuspere mich. »Gut. Wir fangen also ganz von vorne an.

Wir sind am kaiserlichen Hof. Wir tanzen Walzer. Sie tanzen wie ein junger Gott, und meine Zehen bleiben unverletzt.«
»Sechs Jahre später trage ich eine Palme ins Atelier Adèle«, führt er die Geschichte fort. »Und Sie …«
»Und ich bin gar nicht da«, falle ich ihm ins Wort. Ich möchte jetzt nämlich nicht erwähnen, dass ich nur halb bekleidet war.
»Einverstanden. Sie sind gar nicht da«, sagt er, nicht im Geringsten belustigt. »Ich stelle die Palme ab und gehe wieder. Kurz darauf stoßen wir in der Hofoper zusammen. Diese Stelle lassen wir so. Ich mag sie.«
»Und tanzen wir?«, frage ich. »Oder plaudern wir nur kurz?«
»Wir tanzen«, bestimmt er. »Unbedingt! Auf diesen Walzer möchte ich in meiner Erinnerung nicht verzichten. Wir drehen uns zur Musik und vergessen die Welt um uns herum. Aber zuvor stelle ich mich Ihnen als Nikolaj vor.«
Ich nicke. »Und ich bin Clea.«
»Angenehm!« Er deutet eine Verbeugung an und lächelt dabei so bezaubernd, dass ich wünschte, es wäre damals wirklich so gewesen. »Dann sind wir also seitdem beim Du.«
Ich lache. Das hat er raffiniert eingefädelt. »Einverstanden.«
Ich möchte die Leichtigkeit dieses Moments eigentlich nicht zerstören. Doch eine Frage muss ich einfach stellen, sonst ersticke ich daran. »Warum hast du mir einen falschen Namen genannt?«
Nikolaj denkt kurz nach. »Weil ich wusste, dass Fürst Glinsky in diesem Moment aus vielen Gründen nicht tanzen durfte. Aber ich wollte unbedingt mit dir tanzen. Und da habe ich kurzerhand entschieden, für ein paar Minuten nicht mehr Fürst Glinsky zu sein.« Er schweigt und sieht aus, als horche er in sich hinein. »Und du?«, fragt er dann. »Warum warst du Claire Manon?«
Ich seufze. »Um Nikolas Rabe nicht mit meinem Titel zu vergraulen«, sage ich wahrheitsgemäß.

Wir müssen beide lachen. So einfach können Erklärungen sein.

»Was machen wir im Buch der Erinnerungen mit dem schrecklich indiskreten Zeitungsschreiber?«, will ich jetzt wissen.

Nikolajs Miene verfinstert sich. »Wir nehmen den Radierer und entfernen ihn ganz von der Soiree. Er hatte an dem Abend dienstfrei. Und alle anderen seiner Zunft ebenfalls.«

»Einverstanden. Wie geht es weiter?«

Nikolaj denkt kurz nach. »Ich bekomme einen anonymen Brief und gehe zum Bruckner-Konzert. Das bleibt so stehen.«

»*Was?*«, frage ich völlig entgeistert. »Du hast einen anonymen Brief bekommen?«

Er nickt. »Einen Zeitungsschnipsel in einem Umschlag. Er wurde in der Küche abgegeben und ...«

»... und dennoch klebte eine Briefmarke darauf«, führe ich den Satz fort. »Unten rechts. Schräg.«

Nikolaj pfeift leise. »Woher weißt du ...?« Er stockt. Dann starrt er mich fassungslos an. »Du hast ihn also doch geschickt?«

»Nein!«, fahre ich auf und erschrecke dadurch die drei schlafenden Welpen. Rasch senke ich die Stimme. »Ich habe auch einen bekommen. Mit demselben Inhalt. Maman hat behauptet, er wäre von dir.«

»Und ich habe damals zunächst befürchtet, du würdest dahinterstecken. Auch wenn das nicht zu der Person passte, die ich in der Oper kennengelernt hatte. Ich wollte nicht glauben, dass du solche Tricks anwendest. Bis ...« Er stockt. Doch dann fährt er fort: »... bis ich dich in der Nebenloge sah. Plötzlich hielt ich alles für ein abgekartetes Spiel. Vom Walzer über den Brief bis hin zum Logenplatz.« Er läuft rot an, was ihm erstaunlich gut steht. »Deshalb wurde ich leider unhöflicher, als ich es je für möglich gehalten hätte. Weil ich so unglaublich enttäuscht war.« In seinen normalerweise strahlenden Augen liegt plötzlich Unsicherheit.

»Ich schreibe keine anonymen Briefe«, sage ich kühl. »Das ist nicht meine Art.«

»Selbstverständlich! Ich habe das immer gespürt. Aber ich war kurzzeitig verunsichert und habe einen unverzeihlichen Fehler begangen. Ich wünschte, ich könnte ihn ungeschehen machen.« Er wirkt ehrlich zerknirscht. Nein, mehr als das, zutiefst betroffen.

»Wir radieren das ganze Gespräch aus«, sage ich mit Nachdruck. »Fort damit! Und weg mit den anonymen Briefen. Wir waren im Konzert, weil wir Bruckner schätzen, und haben uns anschließend anregend über die Darbietung unterhalten. Das war alles.«

»Danke«, sagt Nikolaj leise.

»Da gibt es nichts zu danken«, erwidere ich. »Jemand hat uns übel mitgespielt. Uns beiden.«

Nachdenkliches Schweigen breitet sich aus. Die Flammen im Kamin werfen flackernde Schatten auf die Wände. Einer der Hundewelpen auf meinem Schoß fiept leise im Schlaf. Seine Stimme klingt wie die einer bellenden Maus.

»Wer kann das nur gewesen sein?«, murmelt Nikolaj. »Wer verschickt solche Briefe?«

»Ich habe keine Ahnung«, gebe ich zurück. »Sophie und ich haben kurz auf unsere Mutter getippt. Aber das ist nicht ihr Stil. Hast du noch mehr anonyme Post bekommen?«

Nikolaj blickt überrascht auf. »Nein. Du?«

»O ja! Einen anonymen Hinweis auf die Vorführung eines motorisierten Karrens vor dem Kaffeehaus Gabesam zum Beispiel. Aber ich bin der Aufforderung nicht gefolgt, weil ich befürchtet habe, dich dort zu treffen.«

»Kein Wunder«, sagt Nikolaj. »So wie ich mich nach dem Konzert benommen habe.«

Ich nicke. Und hole tief Luft. »Und dann wurde ich in die Menagerie gelockt und habe gesehen, wie du den halb verhungerten

Bären gerettet hast. Zusammen mit den kleinen Jungen. Der stumme Jockel auf dem Wagen, das war an diesem Tag nicht Jockel, das war ich.«

»Nikolaj schüttelt fassungslos den Kopf. »Du warst Jockel? Wirklich? Das ist ja unglaublich! Dieser anonyme Briefschreiber hat einen seltsamen Humor.«

Ich nicke erneut. »Aber das war ein schönes Erlebnis. Das wird nicht umgeschrieben.«

»Einverstanden. Ich mochte es auch. Und der Gedanke, dass du dabei warst, verleiht der Geschichte einen besonderen Reiz.« Er grinst.

»Was machen wir mit unserem Eiswalzer?«, frage ich. »Und dem Hofball?«

»Ich fand beide Ereignisse ausgesprochen erlebenswert«, antwortet Nikolaj.

»Ich auch. Sie bleiben also ebenfalls im Buch der Erinnerungen stehen«, bestimme ich.

An Makart und Monteregg möchte ich jetzt keinen Gedanken verschwenden. Daher erwähne ich den letzten Brief lieber nicht. Die Erinnerung daran lösche ich selbst, sobald ich die Sache irgendwie bereinigen konnte.

»Na bitte«, sagt Nikolaj zufrieden. »Jetzt haben wir doch eine ganz passable gemeinsame Vergangenheit. Die Geschichte, wie wir uns kennengelernt haben, ist durch und durch harmonisch.«

Ich nicke. »Sie ist perfekt. Bis hin zu diesem kleinen Tier.« Ich streiche über das weiche Fell des Fuchses und überlege, ob ich Nikolaj nun ein paar Fragen stellen könnte. Über Katinka vielleicht. Aber wenn ich ihm damit zu nahe trete, müssen wir vielleicht auch diesen Moment rückwirkend bereinigen. Und das will ich nicht, dafür ist er zu schön.

Daher wähle ich ein unverfänglicheres Thema. »Du hast erzählt, dass du schon einmal einen jungen Puma im Haus hattest. Wie kam es dazu?«

Nikolaj schmunzelt. »Er hatte Zahnschmerzen, und mein Zahnarzt wollte ihn weder in seiner Praxis noch im Pumakäfig behandeln. Da habe ich meinen Schreibtisch zum Behandlungstisch umfunktioniert.«

Ich hätte gern noch mehr darüber erfahren, doch ich höre Schritte im Flur.

Die Tür öffnet sich, und Aglaia tritt ein. Sie bringt einen Hauch frischer Winterluft mit in das gut geheizte Zimmer. »Was machen die Kleinen?«, will sie gleich beim Eintreten wissen.

»Sie schlafen wie Murmeltiere«, antworte ich.

»Dann dürfen sie jetzt bei Lady weiterschlafen.« Aglaia nimmt einen Hundewelpen und gibt ihn der Hündin zurück.

Lady beschnuppert das Kleine und bleibt gelassen. Der Fuchsgeruch scheint sie nicht mehr zu stören. Das Kerlchen kriecht zwischen seine Geschwister, sucht sich eine Zitze und beginnt zu trinken.

Aglaia legt den zweiten Welpen neben die Mutter, und das Schauspiel wiederholt sich.

Nun wird es spannend. Aglaia nimmt Fridolin und setzt ihn direkt vor Ladys Nase.

Die Hündin schenkt ihrer Besitzerin einen langen Blick aus unergründlichen braunen Augen. Dann senkt sie das Haupt und betrachtet den kleinen Fuchs. Er quietscht, ich glaube, er hat instinktiv Angst.

Doch genau wie ich vorhin im Park versteht Lady offenbar, dass das Tierchen um Hilfe fleht. Liebevoll schiebt sie den Fuchswelpen mit der Nase zu ihren Kindern.

Fridolin hebt das Köpfchen, seine Nasenflügel beben. Vermutlich wittert er die nahe Milch. Schneller, als ich es ihm zugetraut hätte, robbt er vorwärts. Und gleich darauf höre ich ihn leise schmatzen.

»Er hat eine neue Familie gefunden«, sage ich andächtig.

Nikolaj lächelt. »Wenn das doch bei uns Menschen auch so einfach wäre.«

Wieder spüre ich einen Hauch von Bitterkeit, und auch Aglaia wirft Nikolaj einen langen Blick zu.

Wenig später verabschieden wir uns. Für mich ist es jetzt allerhöchste Zeit, nach Hause zu gehen. Ich war viel länger hier, als ich es beabsichtigt hatte.

»Vergiss nicht, Katinka die Broschüre zu schicken«, mahnt Aglaia, als sie Nikolaj zum Abschied umarmt.

»Vielleicht ist es dafür noch zu früh«, weicht er aus.

»Es ist das Beste für euch beide«, beharrt Aglaia. »Und das weißt du auch.«

Er nickt knapp.

Aglaia umarmt jetzt auch mich. »Komm bald wieder«, fordert sie mich auf. »Du bist hier jederzeit willkommen.«

Ich danke ihr herzlich für alles, trage Grüße an die Kinder auf, dann verlassen wir das Haus.

Nach der verträumten Stunde in Aglaias Wintergartensalon fühlt sich die graue Kälte draußen unangenehm real an. Plötzlich kommt mir der hochgewachsene Mann mit der stolzen Haltung, der neben mir durch den Schnee auf die Kutsche zuschreitet, wieder wie ein Fremder vor. Wir haben unsere Erinnerungen gemeinsam umgeschrieben, und alles war gut. Nun bin ich plötzlich unsicher, was davon bleibt.

Die Kutschfahrt ist kurz, und wir verbringen sie schweigend. Es wird bereits dunkel. Und es schneit. Dieses Jahr will sich der Winter einfach nicht verabschieden.

Damit es kein Gerede gibt, steige ich einige Straßen vor unserem Palais aus. »Bis bald bei Fridolin«, sage ich zum Abschied.

Nikolaj lächelt. Sein Blick ist warm, freundlich und voller Zuneigung. Wenn er mich so ansieht, ist er mir plötzlich gar nicht mehr fremd. »Ja. Bis bald.«

Wir vermeiden beide die direkte Anrede. Du oder Sie? Es bleibt offen, ob unsere eben getroffene Absprache auch im wahren Leben gilt.

Nikolaj deutet einen Handkuss an. Ich neige anmutig den Kopf.

Dann wende ich mich ab und bereite mich auf die Heimkehr vor. Und auf das Donnerwetter, das mich erwartet.

Telegramm

von Fürst Nikolaj von Glinsky, Wien
an Katharina Baroness von Rittegg, Losnitz

26. Februar 1878

Bitte komm umgehend nach Wien.
Wir müssen über die Zukunft reden.
Es ist wichtig.
Kolja

Kapitel 25

G wie Gefühle

Meine Lage ist kompliziert. Mit einem einzigen Gefühl werde ich normalerweise leicht fertig. Ein Gefühlsgemisch ist schon schwieriger. Aber was mache ich mit einem wahren Sturm widerstreitender Gefühle? Nachdenken. Nachdenken. Nachdenken.

Vor unserem Haus atme ich tief durch, richte mich auf und klingele.

Gravett, unser Portier, öffnet mir die Tür. Im Haus ist es ungewöhnlich still. Keine Stimmen, keine Schritte, niemand spielt Klavier.

»Wo ist meine Familie?«, frage ich verwundert und schöpfe Hoffnung, dass sich das Donnerwetter noch ein wenig aufschieben lässt.

Gravett neigt den Kopf. »Der Graf ist geschäftlich unterwegs, die Gräfin weilt zum Tee bei Trauttmansdorffs. Komtess Sophie ruht in ihrem Zimmer.«

»Hat jemand eine Nachricht für mich hinterlassen?«

»Nein, Komtess. Nichts.«

»Irgendwelche besonderen Vorkommnisse?«

»Mir ist nichts dergleichen bekannt.«

Gravett nimmt mir den Mantel und die Galoschen ab und tritt zur Seite.

Als ich die Treppe emporschreite, fühle ich mich wie in einem seltsamen Traum. Niemand erwartet mich. Niemand lässt mich zu sich rufen. Niemand fragt, wo ich war. Bin ich in diesem Haus jetzt vielleicht eine geächtete Person, mit der niemand mehr spricht?

In meinem Zimmer erwartet mich ein flackerndes Kaminfeuer und ein Tablett mit Tee und Gebäck. Verpflegung bekomme ich also noch, denke ich mit Galgenhumor, und zwar nicht nur Wasser und Brot. Ob das die sprichwörtliche Ruhe vor dem Sturm ist?

Kurz darauf klopft es, und Sophie tritt ein. Ihre Wangen sind gerötet, ihre Augen wirken verweint. O weh! Sie bringt sicher schlechte Nachrichten.

»Ist es so schlimm?«, frage ich bang.

»Was meinst du?«

»Maman und Papa. Sind sie wütend, weil ich ausgegangen bin?«

Sophie schüttelt den Kopf. »Nein, warum? Ich habe gesagt, du seist bei einer Freundin, deren Namen ich nicht nennen könne. Denn bei eurem Treffen ginge es um Mamans Geburtstag, für den du eine große Überraschung planen würdest. Mehr dürften sie nicht wissen. Sie waren sehr gerührt und haben keine weiteren Fragen gestellt.«

Ich springe spontan auf und umarme meine Schwester. Was würde ich nur ohne sie tun? »Sophie, du bist genial! Danke für diese wundervolle Ausrede.«

Sophie lächelt. »Nun, sie hat auch Nachteile. Jetzt brauchst du ein passendes Geschenk für Maman.«

»Ach, da fällt mir bestimmt etwas ein.«

Sophie setzt sich auf die Bettkante. »Los, erzähl! Wen oder was hast du in der Gußhausstraße angetroffen? Glinsky?«

Ich schüttele den Kopf. »Nein. An der Adresse befand sich das Atelier von Hans Makart.«

»*Der* Makart?«, fragt Sophie ungläubig. »Der Malerfürst?«

Ich nicke. »Genau der. Und in dem Atelier wurde sein neustes Gemälde ausgestellt. Das, von dem bei Hofe alle gesprochen haben.«

»Wie interessant«, sagt Sophie. »Und wirklich nirgends eine Spur von Nikolaj Glinsky?«

»Nichts«, bekräftige ich. »Es roch nicht einmal nach seinem Rasierwasser.«

Sophie kichert, und dabei fallen mir ihre verweinten Augen noch deutlicher auf. Irgendetwas stimmt hier ganz und gar nicht. Wenn es nicht um mich ging, warum hat sie dann geweint?

»Phi, was ist passiert? Ich sehe doch, dass es dir nicht gut geht.«

Tatsächlich, jetzt füllen sich ihre Augen mit Tränen. »Ich weiß überhaupt nicht mehr, was ich tun soll«, schluchzt sie. »Mir wächst alles über den Kopf. Ich dachte, mein Leben würde sich schon irgendwie fügen. Alles ginge von selbst seinen Gang. Und das tut es ja auch. Aber es fügt sich ganz anders, als ich es mir vorgestellt habe. Und ich kann es nicht ändern.«

»Ich verstehe kein Wort.« Ich setze mich neben sie auf die Bettkante und greife nach ihren Händen. Heute Morgen war sie noch so fröhlich, nun ist sie plötzlich völlig verstört. Was ist bloß passiert, während ich unterwegs war? Auf jeden Fall muss meine Geschichte jetzt erst einmal warten. »Bitte erzähl mir alles!«, fordere ich meine Schwester auf. »Und zwar von vorn.«

Sophie muss beim Sprechen immer wieder schluchzen und schlucken, daher dauert es einige Zeit, bis ich rekonstruieren kann, was geschehen ist.

Offenbar hat sie beim Eisball mit einem jungen Grafen getanzt, der ihr am Tag danach Blumen schickte und sie beim Hofball zum Walzer aufforderte. Sophie stimmte zu, warum auch nicht, sie fand nichts dabei. Der Tanz verlief sehr still, der Graf schien plötzlich äußerst schüchtern und gehemmt. Doch Sophie maß dem keine Bedeutung bei. Ihr war es sogar ganz recht, sie wusste dem jungen Mann nämlich auch nichts zu sagen.

Doch offenbar war der Graf nur so still, weil er sich unsterblich in meine Schwester verliebt hatte. Und er muss ihr Schweigen falsch gedeutet haben, denn heute kam er und hielt um ihre Hand an. Aber er fragte nicht Sophie. Er fragte Papa. Und der war offenbar nicht abgeneigt.

»Aber das ist doch nicht so schlimm«, versuche ich sie zu beruhigen. »Deswegen musst du ihn doch nicht gleich heiraten. Sag Papa einfach, dass du das nicht willst.«

»Das habe ich bereits. Aber er hat mich überhaupt nicht ernst genommen«, erzählt Sophie weinend. »Er sagte, das wären nur die ganz normalen Ängste einer jungen Braut, und die würden sich bald wie von selbst legen. Und Maman meinte, ich solle unbedingt zusagen, denn der Graf sei eine ganz hervorragende Partie. Ein Épouseur mit großem Vermögen aus bester Familie. Vor mir liege ein wundervolles Leben. Dann wollte sie über die Aussteuer sprechen.«

»Nein!«, entfährt es mir.

»Doch«, sagt Sophie bitter.

»Du musst ihn trotzdem nicht heiraten!«, entgegne ich bestimmt. »Sophie, das ist *dein* Leben. Und wenn du es nicht mit diesem Mann verbringen willst, musst du das auch nicht.«

»Aber wie kann ich wissen, was ich will, wenn ich vom Leben überhaupt keine Ahnung habe?«, fragt Sophie schluchzend. Wahre Tränenfluten laufen über ihr Gesicht. »Maman und Papa wollen doch wirklich nur das Beste für mich. Sie lieben mich. Und sie haben Lebenserfahrung. Sie würden mir niemals einen schlechten Rat geben. Ich aber habe von nichts eine Ahnung. Nichts weiß ich. Gar nichts!« Sie wirft sich aufs Bett und weint in mein Kissen.

»Beruhige dich«, sage ich sanft und streichele ihren Rücken. »Wir finden eine Lösung. Ganz bestimmt.«

Das Weinen wird lauter.

»Sophie, reiß dich zusammen!« Mein Tonfall ist harscher als beabsichtigt. »So kannst du nicht klar denken. Und ich auch nicht.« Seltsamerweise bewirkt mein Tadel mehr als mein Trost. Sophie setzt sich auf, zieht ihr Taschentuch hervor und schnäuzt sich. Nachdenklich blicke ich in die Flammen im Kamin. »Du hast recht«, sage ich schließlich. »Maman und Papa würden dir nie wissentlich einen schlechten Rat geben. Aber sie haben vielleicht eine andere Vorstellung von einem guten Leben als du. Sie sind unsere Eltern. Sie wachen seit achtzehn Jahren darüber, dass wir versorgt und sicher sind. Und das ist weiterhin ihr Ziel. Aber sie wissen, dass sie älter werden und nicht immer für uns da sein können. Deshalb wollen sie uns beschützt und geborgen wissen. Und sie halten Geld und Gut für die größte Sicherheit auf Erden.«

»Ja.« Sophie schnieft. »Und ich wäre ja auch gern geborgen. Aber bei dem Gedanken, diesen Mann zu heiraten, fühle ich mich nicht so. Ganz und gar nicht. Im Gegenteil, ich fühle mich ausgeliefert. Verraten und verkauft.«

»Lass uns das ruhig und analytisch betrachten«, schlage ich vor. »Beschreibe ihn mir. Wie heißt er? Wie sieht er aus? Wo lebt er?«

»Er heißt Friedrich von Clegen.« Sophie kräuselt die Nase, als sie nur an den Mann denkt. »Mehr wusste ich bis gestern auch nicht über ihn. Außer dass er klein ist, nach Schweiß riecht, sehr schüchtern wirkt und beim Tanzen hüpft. Aber Emmy hat mir heute einiges über seine Familie erzählt. Sie kommen wohl aus Salzburg, dort ist auch der Familiensitz. Friedrich ist der einzige Sohn und hat noch zwei unverheiratete Schwestern. Die ältere geht schon auf die dreißig zu, die andere ist nur ein Jahr jünger. Beide gelten als äußerst dominant und bissig, deshalb finden sie offenbar keinen Mann. Emmy nannte sie alte Drachen.« Jetzt stiehlt sich ein kurzes Lächeln auf Sophies Gesicht. »Friedrichs

Vater und seine Mutter sind angeblich auch nicht angenehmer. Nur er selbst ist anders, freundlich und verträumt.«

Ich schlage entsetzt die Hände vors Gesicht. »Sophie! Deine innere Stimme hat recht, wenn sie dich vor dieser Ehe warnt. Du kannst diesen Mann nicht heiraten. Ich wünsche dem freundlichen Friedrich von Herzen eine liebe Frau, die ihn vor seiner Familie schützt. Aber dir wünsche ich ganz sicher kein Leben unter lauter Beißzangen an der Seite eines schüchternen Mannes, der dir nie beistehen wird.«

Sophie tupft sich die Augen mit ihrem Taschentuch ab. »Du hast recht«, gibt sie zu. »Und du meinst, ich kann das Ganze noch abwenden?«

»Natürlich kannst du!«, sage ich entschlossen. »Und wenn Maman und Papa das nicht für dich übernehmen, sag es ihm einfach selbst. Oder, noch besser, schreibe ihm. Wir haben doch von Maman dieses kleine rote Buch bekommen, in dem steht, wie man geschliffen parliert. Darin ist auch beschrieben, wie man einen Heiratsantrag ablehnt. Lass uns dort nachsehen, wie man das perfekt formuliert.«

»Geht das denn wirklich?«, fragt Sophie unsicher.

»Frage nicht lange danach, tu es einfach!«, erwidere ich in Erinnerung an Aglaia von Enderes.

Ich gehe zu meinem Sekretär, öffne eine der Schubladen und hole das Buch heraus.

»Setz dich«, bitte ich Sophie. »Du schreibst, ich diktiere. Briefpapier ist oben rechts.«

Zögernd nimmt meine Schwester vor dem Sekretär Platz. Sie überlegt noch kurz, dann greift sie nach Papier und Tinte.

»*Sehr geehrter Graf Clegen*«, diktiere ich.

Die Feder kratzt über das Papier.

Ich blättere in dem Buch, bis ich die richtige Stelle gefunden habe, und lese laut vor: »*Ihr Antrag ehrt mich, ja, er macht mich froh und stolz. Von einem Manne mit Ihrem klaren Blick, Ihrem warmen Herzen so geschätzt zu werden, das muss ein Mädchen einfach stolz machen.*«

Sophie kichert. »Er hat keinen klaren Blick. Und über sein Herz weiß ich nichts.«

»Darum geht es nicht«, erkläre ich. »Es muss nicht wahr sein. Deine Worte sollen ihm helfen, die negative Antwort hinzunehmen. Und so etwas glaubt jeder gern. Es wird ihm also wahr vorkommen, egal, ob es stimmt.«

Sophie nickt und schreibt. »Weiter«, bittet sie kurz darauf.

»Hmm, wo war ich? Ah ja, hier. *Doch ich wäre unwahr, würde ich Ihnen Gefühle vorheucheln, die ich nicht empfinde. Daher muss ich Ihren Antrag leider ablehnen. Es geht nicht anders, denn ich könnte Ihnen niemals die Ehefrau sein, die Sie verdienen.*«

Ich warte kurz, bis Sophie auch das notiert hat, dann fahre ich fort: »*Bitte versuchen Sie nicht, mich umzustimmen, es wäre zwecklos. Wir wollen uns aber nichts übel nehmen und uns auch künftig wie gute Freunde begegnen, nicht wahr? Es grüßt Sie voller Hochachtung und Wärme Sophie de Conteville.*«

Sophie unterschreibt den Brief mit Schwung und greift dann nach einem Kuvert. Plötzlich ist wieder Leben in ihrem Blick.

»Schick ihn am besten mit einem Boten, damit Clegen ihn auch wirklich bekommt«, rate ich ihr.

»Ja, das mache ich.« Sophie erhebt sich und drückt mir einen Kuss auf die Wange. »Danke für diesen guten Rat! Das mit dem Brief fühlt sich richtig an.«

Beschwingt verlässt sie das Zimmer. Dass ich heute Nachmittag stundenlang weg war und vielleicht in dieser Zeit mehr erlebt haben könnte, als ein Gemälde zu betrachten, scheint ihr nicht in den Sinn zu kommen.

Doch das werfe ich ihr nicht vor. Ich bin derzeit selbst so sehr mit meinen eigenen Angelegenheiten beschäftigt, dass ich ihre aus dem Blick verliere. Vermutlich ist das so, wenn jede von uns nun eigene Wege gehen muss. Und eigentlich möchte ich die Geschichte über Aglaia, Fridolin und das Gespräch mit Nikolaj ohnehin lieber noch eine Weile für mich behalten.

Versonnen blicke ich in den Spiegel auf meinem Frisiertisch und versuche zu ergründen, wie es mir geht. Vielleicht könnte eine gute Fotografie meine wahren Gefühle abbilden. Die schimmernde Glasscheibe vor mir vermag es leider nicht.

In mir toben widerstreitende Emotionen, und ständig gewinnt eine andere die Oberhand.

Die Zeit in Aglaias Haus war wie ein Aufenthalt auf einer ruhigen, stillen Insel im sturmgepeitschten Meer. Ich war weit entfernt von allem, was mich sonst quält. In einer ganz anderen Welt.

Während der kurzen Kutschfahrt bin ich dann langsam in die Realität zurückgekehrt, fast als würde ich die stille Insel auf einem schaukelnden Boot verlassen. Und als ich schließlich allein die letzten Schritte zu unserem Palais lief, überfiel mich mein bisheriges Leben mit einem wahren Wirbelsturm an Gefühlen.

Ich verspürte Schuld und Trotz meinen Eltern gegenüber. Schuld, weil ich heimlich ausgegangen war. Trotz, weil ich eigentlich der Meinung war, deshalb keine Schuld empfinden zu müssen. Jeder Mensch müsste ohne Erklärung das Haus verlassen dürfen, wann immer ihm danach ist.

Beim Gedanken an Graf Basil Monteregg empfand ich vor allem Wut.

Und was ich für Nikolaj empfinde, kann ich noch immer nicht sagen. Sympathie? Ja, durchaus. So etwas wie Freundschaft? Möglicherweise. Aber kann man mit einem Mann befreundet sein? Ich weiß es nicht.

Als ich an unserem Palais ankam, war ich höchst verwirrt. Aber seltsamerweise nicht nur. Ich blieb vor der Haustür stehen, blickte nach oben und beobachtete eine Weile, wie Tausende von Schneeflocken im sanften Schein einer Laterne glitzernd zu Boden sanken. Und plötzlich spürte ich, dass auch in mir etwas glitzerte. Der kleine Fuchs. Aglaia. Die drei Kinder. Nikolajs Idee, unsere Geschichte einfach umzuschreiben. Das war ein Nachmittag voller Zauber gewesen. Und den konnte mir niemand mehr nehmen.

Aber wie soll es jetzt weitergehen? Ich versuche, genauso analytisch vorzugehen wie eben bei Sophies Angelegenheiten. Seziere meine Gefühle, identifiziere jedes einzelne davon und weiß doch nicht, wie es mir wirklich geht.

Unwillkürlich muss ich an Aglaia von Enderes denken. Es ist erstaunlich, wie viele vermeintliche Gegensätze sie in ihrem Leben vereint. Ehefrau und Freigeist. Mutter und Schriftstellerin. Unangepasst und zugleich genau an der richtigen Stelle. Hätte ich das alles nicht mit eigenen Augen gesehen, ich würde es nicht glauben. Was hat Nikolaj noch über sie gesagt? *Sie fragt nicht lange. Sie tut die Dinge einfach.*

Ich habe diese Worte eben zu Sophie gesagt, und sie waren ihr ein echter Ansporn. In meinen Gedanken gesellen sich diese beiden Sätze nun zu einem anderen, den ich vor vielen Jahren von der alten italienischen Nonna gehört habe: *Die einzigen Grenzen, die du ganz bestimmt niemals überwinden kannst, sind die in deinem eigenen Kopf.*

Nachdenklich blättere ich in dem Buch, aus dem ich eben diktiert habe. Könnte ich mit ähnlichen Worten vielleicht auch einen Antrag verhindern, bevor er gemacht wird? Und Graf Monteregg vielleicht sogar dazu veranlassen, das Gemälde ändern zu lassen?

Einen Versuch ist es wert. Nicht lange fragen, einfach machen.

Komtess Clea de Conteville, Wien
an Graf Basil von Monteregg, Wien

26. Februar 1878

Lieber, hochverehrter Graf Monteregg,

Sie sind sicher höchst erstaunt, einen Brief aus meiner Feder zu erhalten. Doch dafür gibt es einen guten Grund. Ich benötige derzeit dringend die Hilfe eines väterlichen Freundes, und in dieser Angelegenheit können Sie mir zweifelsohne erfolgreicher helfen, als mein Vater es vermag.

Durch eine unglückliche Verkettung von Umständen, die ich selbst nicht durchschaue, bin ich in eine überaus peinliche Lage geraten. Mein Konterfei befindet sich deutlich erkennbar auf einem Gemälde des Malers Hans Makart. Ich leide sehr darunter und fühle mich beinahe krank, seit ich davon weiß. Es liegt meinem Wesen nämlich nichts ferner, als auf diese Weise ans Licht der Öffentlichkeit gezerrt zu werden.

Da Sie selbst Töchter in meinem Alter oder doch nur wenig älter haben, werden Sie gewiss verstehen, wie mir zumute ist. Es wäre mir eine große Freude, wenn Makart das Bild so umarbeiten würde, dass ich darauf nicht mehr zu erkennen bin.

Sie erwähnten mir gegenüber kürzlich, Sie seien mit dem Maler gut befreundet. Wäre es zu viel verlangt, Sie zu bitten, in dieser Angelegenheit tätig zu werden? Mir würde ein Stein vom Herzen fallen, wenn wenigstens die Haarfarbe sowie die Gesichtszüge der betreffenden Person so verändert werden könnten, dass man mich nicht mehr erkennt. Dafür sind zweifelsohne nur ein paar Pinselstriche erforderlich.

Ich wäre Ihnen zutiefst dankbar, wenn Sie dies erreichen könnten.

Und nun noch ein paar Worte zu einer äußerst delikaten Angelegenheit: Ich glaube, ich habe mich in den vergangenen Wochen nicht ganz eindeutig verhalten. Ich fühlte eine tiefe Zuneigung zu Ihnen und konnte sie lange nicht richtig einordnen. Nun weiß ich, dass sie am ehesten den Emotionen ähnelt, die ich für meinen Vater empfinde. Ich hoffe sehr, dass ich Sie damit nicht irritiert habe.

*Es grüßt Sie voll töchterlicher Hochachtung und Wärme
Clea de Conteville*

Kapitel 26

N wie Nerven

Bei anhaltender Nervosität hat man früher Baldriantee getrunken.
Heutzutage treten gut situierte Damen in solchen Fällen eine Wasserkur bei Doktor Winternitz in Kaltenleutgeben unweit von Wien an.
Maman war dank ihrer legendären Contenanace noch nie dort. Bis jetzt ...

»Du hast was?«, fragt Maman völlig entsetzt.
»Ich habe Graf Clegen schriftlich mitgeteilt, dass ich ihn nicht heiraten werde«, wiederholt Sophie.
»Aber warum?« Maman ringt die Hände.
»Das habe ich dir doch eben erklärt«, sagt Sophie leicht gereizt.
»Du hast geredet, das schon«, räumt Maman ein. »Aber was du angeführt hast, sind doch keine Gründe gegen eine Ehe!«
»Es sind *meine* Gründe gegen *diese* Ehe«, entgegnet Sophie mit Nachdruck.
»O Gott! Meine Nerven! Mein Riechsalz! Schnell!«, ruft Maman ungewohnt theatralisch.
»Du hast keins«, erinnere ich sie. »Und Sophie und ich auch nicht. Wir pflegen in dieser Familie nicht in Ohnmacht zu fallen.«
Maman wirft mir einen vernichtenden Blick zu, dann klingelt sie nach einem Diener und verlangt eine Tasse Baldriantee. Als sie

ihn in kleinen Schlucken getrunken hat, scheint es ihr tatsächlich besser zu gehen.

»Nun«, sagt sie zu Sophie. »Wie du willst. Ich fürchte allerdings, dass du in dieser Saison kein vergleichbares Angebot mehr erhalten wirst. Du wirst also im nächsten Jahr erneut antreten müssen. Und ich muss dir sicher nicht sagen, dass es deine Chancen nicht erhöht, wenn du als wählerisch giltst.« Sie seufzt abgrundtief. »Ich hätte ja nie gedacht, dass ich diesen Satz einmal zu dir sagen muss. Aber jetzt ist es so weit: Nimm dir bitte ein Beispiel an Clea. Sie hat kluge Pläne und setzt sie konsequent um.«

Ich hätte Maman nur allzu gern in diesem Glauben gelassen. Aber nun muss ich offen sein. »Maman, es tut mir wirklich sehr leid, dich noch einmal aufregen zu müssen. Aber ich werde Graf Monteregg ebenfalls nicht heiraten.«

Maman richtet sich kerzengerade auf. »Clea!«, ruft sie empört. »Wie kannst du nur! Nach allem, was dein Vater dafür getan hat.«

Nun ja, genau genommen war das nicht viel. Aber ich will sie nicht noch mehr in Rage bringen, daher erwähne ich das lieber nicht. Stattdessen senke ich den Blick. »Es tut mir wirklich leid, Maman«, wiederhole ich. »Aber er und ich, wir passen nicht zueinander. Das habe ich jetzt erkannt.«

»Ja, sind denn hier alle verrückt geworden?«, echauffiert sich Maman. »Du hast ihm das doch hoffentlich noch nicht mitgeteilt!«

»Nicht direkt«, räume ich ein. »Aber ich habe es angedeutet. Ich denke, er ahnt es bereits.«

Unsere Mutter sinkt in sich zusammen. Ihre Contenance ist dahin.

»Maman?«, fragt Sophie.

Sie reagiert nicht.

»Möchtest du noch einen Baldriantee? Oder ein Glas Wasser?«, frage ich.

Nun blickt sie auf. »Wasser?«, fragt sie gedankenverloren. »Ja, Wasser wäre gut. Sehr viel Wasser. Wannen voll Wasser. Ich denke, ich benötige ganz dringend eine Kur.«

* * *

Maman reist schon zwei Tage später ab. Papa begleitet sie nach Kaltenleutgeben, bleibt aber nur für eine Nacht dort.

»Wie konnte sie das alles nur so schnell organisieren?«, frage ich, als Sophie und ich nach ihrer Abfahrt mutter- und vaterseelenallein im Salon Tee trinken.

»Ich wette, sie hatte das längst geplant, einfach weil Wasserkuren derzeit en vogue sind«, mutmaßt Sophie.

»Gut möglich.« Ich rühre nachdenklich in meiner Tasse.

»Papa zumindest schien von der Reise nicht wirklich überrascht.«

Sophie schmunzelt. »Fühlst du dich bei diesem Gedanken auch besser?«

Ich lache leise auf. »Ja, viel besser! Es wäre äußerst unangenehm, wenn wir Maman wirklich so aufgeregt hätten, dass sie sich in ärztliche Behandlung begeben muss.«

Glücklicherweise kann Tante Helena, Mamans Schwester, als Anstandsdame einspringen, und so müssen wir auf das letzte und vermutlich amüsanteste Ballereignis dieser Saison nicht verzichten. Es geht um eine Redoute in der Hofoper, und wie ich gehört habe, sind solche Maskenbälle deutlich weniger steif und förmlich als jeder andere Ball. Dort wird nicht stolziert und parliert und kokettiert, sondern wirklich getanzt und gelacht.

Als Tante Helena am Tag vor dem Ball aus der Kutsche steigt, fällt mir wieder einmal auf, wie ähnlich sie Maman sieht. Im Wesen sind die beiden Schwestern allerdings ganz unterschiedlich.

Helena ist quasi eine gutmütigere, geduldigere, gelassenere Version unserer perfektionistischen Mutter. Sie versteht es wie keine Zweite, fünfe gerade sein zu lassen. Kaum betritt sie das Haus, scheint es, als tickten alle Uhren etwas langsamer, als arbeiteten sämtliche Dienstboten ein wenig nachlässiger und als geriete jedes Gelächter eine Nuance lauter.

Kein Wunder, dass auch die Fahrt zum Ball diesmal anders verläuft als jede zuvor.

Wir haben mehr Platz in der Kutsche, denn da ihn niemand zur Teilnahme zwingt, ist Papa zu Hause geblieben. Und Tante Helena erklärt uns auch keine Verhaltensregeln, sondern erzählt, wie es zu diesem ersten Maskenball in der Hofoper gekommen ist: »Die Soiree im Dezember war offenbar ein so rauschender Erfolg, dass im Januar und Februar zwei weitere Tanzabende unter dem Deckmantel einer Soiree folgten. Und mit dem Maskenball in der Oper tasten sich die Veranstalter noch einen weiteren Schritt vor.« Sie lächelt verschmitzt. »Steter Tropfen höhlt den Stein. Ihr werdet sehen, eines Tages wird es ganz normal sein, dass man für eine rauschende Ballnacht in der Wiener Oper keine weiteren Voraussetzungen mitbringen muss als ein Billett und passende Kleidung.«

Wir stehen diesmal auch nicht im Stau, denn wir sind mit deutlicher Verspätung losgefahren. »Wozu pünktlich kommen?«, hat Tante Helena leichthin gefragt. »Es wird erst spät getanzt. Und vorher ist eine Redoute langweilig.«

Wir frieren nicht einmal, denn die gute Tante hat darauf bestanden, uns in Decken zu hüllen. »Das hält ein Ballkleid schon aus. Es zerdrückt nicht so schnell, wie man gemeinhin denkt.«

Wirklich, ich liebe Maman. Ich bewundere ihren organisatorischen Weitblick, der nichts dem Zufall überlässt. Und ich weiß ja: Würde bei uns stets ein so laxes Regiment geführt werden, bräche vermutlich bald unvorstellbares Chaos im Palais Conteville aus. Ein paar Tage mit Tante Helena sind allerdings wirklich eine Erholung.

Ganz besonders deutlich wird der Unterschied zu Maman, als wir in der Hofoper unsere Mäntel abgegeben haben. »Ich werde ein paar Logen aufsuchen und alte Freundinnen wiedersehen«, verkündet das Tantchen äußerst energiegeladen. »Und ihr vergnügt euch, Mädchen! Tanzt, bis eure Absätze qualmen!« Mit einem Winken verabschiedet sie sich.

Sophie und ich sehen uns an, dann brechen wir in Gelächter aus.

Wie fast alle Damen an diesem Abend sind wir als venezianische Dominos verkleidet. Dazu trägt man über einem schlichten Ballkleid einen seidenen Dominoumhang mit großer Kapuze. Die setzt man allerdings nicht auf, man drapiert sie wie einen weiten Kragen um Hals und Schultern. Sophies Umhang ist lindgrün, meiner zart roséfarben. Unsere Augen und Nasen werden von kunstvollen venezianischen Masken verdeckt. Sophies besteht aus feiner schwarzer Spitze, meine ist aus weißer Seide, verziert mit Schwanenfedern.

Die Herren sind bei Redouten grundsätzlich nicht verkleidet, sie tragen Frack oder Uniform wie sonst auch. Es herrscht nämlich Damenwahl. Wir, die wir die Herren auffordern müssen, dürfen wissen, mit wem wir tanzen. Die Männer dagegen wissen es nicht.

Sophie und ich fremdeln anfangs noch ein wenig mit der neuen Situation. Um uns einzuleben, haken wir uns unter, wandeln durch den Saal und versuchen, Gesichter zu identifizieren. Was gar nicht so einfach ist. Erstaunlich, wie sehr die Masken ihre Trägerinnen verändern.

Mit den Räumlichkeiten sind wir rasch vertraut, denn sie sind ganz ähnlich dekoriert wie damals bei der Soiree im Dezember.

Neu ist nur ein gewaltiger Springbrunnen, in dessen Nähe man kühlere, frischere Luft findet.

Kopfzerbrechen bereitet uns allerdings die Sache mit der Damenwahl. »Wie macht man das?«, flüstert Sophie. »Wie fordert man jemanden zum Tanz auf?«

»Lass uns lauschen, wie die anderen Damen das machen«, gebe ich leise zurück und ziehe sie in die Nähe einer Gruppe plaudernder und lachender junger Leute.

»Ich glaube, man spielt eine Rolle«, wispert Sophie nach einer Weile.

Und das ist auch mein Eindruck. Die Damen tun in den Gesprächen so, als wären sie jemand anders. Eine russische Prinzessin zum Beispiel. Eine berühmte Schauspielerin. Oder auch die Kaiserin höchstpersönlich. Und die Herren machen das Spiel mit, indem sie entsprechend reagieren. Irgendwann bittet man dann einfach um einen Tanz.

Mein gefiederter Blick wandert zu der Stelle, an der ich damals mit Nikolaj zusammengestoßen bin. Ach du lieber Himmel! Ich fahre erschrocken zusammen. Genau dort steht er und blickt sich suchend um. Fast, als hätte ich ihn herbeigesehnt.

Habe ich das? Nun ja, ein bisschen vielleicht. Ich komme nicht umhin, mir einzugestehen, dass ich mich über seinen Anblick freue. Kurz überlege ich, wie es wäre, jemanden wie Nikolaj Glinsky zu heiraten. Einen standesgemäßen Mann ohne Standesdünkel. Einen, der Tiere erforscht, statt sie zu jagen. Einen, der intelligent und ernsthaft genug ist, um ein Buch über die Geschichte der Philosophie zu lesen, und gleichzeitig so verspielt, dass er lästige Erinnerungen einfach ausradiert und die Vergangenheit nach seinem Geschmack umschreibt. Einen Mann mit geschwungenen Lippen, die man gern küssen würde. Und vor allem einen Mann, der einer Frau nichts vorschreibt. Niemals.

Nikolaj blickt sich suchend um. Nach wem hält er Ausschau? Nach mir?

Ich mache mich ein wenig größer, damit er mich sieht, doch dann fällt mir ein, dass ich ja maskiert bin. Es hilft nichts, heute bin ich es, die die Initiative ergreifen muss. Ich werde ihn wohl zum Tanz auffordern müssen.

Ich bin allerdings nicht die Einzige, die das vorhat. Auch einige andere Mädchen haben den Fürsten mittlerweile entdeckt. Und was nun geschieht, erinnert fast an den Effekt, der eintritt, wenn man einen Tropfen Honig in die Nähe eines Ameisenhaufens gibt. Überall lösen sich Maskenträgerinnen aus plaudernden Gruppen und bewegen sich wie magisch angezogen auf Nikolaj zu. O nein, der erste Walzer mit ihm beim Opernball gehört ja wohl traditionell mir!

»Bitte entschuldige mich«, zische ich Sophie zu.

Ich raffe meinen Rock und eile in Nikolajs Richtung. Ich schlittere förmlich über das Parkett. Und ich schaffe es tatsächlich, alle anderen zu überholen. Leider kann ich nicht rechtzeitig bremsen und rempele Nikolaj an, der gerade in die andere Richtung geblickt hat.

»Oh, bitte entschuldigen Sie!«

Ich blicke zu ihm auf. Und plötzlich erlebe ich eine Art Déjà-vu. Seine Augen sind so dunkel, dass sie fast schwarz wirken. Seine dunklen Haare sind nicht pomadisiert, eine Locke fällt ihm in die Stirn, was ihm ausgesprochen gut steht. Sein glatt rasiertes Kinn ist kantig, er benötigt keinen Bart, um männlich zu wirken. Und in seinem Blick liegt nicht die blasierte Langeweile, die blaublütige Jünglinge so gern zur Schau tragen. Seine Augen sprühen förmlich vor Tatkraft.

»Kennen wir uns?«, fragt er und mustert mein gefiedertes Gesicht.

»Ich glaube schon«, sage ich leise. »Mein Name ist Claire Manon. Angehende Fotografin aus Wien. Erinnern Sie sich an mich?«

Er lächelt, und in seinen Wangen zeigen sich die hinreißenden Grübchen. »O ja! Darf ich mich noch einmal vorstellen? Ich bin Nikolas Rabe. Naturforscher aus Prag.«

Ich neige anmutig den Kopf. »Angenehm! Herr Rabe, darf ich Sie um den ersten Tanz bitten?«

Er schlägt die Hacken zusammen. »Er gehört Ihnen. Genau wie der nächste und alle weiteren, wenn Sie möchten.«

»Das wäre unvorsichtig«, gebe ich zu bedenken. »Man weiß nie, wo die Damen und Herren von der Presse stehen.«

Seine Grübchen vertiefen sich. »Da haben Sie recht.«

Das Orchester setzt ein. Wie damals bei der Hofopernsoiree dirigiert Eduard Strauss, allerdings stimmen die Musiker diesmal leider nicht den Maiwalzer an, sondern ein anderes Stück.

Ich nicke huldvoll und reiche dem glutäugigen Naturforscher Nikolas Rabe die Hand.

Er verbeugt sich. Ich knickse. Es ist genau wie bei unserem ersten Tanz an diesem Ort. Er zieht mich an sich, ich gebe mich hin. Und atme dabei seinen Duft ein, eine angenehme Mischung aus orientalischen Gewürzen, Harz und Holz. Kurz darauf tanzen wir im Dreivierteltakt, und mir wird ganz schwindelig, allerdings nicht vom Tanzen, sondern weil er mich fest und sicher im Arm hält, während er mit intuitiver Gewandtheit freie Plätze für unsere Drehungen findet. Bei jeder spüre ich die Kraft seines muskulösen Körpers. Sie raubt mir den Atem. Und es ist ganz gewiss nicht das Tempo des Walzers, das mein Herz so schnell schlagen lässt, sondern sein intensiver Blick. Meine Füße fliegen förmlich über das Parkett, und die Farben und Lichter um mich herum verwandeln sich in ein buntes Glitzermeer.

Der einzige unveränderliche Ruhepol in diesem Wirbel sind

die dunklen Augen meines Tanzpartners, und ich muss einfach hineinsehen, ich kann nicht anders, auch wenn es verflixt schwer ist, nicht darin zu versinken. Nun flackert etwas wie eine Frage in diesen dunklen Augen auf. Vielleicht will Nikolaj wissen, warum ich ihn so unverwandt ansehe. Ich nehme all meine Willenskraft zusammen und senke den Blick. Jetzt sehe ich seine Lippen, die verhalten lächeln. Die Oberlippe hat wirklich einen zauberhaften Schwung – und ich bin nicht sicher, wie lange ich es noch schaffe, ihn nicht zu küssen. Rasch lenke ich den Blick wieder nach oben und sehe Nikolaj fest in die Augen.

Das hätte ich besser nicht tun sollen. Denn ich lese darin, dass auch er darüber nachdenkt, wie es wäre, mich zu küssen.

Ich wünsche mir genau wie beim ersten Mal, dass dieser Tanz niemals endet. Doch natürlich tut er das. Und mehr als einen darf ich auch diesmal nicht wagen.

»Ich danke Ihnen für diesen Tanz, Herr Rabe«, sage ich leise, als wir uns voneinander lösen.

»Es war mir eine Ehre«, antwortet er. Seine Stimme klingt rau, er hält immer noch meine Hand. Doch jetzt muss er sie loslassen, denn schon nähert sich die nächste Maskenträgerin.

Ich wende mich ab und verlasse mit raschen Schritten die Tanzfläche. Hinter einer Säule finde ich einen ruhigen Ort, wo ich mich kurz sammeln kann. Ich muss jetzt ein bisschen allein sein. Eben habe ich mich gefragt, wie es wäre, mein Leben mit einem Mann wie Nikolaj zu verbringen. Doch plötzlich ahne ich, dass ich mir die falsche Frage gestellt habe. Kann ich denn überhaupt noch ohne genau diesen Mann leben? Ohne seine Leichtigkeit? Sein Lächeln? Ohne seine Lippen zu küssen? Ich fürchte, mein heftig pochendes Herz kennt die Antwort längst.

»Hast du das gesehen?«, fragt ein Mädchen ganz in der Nähe.

Ich fahre herum, doch ich sehe niemanden. Sie muss auf der

anderen Seite der Steinsäule stehen, und sie spricht zweifelsohne nicht mit mir.

»Das war nicht zu übersehen«, antwortet ein anderes Mädchen mit boshaftem Tonfall. Und diese Stimme kenne ich. Rixa von Hardeck! Hoffentlich bemerkt sie mich nicht. Sie ist die Letzte, die ich jetzt sehen will.

»Hast du sie erkannt?«, fragt das erste Mädchen.

»Natürlich«, giftet Rixa. »Das war Clea de Conteville. Ekelhaft, wie sie Glinsky mit Blicken verschlungen hat. Sie würde wirklich alles tun, um ihn an den Haken zu bekommen.«

Ich schließe entsetzt die Augen. Bitte nicht schon wieder ein Zeitungsbericht!

»Du ahnst nicht, was Aleida mir gestern erzählt hat«, fährt Rixa fort. »Ich sollte es eigentlich nicht weitersagen, aber dir kann ich es ja erzählen. Du tratschst es nicht weiter, nicht wahr?« Sie fragt das in einem Tonfall, der sofort verrät, dass sie genau das Gegenteil hofft.

»Natürlich nicht«, sagt das andere Mädchen. Vermutlich überlegt sie bereits, wo sie mit dieser Geschichte glänzen kann.

Rixa senkt jetzt die Stimme, aber ich kann sie dennoch gut verstehen. »Clea ist mit Glinsky in einer Kutsche gesehen worden.« Sie macht eine bedeutungsvolle Pause, bevor sie hinzusetzt: »Allein!«

»Nein!«, haucht das andere Mädchen.

»O doch!«, erwidert Rixa. »Und das ist noch nicht alles. Heute hat Margarethe ihn gesehen. Wieder in der Kutsche. Mit einem anderen Mädchen.«

»Was?«, fragt ihre Gesprächspartnerin. »Wo?«

»Vor seinem Haus«, behauptet Rixa.

»Wer war sie?«, will die andere wissen.

»Das wusste Margarethe nicht. Jung war sie. Sehr zart. Und

wunderschön. Und Glinsky ...« Jetzt hebt Rixa die Stimme und spricht so laut, dass alle Umstehenden sie verstehen können. »... Glinsky legte dem Mädchen die Hände um die Taille, hob sie aus der Kutsche und nahm sie in seine Arme. Es würde mich nicht wundern, wenn im Hause Glinsky bald eine Verlobung verkündet würde.«

Ich schnappe nach Luft. Aber dann begreife ich, was Rixa im Schilde führt. Es ist kein Zufall, dass ich sie gehört habe. Diese dumme Pute weiß ganz genau, dass ich hier stehe. Nur darum führt sie dieses Gespräch.

»Und was ist mit Clea?«, fragt das andere Mädchen, ebenfalls laut und vernehmlich.

»Er ist ein Glinsky.« Rixa betont jedes Wort. »Denk an seinen Bruder, dann weißt du, wozu die Männer dieser Familie fähig sind.«

Ich verdrehe die Augen. Oh, Rixa, so dumm bin ich nicht! Ich glaube dir kein einziges Wort. Und ich lasse mich nicht mehr manipulieren. Weder von dir noch von sonst jemandem.

Die Wiener Gesellschaft gleicht wirklich einem giftigen Hexenkessel. Jeder zieht insgeheim Fäden, intrigiert, suggeriert, schreibt heimliche oder sogar anonyme Briefe. Aber ich falle auf solche Machenschaften nicht mehr herein.

Ich richte mich auf und schreite hocherhobenen Hauptes an Rixa vorbei in Richtung Tanzfläche. Als ich genau neben ihr bin, öffne ich mit einer raschen Handbewegung meinen Fächer und wedele mir elegant Luft zu.

»Oh, guten Abend, Rixa!« Lächelnd mustere ich ihr Kleid. »Heute ganz makellos? Zumindest äußerlich?«

Genau in diesem Moment brandet im Tanzsaal Beifall auf. Er gilt zwar eigentlich den Musikern, aber hier draußen wirkt er wie Applaus für mich.

*Gräfin Isabella de Conteville, Kaltenleutgeben
an Gräfin Helena von Kaunitz, Wien*

2. März 1878

Liebste Nené,

*haben Clea und Sophie mir meine überstürzte Abreise geglaubt? Falls nicht, musst du ihr Misstrauen zerstreuen!
In Gedanken bin ich gerade mit euch auf dem Opernball. Ich stelle mir vor, wie du alte Freundinnen wiedertriffst. Sehe vor mir, wie sich meine Mädchen als Dominos verkleidet anmutig auf der Tanzfläche drehen. (Und Theodore stelle ich mir zu Hause in seinem Kaminsessel vor. Ich wette nämlich, dass er sich vor der Redoute drückt und dich gebeten hat, dies mir gegenüber nicht zu erwähnen. Doch ich bin lange genug mit ihm verheiratet, um es vorauszusehen.)
Ich bin traurig, den ersten Maskenball meiner Töchter nicht miterleben zu können, und benötige tatsächlich hin und wieder mein Taschentuch. Doch ich weiß, es ist besser so. Für mich und für euch.
Du bist in dieser Situation genau die richtige Person am richtigen Ort.*

*Ich danke dir von Herzen für alles!
Lilly*

Kapitel 27

C wie Clea

Ich frage mich zurzeit ständig, wer Nikolaj Glinsky ist. Dabei ist eine andere Frage viel wichtiger: Wer bin ich? Welchen Teil meiner Persönlichkeit hat Maman mir anerzogen? Welchen unterdrücke ich aus Angst? Und was an mir gehört unverwechselbar und echt zu Clea Manon de Conteville? Ich ahne: Wenn ich schnell und unüberlegt handele, bin ich am ehesten ich selbst.

Ich dränge mich durch die Menge zu Sophie. »Komm bitte mit in unsere Loge!«, zische ich ihr zu. »Ich brauche dich.«

Sie zieht verwundert eine Augenbraue hoch, stellt aber keine Fragen.

Die Loge ist leer. Tante Helena befindet sich offenbar noch auf ihrer Besuchstour. Ich schließe die Tür, bleibe aber in ihrem Schatten stehen und halte Sophie an der Hand fest.

»Nicht nach vorn gehen. Niemand darf uns sehen!«, raune ich ihr zu.

»Was machen wir hier?«, will Sophie wissen.

»Ich brauche dein Kostüm«, flüstere ich.

»Was brauchst du?«, fragt sie zurück. Vermutlich traut sie ihren Ohren nicht.

»Deinen Domino und deine Maske.«

»Clea, das ist nicht dein Ernst!«

»Doch. Bitte, Sophie! Frag nicht, zieh dich aus.«

Sophie schüttelt den Kopf. »Du bist verrückt! Ich ziehe mich doch nicht mitten in der kaiserlichen Hofoper aus!«

»Niemand sieht uns, solange wir im Dunkeln stehen.«

Sophie wirkt nicht überzeugt. »Und wenn doch?«

»Es geht nur um den Umhang und die Maske«, erkläre ich ihr. »Und darunter sind wir voll bekleidet.«

Sie zögert noch immer. »Aber warum?«

»Versteh doch! Ich muss einfach ein zweites Mal mit Nikolaj Glinsky tanzen«, flüstere ich. »Und wenn ich das im selben Kostüm tue, erscheint morgen bestimmt wieder ein Skandalbericht in der Zeitung.«

»Aber es weiß doch niemand, wer du bist.«

Ich seufze. »Rixa hat mich längst erkannt.«

Sophie denkt einen Moment nach.

»Phi, du könntest in meinem Gewand auch ein weiteres Mal mit jedem tanzen, den du magst.«

»Du hast gute Argumente«, sagt sie mit einem Augenzwinkern. Dann öffnet sie den Gürtel ihres Dominoumhangs. »Hoffentlich steht morgen nicht in der Zeitung, was die beiden Komtessen Conteville in der Loge getan haben«, murmelt sie, während sie aus den Ärmeln schlüpft.

»Dann nennen sie uns vielleicht ab sofort *die Skandalkomtessen*«, vermute ich und streife mir den lindgrünen Umhang über.

»Ja.« Sophie reicht mir ihre Maske und nimmt meine entgegen. »Und Maman braucht dann eine mehrjährige Wasserkur.«

Lachend mustern wir uns gegenseitig. Beide Frisuren haben den Kostümtausch überlebt. Alles perfekt.

Nikolaj verneigt sich gerade vor seiner Tanzpartnerin, einem gelben Domino mit goldglitzernder Paillettenmaske.

»Fürst Glinsky, darf ich um den nächsten Tanz bitten?«, fragt schon die nächste Dame schräg hinter ihm, ein roter Domino.

»Leider ist der Fürst bereits engagiert«, gehe ich dazwischen. »Und zwar von mir.«

Nikolaj fährt beim Klang meiner Stimme herum und mustert mich erstaunt.

Ich lege den Kopf schräg und lächele. »Herr Rabe?«, frage ich. »Sie hatten mir jeden Tanz des Abends versprochen. Erinnern Sie sich?«

Jetzt geht ein breites Grinsen über sein Gesicht. »O ja! Natürlich, Fräulein Claire.«

»Jeden?«, fragt der rote Domino fassungslos.

»Mehr als diesen einen benötige ich gar nicht«, tröste ich sie.

»Fräulein Claire.« Nikolaj verbeugt sich vor mir. »Sie haben ein Talent, mich zu überraschen.«

Ich knickse. »Dieses Kompliment kann ich nur zurückgeben.«

Der Walzer beginnt, und wir entfernen uns ein Stück von der neugierigen Dame im roten Umhang.

»Ich muss mit dir sprechen«, raune ich Nikolaj leise zu. »Deshalb die neue Kostümierung. Es gibt Gerüchte. Rixa von Hardeck verbreitet sie eifrig weiter. Man hat uns neulich zusammen in deiner Kutsche gesehen.«

»Verdammt!« Seine Kiefermuskeln treten plötzlich stärker hervor.

»Rixa sagt außerdem, du wärst ein Schürzenjäger oder Schlimmeres. Denn heute wurdest du wieder gesehen. Mit einer anderen Frau.«

»Einer Frau?«, fragt er ungläubig.

Ich nicke. »Du hast sie angeblich vor deinem Palais aus der Kutsche gehoben und …«

»… und umarmt«, vollendet er meinen Satz. »Ja. Habe ich.«

Ich schließe kurz die Augen. »Also ist es wahr, dass du dich bald verlobst?«

Er lacht spöttisch auf. »Nein! Clea, sie ist meine Schwester. Und sie ist keine Frau, sie ist gerade erst vierzehn geworden.«

»Deine Schwester?«, frage ich ungläubig. »Ich wusste nicht, dass du eine hast. Ich habe bisher nur von deinem Bruder gehört.«

»Hast du?« Ein Schatten gleitet über sein Gesicht.

»Ja, Rixa hat ihn erwähnt.« Dass ich außerdem im Gotha nachgeschlagen habe, erwähne ich lieber nicht. Von einer Schwester war dort allerdings nicht die Rede.

»Was hat sie gesagt?« Nikolaj blickt mich mit seinen dunklen Augen wachsam an.

»Ich erinnere mich nicht. Irgendetwas Gemeines.«

»Was genau?«, bohrt er nach. Etwas in seiner Stimme macht mich nervös.

Zögernd gebe ich Auskunft. »Sie sagte etwas über die Männer deiner Familie im Allgemeinen und nahm deinen Bruder als Beispiel dafür, wozu sie fähig sind. Und das war nicht positiv gemeint.«

Nikolaj ringt sich ein Lächeln ab, doch es wirkt verkrampft. Die Art und Weise, wie er die Lippen zusammenpresst, lässt mich ahnen, dass er einen inneren Kampf ausficht.

»Was ist denn mit deinem Bruder?«, will ich wissen.

»Nichts«, sagt er schroff.

Wir tanzen schweigend weiter. Mühelos dahinschwebend wie jedes Mal, wenn wir uns zu Musik drehen. Unsere Bewegungen harmonieren, ohne dass wir uns darum bemühen müssen. Doch ich spüre keine Verbindung mehr zu Nikolaj. In Gedanken ist er ganz weit weg.

Die Musik wird langsamer, der Walzer wird gleich enden.

Nikolajs Blick sucht meinen. »Es tut mir leid«, sagt er leise. »Ich war dumm. Und ich habe dich ins Gerede gebracht.«

Ich lächele. »Oh, dazu brauche ich dich nicht. Das schaffe ich ganz allein.«

Er erwidert mein Lächeln nicht. »Clea, so etwas darf uns nicht mehr passieren«, sagt er ernst. Seine Augen wirken noch dunkler als sonst. »Wir dürfen kein weiteres Mal miteinander tanzen, ganz egal, was du dabei trägst. Wir dürfen uns heute auch nicht mehr unterhalten. Und man darf uns nie wieder ohne Anstandsdame zusammen sehen. Hörst du? Nie wieder.«

»Ach, lass Rixa doch tratschen«, sage ich leichthin. »Darauf gebe ich nichts.«

»Das weiß ich«, erwidert er geradezu beängstigend ruhig. »Und genau deswegen muss ich dich schützen. Ich will nicht, dass dir jemand schadet.«

Der Schlusston erklingt. Ich knickse, Nikolaj verbeugt sich. Er hält noch immer meine Hand.

Als er sich wieder aufrichtet, treffen sich unsere Blicke. Und plötzlich sind wir uns wieder ganz nah. In diesem Moment erkenne ich in seinen Augen eine Tiefe, die ich nie zuvor wahrgenommen habe. Es ist, als würde ich in ein unbekanntes Universum eintauchen, in dem ich mich verliere und dennoch nicht verloren gehe. In seinem Blick liegen eine Wahrheit und Verletzlichkeit, die mich zutiefst berühren.

Beifall rauscht auf, er gilt erneut dem Orchester. Nikolaj zuckt zusammen und wendet den Blick ab. Auf einmal spüre ich fast körperlich, wie er sich von mir zurückzieht.

Er lässt meine Hand los. »Lebe wohl, Claire Manon!«

Wie düster seine Stimme klingt. Ist das etwa ein Abschied für immer?

»Bitte tu das nicht«, wispere ich.

»Es muss sein«, sagt er rau. Dann wendet er sich unvermittelt ab.

Komtess Clea de Conteville, Wien
an Caroline Wiedmann, Atelier Adèle, Wien

3. März 1878

Sehr geehrte Mademoiselle Caroline,

es ist wirklich ungewöhnlich, dass ich mich mit einem Brief an Sie wende, doch das hat einen guten Grund: Ich habe eine große Bitte an Sie, die eine äußerst persönliche Angelegenheit betrifft, und würde darüber gern unter vier Augen mit Ihnen sprechen.
    Können wir uns treffen? Vielleicht morgen um zehn? In der Peterskirche, wo uns niemand sieht?
    Ich werde dort sein.

Es grüßt Sie herzlich
Clea de Conteville

Kapitel 28

L wie Liebe

Ich habe viel über die Liebe gelesen. Und ich weiß: Sie zeigt sich bei jedem anders. Manche trifft sie wie ein Donnerschlag. Bei anderen wandert sie auf Zehenspitzen leise ins Herz. Woran erkennt man dann bei all dieser Vielfalt, dass ein Gefühl wirklich Liebe ist?
Ich glaube, man weiß es, wenn man sich gegenseitig in die Augen blickt. Wenn man dabei innerlich erbebt, muss man kämpfen. Koste es, was es wolle!

Ich sitze an einem kleinen Tisch im Atelier Adèle und überbrücke die Wartezeit mit Tagebuchnotizen. Es ist ganz still in dem glasüberdachten Raum, denn ich bin allein. Madame Adèle weilt derzeit auf einer Italienreise, und Caroline ist eben aufgebrochen, um Fotografien an Kunden auszuliefern.

Zuvor hat sie alles behaglich hergerichtet. Das Atelier ist ja ohnehin wie ein vornehmer Salon möbliert. Caroline hat diesen Eindruck mit ein paar Handgriffen perfektioniert. Sie hat den Kamin angefeuert, Kerzen angezündet und Tee und Gebäck bereitgestellt. Ich musste schmunzeln, als ich sah, wie sie das Gemälde mit dem Baum hervorzog, vor dem sie mich bei meinem ersten Besuch fotografiert hatte.

Und genau deswegen hat sie es getan. Damit ich lache. »Das ist gut gegen die Nervosität«, sagte sie mit einem feinen Lächeln. Sie weiß zwar nicht, warum ich unbedingt allein mit Nikolaj sprechen will, aber sie ahnt vermutlich sehr viel mehr, als mir lieb ist. Eine Wanduhr schlägt fünf Uhr, gleich müsste er kommen. Um diese Zeit bringt er Caroline zufolge immer neue Pflanzen ins Atelier. Und dieser Ort ist ideal für ein ruhiges Gespräch unter vier Augen. Man fühlt sich hier wie in einem privaten Salon, befindet sich aber dennoch auf neutralem Terrain. Ich weiß, Nikolaj will mich nicht sehen. Doch unseren Abschied bei der Redoute kann ich so nicht stehen lassen.

Ich spüre mit jeder Faser meines Herzens, wie verkehrt ein solches Auseinandergehen wäre. Und ich habe mir geschworen, nichts mehr hinzunehmen, was sich so dermaßen falsch anfühlt. Nikolaj hat ein Geheimnis, das vermutlich seinen Bruder betrifft, und er will nicht darüber sprechen. Ich könnte das akzeptieren, aber es steht zwischen uns, und deswegen muss ich es wissen.

Jetzt höre ich eine Tür zuschlagen, und als ich aufblicke, sehe ich ihn. Er trägt einen riesigen Blumentopf, in dem eine üppige Palme bedenklich schwankt, geht zum Paravent und stellt sie dort ab.

»Guten Tag, Nikolaj«, sage ich leise, um ihn nicht zu erschrecken.

Prompt erschrickt er so dermaßen, dass er fast in die Palme stolpert. Als er sich wieder gefangen hat, fällt ihm eine Locke in die Stirn. Sie steht ihm gut, genau wie die Freude, die bei meinem Anblick für einen Moment in seinen Augen aufleuchtet.

»Clea!« Er ringt um Fassung. »Du bist ... Ach herrje, ich will nicht stören. Bitte verzeih!« Er geht rasch zur Tür.

»Warte!«, rufe ich ihm nach. »Du störst nicht. Ich bin wegen dir hier. Bitte bleib.«

Er holt tief Luft, vermutlich, um zu widersprechen, doch ich lasse ihn nicht zu Wort kommen.

»Nein, hör mir erst zu, bevor du etwas sagst.«

Nikolaj sieht verwirrt aus. Er zuckt mit den Schultern. »Natürlich. Ganz wie du willst.«

»Willst du den Mantel nicht ablegen?«

Das möchte er eigentlich nicht, ich sehe es ihm an, doch er zieht ihn aus und wirft ihn über einen Stuhl.

»Wir waren beide schon einmal hier«, sage ich. »Aber du erinnerst dich natürlich genauso wenig daran wie ich, denn wir haben diese Episode aus unserem Gedächtnis gelöscht.«

Er nickt. Und obwohl er sichtlich angespannt ist, muss er bei meinen Worten lächeln.

»Ich finde es sehr charmant, die Vergangenheit umzuschreiben«, fahre ich fort. »Aber noch besser wäre es, gleich beim ersten Versuch so zu leben, wie es uns gefällt. Findest du nicht?«

»Das würde einiges vereinfachen«, räumt er ein.

»Lass es uns versuchen, auch wenn es zunächst nicht einfacher, sondern schwieriger wird. Denn mir gefällt schon unser Ausgangspunkt nicht.«

Nikolaj runzelt die Stirn. »Ich verstehe zwar jedes einzelne deiner Wörter, aber in dieser Kombination ergeben sie für mich keinen Sinn.«

Ich lege andächtig den Kopf schräg. »So schön hat mir noch niemand gesagt, dass ich spinne.«

Er lacht. Ich liebe die Art, wie seine Augen dabei leuchten. Doch er wird gleich wieder ernst. »Was gefällt dir denn nicht? Wenn es in meiner Macht steht, werde ich es ändern.«

»Sage das nicht unbedacht«, warne ich. »Es steht durchaus in deiner Macht. Aber es ist viel, was ich will. Ich möchte dir nämlich ein paar Fragen stellen. Viele Fragen, um genau zu sein. Persönliche Fragen, die mir eigentlich nicht zustehen. Ich möchte wissen, wer du bist.«

Er lächelt nervös. »Ich bin Nikolaj. Das weißt du.«

»Das ist dein Name«, sage ich. »Mehr nicht. Aber sehr viel mehr weiß ich von dir nicht. Ich weiß nicht, was du magst und was du verabscheust. Ich weiß nicht, wie du denkst und was du fühlst. Ich weiß nicht einmal unwichtige Dinge über dich. Zum Beispiel, ob du lieber Hunde oder Katzen magst. Lieber Pudding oder Gefrorenes. Lieber Sommer oder Winter.«

Ich gebe dem Gespräch absichtlich eine heitere Wendung. Ich habe Nikolaj ja mit diesem Treffen völlig überrumpelt, er braucht Zeit, um sich in die Situation einzufinden.

»Und das willst du alles wissen?«, fragt er vorsichtig.

»Natürlich«, gebe ich zurück. »Und noch viel mehr.«

Sein Gesicht nimmt einen nachdenklichen Ausdruck an. »Gefrorenes. Sommer. Und ich liebe alle Tiere, besonders Dachse«, verkündet er. »Hilft das weiter?«

»Sicher.« Ich schmunzele. »Das ergibt ein ausgesprochen differenziertes Bild deiner Person.«

Er seufzt. »Also gut. Wir machen es wie im Märchen. Du darfst mir drei Fragen stellen, und ich werde sie wahrheitsgemäß beantworten.«

»Ich habe aber vier.«

»Dann musst du auf eine verzichten.« Er zögert. »Nein, ich will nicht kleinlich sein. Drei hast du ausgehandelt, eine bekommst du geschenkt. Sagen wir also vier Fragen.«

»Einverstanden. Bitte folge mir nach nebenan, Nikolaj Fedor von Glinsky«, sage ich mit gespielter Leichtigkeit.

Er zieht erstaunt die Brauen hoch, folgt mir aber durch die kleine Kammer mit der roten Beleuchtung ins Archiv des Ateliers.

Hier ist es kühl. Fröstelnd ziehe ich die Schultern hoch. Doch ich habe diesen Raum bewusst ausgewählt, denn für das, was ich jetzt vorhabe, ist eine sachliche, in jeder Hinsicht unaufgeheizte Atmosphäre vielleicht hilfreich.

Auf dem langen Eichentisch in der Mitte liegen heute nur vier Bildplatten. Caroline hat sie auf meine Bitte hin bereitgelegt. Ich sehe sie jetzt zum ersten Mal. Als Nikolaj sie bemerkt, weiten sich seine Augen.

»Das sind meine vier Fragen«, sage ich leise. »Ich möchte wissen, wer du wirklich bist. Und wer deine Familie ist.«

»Du weißt es schon«, sagt er mit rauer Stimme und legt sich eine Hand auf die Brust. »Das bin ich. Die anderen sind unwichtig.«

»Sind sie das?«, frage ich ruhig. »Ich glaube nicht. Du weißt, ich werde irgendwann alles über deine Familie erfahren. Der Klatsch wird es mir zutragen, ob ich will oder nicht. Ich würde die Geschichte lieber von dir hören.«

Nikolaj betrachtet schweigend die Bilder. Schließlich nimmt er eins in die Hand und reicht es mir. Ich sehe eine wunderschöne junge Frau mit altmodischer Frisur, sie hat Nikolajs Augen. »Serafina. Meine Mutter. Sie starb bei meiner Geburt. Ich weiß wenig über sie.«

Er gibt mir die nächste Fotografie. Sie zeigt einen großen dunkelhaarigen Mann mit Geiernase, kantigem Kinn und auffallend buschigen Augenbrauen. »Mein Vater, Fürst Radomir Glinsky. Ein harter, grausamer Mann. Als meine Mutter starb, war er wütend, weil er nun eine Amme brauchte.« Nikolaj lächelt bitter.

Auf dem dritten Bild, das er mir hinhält, sehe ich einen jungen Mann mit pomadisiertem Haar und spöttischem Blick. Er hat dieselbe Geiernase wie Fürst Radomir. »Mein Bruder Alexej«, sagt Nikolaj leise.

Ich rechne schon damit, dass er zur letzten Fotografie übergeht, und mich verlässt plötzlich all meine Energie. Wie diese Menschen heißen, hätte ich auch im Gotha nachschlagen können. Ich hatte gehofft, mit den Bildern das Eis zu brechen und ihn zum Reden zu bringen. Aber mein Plan geht nicht auf. Nikolaj will nicht über seine Familie sprechen, und er wird es auch jetzt nicht tun. Dieses Gespräch war eine dumme Idee. Die ganze Situation kommt mir plötzlich so künstlich vor. Unnötig theatralisch. Doch auf einmal geht ein Ruck durch den großen Mann mit der stolzen Haltung. Er geht zum Fenster und blickt hinaus in die Dämmerung. »Ich nannte ihn Aljoscha«, sagt er unvermittelt. »Und er mich Kolja.«

Einen Moment lang vergesse ich zu atmen.

»Als wir Kinder waren, hingen wir sehr aneinander«, fährt Nikolaj fort. »Aber ab seinem sechsten Lebensjahr hat unser Vater ihn zum Fürsten erzogen, wie er es nannte. Hat ihm alle Wünsche erfüllt und ihm Dünkel eingeredet. Hat ihn gierig und eitel gemacht. Stolz. Hartherzig und überheblich. ›Du bist der nächste Fürst Glinsky, das steht dir zu‹, hat er ihm stets gepredigt. Bis Aljoscha es geglaubt hat.«

»Und du?«, frage ich behutsam. »Wie hat er dich erzogen?«

Nikolaj stößt einen verächtlichen Laut aus. »›Früh krümmt sich, was ein Häkchen werden will.‹ Das musste ich immer wieder hören. Und dann hat er mich gekrümmt. Mit unfassbarer Härte und Konsequenz. Dass ich nie ein Geschenk von ihm bekam, nicht einmal zu Weihnachten, hat mir schon bald nichts mehr ausgemacht, obwohl Aljoscha gleichzeitig mit Gaben überschüttet wurde und nicht mit mir teilen durfte. Aber dass mein Vater mich manchmal in den Wald kutschierte und dort ganz allein zurückließ, werde ich ihm nie verzeihen. Er sagte dann: ›Du bist nichts, und du erbst nichts. Du musst lernen, wie du allein zurechtkommst.‹ Dann gab er den Pferden die Peitsche und fuhr weg. Mitten in der Nacht.«

»Wie alt warst du da?«, wispere ich.

»Ich weiß nicht genau. Acht. Oder neun.«

Ich schließe kurz die Augen. Mitleid ist das Letzte, was Nikolaj jetzt will, das spüre ich deutlich. Aber es ist gerade sehr schwer, ihn nicht in den Arm zu nehmen.

»Ich habe gelernt, wie man allein zurechtkommt«, fährt er fort. »Nicht nur nachts im Wald, auch im Leben. Und ich habe gelernt, meinem Vater zu entkommen. Der einzige Lichtblick in meiner Kindheit war Lori, meine Patentante. Kaum war ich achtzehn, habe ich Schloss Losnitz verlassen und mir geschworen, niemals zurückzukehren. Ich habe mit meinen eigenen Händen gearbeitet und damit Geld verdient, um Naturwissenschaften zu studieren. Ich habe mir ein eigenes Leben aufgebaut und dafür niemanden gebraucht. Und ich bin nie zurückgekommen. Bis …« Er stockt.

»Bis dein Bruder und dein Vater starben«, vervollständige ich den Satz.

Er nickt. »Alexej …« Seine Stimme bricht, doch er hat sich gleich wieder in der Gewalt. »Er war ein guter Mensch. Aber unser Vater hat seine Seele vergiftet. So lange, bis Alexej irgendwann selbst glaubte, dass er sich alles kaufen kann und alles darf.« Er dreht sich um und blickt mich mit seinen dunklen Augen offen an. Ich erschrecke über die Wut in seinem Blick. »Du wolltest die Wahrheit, jetzt musst du sie auch aushalten«, sagt er mit harter Stimme. »Alexej war betrunken, als er starb. Er kam aus einem … Etablissement, wo man … Frauenliebe kaufen kann.«

Er hat recht, ich will das alles wissen. Deshalb darf ich jetzt auch nicht zusammenzucken. Und mir vor allem nicht anmerken lassen, dass ich bis eben nicht einmal von der Existenz solcher Etablissements wusste. Ich bemühe mich, welterfahren zu nicken.

Nikolaj fährt fort: »Als Alexej aufbrach, ließ er sich von drei dieser Frauen begleiten. Sie saßen in einer Kutsche, er ritt nebenher. Er wollte sie unserem Vater mitbringen.«

Ich bohre die Fingernägel in meine Handflächen und gebe mit keiner Regung zu erkennen, wie erschüttert ich bin.

»Unterwegs wollte Alexej den Damen in seinem betrunkenen Zustand imponieren. Als ein Heuwagen den Weg querte, versuchte er darüberzuspringen. Er bohrte dem Pferd die Sporen in den Leib und peitsche es vorwärts. Das arme Tier gab alles, doch das war nicht genug.« Nikolaj schluckt. Er hält kurz inne, dann hat er die Fassung zurückgewonnen. »Pferd und Reiter rammten die Kutsche und brachen sich beide das Genick. Der Wagen wurde zu Kleinholz zerlegt. Der Bauer wurde schwer verletzt und starb wenig später an den Folgen des Unfalls.« Tonlos spricht Nikolaj weiter: »Er hinterließ sieben Kinder und eine kranke Frau. Ich habe erst kürzlich davon erfahren, und seitdem sorge ich für sie. Aber das ist nicht genug. Ein solcher Verlust lässt sich nicht wiedergutmachen.«

Ich weiß nicht, was ich sagen soll. Eine unbehagliche Pause tritt ein.

Unvermittelt dreht Nikolaj sich zu mir um. Sein Blick ist voller Schmerz. »Und das ist noch nicht alles, was es über meine Familie zu wissen gibt«, sagt er, tritt näher an den Tisch und betrachtet versonnen das letzte Foto. Es zeigt ein zauberhaftes Mädchen mit schwarzen Augen und dichtem langen Haar. »Katinka.« Seine Stimme klingt weich, als er den Namen ausspricht. »Meine Halbschwester. Die Familie ihrer Mutter war nicht standesgemäß, aber Nathalia war so jung und schön, dass mein Vater sie trotzdem wollte. Und ihre Familie war habgierig genug, um sie ihm zu überlassen. Er hat sie morganatisch geheiratet, also zur linken Hand. Weder sie noch ihre Nachkommen würden demnach je erbberechtigt sein. Sie starb ebenfalls im Kindbett, kurz nach Katinkas Geburt. Und mein Vater gab seine kleine Tochter fort. Er wollte kein Kindergeschrei mehr im Schloss.«

Ich erschaudere, und das liegt nicht allein an der Kälte im Raum. »Er gab sie fort? Sein eigenes Kind? Wohin?«

»In eine Pflegefamilie auf dem Land. Sie hatte Glück, es waren gute Menschen. Aber das war Zufall. Mein Vater hat die Familie ausgewählt, weil sie wenig Geld verlangte. Die Pflegemutter ist leider vor einem Jahr gestorben, und Katinka kam nach Losnitz zurück. Kurz danach starb erst Alexej, dann unser Vater. Katinka hat das alles hautnah miterlebt, und zwar mutterseelenallein.« Liebevoll streicht Nikolaj mit dem Finger über das Bild. »Sie ist zauberhaft. Klug und freundlich. Lustig und liebenswert. Als ich nach Losnitz zurückkehrte, war sie der einzige Lichtblick dort. Wir sind zusammen ausgeritten, um unseren Kummer zu vergessen. Jeden Tag. Und jetzt bin ich der einzige Mensch, den sie noch hat. Wenn ich das Erbe ablehne, verliert sie alles. Ihr Zuhause, ihre Zukunft, jede Sicherheit. Um ihretwillen muss ich durchhalten.«

»Warum solltest du das Erbe ablehnen?«, frage ich.

Nikolaj schnaubt. »Es scheint mir alles andere als erstrebenswert, der nächste Fürst Glinsky zu sein.«

»Und was wird aus Katinka? Was war das für eine Broschüre, die Aglaia dir für sie gegeben hat?«

Er geht zum Fenster und sieht hinaus. »Es ging darin um eine höhere Schule für Mädchen. Und um ein Examen als Lehrerin. Aglaia meint, wenn Katinka etwas lernen würde und für sich selbst sorgen könne, wären wir beide frei.«

»Was hält Katinka davon?«

»Der Gedanke ist für sie ganz neu. Sie denkt noch darüber nach.« Nikolaj dreht sich um, sieht mich an und ist in drei Schritten bei mir. Er ergreift meine Hände und legt sie in einer herzzerreißenden Geste an seine Wange. »Verstehst du jetzt, warum ich dich schützen muss? Gerüchte über den Tod meines Bruders kursieren bereits in Wien. Noch glauben alle, dass ich eine gute Partie bin. Aber schon bald wird mich niemand mehr grüßen. Und wenn ein Mädchen in meiner Nähe gesehen wird, möglicherweise sogar ohne Schutz, ist ihr Ruf ruiniert.«

»Nikolaj!« Ich lege meine Hände auf seine Brust. »Du hast gelernt, allein zurechtzukommen. Was kümmert dich der Tratsch einer Gesellschaft, zu der du nicht gehören willst?«

Er schnaubt verächtlich und wendet sich ab. »Es geht mir nicht um mich. Ich komme zurecht. Es geht um dich. Es ist deine Zukunft, die ich nicht zerstören will.«

»Das kannst du nicht«, beharre ich. »Denn auf die Meinung dieser Leute gebe ich nichts.«

»Clea, erinnerst du dich, was nach der Opernsoiree in dem Zeitungsartikel stand?«

»Nein, natürlich nicht!«, sage ich störrisch. »Wir haben ihn doch aus unserer Geschichte gelöscht.«

»Dann muss ich ihn jetzt leider wieder zurückholen«, sagt Nikolaj mit entschlossener Miene. »*Clea de Conteville ist eine entzückende Blume der aristokratischen Gesellschaft*«, zitiert er aus der Erinnerung. »*Und Nikolaj Glinsky ist seinerseits eine mehr als gute Partie.* Dann ging es weiter mit meiner Herkunft. Jetzt stell dir vor, was passiert, wenn alle die Wahrheit über meine ach so wundervolle Familie kennen.«

»Arme Blume der Gesellschaft«, sage ich spöttisch. »Dann wird sie beschmutzt.«

Nikolaj sieht kein bisschen belustigt aus. Nur wütend.

Und das werde ich jetzt auch. Ich balle die Hände zu Fäusten. »Was kann ich tun, damit du verstehst, dass mir das alles nicht wichtig ist?«, schleudere ich ihm entgegen. »Du könntest mit deinem Erbe Gutes tun. Du könntest eine eigene Familie gründen, die dem Namen Glinsky einen neuen Klang gibt. Einen guten Klang! Und auch wenn du allein zurechtkommst, heißt das noch lange nicht, dass du glücklich wirst. Warum strafst du dich selbst? Und auch noch für etwas, woran du keine Schuld hast?«

Nikolaj senkt den Kopf. »Clea, bitte quäle mich nicht!«

Aber ich kann jetzt nicht aufhören. »Ich dich? Du quälst mich.«
Er wendet sich ab und verlässt den Raum.

Ich eile ihm hinterher und erreiche ihn im Atelier, wo er gerade nach seinem Mantel greift.

»Wenn du jetzt gehst«, sage ich zornig, »dann werden wir diesen Moment in unserer Erinnerung nie mehr auslöschen oder umschreiben können. Dann ist unsere Geschichte endgültig vorbei. Und das überlege dir gut! Denn wir haben nur dieses eine einzigartige, wertvolle Leben. Wir werden dann nie wieder miteinander tanzen. Nie wieder gemeinsam lachen. Uns nie wieder streiten. Und wir werden niemals erfahren, wie es wäre, uns zu küssen. Ist es das, was du willst?«

Er lässt den Mantel sinken und sieht mich an.

Kurz steht die Zeit still.

»Nikolaj?«, frage ich leise.

Plötzlich kommt Bewegung in ihn. Mit drei Schritten ist er bei mir, nimmt mein Gesicht in beide Hände und küsst mich, als gäbe es nur noch uns auf der Welt.

Brief ohne Absender
an Komtess Clea de Conteville, Wien

11. März 1873

Liebe Clea,

dies ist kein anonymer Brief, obwohl auf dem Umschlag weder Name noch Absenderadresse stehen und obwohl er wie die vorherigen anonymen Briefe auf einem Umweg zu dir kam. Das dient allein dem Zweck der Tarnung. Ich bin es, Nikolaj, der sich hier an dich wendet. Und zum Beweis führe ich ein Kennwort an: Fridolin.

Ich habe diese Vorgehensweise gewählt, weil ich ganz sicher sein will, dass niemand außer dir meine Nachricht in die Hände bekommt, ja, dass niemand überhaupt davon erfährt. Denn ich kann mir lebhaft vorstellen, was geschieht, wenn ich einen Brief mit Wappen und Siegel an dich schicke. Ich glaube, die ganze Stadt wüsste innerhalb kürzester Zeit davon.

Wenn mein Plan aufgeht, bist du die Erste und Einzige, die diese Worte liest. Sicherheitshalber bemühe ich mich dennoch um eine verschlüsselte Ausdrucksweise. Ich denke, dass du zwischen den Zeilen lesen kannst, was ich nicht offen zu schreiben wage.

Das war eine lange Vorrede. Nun zum wahren Zweck meines Briefes:
Clea, ich glaube, ich habe mich gestern falsch verhalten. Ich habe Dinge getan, die ein Mann nie tun sollte, und andere unterlassen, deren Unterlassung ich mir selbst nicht verzeihen kann. Ich habe mich von Gefühlen leiten lassen. Ich war ungestüm, wirr und dumm.

Das war einzig und allein dem Umstand geschuldet, dass ich mit dieser Situation im Vorfeld nicht gerechnet hatte. Sie traf mich gänzlich unvorbereitet.

An dieser Stelle des Briefes lasse ich absichtlich viel Raum.

Hier sind zwischen den Zeilen wahre Wortschwälle verborgen.

Verstehst du, was ich dir mitteilen will?

Nein. Zweifelsohne nicht. Es gibt Dinge, die man aussprechen muss. Darum jetzt Folgendes, das ganz wörtlich zu verstehen ist: Clea, ich möchte meinen Fauxpas wiedergutmachen. Und zwar an einem Ort, an dem wir ungestört sind.

Meiner Erfahrung nach ist unsereins am ehesten allein, wenn wir uns in eine Menschenmenge begeben. Ich werde daher morgen um drei Uhr am Eingang des Rinks in der Vorderen Zollamtstraße auf dich warten. Zur besseren Tarnung solltest du beiliegende Gerätschaften mitnehmen.

Nikolaj

Kapitel 29

R wie Rink

Was bitte schön ist ein Rink? Ständig dringen neue Wörter aus dem Englischen in unsere Sprache, und wer sie nicht kennt, entlarvt sich als provinziell.

Zum Glück konnte Anna mir weiterhelfen: Ein Rink ist eine Eislaufbahn mit einer glatten Fläche aus Asphalt, die man bei Eiseskälte mit Wasser bedeckt, um darauf Schlittschuh zu laufen. Bei wärmeren Temperaturen werden solche Rinks neuerdings als Rollschuhbahn genutzt. Und bei den »Gerätschaften« in Nikolajs Paket handelt es sich um Rollen, die man sich unter die Schuhe schnallt.

Es ist noch ganz früh am Morgen. Die Sonne ist eben erst aufgegangen. Alle Hausbewohner schlafen noch, nur eine Amsel draußen im Park ist schon erwacht und begrüßt den Frühling mit zauberhaftem Gesang.

Leise öffne ich die Tür zum Ballsaal. Weiches Morgenlicht flutet durch die großen Fenster herein und lässt das Parkett goldbraun schimmern. Es ist kühl hier, die Luft riecht nach Bohnerwachs.

Ich schnalle die Gummirollen mit den dafür vorgesehenen Ledergurten an meine Schuhe und wage den ersten Schritt. Es ist leichter als gedacht. Meine Füße wollen zwar am liebsten in sämtliche Himmelsrichtungen davongleiten, aber das kann ich mit ähnlichen Bewegungen wie beim Schlittschuhlaufen verhindern.

Schon nach den ersten vorsichtigen Versuchen habe ich mich an die Rollen gewöhnt und versuche ein paar der Drehungen, die ich auf dem Eis beherrsche. Das funktioniert überraschend gut, und die Gummirädchen rollen angenehm leise übers Parkett. Rasch werde ich mutiger, drehe schnellere Kreise, und es ist mir gleichgültig, ob ich dabei Spuren auf dem frisch polierten Holzboden hinterlasse. Ich will mich vor Nikolaj auf gar keinen Fall blamieren, alles andere interessiert mich jetzt nicht.

Ich befürchte, dass mir nicht gefallen wird, was Nikolaj zu sagen hat. Aber was auch immer es ist, ich möchte es standfest anhören und mich anschließend mit einem eleganten Schwung verabschieden können.

Bis sein Brief kam, war ich glücklich. Ich schwebte geradezu im siebten Himmel, denn der Moment, in dem unsere Lippen sich zum allerersten Mal fanden, war so zauberhaft zart, so leidenschaftlich intensiv und so wunderschön, dass er mich bis ins Innerste erschüttert und aufgewühlt hat. Nicht nur unsere Lippen haben sich dabei berührt. Auch unsere Seelen, so kitschig das klingen mag. Und ich habe blitzartig verstanden, was Maman mit Rosenblüten und Morgentau meinte. Genauso poetisch fühlte sich dieser Kuss nämlich an. Ich dachte, es wäre mir tatsächlich gelungen, die Last seiner Familiengeschichte von Nikolajs Schultern zu nehmen, und nun wäre der Weg für eine gemeinsame Zukunft frei.

Dass wir uns nach dem Kuss verwirrt verabschiedet haben und beide unserer Wege gingen, hat mich überhaupt nicht gestört. Wir waren ja definitiv verwirrt, und außerdem durfte uns niemand zusammen sehen, also kam mir das ganz natürlich vor.

Als ich dann gestern erneut einen anonymen Brief erhielt und nach wenigen Zeilen erstaunt feststellte, von wem er kam, habe ich sogar einen Augenblick lang mit einem Antrag gerechnet.

Doch davon stand in dem Schreiben nichts. Stattdessen sprach Nikolaj von einem Fehler. Und kaum hatte Anna mir erklärt, wo er mich treffen wollte, stürzte ich äußerst unsanft vom siebten Himmel auf den Boden der Tatsachen. Eine öffentliche Rollschuhbahn ist ganz gewiss kein Ort, an dem man vor jemandem auf die Knie sinken will. Schlagartig wurde mir klar, dass Nikolaj mir etwas anderes sagen würde. Und zwar an einem neutralen Ort, an dem ich nicht die Fassung verlieren kann.

Dass er den Kuss bereut, glaube ich allerdings nicht. Das hätte ich bestimmt gespürt. Man kann mit Worten lügen, aber nicht mit Körper und Seele.

Ich vermute eher, dass er noch immer um seinen Ruf fürchtet und aus Rücksicht mir gegenüber nach wie vor keine Zukunft für uns sieht. Wenn das so ist, muss ich ihn ziehen lassen, selbst wenn mein Herz dabei bricht. Denn ich habe alles gesagt, was ich dazu sagen könnte.

Doch eins steht fest: Ich will unter Nikolajs Worten auf gar keinen Fall wanken. Deswegen übe ich das Rollschuhlaufen so lange, bis ich es sogar unter Tränen und mit weichen Knien beherrsche.

Ach, Kolja, warum ist zwischen uns alles nur immer so kompliziert?

* * *

Nach dem Mittagessen ziehe ich mich unter einem Vorwand zurück. Da die Sonne immer noch scheint, beschließe ich, zu Fuß zum Rink zu gehen. Das dauert auch nicht viel länger, ich spare außerdem Geld und muss keinen grantelnden Fiaker ertragen. Und nicht zuletzt verbessern die ersten Frühlingsboten bestimmt meine Laune. Bei diesem Wetter kann man einfach nicht trübsinnig sein.

Auf der Mauer unserer Nachbarn rekelt sich eine Katze in der Sonne. In den Gärten blühen erste filigrane Magnolien. Und hinter einem geöffneten Fenster spielt jemand Chopin auf dem Klavier. Im Stadtpark flanieren Damen in leichten Jäckchen und zarten Schals. Die schweren Mäntel und Capes, Pelzkrägen und Muffs, die noch vor wenigen Tagen notwendig waren, sind jetzt vermutlich überall mit Mottenkugeln verziert in Schränken und Kisten verschwunden.

Ich selbst habe für die Rollschuhbahn ein schlichtes dunkelblaues Kostüm mit schwingendem Rock gewählt, dazu einen kleinen Hut. Anna sagte, so fiele ich auf dem Rink überhaupt nicht auf. An meinem Arm baumelt ein geflochtener Korb, in den Anna die Rollen für meine Schuhe gelegt hat, und ich finde es großartig, so etwas Bodenständiges, Nützliches zu tragen, statt immer nur einen hauchzarten Fächer, ein spitzenbesetztes Schirmchen oder einen winzigen Pompadour. So ein Korb fühlt sich an, als wäre ich eine moderne junge Frau mit einem Ziel. Was ich ja auch bin.

Dieses Gefühl überträgt sich mit jedem Schritt auf meine Stimmung, und Vorfreude, Neugier und tiefes Vertrauen vertreiben nach und nach meine Bedenken. Was auch immer Nikolaj mir zu sagen hat, er wird mich gewiss nicht verletzen, wenn er es irgendwie vermeiden kann. Traurig werden wir danach wohl beide sein, das schon. Doch vorher werde ich ihn noch einmal sehen, seine Stimme hören und ein letztes Mal mit ihm tanzen. Allein das ist jeden Kummer wert.

Als ich mich dem Rink nähere, höre ich schon von Weitem Musik. Anna hat erzählt, dass man dort auf Rollschuhen Walzer tanzt, daher wundert mich das nicht.

Im dichten Gedränge vor dem Eingang entdecke ich Nikolaj sofort. Er ist größer als die meisten anderen und blickt sich suchend nach mir um. Kaum hat er mich bemerkt, lächelt er so, wie nur Nikolaj lächeln kann. Warm, strahlend, unwiderstehlich. Ein Lächeln, das Bände spricht, ohne dass er ein einziges Wort sagen muss. Ich kann gar nicht anders, als es zu erwidern.

»Schön, dass du gekommen bist!«, begrüßt er mich.

»Danke für dein Geschenk!« Ich weise mit einer Kopfbewegung auf den Korb.

»Der Winter ist für passionierte Schlittschuhläufer zu kurz«, stellt er schmunzelnd fest. »Wir brauchen daher eine sommerliche Variante dieses Sports. Und Rollen funktionieren ganz ähnlich wie Kufen, das wirst du gleich sehen.«

Ich erwähne nicht, dass ich das schon weiß. Ich möchte ihn mit meinem Können überraschen.

Wir passieren das Kassenhäuschen, und Nikolaj bezahlt für uns beide. Er winkt ab, als ich ihm das Geld zurückgeben will, und weil es wirklich nicht viel ist, bestehe ich nicht darauf.

Nun stehen wir am Rande des Rinks. Vor uns liegt eine riesige freie Fläche, viel größer als der See in unserem Park. Darauf drehen sich rollschuhlaufende Paare im Dreivierteltakt.

Nikolaj hatte in seinem Schreiben recht. Hier sind wir bestimmt unbeobachtet. Wir müssten wirklich großes Pech haben, an diesem ungewöhnlichen Ort zu dieser Tageszeit auf Tänzer aus unseren Gesellschaftskreisen zu treffen. Und selbst wenn, wäre es in diesem Getümmel aus lauter durchweg dunkel gekleideten Menschen ein Leichtes, neugierigen Beobachtern zu entkommen.

»Dort drüben legt man die Rollen an.« Nikolaj zeigt auf einen überdachten Bereich am Rande der Fläche. »Links die Damen, rechts die Herren. Dann begibt man sich auf die Bahn. Lass dir ruhig Zeit, ich warte auf dich und helfe dir beim ersten Versuch.«

Tatsächlich bin ich schneller als er und drehe bereits eine Pirouette, als er sich mit gleitenden Schritten nähert.

»Du bist ja ein Naturtalent!«, stellt er bewundernd fest.

»Ich habe heute Morgen im Ballsaal geübt«, gebe ich errötend zu.

Nikolajs Lächeln vertieft sich. »Das ändert nichts. Wenn du nach einmaligem Üben so gut fährst, bist du tatsächlich ungewöhnlich talentiert.«

Er reicht mir die Hand, und wir gleiten zusammen zur Mitte der Bahn. Ich denke an unseren Eiswalzer zurück, und eine Erinnerung schießt durch meine Gedanken.

»Hast du damals beim Eisball vor unserem Tanz eigentlich tatsächlich *en garde* gesagt?«, will ich wissen. »Oder habe ich mich da verhört?«

»Hast du nicht.« Er grinst. »Aber zuvor hatte ich die Aufforderung zum Duell in deinen Augen gelesen.«

»Touché«, gebe ich lachend zurück. »Ich war tatsächlich kampfesbereit.«

Plötzlich höre ich vertraute Klänge. Das Orchester spielt den Maiwalzer. Unser Lied.

»Das gibt es doch gar nicht!« Ich klatsche in die Hände und strahle Nikolaj an. »Ist das Zufall?«

Er schmunzelt. »Nein, Schicksal. Aber ich gebe zu, ich habe ein wenig nachgeholfen.«

Er verbeugt sich, ich knickse. Und dann tanzen wir. Diesmal einen klassischen Walzer à la Haines nach allen Regeln der Kunst, ruhig und elegant, ganz ohne Fallen und Finten.

»Wie harmonisch«, sage ich lachend.

Nikolaj nickt. »Und wie schonend für deinen Hut.«

Tatsächlich, meine Kopfbedeckung bleibt bei dieser Art des Tanzens ganz selbstverständlich am vorgeschriebenen Ort.

»Du wolltest mich sprechen«, komme ich direkt auf den Grund unseres Treffens. Denn wenn ich jetzt zu schweben beginne, falle ich gleich umso tiefer.

»Das ist richtig.« Nikolajs Augen werden dunkel und ernst, während er weitertanzt.

»Was möchtest du mir denn sagen?«, hake ich nach.

Er blickt mich durchdringend an. »Clea, du weißt, dass ich …« Er stockt.

»Was weiß ich?«

Nikolaj schüttelt den Kopf. »Ich muss anders anfangen.«

»Wie du meinst. Hauptsache, du beginnst.«

Er lächelt kurz, dann setzt er erneut an: »Clea, du weißt, dass meine Familie …« Er stockt schon wieder.

Seine Familie. Ich habe es geahnt. Diese schrecklichen Glinskys stehen noch immer zwischen uns. Mechanisch tanze ich weiter und schließe kurz die Augen, um mich gegen die kommenden Worte zu wappnen.

»Bitte verzeih!«, sagt Nikolaj. So nervös habe ich ihn noch nie erlebt.

»Sprich es einfach aus«, ermuntere ich ihn.

Er räuspert sich. »Gut. Folgendes.« Sein Tonfall ist jetzt sachlich, ja, fast geschäftsmäßig. »Du weißt, Fürst Glinsky zu sein erschien mir nie besonders erstrebenswert. Denn mein Vater und mein Bruder waren keine Vorbilder, denen ich gern nachfolgen würde.«

Ich nicke, und er fährt fort: »Doch etwas ganz Wichtiges ist mir erst jetzt in seiner vollen Tragweite bewusst geworden.« Seine Augen verdunkeln sich, er fixiert gedankenverloren irgendetwas in der Ferne, ohne es wirklich zu sehen. »Offenbar kann ein Fürst Glinsky gegen viele Regeln der Gesellschaft und sogar gegen Gesetze verstoßen, ohne dass er je Konsequenzen zu befürchten hätte«, sagt er bitter.

»Ja«, gebe ich ihm recht. »Schön ist das nicht, aber so scheint es tatsächlich zu sein.«

Jetzt blickt Nikolaj mir fest in die Augen. »Und verstehst du, was das für uns bedeutet?«

Ich zucke mit den Schultern, doch ich sage nichts. Warum erneut darüber reden? Er weiß ja, dass seine Familie meiner Meinung nach keine Bedeutung für unsere Zukunft hat. Und mir ist bekannt, wie anders er das sieht.

»Ich dachte immer, der Titel wäre für mich eine Art Gefängnis«, fährt Nikolaj fort. »Doch in Wahrheit macht er mich frei.«

Damit habe ich nicht gerechnet. Ich dachte, er würde jetzt auf den schlechten Ruf der Glinskys zu sprechen kommen. Doch den erwähnt er überhaupt nicht.

»Ich verstehe kein Wort«, gebe ich zu.

»Ich bin nun Fürst Glinsky«, erläutert Nikolaj. »Also kann auch ich gegen Regeln verstoßen. Und da mein Vater nicht mehr lebt, kann ich mir selbst aussuchen, welche ich über Bord werfen will und welche nicht.«

Ich beiße mir auf die Unterlippe. Was will er damit sagen? Sollen wir seiner Meinung nach gemeinsam Sitte und Anstand verletzen? Ist das etwa ein unmoralisches Angebot?

Ein Blick in seine intelligenten, ehrlichen Augen beruhigt mich. Das wäre nicht Nikolajs Stil.

»Erkläre mir genauer, was du meinst«, bitte ich ihn.

Er nickt. »Bis jetzt war es immer so, dass jeder Fürst Glinsky im passenden Alter irgendwann eine Braut auswählte, meist auf einem Ball. Anschließend holte er das Einverständnis ihres Vaters ein, was er stets bekam. Dann sank er der Form halber an einem malerischen Ort vor dem Mädchen auf die Knie und hielt um ihre Hand an. Bevorzugt in einem Wintergarten, habe ich mir sagen lassen. Und die Auserwählte sagte anmutig Ja. Der Rest ist bekannt.«

»Mir nicht«, werfe ich ein.

Er runzelt die Stirn. »Nun, nach dem Antrag läuft die Sache in unseren Kreisen wohl immer ähnlich ab, nicht wahr? Man plant ein rauschendes Fest, der Fürst führt die Braut zum Altar, in den Zeitungen steht, dass sie nun ein Ehepaar sind, und aus dem ganzen Land treffen Geschenke und Gratulationen ein. Nach der Hochzeit darf die junge Fürstin dann ein bis zwei Salons des Stammschlosses neu einrichten und muss dafür in regelmäßigen Abständen Nachkommen zur Welt bringen. Ansonsten wird sie nicht weiter beachtet, bis sie stirbt.«

Ich nicke stumm. So läuft das wohl in der Regel wirklich. Aber worauf will er hinaus?

»Ich frage mich nun«, fährt Nikolaj fort, »ob ich mir mein Leben nicht auch ganz anders einrichten könnte. Also genau so, wie ich es will.«

»Vermutlich schon«, gebe ich zu. »Du bist reich. Man kann zwar nicht alles kaufen, aber doch vieles.«

Abrupt stoppt er mitten in der Walzerdrehung. Er bleibt vor mir stehen. Nimmt meine Hände in seine. Legt sie an seine Brust und sucht mit seinen dunklen Augen meinen Blick. »Aber verstehst du denn nicht, Clea, was ich dir sagen will?«

Mein Herz setzt einen Schlag aus. Dann folgt ein wahrer Trommelwirbel. »Nein«, sage ich leise.

Um uns herum müssen mehrere Paare ausweichen, aber Nikolaj beachtet sie gar nicht. »Hör mir zu«, sagt er sanft. »Ich will mir nichts kaufen. Ganz im Gegenteil. Ich will etwas verschenken. Hier und jetzt. Direkt, ohne Umweg über deinen Vater. An einem Ort, an dem kein Glinsky je zuvor war.«

Ich verstehe noch immer kein Wort.

»Clea de Conteville«, sagt Nikolaj. »Ich schenke dir mein Leben. Und im Gegenzug bitte ich um deines.« Er blickt mich offen an. Mit diesem einzigartigen Blick, der mich so wehrlos macht, dass ich nicht anders kann, als darin zu versinken. »Clea, heirate mich!«, sagt er mit rauer Stimme. »Und lass uns zusammen ein Leben finden oder gern auch erfinden, das genau zu uns passt. Ganz egal, was irgendjemand auf dieser Welt dazu sagt.«

Ich muss nicht nachdenken. Es gibt nur eine einzige Antwort auf diese Bitte. Ich schlinge meine Arme um Nikolajs Hals und küsse ihn. Hier und jetzt.

*Gräfin Helena von Kaunitz, Wien
an Gräfin Isabella de Conteville, Kaltenleutgeben*

13. März 1878

Liebste Lilly,

herzliche Grüße aus Wien. Hier geht alles einen sehr guten Gang. Auch von Lori höre ich nur Erfreuliches. Ich denke, wir können den Dingen jetzt getrost ihren Lauf lassen.

Du kannst dich also ganz deiner Gesundheit widmen, du wirst deine Kraft bald für eine große Feier benötigen.

Es grüßt dich sehr herzlich (und tatsächlich ein wenig flattrig und aufgeregt)
Nené

Kapitel 30

H wie Hochzeit

»Die Ehe ist eine heilige Pflicht«, sagte der Pfarrer in der Kirche.

»Die Ehe ist ein Joch«, behauptete Papa in seiner launigen Tischrede.

»Es gibt Dinge in jeder Ehe, die man am besten still über sich ergehen lässt«, flüsterte Maman mir kurz danach zu. Und es blieb unklar, ob sie Papas Rede meinte oder etwas anderes. Doch mir ist das egal.

Ich halte mich allein an Nikolajs Worte: »Ehe wir nicht alles selbst ausprobiert haben, glauben wir gar nichts über die Ehe!«

In der sanften Hügellandschaft ganz in der Nähe von Prag liegt Schloss Losnitz majestätisch inmitten eines etwas verwilderten Parks. Seine Türme ragen stolz in den Himmel, doch die stark verwitterte Fassade, ehemals elfenbeinfarben und pastellrosa gestrichen, ist angegraut und erzählt von längst vergangener Pracht. Das mächtige Eingangsportal aus schwarzem Ebenholz zeigt das kunstvoll geschnitzte Wappen der Glinskys mit den zwei Raben. Seit heute ist es auch mein Wappen, und das Schloss ist mein neues Zuhause.

Vielleicht hätte das riesige Tor mir bei meiner Ankunft vor einem Monat ein wenig Furcht eingejagt, wenn sich nicht jemand die Mühe gemacht hätte, es zu verzieren. Der rechte Rabe trug einen Zylinder aus Papier, weiß mit schwarzen Punkten, der linke einen rosaroten Spitzenschleier. Rund um das Portal war eine lange Girlande aus Rosen in allen erdenklichen Farben geschlungen.

Offenbar wurde ich hier sehnlichst erwartet. Und das nicht nur von Nikolaj, der gleich aus dem Schloss stürzte, mich aus der Kutsche hob und im Kreis herumwirbelte. Sondern auch von einem zierlichen schwarzhaarigen Mädchen, das hinter ihm auftauchte.

»Das macht er immer«, sagte sie. »Aber jetzt ist Schluss, jetzt bin ich dran.« Und als Nikolaj mich absetzte, fiel sie mir um den Hals.

»Darf ich vorstellen? Das ist meine Schwester Katinka«, sagte Nikolaj. »Blumen und Rabenschmuck sind ihr Werk.«

»Ich bin so froh, dass du endlich da bist«, flüsterte Katinka mir ins Ohr. »Hier ist es immer so still.«

»Na, das werden wir schnell beenden«, antwortete ich. »Zusammen bringen wir bestimmt ganz viel Leben in das alte Gemäuer.«

Nikolaj grinste. »Nur zu. Solange ihr mich dabei am Leben lasst, legt los!«

Ob er das wohl heute auch noch so unbefangen sagen würde? Denn Katinka und ich haben tatsächlich losgelegt. Wir sind durch das ganze Schloss geschritten und haben entschieden, welche Möbel und welche Bilder bleiben dürfen. Die anderen sind auf dem Dachboden gelandet. Dann haben wir neue helle Stoffe ausgewählt, für Polster und Vorhänge.

Und für die Hochzeit haben wir eine ellenlange Gästeliste erstellt, sodass heute so dermaßen viel Leben in diesem alten Gemäuer ist wie vermutlich niemals zuvor. Wir haben jeden eingeladen, der uns am Herzen liegt, und in den Gotha haben wir dabei kein einziges Mal geschaut.

»Clea, wo bist du nur mit deinen Gedanken?«, tadelt Katinka mich jetzt. »Sieh bitte endlich in die Kamera und lächele.«

Sie hat sich sofort mit Caroline angefreundet und assistiert ihr bei den Hochzeitsfotos, während unsere Gäste draußen im sommerlichen Park unter Mamans Regie weiterfeiern.

»Wir haben schon drei Bilder, auf denen nur ich bin«, beschwere ich mich. »Jetzt ist Kolja dran.«

Seit ich so viel Zeit mit Katinka verbringe, rutscht mir Nikolajs Kosename immer öfter heraus, und er lächelt jedes Mal, wenn er das hört. Die Nähe und Vertrautheit zwischen uns ist noch so aufregend neu, dass uns jede kleine Liebesgeste glücklich macht.

»Ich will aber ganz viele Bilder von meiner Braut«, protestiert er jetzt.

»Das schönste hast du schon«, gebe ich zurück.

Ich habe ihm nämlich heute Morgen einen Abzug der Fotografie geschenkt, die Caroline damals aufgenommen hatte, nachdem er so überraschend im Atelier aufgetaucht war. *Clea, wild und ungezähmt*, habe ich auf die Rückseite geschrieben. Und darunter: *Damit du vor der Trauung weißt, worauf du dich einlässt.*

Das Bild hat Nikolaj nicht davon abgehalten, in der Kirche laut und vernehmlich Ja zu sagen. Und er hat dieses kleine Wort mit seiner unvergleichlich tiefen Stimme anders gesagt, als ich es je zuvor gehört habe. Das waren nicht nur zwei Buchstaben. Mit diesem Wort schenkte er mir tatsächlich sein ganzes Leben. Und als ich dieselbe Frage beantwortete, hat er mich mit seinen dunklen Augen so ruhig und nachdenklich angesehen, als würde auch er etwas hören, das ihm ganz tief zu Herzen ging.

Ich war so verzaubert, dass ich keine Erinnerung daran habe, wie wir aus der Kirche herausgekommen sind.

»Wir machen noch ein gemeinsames Bild!«, bestimmt Nikolaj jetzt. »Und zwar eins mit Katinka und Fridolin.«

»Mit Fridolin?«, fragt Caroline. »Wer ist das?«

»Ein Fuchs«, antworte ich.

»Ein Hochzeitsfoto mit einem Fuchs?«, fragt Caroline ungläubig.
»Warum nicht noch eins mit einem Affen und einem Känguru?«
»Weil wir keine haben«, sagt Nikolaj mit breitem Grinsen.
»Einzig und allein aus diesem Grund.«
Katinka klatscht begeistert in die Hände. »Ja, das machen wir. Ich hole ihn! Und sollte ich unterwegs ein Känguru treffen, bringe ich es auch mit.«
Nikolaj nickt seiner Schwester zu. »Waldmann soll dir helfen.« Er klingelt nach seinem Diener.
Aglaia hat Fridolin mitgebracht, als sie gestern mit ihrer Familie zur Hochzeit angereist ist. Jetzt wohnt er in einem Gehege, bis die Gäste abgereist sind. Dann wird sie ihn zusammen mit Katinka im Schlosspark auswildern, wo ein wundervolles Leben auf ihn wartet. Er kann frei sein, wenn er will, bekommt aber auch einen Unterschlupf an der Schlossmauer samt Futter und Wasser, falls er anfangs mit dem Leben in der Wildnis noch fremdelt. Kolja und ich werden bei seiner Freisetzung leider schon auf unserer Hochzeitsreise sein, aber wenn wir nach der Rückkehr abends im Park spazieren gehen, werden wir Fridolin bestimmt begegnen.
»Den Fuchs holen«, wiederholt Waldmann, als er gehört hat, was Nikolaj von ihm will. Er zieht auf seine ganz spezielle Weise eine Braue hoch. »Sehr wohl.«
»Das ist nicht schwer«, tröste ich ihn. »Fridolin springt von selbst in seinen Transportkorb, wenn man ihn ruft. Man muss nur zu zweit sein, um ihn zu tragen, er ist recht groß.«
Caroline seufzt abgrundtief. Vermutlich denkt sie an den Ärger mit dem zappeligen Frettchen zurück. Aber Fridolin ist anders. Er liebt es, gekrault zu werden, und hält geradezu mustergültig still, als Caroline uns kurz darauf zu viert ablichtet. Vermutlich bin ich die erste Braut in der Geschichte der Menschheit, die mit einem rotbraunen Jungfuchs in den Armen fotografiert wird.

Anschließend ist es höchste Zeit, zu den Gästen im Park zurückzukehren. Schon in einer Stunde steht unsere Abreise bevor.

Als wir die Freitreppe hinabschreiten, wird Katinka sofort von Bruno, Rudolf und Mathilde in Beschlag genommen, die sie zu einem Krocketspiel schleppen.

»Macht doch mit!«, bittet Mathilde Kolja und mich.

»Das geht doch nicht«, sagt Bruno mit welterfahrener Miene. »Sie sind heute Braut und Bräutigam. Da spielt man nicht.« Womit er leider recht hat.

Nikolaj und ich haken uns stattdessen unter und wandeln von Grüppchen zu Grüppchen.

Papa plaudert angeregt mit Fürst Richard Metternich und Graf Basil Monteregg, der mir so unbefangen begegnet, als hätte es weder die Heiratsabsichten noch unsere Porträts auf Makarts Gemälde jemals gegeben. Und es gibt sie tatsächlich nicht mehr. Monteregg und ich haben nie über meinen Brief gesprochen, und er hat ihn auch nie beantwortet, doch als Sophie gleich am ersten Tag der Ausstellung das Bild besichtigte, konnte sie mich beruhigen. Aus dem Konterfei des Grafen war ein Bildnis des Komponisten Richard Wagner geworden, die beiden Männer sind sich mit ihren Backenbärten tatsächlich nicht unähnlich. Und aus mir hat der Maler eine blonde Schönheit gemacht, die kaum noch an mich erinnert.

»Wenn man weiß, dass du das mal warst, sieht man es vielleicht ein bisschen«, hat Sophie gesagt. »Aber ohne dieses Wissen merkt das kein Mensch. So etwas kann ja auch Zufall sein.«

Als ich höre, dass Monteregg, Metternich und Papa über Eisenbahngleise sprechen, lächele ich zuckersüß und führe Nikolaj weiter zu Maman, die mit Pauline Metternich unter einer großen Platane steht. Die beiden begutachten durch ihre Lorgnons das Schloss und beratschlagen, wie man es streichen könnte.

»Schönbrunner Gelb«, sagt Maman mit fester Stimme. »Etwas anderes kommt gar nicht infrage.«

Die Fürstin schüttelt nachdenklich den Kopf. »Gelb ist meiner Meinung nach passé. Schwanenweiß gilt derzeit als très chic.«

Nikolaj und ich lächeln uns an. Wir haben längst beschlossen, dass wir an der Fassade gar nichts ändern werden. Ebenso wenig wie an dem wildromantischen Park. Beides gefällt uns, wie es ist.

Wir wandeln weiter, und ich stelle erstaunt fest, dass Tante Helena mit einer etwa gleichaltrigen Dame plaudert, die ich bis jetzt noch gar nicht begrüßt habe. Sie muss verspätet eingetroffen sein.

Nikolaj strahlt, als er sie sieht. »Clea, endlich kann ich dir meine Patentante vorstellen. Eleonore von Rossnitz, die Schwester meiner Mutter.«

»Wie schön!«, sage ich, denn von der warmherzigen Tante Lori habe ich in den vergangenen Tagen viel gehört.

Wir treten näher, und sie dreht sich zu uns um. Ich blicke in lächelnde dunkelbraune Augen, die Nikolajs verblüffend ähneln, und mein Herz setzt einen Schlag aus. Diese Augen kommen mir bekannt vor – nicht nur, weil sie mich an meinen Mann erinnern, sondern auch, weil ich dieser Frau schon einmal begegnet bin. Heute trägt Eleonore von Rossnitz zwar ein blaues Kleid, doch bei unserem letzten Zusammentreffen war sie eine geheimnisvolle Dame in Grün.

»Wie schön, liebe Clea, dich hier wiederzusehen!«, sagt sie mit einem Augenzwinkern.

Ich lächele verwirrt, denn ich bin noch voll und ganz damit beschäftigt, mir zu vergegenwärtigen, was das bedeutet. Es war also Nikolajs Patentante, die mir damals bei meinem Rededuell mit Pauline Metternich zur Seite gestanden und Mut gemacht hat? Was für ein zauberhafter Zufall.

»Oh, da ist er ja!«, ruft Lori jetzt, legt die Hand über die Augen und späht in Richtung Schloss. »Dieser Ausreißer! Ich habe mir schon Sorgen gemacht.«

Ich folge ihrem Blick und sehe einen kleinen schwarzen Hund, der quer über den Rasen auf uns zurennt. Als er uns erreicht hat, springt er der Reihe nach an allen hoch. Ich bücke mich und streichele das Tierchen. Es hat seidenweiches Fell, Schlappohren und einen weißen Fleck auf der Brust.

»Dich kenne ich doch ebenfalls«, murmele ich. Doch mir will nicht einfallen, wo ich ihn schon einmal gesehen habe.

»Das ist Berry«, stellt Nikolaj den Hund vor. »Tante Loris Liebling. Er ist grauenhaft schlecht erzogen, aber man kann ihm nichts übel nehmen.«

Das stimmt, Berry ist hinreißend. Und außerdem noch sehr jung. Das mit der Erziehung kommt gewiss noch. Wo habe ich ihn nur schon einmal gesehen? Nun, vermutlich verwechsele ich ihn.

Ich richte mich wieder auf, und mein Blick fällt auf Sophie. Sie plaudert angeregt mit dem Prinzen von Weiningen, der sie geradezu mit Blicken verschlingt. Ich würde mich nicht wundern, wenn wir schon bald eine zweite Hochzeit feiern würden.

»Das musst du Clea fragen«, höre ich Nikolaj in diesem Moment sagen.

Ich sehe ihn an. »Verzeih, ich war abgelenkt. Wovon war gerade die Rede?«

»Tante Lori hat von unseren Salonplänen gehört und fragte, wie weit die Vorbereitungen gediehen sind.«

»Noch nicht sehr weit«, gebe ich zu. »Wir lassen gerade einige Räume des Wiener Palais renovieren. Und mit dem Beginn der Wintersaison fangen wir dann an. Mit einem ganz neuen Ansatz.« Ich erläutere ihr unsere Ideen, die eigentlich meine sind, aber Nikolaj sofort begeistert haben. »Es wird ein Salon für Themen der Zukunft werden. Und unsere Gäste werden dort nicht nur plaudern. Wir werden auch gemeinsam etwas tun. Neue Techniken und Errungenschaften kennenlernen. Etwas lernen. Fotografieren oder telefonieren zum Beispiel. Was immer uns einfällt.«

»Da wäre ich zu gern dabei«, stellt die Dame in Blau lächelnd fest.

»Du stehst ganz oben auf der Gästeliste«, versichere ich ihr und meine es auch so.

Ich habe ihr wahrlich viel zu verdanken. Hätte sie mich bei Pauline Metternich nicht unterstützt, hätte ich nach diesem Nachmittag vermutlich nie wieder einen Salon betreten, geschweige denn selbst einen gegründet.

Nikolaj räuspert sich, um unser Gespräch zu unterbrechen. »Wir müssen uns jetzt für die Abreise umziehen«, ermahnt er mich.

»Du hast recht«, räume ich ein.

»Wohin führt euch die Reise?«, will Lori wissen.

»Nach Ostia bei Rom«, sagt Nikolaj. »Uns interessieren die antiken Ausgrabungen. Es soll dort außerdem seltene Eidechsen geben. Und Clea besucht eine alte Freundin.«

Ich nicke. »Eine sehr alte. Ich bin glücklich, dass sie noch lebt.«

»Und Katinka?«, fragt Lori.

»Besucht eine höhere Schule in Wien«, berichtet Nikolaj. »Sie wird dort bei Aglaia und Karl wohnen und freut sich besonders auf deren drei Rabauken.« Er schmunzelt, denn von Weitem hört man fröhliches Kinderlachen.

Kurz darauf sitze ich in meinem neuen Boudoir an dem hübschen Frisiertisch, der einst Nikolajs Mutter gehört hat. Ich trage bereits mein Reisekostüm, nun pflückt Anna mir noch die Blüten aus dem Haar und frisiert mich neu. Ich bin glücklich, dass sie auch weiterhin meine Zofe sein wird. Es ist schon schlimm genug, dass ich Sophie jetzt nicht mehr so oft sehe. Und ich werde auch Maman vermissen. Ohne Anna wäre ich in vielen Situationen völlig hilflos. Sicher, Nikolaj ist großartig, aber es gibt einfach Dinge, die ich lieber von Frau zu Frau bespreche. So wie jetzt.

»Anna«, beginne ich zaghaft. »Kann ich dich etwas fragen?«

Sie nickt. »Selbstverständlich. Sehr gern.«

»Du hast ja schon in anderen Häusern gearbeitet und auch in Gesprächen einiges mitbekommen. Was erzählt man sich denn so über ...« Ich stocke.

»Über die Hochzeitsnacht?«, fragt Anna behutsam.

Und genau das schätze ich an ihr. Sie besitzt so viel Empathie, dass sie viele Gedanken vorausahnt und mir oft hilfreiche Brücken baut. Auch jetzt muss ich nur nicken, wobei mein Gesicht feuerrot anläuft, wie ich im Spiegel bemerke.

»Nun.« Anna hält beim Bürsten inne und denkt kurz nach. »Ich habe von einer Komtess gehört, die in der Hochzeitsnacht die Kutsche anspannen ließ und Hals über Kopf zu ihren Eltern floh.«

Jetzt wird mein Spiegelbild blass. »Warum? Was ist geschehen?«

Anna fährt mit dem Bürsten fort. »Offenbar nur das, was in jeder Hochzeitsnacht geschieht. Doch sie war nicht darauf vorbereitet.«

»Oh«, sage ich leise. Und weil ich nicht offen fragen will, was sie meint, erkundige ich mich stattdessen: »Was daran hat sie denn erschreckt?«

»Nun, der Mann zog sie aus.«

»Komplett?«, hake ich nach.

Anna nickt.

»Das kann ein Mädchen durchaus erschrecken«, sage ich gespielt selbstsicher.

»Ja«, pflichtet Anna mir bei. »Und dann zog er sich selbst natürlich auch aus. Ebenfalls komplett.«

Ich atme tief durch und nicke wie eine Frau mit sehr viel Lebenserfahrung.

»Daraufhin berührte er sie«, sagt Anna, und jetzt verfärbt sie sich ebenfalls rosa. »Überall. Da ist sie weggelaufen, denn das war alles sehr neu für sie. Möchten Sie einen Dutt, oder soll ich lieber einen geflochtenen Zopf aufstecken?«

Obwohl mir meine Frisur im Moment völlig gleichgültig ist, bin ich dankbar für den Themenwechsel. »Einen Dutt bitte.« Und nach kurzem Nachdenken setze ich noch hinzu: »Weglaufen ist keine Lösung.«

Anna schüttelt den Kopf. »Man muss vertrauen, hat damals die Köchin gesagt, als wir im Dienstbotenzimmer darüber sprachen. Und sie hat erzählt, was zu diesem Thema in der Bibel steht.«

»Da steht etwas über ... diese Dinge?«, frage ich zaghaft.

Anna nickt. »Es heißt dort: ›Und er *erkannte* sie.‹ Offenbar geht es bei diesen ... Dingen genau darum. Man lernt einander kennen und erkennt sich. Davor muss man sich nicht fürchten.«

Ich lächele sie im Spiegel dankbar an. Wie so oft hat Anna intuitiv die richtigen Worte gefunden.

»Wir sehen uns morgen früh im Jagdhaus«, sagt sie mit einem ernsten Kopfnicken. Denn Nikolaj und ich werden die Hochzeitsnacht ganz allein unweit von hier in einem kleinen Waldschlösschen der Glinskys verbringen, von wo aus wir dann morgen mit Anna und Waldmann die Reise nach Italien antreten.

»Ich werde da sein«, antworte ich gefasst.

Die Kutsche steht bereit. Unsere Gäste haben sich in einem großen Kreis darum versammelt. Sophie weint ein bisschen. Katinka auch, und Mathilde drückt ihre Hand.

»Nicht weinen«, sage ich mit fester Stimme. »In ein paar Wochen sind wir ja wieder da.«

Maman schließt mich zum Abschied in die Arme. »Alles Gute, mein Kind!« ist alles, was sie mir zuflüstert. In ihren Augen lese ich, wie sehr sie mich liebt, und dieser Blick rührt mich so zu Tränen, dass Nikolaj mir nun auch ein Taschentuch reichen muss.

»Danke für alles, Maman!«, sage ich leise. »Und ganz besonders dafür, dass du mich heute kein einziges Mal darauf hingewiesen hast, dass ich nun doch einen Épouseur geheiratet habe und sehr glücklich darüber bin. Du bist die beste Mutter der Welt.«

So. Jetzt benötigt Maman auch ein Taschentuch.

»Schluss mit den Tränen«, befiehlt Papa, der ebenfalls verdächtig blinzelt. »Ab mit euch! Und kommt gesund wieder!«

»Huch«, sage ich erschrocken, denn Nikolaj hat mich mit verblüffender Leichtigkeit hochgehoben. Ohne meinen Protest zu beachten, trägt er mich in die Kutsche und lässt mich behutsam auf den Sitz gleiten.

»Du Rüpel!«, sage ich mit gespielter Empörung.

»Wenn ich nicht eingegriffen hätte, wären wir morgen noch hier«, gibt er zurück. »Und dann würden wir einiges verpassen.«

Jemandem, der so lächelt wie er in diesem Moment, kann ich nicht einmal zum Schein böse sein.

Die Kutsche rollt an, unsere Gäste jubeln und winken.

»Alles in Ordnung?«, raunt Nikolaj mir zu.

Ich nicke und drücke seine Hand. Sagen kann ich jetzt nichts. Aber vertrauen.

*Gräfin Isabella de Conteville, Wien
an Gräfin Helena von Kaunitz, Prag*

17. August 1878

Liebste Nené,

wir sind gut in Wien angekommen, die Fahrt war ruhig, das Wetter sonnig.

Schade, dass wir so schnell abreisen mussten, ich hätte gern noch ein paar Tage mit dir in Prag verbracht. Aber Sophie hat auf der Hochzeit eine Einladung zu einem Picknick erhalten, das sehr wichtig für sie ist, und da muss eine Mutter ihre eigenen Interessen natürlich zurückstecken. Wir holen das baldmöglichst nach.

Ich möchte dir aber schon jetzt aus vollstem Herzen für alles danken. Für deine Ideen. Für deine guten Kontakte. Für dein Engagement. Und ganz besonders für deine Verschwiegenheit.

Es hat sich ja zwischen Clea und Nikolaj alles so wunderbar gefügt, dass man leicht denken könnte, ihr Zusammenfinden sei Schicksal gewesen. Vermutlich war es das sogar, und wir waren lediglich Schicksalsbotinnen. Denn vieles spielte uns ja mit einer Leichtigkeit in die Karten, als müsse es genau so sein, wie wir es geplant und erhofft haben.

Was für ein Glück, dass du so gut mit Lori befreundet bist. Wie wunderbar, dass Lori Clea bereits ins Herz schloss, als sie sie mit Sophie beim Eislaufen beobachtete. Cleas offene Worte müssen ihr sehr nahegegangen sein. Und dass Clea sich dann dank Loris Hilfe in Paulines Salon so wacker schlug und wir die Fürstin mit ins Boot holen konnten, war ein Geschenk des Himmels.

Ich gebe zu, dass ich Loris Idee mit den anonymen Briefen anfangs für zu gewagt hielt. Das hätte leicht schiefgehen können, und erst sah es ja ganz danach aus. Aber Lori hat alles so klug arrangiert, dass unser Plan doch noch aufging, obwohl Clea und Nikolaj leider oft unerwartet reagiert haben.

Liebste Nené, ich beende diese Zeilen voller innigstem Dank und mit einer letzten großen Bitte: Sei so gut und vernichte diesen Brief. Ich möchte Clea erst dann alles beichten, wenn sie selbst glückliche Mutter ist. Ich denke, dass sie dann verstehen wird, wie tief mich die Blicke zwischen ihr und Nikolaj bei ihrem ersten gemeinsamen Walzer in der Hofoper berührt haben. Und dann wird sie mir hoffentlich verzeihen, dass ich nicht anders konnte, als mich einzumischen.

Wenn nicht, nun, dann soll sie mir eben grollen. Sind Kinder nicht immer wegen irgendetwas böse auf ihre Mütter? Das gehört vielleicht einfach zum Mutterglück dazu.

*Es grüßt dich in Liebe
Deine Schwester Lilly*

Nachwort

Das Namensverzeichnis zeigt es auf einen Blick: Clea, Nikolaj und ihre Familien entstammen allein meiner Fantasie. Die meisten anderen Personen dieser Geschichte haben im Jahr 1878 tatsächlich gelebt.

Mein Ziel war es, eine erdachte Liebesgeschichte vor realem Hintergrund zu erzählen und dadurch quasi mit Worten ein historisches Zeit- und Sittengemälde zu malen. Allerdings keinen opulenten Historienschinken im Stil von Hans Makart, sondern vielmehr eine bunte Collage im Geiste des bereits am Horizont erscheinenden neuen Jahrhunderts.

Ich habe mit Clea de Conteville eine modern denkende junge Frau erfunden, wie es sie damals in Adelskreisen wirklich schon gab, man denke etwa an Bertha von Suttner oder wenig später Franziska Gräfin von Reventlow.

Die Welt, in der Clea agiert, habe ich aus historischen Zeitungsartikeln und Erinnerungen von Zeitzeugen mosaikartig zusammengesetzt. Die meisten dienten mir als Inspiration, einige wenige allerdings fand ich so schön, dass ich sie in meinem Roman lebendig halten wollte und leicht oder stärker verändert zitiert habe.

Mit wissenschaftlicher Akribie bin ich dabei bewusst nicht vorgegangen. Ein Roman folgt anderen Gesetzen, und eins davon ist es, den Lesefluss möglichst nicht zu stören.

Deshalb habe ich diese Stellen auch nicht durch Anmerkungen

gekennzeichnet. Stattdessen möchte ich sie hier im Nachwort erwähnen:

Ausschnitte aus realen Zeitungsartikeln finden sich auf den Seiten 90, 155 und 265, jeweils mit Angabe der Quelle in der Überschrift. Diese Originaltexte habe ich gekürzt und geglättet, um sie für heutige Leser verständlich zu machen. Kaum jemand kennt ja beispielsweise noch Wörter wie *Faille* für einen Seidenstoff, *Gilet* für ein westenartiges Oberteil oder *Tablier* für einen schürzenartig verzierten Rock. Ich habe außerdem die Rechtschreibung angepasst, denn damals galten andere Regeln.

Ebenfalls geringfügig umformuliert habe ich die offizielle Hofansage zum kaiserlichen Ball auf Seite 250.

Bei der anschließenden Schilderung des Hofballs habe ich nicht nur auf Beobachtungen von Zeitungsjournalisten zurückgegriffen, sondern auch Lebenserinnerungen der Fürstin Nora Fugger verarbeitet.

Mehrere kleine Episoden des Romans entstammen inhaltlich Lebenserinnerungen weiterer Zeitzeugen: Pauline Metternichs Geschichte über Metternichs Maus sowie die über das Endlich-Schild an ihrem Eingangsportal wurden von ihr selbst überliefert.

Onkel Albert geriet tatsächlich auf einer Reise nach Konstantinopel in die Hände von Entführern. Allerdings war das nicht 1878, sondern einige Jahre später. Und er entstammte nicht Cleas Familie, sondern meiner. Ich habe diese Geschichte in handschriftlichen Aufzeichnungen einer Vorfahrin entdeckt, sogar mit dem wörtlich zitierten äußerst trockenen Schlusssatz: »Onkel Albert reiste nie wieder zum Vergnügen«, den ich so schön fand, dass ich ihn unbedingt weitergeben wollte.

Das Gespräch mit Kaiserin Elisabeth beim Adoleszentenball der Kaisertochter ist ebenfalls tatsächlich geführt worden. Allerdings fünf Jahre später, als im Roman behauptet, bei einem Ball der Kaisertochter Marie Valerie. Und die Kaiserin sprach natürlich nicht mit Clea, sondern mit der damals zwölfjährigen Prinzessin Dorothea Hohenlohe-Schillingsfürst. Davon berichtet Egon Caesar Conte Corti in seiner Biografie über Kaiserin Elisabeth. Ihm zufolge hat Kaiser Franz Joseph an diesem Nachmittag tatsächlich mit den jungen Mädchen getanzt, die Kaiserin hat die kleine Dorothea wirklich mit ihrem Namen angesprochen, sogar mit dem Spitznamen »Do«, und der Dialog verlief ähnlich wie in meinem Roman.

Auch die Geschichte von Meister Petz, seinem Ausbruch und seiner Rettung habe ich kaum verändert, nur um einige Monate vordatiert. Man kann sie in alten Zeitungen finden, in denen ich bei der Recherche dieses Romans ausgiebig geblättert habe.

Dass dies möglich war, verdanke ich dem ANNO-Team der Österreichischen Nationalbibliothek, das seit mehr als zwanzig Jahren alte Zeitungen und Zeitschriften digitalisiert. Auf der ANNO-Website kann man kostenlos in mittlerweile über einer Million Ausgaben historischer Tageszeitungen und Zeitschriften digital blättern, die älteste stammt aus dem Jahr 1568. Ich möchte mich auf diesem Weg bei allen bedanken, die daran mitgearbeitet haben.

Danken möchte ich außerdem dem Fotografen Markus Hofstätter, der mir viele Fragen zu den historischen Fotografiertechniken beantwortet hat und mich selbst auf diese Weise abgelichtet hat.

Ich danke meinem Mann und meinen Töchtern – und zwar für alles von A bis Z. Für Anregungen, Bestärkung, Computerhilfe, Denkanstöße, Essen, Faktenrecherche, Geduld und Gelächter, Hundehüten, Ideen, Jubeltage, Kaffee, Langmut, Liebe und Lektüretipps, Mutmachen, Nervenbehalten, Opernbesuche, Parkspaziergänge, qualifizierte Ratschläge, Spaghetti, Trost, Urteilsvermögen, Vorstellungskraft, Wohlwollen, x-fache Yogaübungen und Zähnezsmmnbßn. Und noch viel mehr.

Ganz besonders danke ich auch meiner Lektorin Lena Schäfer – für die tolle Unterstützung und die vielen feinfühligen, klarsichtigen Anmerkungen zu diesem Buch.

Ich habe dieses Buch meiner Mutter gewidmet. Doch wer entweder sie oder mich in dieser Geschichte sucht, wird nicht fündig werden. Darum ging es mir nicht.

Schon in meinen frühesten Kindheitserinnerungen sehe ich meine Mutter tanzen. Ich besitze noch immer das lange blaue Samtkleid mit der silbernen Borte, das sie trug, wenn sie mit meinem Vater ausging. Ich weiß noch, wie sie darin aussah und wie gut sie duftete. Ich erinnere mich an einen Ball, den sie bei uns zu Hause organisiert hat, an Lose in einer Kristallschale und an fantastische Dekorationen.

Sie ist meine Ballkönigin. Danke dafür!

Autorin

Mara Andeck, geboren 1967 in Freiburg, hat in Dortmund Journalismus und Biologie studiert, beim WDR in Köln volontiert und danach als Wissenschaftsjournalistin gearbeitet. Sie lebt mit ihrer Familie in der Nähe von Stuttgart und schreibt Bücher für Kinder, Jugendliche und Erwachsene.

Mara Andeck im Goldmann Verlag:

Sisi. Die Sterne der Kaiserin. Roman
Die Ballkönigin. Walzernächte in Wien. Roman

(📖 Alle auch als E-Book erhältlich)